अरुंधति रॉय

अरुंधति रॉय ने वास्तुकला का अध्ययन किया है। आप *द गॉड ऑफ़ स्माल थिंग्स*—जिसके लिए आपको 1997 का बुकर पुरस्कार प्राप्त हुआ—और *द मिनिस्ट्री ऑफ़ अटमोस्ट हैप्पीनेस* की लेखिका हैं। दुनिया-भर में इन दोनों उपन्यासों का अनेक भाषाओं में अनुवाद हो चुका है। आपकी पुस्तकें *मामूली चीज़ों का देवता, अपार ख़ुशी का घराना, बेपनाह शादमानी की ममलिकत* (उर्दू में), *न्याय का गणित, आहत देश, भूमकाल : कॉमरेडों के साथ, कठघरे में लोकतंत्र* राजकमल प्रकाशन से प्रकाशित हुई हैं। *माय सीडिशियस हार्ट* आपकी समग्र कथेतर रचनाओं का संकलन है। आप 2002 के *लनन कल्चरल फ्रीडम पुरस्कार*, 2015 के *आंबेडकर सुदार पुरस्कार* और *महात्मा जोतिबा फुले पुरस्कार* से सम्मानित हैं।

जितेन्द्र कुमार

जितेन्द्र कुमार पेशे से पत्रकार हैं और फ़िलहाल यूएनआई टीवी, दिल्ली में ब्यूरो प्रमुख हैं। वे विभिन्न पत्र-पत्रिकाओं में सामाजिक, राजनीतिक और सांस्कृतिक मसले पर लिखते रहते हैं। उन्होंने अरुंधति राय की इस किताब के अलावा *न्याय का गणित* (अलजेब्रा ऑफ इनफिनाइट जस्टिस) और *नव साम्राज्य के नए क़िस्से* (एन ऑर्डिनरी पर्सन गाइट टू एम्पायर) का भी अनुवाद किया है। इसके साथ ही उन्होंने नंदिनी सुंदर की किताब *गुंडा धुर की तलाश में* (सबअल्टर्न एंड सोवर्जिन) और सिद्धार्थ वरदराजन की किताब *गुजरात: हादसे की हक़ीक़त* का भी अनुवाद किया है।

न्याय का गणित

अरुंधति रॉय

अनुवाद
जितेन्द्र कुमार

राजकमल पेपरबैक्स

पहला पुस्तकालय संस्करण
राजकमल प्रकाशन प्राइवेट लिमिटेड द्वारा
2005 में प्रकाशित

राजकमल पेपरबैक्स में
पहला संस्करण : 2005
सातवाँ संस्करण : 2026

राजकमल पेपरबैक्स : उत्कृष्ट साहित्य के जनसुलभ संस्करण

राजकमल प्रकाशन प्रा.लि.
1-बी, नेताजी सुभाष मार्ग, दरियागंज
नई दिल्ली-110 002
द्वारा प्रकाशित

शाखाएँ : अशोक राजपथ, साइंस कॉलेज के सामने, पटना-800 006
पहली मंज़िल, दरबारी बिल्डिंग, महात्मा गांधी मार्ग, प्रयागराज-211 001
1, अनमोल सोराबजी सन्तुक लेन, धोबी तलाव, मरीन लाइंस, मुम्बई-400 002

वेबसाइट : www.rajkamalprakashan.com
ई-मेल : info@rajkamalprakashan.com

बी.के. ऑफसेट
नवीन शाहदरा, दिल्ली-110 032
द्वारा मुद्रित

मूल्य : ₹350

NYAY KA GANIT
by Arundhati Roy
Translated by Jitendra Kumar

ISBN : 978-81-267-1115-4

बाबी कृशन के लिए

आभार

फ्रंटलाइन के सम्पादक एन. राम और *आउटलुक* के सम्पादक विनोद मेहता जिन्होंने मेरे लेखों को हमेशा जगह दी।

हिमांशु ठक्कर, जिन्होंने सबसे पहले मुझे—बड़ी होशियारी, सावधानी और लगभग झिझकते हुए—नर्मदा घाटी विकास परियोजनाओं की भयावहता के बारे में बताया था।

श्रीपाद धर्माधिकारी, नन्दिनी ओज़ा, आलोक अग्रवाल, जिन्होंने मेरी इस बारे में समझ बढ़ाई और नजरिया स्पष्ट किया।

मेधा पाटकर और बाबा आम्टे, जिनका लचीलापन और प्रतिबद्धता का बखान इस एक लाइन के आभार में नहीं किया जा सकता।

पैट्रिक मकल्ली, जिनकी किताब *साइलेंस्ड रिवर्स* वह आधार है जिस पर बड़े बाँधों की राजनीति की मेरी समझ आधारित है।

प्रशान्त और शान्ति भूषण, जो न केवल मेरे बल्कि हमारे जैसे कई लोगों के न सिर्फ वकील हैं, बल्कि दोस्त भी हैं और हमारे ही राजनैतिक विचार के हैं।

साउथ एंड प्रेस के एंटनी आर्नोव, जिन्होंने इन निबन्धों में प्रयुक्त तथ्यों को खोजा और मिलाया।

डेविड गॉडविन, जिनके बिना मैं अपने सारे लेखों को ड्रॉअर में रखकर यही उम्मीद करती कि किसी दिन कोई उन्हें देखेगा और प्रकाशित करेगा।

दीपक सरकार और अनुराग सिंह का, उनकी दोस्ती और उन बातों की गहरी समझ के लिए, जिनके बारे में मैं लिखती हूँ।

सिल्वी, जिनका ज़ेहन हीरे की तरह चमकता है। उनका स्नेह और दोस्ती सुकून के स्थायी स्रोत हैं।

झरना झावेरी, सबसे अधिक दमखमवाली संघर्षकर्ता और दोस्तों में सबसे अधिक विनम्र। मेरे साथ सफर करने के लिए शुक्रिया।

जोजो, रघु, अराधना, विवेका, पिया, मितवा और गोलक। परिवार। घर से दूर एक घर के लिए फिलिप और वीणा।

अर्जुन रैना, मेरे निजी जादूगर।

संजय काक, जिनकी अक्ल और शान्ति की मुझे दाना-पानी की तरह जरूरत होती है।

मेरी रॉय सीनियर, जिनकी मैं सबसे अधिक प्रशंसा करती हूँ, मेरी रॉय जूनियर, मेरी बहन, और एल के सी--जो मेरे भाई, मेरे दोस्त, मेरे पनाहगार के रूप में हमेशा मौजूद रहते हैं।

आप सबका बहुत-बहुत शुक्रिया।

विषय-सूची

न्याय का गणित

कल्पनाशीलता का अन्त

'रेगिस्तान थर्रा उठा', भारत सरकार ने हमें (अपनी जनता को) बताया।

'पूरी पहाड़ी सफेद हो गई', पाकिस्तान की हुकूमत ने जवाब दिया।

दोपहर तक पोखरण में हवा शान्त हो चुकी थी। दिन में 3 बजकर 45 मिनट पर तीनों उपकरणों को टाइमर ने डिटोनेट कर दिया। जमीन के भीतर करीब 200 से 300 मीटर की गहराई में दस लाख डिग्री सेंटीग्रेड गर्मी—उतनी ही जितनी सूरज में है—पैदा हो गई। देखते-देखते उसके इर्द-गिर्द हजारों टन के पत्थर, जमीन के भीतर एक छोटी पहाड़ी वाष्पित हो गई...धमाके के साथ फुटबॉल के मैदान के आकार का एक भूखंड जमीन से कई मीटर ऊपर उठने लगा। एक वैज्ञानिक ने उसे देखते हुए कहा, 'अब मैं भगवान कृष्ण के पहाड़ी को उठाने की कहानियों पर यकीन कर सकता हूँ।'

—इंडिया टुडे[1]

मई, 1998। यह इतिहास की पुस्तकों में लिखा जाएगा, बशर्ते कि हमारे पास इतिहास की पुस्तकें बचें। और हाँ, बशर्ते हमारा कोई भविष्य हो। परमाणु हथियारों के बारे में कोई नई या मौलिक बात कहने के लिए नहीं बची है। किसी कहानीकार के लिए ऐसे मामले को दोबारा बताने से ज्यादा अपमानजनक कुछ और नहीं हो सकता, जिसे वर्षों से दुनिया के दूसरे हिस्सों में दूसरे लोग कई बार बहुत गहराई से, प्रभावपूर्ण तरीके और जानकारी के साथ पहले ही बता चुके हैं।

मैं गिड़गिड़ाने के लिए तैयार हूँ। खुद को पूरी तरह अपमानित करने के लिए तैयार हूँ क्योंकि इन परिस्थितियों में मौन नहीं रहा जा सकता। लिहाजा आपमें से जो लोग इसके लिए तैयार हैं : इस पुराने नाटक में अपनी-अपनी भूमिका चुनकर अपने वेश धारण कर लें, अपने घिसे-पिटे संवाद याद कर इस घिसे-पिटे नाटक में शामिल हो लें। लेकिन हम यह न भूलें कि हम बहुत ऊँचे दाँव लगा रहे हैं। हमारी थकान और हमारी शर्मिन्दगी से हमारा खात्मा हो सकता है। हमारे

बच्चों और बच्चों का खात्मा हो सकता है। पर वह शय खत्म हो सकती है जिसे हम चाहते हैं। हमें अपने भीतर उतरकर उस शक्ति को तलाशना है, लड़ने के लिए ताकत जुटानी है।

यहाँ भी हम वक्त से बहुत पीछे रह गए हैं—न केवल वैज्ञानिक और तकनीकी तौर पर (खोखले दावों को भूल जाइए) बल्कि परमाणु हथियारों की असली प्रकृति समझने की अपनी क्षमता के मामले में भी। भयावह विभाग की हमारी समझ निराशा की हद तक पुरानी पड़ चुकी है। भारत और पाकिस्तान में हम सब राजनीति और विदेश नीति की बेहतरीन बातों पर चर्चा कर रहे हैं, दुनिया को ऐसा जता रहे हैं गोया हमारी सरकारों ने एक नया, बड़ा बम तैयार कर लिया है, एक तरह का शक्तिशाली हथगोला जिससे वे दुश्मन (एक-दूसरे) को खत्म कर डालेंगे और हम सबको सभी तरह के नुकसान से बचाएँगे। हम यह मानने के लिए कितने उतावले हैं। हम कितने आश्चर्यजनक, सीधे-सादे, अखलाकमन्द, भोले-भाले लोग बन गए हैं। बाकी मानव जाति (हाँ, हाँ, मैं जानती हूँ, लेकिन फिलहाल उन्हें नजरअन्दाज कर दीजिए; उन्होंने बहुत पहले अपने वोट गँवा दिए), बाकी मानव जाति शायद हमें माफ नहीं कर पाएगी, लेकिन बाकी मानव जाति शायद यह नहीं जान पाएगी कि हम कितने थके, मायूस, दिलजले हैं। शायद उसे एहसास नहीं हो रहा कि हमें कितना जल्दी एक चमत्कार की जरूरत है। हम दिल की कितनी गहराई से चमत्कार की आस लगाए बैठे हैं।

काश ! काश अगर परमाणु युद्ध एक और सामान्य युद्ध की ही तरह होता। काश ! यह सामान्य बातों—राष्ट्रों और सीमाओं, देवताओं और इतिहास की तरह होता। काश ! हममें से वे लोग जो इससे डरते हैं, नैतिक रूप से कायर होते, जो हमारे विश्वासों के लिए मरने को तैयार नहीं हैं। काश ! परमाणु युद्ध ऐसा युद्ध होता जिसमें देश आपस में लड़ रहे होते और जनता आपस में। लेकिन ऐसा नहीं है। अगर कोई परमाणु युद्ध होता है तो हमारे दुश्मन चीन या अमेरिका, या यहाँ तक कि वे एक-दूसरे के नहीं हो सकते। खुद पृथ्वी ही हमारी दुश्मन हो जाएगी। मूल तत्व—आकाश, वायु, पृथ्वी, पवन और जल—हमारे विरुद्ध हो जाएँगे। उनका प्रतिशोध भयावह होगा।

हमारे शहर और जंगल, हमारे खेत और गाँव कई दिनों तक जलते रहेंगे। नदियाँ जहरीली हो जाएँगी। हवा आग हो जाएगी। बयार लपटों की तरह चलेगी। जब सारी जलनेवाली चीजें जल चुकी होंगी और आग बुझ जाएगी तो धुआँ उठेगा और सूरज को ढक लेगा। पृथ्वी अन्धकार में समा जाएगी। तब कोई दिन नहीं होगा। बस लम्बी, अन्तहीन रात होगी। तापमान हिमांक से भी काफी नीचे चला

जाएगा और परमाणविक शिशिर ऋतु शुरू हो जाएगी। पानी जहरीली वर्फ में तब्दील हो जाएगा। रेडियोधर्मी पदार्थ रिसकर जमीन में चले जाएँगे और भू-जल को प्रदूषित कर देंगे। जानवर और सब्जियाँ, मछली और पक्षी, ज्यादातर जीव-जन्तु मर जाएँगे। केवल चूहे और तिलचट्टे फलेंगे-फूलेंगे और जो थोड़ा-बहुत खाने को बचा होगा उसके लिए मानव क्लोनों से होड़ लगाएँगे।

हम लोगों में से जिन्दा बचे लोग तब क्या करेंगे ? झुलसे, अन्धे, गंजे और बीमार हम कैंसर पीड़ित अपने बच्चों के कंकालों को सँभाले कहाँ जाएँगे ? हम क्या खाएँगे? हम क्या पीएँगे ? हम कैसे साँस लेंगे ?

मुम्बई स्थित भाभा परमाणु अनुसन्धान केन्द्र के स्वास्थ्य, पर्यावरण और सुरक्षा समूह के प्रमुख के पास एक योजना है। उन्होंने एक साक्षात्कार में कहा कि भारत परमाणु युद्ध झेल सकता है ?[2] उनकी सलाह है कि अगर परमाणु युद्ध होता है तो हमें सुरक्षा के उन्हीं उपायों को अपनाना होगा जिन्हें अपनाने की सलाह वैज्ञानिक परमाणु संयन्त्रों में दुर्घटना की घड़ी में दिया करते थे।

वे सुझाते हैं कि आयोडीन की गोलियाँ लीजिए। दूसरे उपाय हैं—घर के अन्दर रहें, केवल संचित जल और भोजन का सेवन करें और दूध न लें। शिशुओं को पाउडर से बना दूध दिया जाए। 'खतरे वाले क्षेत्र के लोगों को फौरन नीचे की मंजिल में और मुमकिन हो तो बेसमेंट में चले जाना चाहिए।'

पागलपन की इस हद का कोई क्या कर सकता है ? अगर आप किसी ऐसे पागलखाने में फँस गए हों जहाँ सारे डॉक्टर बावले हों तो आप क्या कर सकते हैं ?

वे कहेंगे, गोली मारो इसे, यह महज एक उपन्यासकार की कपोल-कल्पना है, कयामत की पेशीनगोई करनेवाली अतिशयोक्तिपूर्ण बात है। ऐसी नौबत कभी नहीं आएगी। कोई युद्ध नहीं होगा। परमाणु हथियार युद्ध के लिए नहीं, शान्ति के लिए हैं। ये खुद को बाज (लड़ाकू) समझनेवाले लोग 'अवरोधक' (डिटरेंस) को मूलमन्त्र मानते हैं। (कितने अच्छे पक्षी होते हैं। खामोश। अपनी तरह के। दूसरे को निगल जानेवाले। अफसोस कि युद्ध के बाद इनमें से इक्का-दुक्का ही नजर आएगा। विलुप्त ऐसा शब्द है, जिसे हमें समझने की कोशिश करनी चाहिए और अभ्यस्त हो जाना चाहिए।) अवरोधक पुराना सिद्धान्त है, जिसे पुनः जीवित कर स्थानीय पसन्द के मुताबिक दोबारा प्रचलित किया जा रहा है। शीत युद्ध को तीसरे युद्ध में बदलने से बचाने का श्रेय अवरोध के सिद्धान्त को दिया गया है। तीसरे युद्ध के बारे में एक ही अपरिवर्तनीय तथ्य यह है कि अगर कोई तीसरा विश्व युद्ध होगा तो वह दूसरे विश्व युद्ध के बाद लड़ा जाएगा। दूसरे शब्दों में,

हमारे पास अभी वक्त है। बात सही है कि शीत युद्ध खत्म हो गया, लेकिन दस साल तक परमाणु रवैये में ढील से धोखा न खाएँ। यह महज क्रूर मजाक था। इसमें केवल ढीलापन आया था। इससे मुक्ति नहीं मिली थी। इससे कोई सिद्धान्त साबित नहीं होता। आखिर, दुनिया के इतिहास में दस वर्षों की क्या अहमियत है ? बीमारी फिर उभर आई है। इस बार यह बहुत व्यापक है और किसी उपचार का इस पर असर नहीं है। नहीं, अवरोधक के सिद्धान्त में ही कुछ मौलिक खामियाँ हैं।

❑

खामी नम्बर एक यह है कि इसमें मान लिया जाता है कि आपको दुश्मन की मानसिकता की गहरी पकड़ है। इसमें यह मान लिया जाता है कि जो आपको रोक रहा है (नेस्तनाबूद होने की आशंका से) वही उनको भी रोकेगा। लेकिन उन लोगों का क्या करेंगे जो इससे नहीं रुकनेवाले हैं ? क्या मानव मन की आत्मघाती मानसिकता—'हम तो डूबेंगे सनम, तुम्हें भी ले डूबेंगे'—कोई अनोखा विचार है ?

वैसे भी, 'आप' कौन हैं और 'दुश्मन' कौन है ? दोनों केवल सरकारें हैं। सरकारें बदलती हैं। वे मुखौटे पर मुखौटा लगाती हैं। वे हर बार खुद को अलग साँचे में ढालकर अलग रूप धारण कर लेती हैं। मिसाल के तौर पर फिलहाल हमारी सरकार के पास कार्यकाल पूरा करने के लिए भी पर्याप्त सीटें नहीं हैं, लेकिन वह हमसे चाहती है कि हम परमाणु बमों के साथ चालबाजी करने की क्षमता पर विश्वास करें, भले ही वह संसद में मामूली बहुमत बरकरार रखने के लिए इधर-उधर छीनाझपटी कर रही है।

दूसरे नम्बर की खामी यह है कि अवरोधक भय पर आधारित है। लेकिन भय समझ पर आधारित होता है। परमाणु युद्ध से होनेवाली तबाही के पैमाने की सही समझ पर आधारित है। परमाणु बमों में ऐसा कोई अन्तर्निहित, रहस्यवादी गुण नहीं है जो स्वतः शान्ति के विचारों को प्रेरित करता हो। इसके विपरीत, यह उन लोगों का अन्तहीन, अथक संघर्षपूर्ण काम है जिनमें खुलेआम उनकी भर्त्सना करने का साहस है : उनके अभियान और विरोध प्रदर्शन, उनकी फिल्में, उनका गुस्सा—उसी ने परमाणु युद्ध को रोका है या शायद सिर्फ टाला है। अवरोधक हमारे दो देशों के ऊपर छाए अज्ञानता और निरक्षरता के अभेद्य पर्दे के कारण न तो असर करेगा न ही कर रहा है। (देखिए विश्व हिन्दू परिषद् पोखरण के रेगिस्तान की रेडियोधर्मी बालू को पूरे देश में प्रसाद की तरह बाँटना चाहती है। ये क्या है—कैंसर यात्रा ?) अवरोधक का सिद्धान्त ऐसी दुनिया में एक खतरनाक

चुटकुले के अलावा कुछ नहीं है जहाँ परमाणु विकिरण से बचने के लिए आयोडीन की गोलियाँ लेने की सलाह दी जाती है।

भारत और पाकिस्तान के पास अब परमाणु बम हैं और बम रखना वे पूरी तरह से तर्कसंगत मानते हैं। जल्दी ही दूसरों के पास भी पर्याप्त तर्क हो जाएँगे। ईरान, इराक, सऊदी अरब, नॉर्वे, नेपाल (मैं यहाँ उदार होने की कोशिश कर रही हूँ), डेनमार्क, जर्मनी, भूटान, मेक्सिको, लेबनॉन, श्रीलंका, बर्मा, बोस्निया, सिंगापुर, उत्तरी कोरिया, स्वीडन, दक्षिण कोरिया, वियतनाम, क्यूबा, अफगानिस्तान, उज्बेकिस्तान...और क्यों न हों ? दुनिया के हर देश के पास बम बनाने की खास वजह है। सबकी अपनी सीमाएँ और विश्वास हैं। और जब हमारे भंडार चमकीले बमों से अटे पड़े होंगे और हमारे पेट खाली होंगे (अवरोधक बहुत महँगा हैवान है), तब हम बमों के बदले भोजन खरीद सकेंगे। और जब परमाणु टेक्नोलॉजी बाजार में पहुँच जाएगी, और जब वह वाकई प्रतिस्पर्धात्मक होगी और कीमतें घटेंगी तो न केवल सरकारें, बल्कि कोई भी—व्यापारी, आतंकवादी, शायद इक्का-दुक्का अमीर हुआ कोई लेखक भी (जैसे मैं हूँ)—उन्हें खरीद सकता है, अपना निजी शस्त्रागार बना सकता है। हमारा ग्रह खूबसूरत प्रक्षेपास्त्रों से दमकेगा। एक नई विश्व व्यवस्था होगी। परमाणु बम समर्थक कुलीन वर्ग की तानाशाही होगी। हम एक दूसरे को धमकाकर आनन्दित हो सकते हैं। यह ऐसी बंगी जंपिंग होगी जिसमें आप बंगी की रस्सियों पर भरोसा नहीं कर सकते या दिन भर रूसी रूलेट खेलने जैसा होगा। वह रोमांच अतिरिक्त फायदा होगा जो यह न मालूम होने से पैदा होता है कि किस पर भरोसा किया जाए। हम उन हरेक ग्रीन कार्ड चाहनेवाले बातूनियों की परभक्षी कल्पना का शिकार हो सकते हैं, जो किसी भी क्षण होनेवाले प्रक्षेपास्त्र हमलों की मनगढ़न्त कहानियों के साथ पश्चिम में नमूदार होते हैं। हम हर आमदू-खामदू किस्म के उपद्रवियों और अफवाह फैलानेवालों के बन्धक बनने की सम्भावना से खुश हो सकते हैं। ये जितने अधिक होंगे उतना अच्छा रहेगा। अगर सच बोला जाए तो सिर्फ और अधिक बम बनाने के लिए। तो देखा आपने युद्ध के बिना भी, हमारे पास आगे बढ़ने के कई कारण हैं।

लेकिन जरा रुकें, और इसका श्रेय उन्हें दें जो इसके हकदार हैं। हमें इन सबके लिए किसका शुक्रिया अदा करना चाहिए ?

जिन लोगों ने इसे बनाया। ब्रह्मांड के मालिक। देवियो और सज्जनो, वह संयुक्त राज्य अमेरिका है ! सब लोग यहाँ आइए, खड़े होइए और नतमस्तक होइए। दुनिया के साथ ऐसा करने के लिए शुक्रिया। अन्तर पैदा करने के लिए

शुक्रिया। हमें रास्ता दिखाने के लिए शुक्रिया। जीवन के मूलभूत अर्थ को ही बदल देने के लिए शुक्रिया।

इसके बाद हमें मरने से नहीं बल्कि जिन्दा रहने से डरना है।

यह मानना ही भयावह भूल है कि परमाणु हथियार तभी खतरनाक होते हैं जब उनका इस्तेमाल किया जाता है। यह तथ्य ही कि उनका वजूद है, हमारे जीवन में उनकी मौजूदगी ही इतनी तबाही मचाएगी जितनी कि हम कल्पना नहीं कर सकते। परमाणु हथियार हमारे चिन्तन पर छाए हुए हैं। हमारे व्यवहार को नियन्त्रित करते हैं। हमारे समाजों को चलाते हैं। हमारे सपनों की दिशा निर्धारित करते हैं। वे खुद को हमारे मस्तिष्क में मांस टाँगनेवाली खूँटियों की तरह गहरे धँसा लेते हैं। वे इस पागलपन के संरक्षक हैं। वे परम उपनिवेशवादी हैं। इतिहास के श्वेततम व्यक्ति से श्वेत। श्वेत का हृदयस्थल।

मैं यहाँ भारत और वहाँ, थोड़ी दूर पाकिस्तान के हर आदमी, औरत और संवेदनशील बच्चे से यही कह सकती हूँ कि इसे निजी तौर पर समझें। आप जो भी हों—हिन्दू, मुसलमान, शहरी, कृषक—इससे कोई फर्क नहीं पड़ता। परमाणु युद्ध के बारे में एकमात्र अच्छी बात यह है कि मानव जाति के पास यह इकलौता सबसे अधिक समतावादी विचार है। कयामत के दिन आपसे आपकी पहचान के प्रमाण नहीं माँगे जाएँगे। तबाही कोई भेदभाव नहीं बरतेगी। बम आपके पिछवाड़े में नहीं है। यह आपके शरीर में है। मेरे शरीर में है। किसी को नहीं, न किसी राष्ट्र को, न किसी सरकार को, न किसी आदमी को और न ही किसी देवता को इसे यहाँ रखने का अधिकार है। हम रेडियोधर्मी हो गए हैं। अभी तो युद्ध शुरू भी नहीं हुआ है। लिहाजा, खड़े होइए और कुछ कहिए। इसकी चिन्ता मत करिए कि यह पहले कहा जा चुका है। आप इसे निजी मामला मानिए।

❑

बम और मैं

मई 1998 के शुरू में (बम से पहले) मैं तीन हफ्ते के लिए घर से बाहर थी।

जब मैं बाहर थी तो मेरी मुलाकात एक ऐसी सहेली से हुई जिसे मैं अन्य बातों के अलावा उसकी गहरी आत्मीयता को क्रूरता की हद तक साफगोई के साथ मिलाने की क्षमता के लिए प्यार करती हूँ।

उसने कहा, 'मैं तुम्हारे बारे में, *गॉड ऑफ स्मॉल थिंग्स* के बारे में सोच रही थी—इसके भीतर, इस पर, इसके नीचे, इसके चारों ओर, इसके ऊपर...क्या है।'

वह कुछ देर के लिए खामोश हो गई। मैं असहज हो गई थी और मुझे नहीं लग रहा था कि मैं उसकी बाकी बातें सुनने के लिए तैयार हूँ। लेकिन वह अपनी बात कह डालने पर आमादा थी। 'इस पिछले साल—असल में एक साल से भी कम समय में—तुम्हें बहुत कुछ मिला—प्रसिद्धि, पैसा, पुरस्कार, प्रशंसा, आलोचना, निन्दा, उपहास, प्यार, नफरत, गुस्सा, ईर्ष्या, दरियादिली—सब कुछ। इस तरह से यह बिलकुल मुकम्मल कहानी है। अपनी अतियों में नाटकीय दिक्कत यह है कि इसका केवल एक यथोचित अन्त है, या हो सकता है।' उसकी निगाहें मुझ पर टिकी थीं, जो तिरछी और अन्वेषी चमक से दमक रही थीं। वह जानती थी कि मुझे मालूम है कि वह क्या कहने जा रही है। वह बावली थी।

वह कहनेवाली थी कि मेरे साथ भविष्य में जो भी होगा वह इसकी कभी भी बराबरी नहीं कर सकेगा। यह कि मेरा पूरा जीवन कुछ हद तक कमोबेश असन्तोषजनक होनेवाला है। लिहाजा, इस कहानी का इकलौता मुकम्मल अन्त होगा मृत्यु। मेरी मौत।

यह खयाल मुझे भी आया था। हाँ, खयाल आया था। यह तथ्य कि यह विश्वव्यापी चमक-दमक—मेरी आँखों की चमक, वाहवाही, फूलों के गुच्छे, फोटोग्राफर, मेरी जिन्दगी में रुचि लेनेवाले पत्रकार (जो अभी तक एक भी कोई सही तथ्य नहीं निकाल पाए हैं), मेरी चापलूसी करनेवाले सूट-बूटवाले लोग, अनगिनत तौलियोंवाले होटल के चमचमाते बाथरूम—इनमें से कोई दोबारा कभी नहीं मिलेगा। क्या मैं इसके लिए तरसूँगी ? क्या अब यह मेरी जरूरत बन गई है ? क्या मैं शोहरत की भूखी थी ? क्या मुझे यह सब न रहने पर तकलीफ होगी ?

मैंने इसके बारे में जितना सोचा उतना ही स्पष्ट होता गया कि अगर मशहूर बने रहना मेरी स्थायी स्थिति बन गई तो यह मुझे मार डालेगी। यह अपने शिष्टाचारों और स्वच्छता से मेरा गला घोंट देगी। मैं यह मानती हूँ कि मैंने अपनी प्रसिद्धि के इन चन्द लम्हों का भरपूर आनन्द लिया है, लेकिन मुख्यतः इसलिए कि वह महज चन्द लम्हे थे। क्योंकि मैं जानती थी (या लगा कि मैं जानती हूँ) कि जब भी मैं ऊबूँगी, घर जा सकती हूँ और इस पर हँस सकती हूँ। बुजुर्गियत के साथ ही गैरजिम्मेदार। चाँदनी रात में आम खाऊँगी। शायद कुछ नाकाम किताबें—जो बिलकुल न बिकें—लिखकर उनके बारे में प्रतिक्रिया देखूँगी। एक साल तक मैं दुनिया भर में घूमती फिरी हूँ। पर हमेशा घर और वहाँ की अपनी जिन्दगी के बारे में सोचती रही हूँ। मेरे सम्भावित प्रवास के बारे में सारी पूछताछ और भविष्यवाणी के विपरीत मैं खयालों के उसी तालाब में गोते लगा रही थी।

वही मेरी खुराक थी। मेरी ताकत थी। मैंने अपनी सहेली को बताया कि मुकम्मल कहानी जैसी कोई चीज नहीं होती। मैंने कहा, कुछ भी हो इन चीजों के बारे में उसका नजरिया बाहरी था, यह धारणा कि किसी व्यक्ति की खुशी या यूँ कहें कि सन्तुष्टि चरम पर है (और अब उसका नीचे आना लाजमी है) क्योंकि वह संयोगवश 'कामयाब' हो गई है। यह इस अकल्पनाशील विश्वास पर आधारित थी कि हर व्यक्ति कुल मिलाकर दौलत और शोहरत पाने का ही सपना देखता है।

मैंने उससे कहा कि तुम बहुत लम्बे समय तक न्यूयॉर्क में रही हो। दुनिया वहीं तक सीमित नहीं है। दूसरे सपने भी हैं। ऐसे सपने जिनमें नाकामी ही सम्भाव्य फल है। सम्माननीय है। कभी-कभी इस नाकामी के लिए जद्दोजहद भी मुनासिब है। ऐसी दुनियाएँ, जिनमें मान्यता ही काबिलियत या मानवीय गुणों का इकलौता मापदंड नहीं है। मैं ऐसे कई योद्धाओं को जानती और सराहती हूँ, ऐसे लोग जो मुझसे कहीं ज्यादा मूल्यवान हैं, जो हर रोज युद्ध के लिए निकलते हैं यह जानते हुए भी कि वे सफल नहीं होंगे, सच है कि वे 'कामयाब' शब्द के बेहद आदी, पर अर्थों में कम 'कामयाब' हैं, लेकिन किसी भी तरह से कम सन्तुष्ट नहीं हैं।

मैंने उसे बताया कि केवल यही एक सपना देखे जाने योग्य है कि जब तक जान है तब तक जिएँगे और दम निकलने के बाद ही मरेंगे। (दूरदर्शिता ? शायद)

'इसका मतलब क्या हुआ ?' (भौंहें सिकोड़कर, थोड़ी नाराजगी के साथ) उसने पूछा।

मैंने समझाने की कोशिश की पर ठीक से समझा नहीं पाई। कभी-कभी मुझे सोचने के लिए लिखने की जरूरत होती है। लिहाजा, मैंने उसके लिए इसे कागज के एक नैपकिन पर लिख दिया। मैंने जो लिखा वह था : *'प्यार देना। प्यार पाना। कभी अपनी महत्त्वहीनता नहीं भूलना। कभी वीभत्स हिंसा और अपने इर्दगिर्द के जीवन की भौंडी असमानता का अभ्यस्त नहीं होना। सबसे अधिक उदास करनेवाली जगहों पर भी खुशी की तलाश करना। खूबसूरती के नीचे की तह में जाना। कभी सहज को पेचीदा या पेचीदा को सहज नहीं बनाना। सत्ता नहीं बल्कि सामर्थ्य या क्षमता की प्रशंसा करना। सबसे बढ़कर, देखना। कोशिश करना और समझना। कभी नजरें नहीं फेरना। और भूलना तो कदापि नहीं।'*

मैं अपनी इस सहेली को कई वर्षों से जानती हूँ। वह आर्किटेक्ट भी है।

वह कुछ शंकित लग रही थी, कागज के नैपकिन पर लिखे मेरे भाषण से कुछ असहमत-सी। इस सबको बहुत ही सँवरे गद्य में व्यवस्थित तरीके से बतला सकती

थी, और चूँकि वह मुझे प्यार करती थी, इसलिए वह मेरी 'कामयाबी' पर इस कदर रोमांचित और उदार थी कि मेरी मौत की आशंका से परेशान थी। मैं जानती थी कि इसमें अपनी ओर से कुछ भी नहीं था। बस एक गढ़ी हुई बात थी।

❑

खैर, उस बातचीत के दो सप्ताह बाद मैं भारत लौट आई। जिसे मैं घर समझती और मानती रही हूँ। यहाँ जरूर कुछ खत्म हो गया था लेकिन वह मैं नहीं थी। और यह निश्चय ही बेशकीमती था। यह ऐसी दुनिया थी जो कुछ समय से बीमार चल रही थी और आखिरकार उसने दम तोड़ दिया। अब उसका अन्तिम संस्कार कर दिया गया है। माहौल में सड़ाँध की और हवा में फासीवाद की दुर्गन्ध है।

आए दिन अखबारों के सम्पादकीय, रेडियो, टीवी के चैट शो, यहाँ तक कि एमटीवी पर ऐसे लोग—लेखक, पेंटर, पत्रकार—जिनकी सहज वृत्ति पर भरोसा किया जा सकता था, पाला बदले नजर आ रहे थे। मेरी हड्डियाँ काँप उठती हैं क्योंकि रोजमर्रा की जिन्दगी से मिले सबक से पीड़ादायक तरीके से यह स्पष्ट होता जाता है कि आपने इतिहास की किताब में जो पढ़ा है वह सही है। फासीवाद का सम्बन्ध जितना सरकार से है उतना ही लोगों से है। यह कि इसकी शुरुआत घर से ही होती है। बैठकखानों में। शयनकक्षों में। बिस्तरों पर। परमाणु परीक्षणों के बाद के दिनों में अखबारों के शीर्षक थे—'आत्मसम्मान का विस्फोट', 'पुनरुत्थान का पथ', 'गौरव की घड़ी।'[3] शिवसेना के बाल ठाकरे ने कहा, 'हमने साबित कर दिया है कि अब हम हिजड़े नहीं रहे'।[4] (यह किसने कब कहा था कि हम थे ? यह सही है कि हममें काफी महिलाएँ हैं, लेकिन जहाँ तक मुझे जानकारी है, वे वही नहीं होतीं। अखबारों को पढ़कर यह भेद करना मुश्किल हो गया था कि लोग कब वियाग्रा (जो पहले पन्ने पर दूसरे नम्बर की खबर बनी हुई थी) और कब बम की बात कर रहे हैं—'हमारे पास अधिक शक्ति और पौरुष (पोटेंसी) है।' (यह हमारे रक्षामन्त्री का पाकिस्तान के परीक्षणों के बाद का बयान था।)[5]

हमें बार-बार बताया गया, 'ये मात्र परमाणु परीक्षण नहीं, राष्ट्रवाद के भी परीक्षण हैं।'

यह बात ठोक-ठोककर दिलों में बैठा दी गई। बम भारत है, भारत ही बम है। सिर्फ भारत ही नहीं, हिन्दू भारत। लिहाजा, सावधान, इसकी किसी तरह की आलोचना महज राष्ट्रविरोधी ही नहीं, बल्कि हिन्दूविरोधी भी है। (निश्चय ही पाकिस्तान में वह बम इस्लामी है। इसके अलावा, राजनैतिक रूप से यही भौतिकी

वहाँ भी लागू होती है।) यह परमाणु बम रखने के अप्रत्याशित विशेष लाभों में से एक है। सरकार इसका प्रयोग न केवल दुश्मन को डराने के लिए कर सकती है बल्कि वह इसका प्रयोग अपने ही लोगों के खिलाफ जंग का ऐलान करने के लिए भी कर सकती है। हमारे खिलाफ।

श्रीमती गांधी ने 1975 में भारत के परमाणु के समुद्र में अँगूठा भिगोने के एक साल बाद ही इमरजेंसी की घोषणा कर दी थी। न जाने भविष्य में क्या है ? चर्चा है कि राष्ट्रविरोधी गतिविधियों की निगरानी करने के लिए प्रकोष्ठ बनाए जा रहे हैं। 'राष्ट्रीय संस्कृति को नुकसान पहुँचानेवाले' केबल नेटवर्कों को प्रतिबन्धित करने के लिए केबल कानून में संशोधन करने की चर्चा है।[6] चर्चों को धार्मिक स्थलों की सूची से बाहर करने की बात चल रही है, क्योंकि वहाँ वाइन परोसा जाता है। (पहले घोषणा हुई फिर वापस ले ली गई)।[7] कलाकारों, लेखकों, अभिनेताओं और गायकों को परेशान किया जा रहा है, धमकाया जा रहा है (और वे दबाव में आ रहे हैं)। ऐसा न केवल गुंडों के गिरोह बल्कि सरकारी अमले कर रहे हैं। और यह अदालतों में हो रहा है। नेट पर पत्र और लेख जारी किए जा रहे हैं—नॉस्ट्राडेमस की भविष्यवाणियों की रचनात्मक व्याख्या करते हुए दावा किया जा रहा है कि एक शक्तिशाली, सर्वविजयी हिन्दू राष्ट्र उभरनेवाला है—एक पुनर्जीवित भारत जो 'अपने पूर्व उत्पीड़कों पर टूट पड़ेगा और उन्हें पूरी तरह बर्बाद कर देगा।' यह किसी इकलौते उजड्ड व्यक्ति, या धर्मान्ध लोगों के किसी गिरोह का काम हो सकता है। मुसीबत यह है कि परमाणु बम के होने से इस तरह के विचार सम्भव लगने लगते हैं। यह इसी तरह के विचारों का सृजन करता है। यह लोगों में उनकी अपनी ताकत के इन बेहद बेतुके, बेहद खतरनाक, विचारों को जन्म देता है। ऐसा हो रहा है। यह सब हो रहा है। काश ! मैं कह सकती कि ऐसा 'धीरे-धीरे और यकीनन' हो रहा है—लेकिन मैं यह कह नहीं सकती। हालात बहुत तेजी से बदल रहे हैं।

यह सब इतना जाना-पहचाना क्यों लगता है ? क्या इसलिए कि आपके देखते ही देखते हकीकत विलीन होकर मूक, श्वेत-श्याम पुरानी फिल्मों की तस्वीरों में तब्दील हो जाती है—घरों से निकालकर जमा किए जाते और फिर शिविरों में ठूँसे जाते लोग ? नरसंहार के, नरमेध के, कहीं न पहुँचनेवाले बदहाल लोगों की अनगिनत कतारों के दृश्य ? इसमें कोई साउंडट्रैक क्यों नहीं है ? हॉल में इतना सन्नाटा क्यों है ? क्या मैं जरूरत से कुछ ज्यादा ही फिल्में देखती रही हूँ ? क्या मैं पागल हूँ ? या क्या मैं सही हूँ ? क्या वे तस्वीरें हमारी उस दिशा, जो हमने पकड़ ली है, की अवश्यम्भावी परिणति हो सकती हैं ? क्या हमारा भविष्य हमारे

अतीत की ओर दौड़ रहा है ? मुझे ऐसा ही लगता है। हाँ, जब तक परमाणु युद्ध उसे हमेशा-हमेशा के लिए शान्त न कर दे।

जब मैंने अपने दोस्तों को बताया कि मैं यह लेख लिख रही हूँ तो उन्होंने मुझे आगाह किया। उन्होंने कहा, 'लिखो लेकिन पहले यह तय कर लो कि तुम में कहीं कोई कमजोरी तो नहीं है। यह देख लो कि तुमने सारे टैक्स दिए हुए हैं।'

मेरे कागजात दुरुस्त हैं। टैक्स दिया हुआ है। लेकिन इस तरह के माहौल में कोई कैसे कमजोर स्थिति में नहीं हो सकता ? हर कोई कमजोर है। हादसे होते हैं। केवल सहमति में ही सुरक्षा है। यह लिखते वक्त मुझे पूर्व चेतावनी का पूरा एहसास है। मुझे अच्छी तरह मालूम है कि इस देश में किसी लेखक के लिए लोकप्रिय (और कुछ हद तक घृणित) होने का एहसास कैसा होता है। 1997 में मैं मीडिया की साल के आखिर में प्रकाशित होनेवाली राष्ट्रीय गौरव की सूची में शामिल थी। उस सूची में शामिल अन्य लोगों के अलावा एक बम निर्माता और एक अन्तरराष्ट्रीय ब्यूटी क्वीन भी थी। सड़क पर जब भी कोई उत्साही व्यक्ति मुझे रोकता और कहता 'तुमने भारत का सर ऊँचा किया है' (मेरी लिखी किताब नहीं, बल्कि मुझे मिले पुरस्कार के सन्दर्भ में) तो मैं असहज महसूस करती। तब मुझे इससे डर लगता था और अब इससे मुझे दहशत होती है, क्योंकि मुझे मालूम है कि भावनाओं का वह उभार, वह रेलमपेल मेरे खिलाफ जा सकता है। शायद वह घड़ी आ गई है। मैं उस परीलोकीय चमक से बाहर निकलकर अपने मन की बात कहने जा रही हूँ।

और यह है मेरे मन की बात :

अगर मेरे जेहन में गहरे धँसा दिए गए परमाणु बम का विरोध करना हिन्दू-विरोधी और राष्ट्रविरोधी है तो मैं उससे अलग होती हूँ। मैं घोषणा करती हूँ कि मैं एक स्वतन्त्र व चलता-फिरता मनुष्य हूँ। मैं इस पृथ्वी की नागरिक हूँ। मैं किसी इलाके की मालकिन नहीं हूँ। मेरा कोई झंडा नहीं है। मैं औरत हूँ, और मुझे हिजड़ों से कोई शिकायत नहीं है। मेरी नीतियाँ सीधी-सादी हैं। मैं किसी भी परमाणु अप्रसार सन्धि या परमाणु परीक्षण सन्धि पर दस्तखत करने को तैयार हूँ। आप्रवासियों का स्वागत है।

मेरी दुनिया मर गई है। और मैं उसका मर्सिया लिख रही हूँ।

निश्चय ही वह खामियों भरी दुनिया थी। वह चलनेवाली दुनिया थी भी नहीं। एक दागदार और घायल दुनिया। वह ऐसी दुनिया थी जिसकी खुद मैंने जमकर आलोचना की थी लेकिन वह महज इसलिए कि मुझे उससे प्यार था। उसे मरना

नहीं चाहिए था। उसे क्षत-विक्षत नहीं किया जाना चाहिए था। माफ कीजिएगा, मैं जानती हूँ कि अतिभावुकता समझदारी नहीं है—लेकिन मैं अपनी उदासी का क्या करूँ ?

मैं उसे इसलिए चाहती थी क्योंकि उसमें मानवता के लिए एक विकल्प था। उसमें एक चट्टान थी, वह कहीं गहरे थी। वहीं एक ऐसी चिनगारी थी जो यह कहती थी कि जीने का एक अलग तरीका भी है। वह एक सक्रिय सम्भावना थी। असली विकल्प। अब सब उजड़ गया है। भारत के परमाणु परीक्षण, जिस तरह से वे किए गए, (हम लोगों द्वारा) जितने हर्षोल्लास के साथ उनका स्वागत किया गया, उस सबका पक्ष लेना सम्भव नहीं है। मेरे लिए यह सब खतरनाक स्थितियों का संकेत है। कल्पनाशीलता का अन्त। असल में आजादी का ही अन्त, क्योंकि वही तो आजादी है। चुनने का विकल्प।

हमने 17 अगस्त, 1997 को भारत की आजादी की 50वीं वर्षगाँठ मनायी थी। अब हम परमाणु दासता से भरे भविष्य का जश्न मना सकते हैं।

उन्होंने यह क्यों किया ?

राजनैतिक औचित्य स्वाभाविक, संकीर्ण जवाब है, लेकिन इससे एक और बुनियादी सवाल खड़ा हो जाता है : इसके राजनैतिक दबाव आखिर क्या थे ?

सरकारी तौर पर इसके तीन कारण बताए गए : चीन, पाकिस्तान और पश्चिमी देशों के ढोंग को उजागर करना।

इसे सही मानकर अगर हर एक पर अलग-अलग विचार किया जाए तो वे कुछ हद तक हतप्रभ करनेवाले लगते हैं। मैं क्षण भर के लिए यह नहीं कहना चाहती कि ये नये मामले नहीं हैं। असली मुद्दे नहीं हैं। बस इतना कि पुराने क्षितिज पर केवल एक ही नई चीज भारत सरकार है। हमारे प्रधानमन्त्री अमेरिकी राष्ट्रपति को लिखे अपने युयुत्स मानसिकतावाले पत्र (पत्र लिखा ही क्यों जब आप इस तरह की बात लिखनेवाले थे ?) में कहते हैं कि भारत ने परमाणु परीक्षण करने का फैसला 'बिगड़ते सुरक्षा माहौल' के कारण किया। वे 1962 में चीन के साथ युद्ध का जिक्र करते हैं तथा '(पाकिस्तान की ओर से) तीन हमले पिछले पचास साल में हमने झेले, का जिक्र करते हैं। और पिछले दस साल से हम... खासकर जम्मू और कश्मीर में उसके (पाकिस्तान) द्वारा प्रायोजित आतंकवाद और उग्रवाद से पीड़ित हैं।'[8]

चीन के साथ युद्ध को कई दशक बीत चुके हैं। (अगर कोई बेहद महत्त्वपूर्ण सरकारी गोपनीय बात हो जिसे हम नहीं जानते), यकीनन ऐसा लगता था कि हम दोनों के बीच सम्बन्ध थोड़े सुधरे हैं। परमाणु परीक्षणों से कुछ ही रोज पहले चीनी

पीपुल्स लिबरेशन आर्मी के प्रमुख जनरल फू क्वानयू हमारे सेना प्रमुख के अतिथि थे, तब तो हमने लड़ाई की कोई बात नहीं सुनी।

पाकिस्तान के साथ सबसे हालिया लड़ाई सत्ताईस साल पहले लड़ी गई थी। मानती हूँ कि कश्मीर बेहद अशान्त क्षेत्र है और कोई शक नहीं कि इस आग में पाकिस्तान खुशी-खुशी घी डाल रहा है। लेकिन यह तो तय है कि घी तो कोई तभी डालेगा जब आग होगी ? यकीनन चिनगारियाँ भड़क रही हैं और जलने को तैयार हैं ? क्या रत्ती भर भी ईमानदारी के साथ भारत कश्मीर की समस्याओं में अपना हाथ होने से पूरी तरह अपने को निर्दोष करार दे सकता है ? कश्मीर, और बात चली है तो असम, त्रिपुरा, नागालैंड–वस्तुतः पूरा पूर्वोत्तर-झारखंड, उत्तराखंड और वे सारी समस्याएँ जो अभी उभरनेवाली हैं–ये सब एक बड़ी बीमारी के लक्षण हैं। यह पाकिस्तान पर परमाणु प्रक्षेपास्त्र साधने से सुलझ नहीं सकता और न ही सुलझेगा।

यहाँ तक कि पाकिस्तानी समस्या को पाकिस्तान पर परमाणु प्रक्षेपास्त्र साधने से नहीं सुलझाया जा सकता है। हालाँकि हम अलग-अलग देश हैं लेकिन हमारे आकाश, वायु और जल साझा हैं। किसी दिन विशेष पर रेडियो विकिरण की दिशा क्या होगी यह हवा और बारिश के रुख पर निर्भर करेगा। लाहौर और अमृतसर में तीस मील का ही फासला है। अगर हम लाहौर पर बम डालेंगे तो पंजाब जल जाएगा। अगर हम कराची पर बम गिराएँगे तो गुजरात और राजस्थान, शायद मुम्बई भी जल जाएगी। पाकिस्तान के साथ कोई भी परमाणु युद्ध अपने ही विरुद्ध जंग होगा।

जहाँ तक सरकार द्वारा दिए गए तीसरे कारण–पश्चिमी देशों के ढोंग का परदाफाश–का सवाल है उसका अब और कितना परदाफाश किया जा सकता है ? इस पृथ्वी पर क्या किसी भले मानुष को उसके बारे में अब भी कोई भ्रम है ? ये वे लोग हैं जिनके इतिहास दूसरों के खून से सने हैं। उपनिवेशवाद, रंगभेद, गुलामी, नस्लों का सफाया, जैविक युद्ध, रासायनिक हथियार–ये सब इन्हीं की खोज हैं। उन्होंने राष्ट्रों को लूटा है, सभ्यताओं को खत्म किया है, पूरी की पूरी कौमों का संहार किया है। वे दुनिया के मंच पर बिलकुल नंगे खड़े हैं लेकिन उन्हें कतई शर्म नहीं है, क्योंकि उन्हें मालूम है कि उनके पास सबसे ज्यादा पैसा है, ज्यादा भोजन और ज्यादा बड़े बम हैं। उन्हें मालूम है कि वे किसी भी दिन हमारा सफाया कर सकते हैं। निजी तौर पर मैं कहूँगी यह ढोंग कम दम्भ ज्यादा है।

हमारे पास कम पैसा, कम भोजन और छोटे बम हैं। लेकिन हमारे पास दूसरी तरह की सम्पत्तियाँ हैं–या थीं। असीमित, आनन्ददायी। हमने ठीक उसका उलटा

कर लिया है, हमने उस सबको गिरवी रख दिया है, जो हम सोचते हैं। हमने उसका सौदा कर लिया है। किसलिए ? उन्हीं लोगों के साथ करार करने के लिए जिनके बारे में हम कहते हैं कि हम उनसे घृणा करते हैं। व्यापक सन्दर्भ में हम उन्हीं का खेल उन्हीं की तरह खेलने के लिए तैयार हो गए हैं। हमने आँख मूँदकर उनकी शर्तों को मान लिया है। इसके मुकाबले सीटीबीटी तो कुछ भी नहीं है।

कुल मिलाकर, मुझे लगता है कि यह कहना सही होगा कि हम ही पाखंडी हैं। हम लोगों ने उस स्थिति को त्याग दिया है जो निस्सन्देह रूप से एक नैतिक स्थिति थी : *हमारे पास प्रौद्योगिकी है, हम चाहें तो बम बना सकते हैं लेकिन हम बनाएँगे नहीं। हमारा उसमें कोई विश्वास नहीं है।*

हम वे लोग हैं जिन्होंने महाशक्तियों के क्लब में शामिल किए जाने के लिए शर्मनाक तरीके से गिड़गिड़ाना शुरू कर दिया है। (अगर हम उसमें शामिल कर लिए गए तो इसमें कोई शक नहीं कि हम अपने बाद आनेवालों के लिए लपककर दरवाजा बन्द कर देंगे और कहेंगे कि भाड़ में जाएँ भेदभाव करनेवाली विश्व व्यवस्था के खिलाफ लड़ने के सिद्धान्त।) महाशक्ति की हैसियत की माँग करना भारत के लिए उतना ही बेतुका है जितना विश्व कप में खेलने की महज इस आधार पर माँग करना कि हमारे पास एक गेंद है। इससे क्या फर्क पड़ता है कि हमने कभी क्वालीफाई नहीं किया, या हम ज्यादा फुटबॉल नहीं खेलते और हमारे पास कोई टीम नहीं है।

चूँकि हमने मैदान में उतरने का इरादा कर ही लिया है, तो बेहतर हो कि हम खेल के नियमों को सीखने से शुरुआत करें। तो पहला नियम यह है कि उस्तादों को स्वीकार करें। कौन सबसे बेहतरीन खिलाड़ी हैं ? जिनके पास ज्यादा पैसा, ज्यादा भोजन, ज्यादा बम हैं।

दूसरा नियम यह है कि उनके मुकाबले अपनी स्थिति देखें, यानी अपनी स्थिति और क्षमताओं का ईमानदारी से आकलन करें। अपना ईमानदारी के साथ आकलन (वैज्ञानिक आधार पर किए आकलन के मुताबिक) यह है :

हम एक अरब की आबादीवाला देश हैं। विकास के मामले में यूएनडीपी (संयुक्त राष्ट्र संघ विकास कार्यक्रम) के 1997 के मानव विकास सूचकांक में सूचीबद्ध 175 देशों में 138वें नम्बर पर हैं।[9] हमारे देश में 40 करोड़ से अधिक लोग निरक्षर हैं और निपट गाँव हैं, 60 करोड़ से अधिक लोगों को बुनियादी साफ-सफाई की सुविधा मयस्सर नहीं है और 20 करोड़ से अधिक लोगों को पेयजल मयस्सर नहीं है।

लिहाजा, सरकारी तौर पर बताए गए तीनों कारणों को अलग-अलग देखा

जाए तो उनको कोई खास फर्क नहीं पड़ता। लेकिन अगर आप उनको एक-दूसरे से जोड़ें तो एक तरह का विकृत तर्क उभरता है। इसका उनसे ज्यादा स्वयं हमसे सम्बन्ध है।

अमेरिकी राष्ट्रपति को लिखे हमारे प्रधानमन्त्री के पत्र के मुख्य शब्द 'भुक्तभोगी' और 'पीड़ित' थे। यह उसका सार हैं। इसमें हमें मजा आता है। हम दुश्मनों की तलाश में रहते हैं। एक राष्ट्र के रूप में हमें अपने बारे में इतना कम अन्दाजा है कि हम ऐसे निशाने की तलाश करते रहते हैं जिनके मुकाबले खुद को परिभाषित कर सकें। राज्य को भहराने से बचाने के लिए हमें एक राष्ट्रीय मुद्दे की जरूरत है, और मुद्रा के अलावा हमारे पास और कुछ नहीं है (और हाँ, गरीबी, निरक्षरता और चुनाव हैं)। यही मामले की जड़ है। यही वह रास्ता है जिसने हमें बम तक पहुँचाया है। यही है स्व की तलाश। अगर हम इससे उबरने का रास्ता तलाश रहे हैं तो हमें कुछ असहज सवालों का ईमानदारी के साथ जवाब देने की जरूरत है। एक बार फिर, ऐसा भी नहीं है कि ये सवाल पहले कभी नहीं पूछे गए हों। ऐसा भी नहीं है कि हम जवाबों को बुदबुदाकर उम्मीद करते हैं कि किसी ने नहीं सुना।

क्या भारतीय पहचान जैसी कोई चीज है ?

क्या हमें वाकई इसकी जरूरत है ?

कौन असली भारतीय है और कौन असली नहीं है ?

क्या भारत भारतीय है ?

क्या इसका महत्त्व है ?

क्या कोई ऐसी अकेली सभ्यता रही है या नहीं रही है जो अपने आपको 'भारतीय' कह सके, क्या भारत कोई ऐसी सुगठित सांस्कृतिक हस्ती था, है या कभी बन पाएगा या नहीं, यह इस बात पर निर्भर करेगा कि क्या आप उन लोगों की संस्कृतियों की विषमताओं और समानताओं को ध्यान में रखते हैं जो इस उपमहाद्वीप में सदियों से रहते आए हैं। एक आधुनिक राष्ट्र राज्य के रूप में भारत की निश्चित भौगोलिक सीमाएँ 1889 में ब्रिटिश ऐक्ट ऑफ पार्लियामेंट के तहत तय की गईं। हमारा देश, जैसा कि हम इसे जानते हैं, ब्रिटिश साम्राज्य के वाणिज्य और प्रशासन की पूरी तरह गैरजज्बाती वजहों के आधार पर गठित किया गया। लेकिन पैदा होते ही उसने अपने सृजकों के विरुद्ध संघर्ष शुरू कर दिया। इसलिए क्या भारत भारतीय है ? यह मुश्किल सवाल है। सिर्फ इतना ही कहें कि हम प्राचीन लोग हैं जो एक नए राष्ट्र में जीना सीख रहे हैं।

भारत के अधिकांश नागरिक (आज भी) किसी नक्शे में भारत की सीमाओं

को पहचान नहीं सकते, या यह कहें कि कौन-सी भाषा कहाँ बोली जाती है या किस देवता को किस क्षेत्र में पूजा जाता है, नहीं बता सकते। उनके लिए भारत का विचार हद से हद एक जोर से बोला गया नारा है जो युद्धों और चुनावों के दौरान सुनाई देता है। या सरकारी टीवी कार्यक्रमों में क्षेत्रीय वेशभूषा पहने 'मेरा भारत महान' कहनेवाले लोगों का मोंटाज है।

जिन लोगों का भारत के एक सुगठित, सरल राष्ट्रीय पहचान होने में बड़ा स्वार्थ (या, साफ कहा जाए तो कारोबारी हित) है वे हमारी राष्ट्रीय राजनैतिक पार्टियों के राजनीतिक हैं। इसकी वजह तलाशना मुश्किल नहीं है, वह इसलिए कि उनका संघर्ष, उनके कैरियर का लक्ष्य—और जो कि होना ही चाहिए—वह पहचान बनना है। उसी पहचान से पहचाना जाना है। अगर कोई नहीं है तो उन्हें कोई पहचान गढ़ने की जरूरत है और लोगों को उसके लिए वोट डालने के लिए मनाने की जरूरत है। यह हमारी केन्द्रीकृत सरकार की प्रकृति में निहित है। यह हमारे अपनी तरह के लोकतन्त्र की पैदाइशी खामी है। जो राजनीतिक नैतिक रूप से जितने कंगाल होंगे उस पहचान के बारे में उनके विचार उतने ही आक्रामक होंगे। लेकिन ईमानदारी की बात तो यह है कि भारत के लिए एक सोची-समझी, ठोंकी-बजाई, योग्य 'राष्ट्रीय पहचान' जुटाना होशियार और दूरदर्शी लोगों के लिए भी बहुत बड़ी चुनौती होगी। हर भारतीय नागरिक, अगर चाहे तो, खुद को किसी-न-किसी अल्पसंख्यक समूह का बता सकता है। अगर आप दरारें देखेंगे तो वे आड़ी-तिरछी, आवर्ती, चक्करदार, सर्पिल, अन्दर से बाहर और बाहर से अन्दर की ओर जाती दिखाई देंगी। जब आग लगाई जाती है तो वह इन्हीं में से किसी एक दरार से होते हुए फैलती है और इस प्रक्रिया में जबरदस्त राजनैतिक ऊर्जा का विस्फोट होता है। यह परमाणु विखंडन जैसा ही होता है।

गांधी ने जादुई चिराग को घिसकर इसी ऊर्जा का सही इस्तेमाल करने का प्रयास किया और राम तथा रहीम को मानवीय राजनीति और अंग्रेजों के खिलाफ भारत की आजादी की लड़ाई में शामिल होने के लिए आमन्त्रित किया। वह परिष्कृत, शानदार, कल्पनाशील संघर्ष था, लेकिन उसका उद्देश्य बहुत सहज और सुबोध, लक्ष्य बहुत साफ, पहचानने में आसान और राजनैतिक अवज्ञा से लबरेज था। उन परिस्थितियों में वह ऊर्जा आसानी से एकत्र हो गई। अब समस्या यह है कि परिस्थितियाँ पूरी तरह बदल गई हैं लेकिन जिन्न उस चिराग से बाहर निकल आया है और उसमें वापस नहीं जाएगा। (वह अन्दर जा सकता है लेकिन कोई उसे अन्दर भेजना नहीं चाहता, उसने खुद को बेहद उपयोगी साबित कर दिया है।) हाँ, उसने हमें आजादी दिलाई। लेकिन उसने हमें बँटवारे की हिंसा भी

दिलाई। और अब बौने राजनेताओं के नेतृत्व में उसने हमें हिन्दू परमाणु बम दिलाया है।

गांधी और राष्ट्रीय आन्दोलन के दूसरे नेताओं के बारे में ईमानदारी की बात यह है कि उन्हें मुड़कर देखने का लाभ नहीं मिला, और शायद वे जान नहीं सकते थे कि आखिरकार उनकी रणनीति के दीर्घकालिक नतीजे क्या निकलेंगे। शायद वे इसका अनुमान नहीं लगा सकते थे कि स्थिति कितनी जल्दी उनके नियन्त्रण से बाहर हो जाएगी। वे नहीं देख सकते थे कि जब वे अपने उत्तराधिकारियों के हाथ में अपनी जलती मशालें दे देंगे तो क्या होगा, या वे हाथ कितने धनलोलुप हो सकते हैं।

असली फिसलन की शुरुआत इन्दिरा गांधी ने की। उन्होंने ही जिन्न को राज्य का स्थायी मेहमान बना दिया। उन्होंने हमारी राजनैतिक रगों में जहर भर दिया। उन्होंने हमारे राजनैतिक औचित्य के विशिष्ट घृणास्पद स्थानीय ब्रांड का आविष्कार किया। उन्होंने दिखाया कि कैसे अचानक, रहस्यमय ढंग से दुश्मन पैदा किए जाते हैं और उन वैतालों का, जिन्हें उन्होंने खास मकसद के लिए बहुत सोच-समझकर तैयार किया था, सर्वनाश किया जाता है। उन्होंने ही मृतकों को कभी न दफनाने और उनके बदबूदार शवों को संरक्षित करने और अपनी सुविधा के मुताबिक जख्मों को ताजा करने के लिए उन्हें बाहर निकालने के लिए फायदे ढूँढ़ निकाले। उन्होंने अपने बेटों के साथ मिलकर देश को घुटनों के बल खड़ा कर दिया। हमारी नई सरकार ने हमें सिर्फ एक लात मारकर आगे धकेला है और हमारे सिरों को बलि-वेदी पर टिका दिया है।

एक तरह से भाजपा एक ऐसा प्रेत है जिसे इन्दिरा गांधी और कांग्रेस ने खड़ा किया है। या अगर हम कम तीखे शब्दों का इस्तेमाल करें तो वह ऐसा प्रेत है जो उन राजनैतिक जगहों और साम्प्रदायिक सन्देह में पला-बढ़ा है जिसे कांग्रेस ने पाला-पोसा था। उसने शासन की राजनीति पर नया मुलम्मा चढ़ा दिया है। एक ओर जहाँ श्रीमती गांधी राजनीतिकों और उनकी पार्टियों के साथ गुप्त खेल खेलती रहीं, उनके पास आम लोगों को सम्बोधित करने के लिए कॉन्वेंट स्कूल की तीखी लफ्फाजी थी, जिसमें घिसी-पिटी थोथी उक्तियाँ भरी होती हैं, वहीं दूसरी ओर, भाजपा ने अपनी आग सीधे सड़कों, घरों और लोगों के दिलों में लगाने का फैसला किया है। वह उस काम को दिन-दहाड़े करने को तैयार है जिसे कांग्रेस केवल रात में ही करती है। उसे वैधानिकता प्रदान करने के लिए जिसे पहले अस्वीकार्य माना जाता था (लेकिन किया तो जाता ही था)। शायद यहाँ ढोंग के पक्ष में एक नाजुक तर्क की जरूरत है। क्या कांग्रेस पार्टी के ढोंग, यह तथ्य कि उसने अपने

घृणित कामों का खुलेआम के बजाय गोपनीय ढंग से किया, का क्या सम्भवतः यह मतलब नहीं है कि कहीं-न-कहीं गलती के एहसास की हल्की-सी चमक है ? याद रह गई शालीनता का एक छोटा-सा इजहार ?

असल में ऐसा नहीं है।

नहीं।

मैं क्या कर रही हूँ ? मैं आशा के अवशेष ढूँढ़ने की कोशिश क्यों कर रही हूँ ?

बात इतनी-सी है कि—बाबरी मस्जिद विध्वंस के साथ ही परमाणु बम बनाने के मामले में—कांग्रेस ने बीज बोए, फसल खड़ी की, तभी भाजपा आ गई और उसने यह विषैली फसल काट ली। वे एक-दूसरे के साथ गलबहियाँ डालकर नाचने लगे। उनके कथित मतभेदों के बावजूद उन्हें एक-दूसरे से अलग नहीं किया जा सकता। उन्हीं दोनों ने मिलकर हमें यहाँ, इस खतरनाक, मुकाम पर पहुँचा दिया है।

बाबरी मस्जिद को जमींदोज करनेवाले हर्षोल्लास मनाते, सीटी बजाते युवा वे ही हैं जिनकी तस्वीरें परमाणु परीक्षणों के बाद के दिनों में अखबारों में छपती थीं। वे भारत के परमाणु बम का जश्न मनाते हुए सड़कों पर उतर आए हैं और साथ ही कोक और पेप्सी के क्रेट को सार्वजनिक नालियों में बहाकर 'पश्चिमी संस्कृति की निन्दा' कर रहे हैं। मैं उनकी कठदलीली से दंग हूँ : कोक पाश्चात्य संस्कृति है, लेकिन परमाणु बम पुरानी भारतीय परम्परा है ?

हाँ, मैंने सुना है—वेदों में बम का जिक्र है। हो सकता है हो, लेकिन अगर गौर से देखें तो सम्भव है कि आपको वेदों में कोक भी मिल जाए। सभी धार्मिक पुस्तकों की यही सबसे बड़ी महानता है। आप उनमें जो चाहें खोज सकते हैं—बशर्ते आपको मालूम हो आप खोज क्या रहे हैं।

लेकिन जब 1990 के गैर-वैदिक दशक को लौटते हैं : हम श्वेत सभ्यता के मर्म को रौंदते हैं और पाश्चात्य विज्ञान के सबसे अधिक पैशाचिक आविष्कार को गले लगाते हैं और उसे अपना करार देते हैं। लेकिन हम उनके संगीत, उनके खान-पान, उनके पहनावे, उनके सिनेमा और उनके साहित्य की मुखालफत करते हैं। यह ढोंग नहीं है। यह तो मजाक है।

यह इतना मजाकिया मामला है कि एक अस्थिपंजर की खोपड़ी भी हँस पड़े।

हम एक बार फिर पुराने जहाज पर सवार हो गए हैं। वह जहाज है *एसएस प्रामाणिकता और भारतीयता।*

अगर कोई प्रामाणिकता समर्थक/राष्ट्रविरोधी अभियान चलाया जाए तो

शायद सरकार को अपना इतिहास और अपने तथ्य दुरुस्त करने होंगे। अगर वे ऐसा करने जा रहे हैं तो सम्भव है वह यह काम करीने से करें।

पहली बात यह कि इस भूमि के मूल निवासी हिन्दू नहीं थे। हिन्दू धर्म भले ही प्राचीन है, लेकिन इससे पहले भी दुनिया में लोग थे। भारत के आदिवासियों का, किसी भी दूसरे के मुकाबले देसी होने का दावा बड़ा है और राज्य तथा उसके कारकून उनके साथ ऐसा सुलूक करते हैं ? उन्हें प्रताड़ित किया गया, ठग लिया गया, अपनी जमीन से बेदखल कर दिया गया, अनावश्यक सामान की तरह इधर-उधर पटका गया। शायद इसकी बढ़िया शुरुआत उनकी मर्यादा उन्हें लौटाने में हो सकती है। सम्भवतः सरकार लोगों से वादा कर सकती है कि नर्मदा पर सरदार सरोवर जैसे और बाँध नहीं बनाए जाएँगे, और लोगों को विस्थापित नहीं किया जाएगा।

लेकिन, हाँ, उसकी चिन्ता नहीं की जा सकती ? क्यों नहीं की जा सकती ? क्योंकि यह व्यावहारिक नहीं है। क्योंकि आदिवासियों का कोई महत्त्व ही नहीं है। उनके इतिहासों, उनके रीति-रिवाजों, उनके देवताओं की कोई जरूरत नहीं है। उन्हें राष्ट्र (जिसने उन्हें उनकी सभी चीजों से वंचित कर दिया है) के व्यापक हित में इन चीजों की बलि चढ़ाना सीखना चाहिए।

ठीक है, बात स्पष्ट हो गई है।

बाकी के लिए, मैं प्रतिबन्धित की जानेवाली चीजों और गिराई जानेवाली इमारतों की एक व्यावहारिक सूची तैयार कर सकती हूँ। इसके लिए कुछ शोध की जरूरत होगी, लेकिन फिलहाल सरसरी तौर पर कुछ सुझाव पेश हैं।

वे हमारे खानपान की बहुत सारी चीजों को प्रतिबन्धित करके इसकी शुरुआत कर सकते हैं : मिर्च (मेक्सिको), टमाटर (पेरू), आलू (बोलिविया), कॉफी (मोरक्को), चाय, चीनी, दालचीनी (चीन)...इसके बाद खान-पान तैयार करने के तरीकों पर प्रतिबन्ध लगा सकते हैं। मसलन, दूध और चीनी के साथ चाय (ब्रिटेन)।

धूम्रपान का तो सवाल ही नहीं उठेगा। तम्बाकू उत्तरी अमेरिका से आया।

क्रिकेट, अंग्रेजी और लोकतन्त्र वर्जित होने चाहिए। क्रिकेट की जगह कबड्डी या खो-खो ले सकता है। मैं दंगा शुरू नहीं कराना चाहती, लिहाजा मैं अंग्रेजी की जगह कुछ नहीं सुझाना चाहती (इतालवी...? यह हमारे यहाँ एक बेहतर रास्ते से पहुँची है : विवाह, न कि साम्राज्यवाद।) हम पहले ही (इस निबन्ध के शुरू में) लोकतन्त्र के उभरते, जाहिरा तौर पर स्वीकार्य, विकल्प की चर्चा कर चुके हैं।

उन सभी अस्पतालों को बन्द कर दिया जाना चाहिए जिनमें पश्चिमी दवाइयाँ दी जाती हैं या लिखी जाती हैं। सभी राष्ट्रीय अखबारों का प्रकाशन रोक देना

चाहिए। रेलवे को खत्म कर दिया जाना चाहिए। हवाई अड्डों को बन्द कर देना चाहिए। और हमारे सबसे नए खिलौने—मोबाइल फोन के बारे में क्या खयाल है ? क्या हम इसके बिना रह सकते हैं, या क्या मैं एक सुझाव दूँ कि उन्हें इस मामले में एक अपवाद मानकर छोड़ देना चाहिए ? वे इसे 'सार्वभौमिक' श्रेणी में डाल सकते हैं। (इस श्रेणी में केवल जरूरी चीजों को ही शामिल किया जाएगा। कोई संगीत, कला या साहित्य नहीं।)

कहने की जरूरत नहीं कि अपने बच्चों को अमेरिकी विश्वविद्यालय में भेजना और अपने प्रोस्टेट का ऑपरेशन कराने वहाँ आनन-फानन जाना संज्ञेय अपराध होगा।

भवन गिराने की मुहिम की शुरुआत राष्ट्रपति भवन से हो सकती है। धीरे-धीरे शहरों से गाँवों की ओर बढ़ती जाएगी और इसकी परिणति उन सभी स्मारकों (मस्जिदों, चर्चों, मन्दिरों) को ढाह दिए जाने में होगी जो उस भूमि पर खड़े हैं जो कभी आदिवासी या जंगल भूमि थी।

यह बहुत, बहुत लम्बी सूची होगी। इसके लिए कई साल काम करना होगा। मैं कम्प्यूटर का इस्तेमाल नहीं कर सकती क्योंकि वह मेरे लिए बहुत प्रामाणिक नहीं होगा, ठीक है न ?

मैं मखौल नहीं करना चाहती, बस यही बताना चाहती हूँ कि यह नरक का निश्चय ही सबसे छोटा रास्ता है। प्रामाणिक भारत या असली भारतीय जैसी कोई चीज नहीं है। ऐसी कोई दैवीय समिति नहीं है जिसे यह अधिकार हो कि वह भारत के इकलौते, अधिकृत संस्करण को मंजूरी दे सके या फिर यह बताए कि उसे ऐसा ही होना चाहिए। कोई ऐसा धर्म या भाषा या जाति या क्षेत्र या व्यक्ति या कहानी या किताब नहीं है जो इसकी इकलौती प्रतिनिधि होने का दावा कर सके। भारत की एक संकल्पना है, और संकल्पना ही हो सकती है, उसे विभिन्न तरह से देखने के तरीके—ईमानदार, बेईमान, आश्चर्यजनक, बेतुके, आधुनिक, पारम्परिक, पुरुष, महिला। उन पर बहस की जा सकती है, उनकी आलोचना, प्रशंसा, तिरस्कार हो सकता है, लेकिन उन्हें प्रतिबन्धित या ध्वस्त नहीं किया जा सकता। उनका नाश नहीं किया जाना चाहिए।

अतीत के खिलाफ खड़े होने से हमारे जख्म नहीं भरेंगे। इतिहास घट चुका है। यह खत्म हो गया है और बीत चुका। जो हम कर सकते हैं वह यह कि इसकी दिशा बदल सकते हैं, जिसे हम नहीं चाहते उसे बर्बाद करने के बजाय जिसे हम चाहते हैं उसे प्रोत्साहित करके। हमारी इस निर्मम, क्षतिग्रस्त दुनिया में अब भी खूबसूरती बाकी है, जो छुपी हुई, तीव्र, व्यापक है। खूबसूरती जो पूरी तरह हमारी

है, वह खूबसूरती जिसे हमने शालीनतापूर्वक दूसरों से लेकर उसे बढ़ाया है, उसे अपना बनाना है। हमें उसे खोजना है, उसे पालना है, उसे प्यार करना है। बम बनाने से हम खुद ही तबाह हो जाएँगे। इससे कोई फर्क नहीं पड़ता कि हम उसका इस्तेमाल करते हैं या नहीं। बम हमें हर तरह से तबाह कर देंगे।

❑

भारत का परमाणु बम उस सत्ताधारी वर्ग के विश्वासघात का चरम है जो अपने लोगों की प्रतिज्ञाओं के अनुकूल साबित नहीं हुआ है।

हम अपने विज्ञानियों को चाहे जितनी मालाएँ पहनाएँ, उनके सीनों पर जितने भी तमगे लगाएँ लेकिन हकीकत यही है कि चालीस करोड़ लोगों को शिक्षित करने के मुकाबले एक बम बनाना कहीं ज्यादा आसान है।

जनमत सर्वेक्षणों के मुताबिक हमसे यह विश्वास करने की उम्मीद की जाती है कि इस मुद्दे पर राष्ट्रीय सहमति है। अब यह आधिकारिक है। हर किसी को बम से प्यार है। (लिहाजा, बम अच्छा है।)

❑

क्या यह मुमकिन है कि जो लोग अपना नाम तक नहीं लिख सकते वे परमाणु हथियारों की प्रकृति के बारे में बुनियादी, जरूरी तथ्य समझ सकते हैं ? क्या किसी ने उनको बताया भी है कि परमाणु युद्ध का उनकी युद्ध की धारणाओं से कोई वास्ता नहीं है ? इसका सम्मान, गौरव से कोई सरोकार नहीं है ? क्या किसी ने उन्हें ताप विस्फोटों, रेडियोधर्मी विकिरण के नतीजों और परमाणु शीत के बारे में बताने की जहमत की है ? क्या उनकी भाषा में संवर्द्धित (एनरिच्ड) यूरेनियम, विखंडनीय पदार्थ (फिसाइल मटीरियल) और क्रिटिकल मास के लिए शब्द हैं ? या उनकी भाषा खुद ही पुरानी या अप्रचलित हो गई है ? क्या वे अपने विगत में ही थमे दुनिया को गुजरते हुए देख रहे हैं और उसे समझने या उससे संवाद में अक्षम हैं क्योंकि उनकी भाषा ने उन भयावह चीजों पर कभी ध्यान नहीं दिया जिनका मानव जाति सपना देखेगी ? क्या उनका कोई महत्त्व ही नहीं है ? क्या हम उनके साथ ऐसा व्यवहार करेंगे मानो वे बेवकूफ हों ? अगर वे कोई सवाल पूछें तो उन्हें आयोडीन की गोलियाँ दे दो और ये दृष्टान्त सुना दो कि भगवान कृष्ण ने कैसे पहाड़ी को उठा लिया या सीता के सतीत्व और राम की छवि बचाने के लिए हनुमान द्वारा लंका की तबाही कैसे अपरिहार्य थी ? उनकी अपनी कथाओं का इस्तेमाल हथियारों की तरह उन्हीं के विरुद्ध करो ? क्या हम उन्हें केवल

चुनाव के दौरान ही उनकी बन्द दुनिया से निकालेंगे, और मतदान करने के बाद उन्हें झकझोरकर आम आदमी के विवेक जैसी निजी बकवास से खुश कर, वापस उसी दुनिया में भेज देंगे ?

❑

मैं केवल कुछ मुट्ठी भर लोगों के बारे में बात नहीं कर रही हूँ, मैं उन करोड़ों लोगों के बारे में बात कर रही हूँ जो इस देश में रहते हैं। यह मत भूलिए कि यह उनका भी देश है। उन्हें इसके भाग्य के बारे में सोच-समझकर फैसला करने का अधिकार है और, जहाँ तक मैं कह सकती हूँ, किसी ने उन्हें किसी भी चीज के बारे में नहीं बताया है। त्रासदी यह है कि कोई चाहकर भी बता नहीं सकता था। वास्तव में ऐसी कोई भाषा ही नहीं है जिसमें इसे बताया जा सके। यह भारत की असली त्रासदी है। प्रभावशाली और अप्रभावी लोगों का दायरा बढ़ता जा रहा है, वे एक-दूसरे से दूर होते जा रहे हैं, उनमें कोई मेल, किसी चीज की साझेदारी नहीं है। उनकी भाषा तक एक नहीं है। यहाँ तक कि उनके देश भी अलग हैं।

उन जनमत सर्वेक्षणों को आखिर किसने कराया ? प्रधानमन्त्री यह फैसला करनेवाला कौन होता है कि उस परमाणु बटन पर किसकी अँगुली होगी जो पल भर में हमारी प्यारी—हमारी पृथ्वी, हमारे आसमान, हमारे पहाड़, हमारे मैदान, हमारी नदियाँ, हमारे शहर और गाँव—सभी चीजों को राख में तब्दील कर देगा ? वह हमें आश्वासन देनेवाला कौन होता है कि कोई दुर्घटना नहीं होगी ? उसे कैसे मालूम ? हम उस पर यकीन कैसे कर लें ? आखिर उसने आज तक ऐसा क्या किया है कि हम उस पर यकीन कर लें ? आखिर उनमें से किसी ने आज तक ऐसा क्या किया है कि हम उन पर यकीन कर लें ?

परमाणु बम मानव निर्मित अब तक की सबसे अधिक लोकतन्त्रविरोधी, राष्ट्रविरोधी, मानवविरोधी, पूरी तरह अनिष्टकारी चीज है।

अगर आप धार्मिक हैं तो याद रखिए कि यह बम मानव जाति की ओर से ईश्वर को चुनौती है।

उसका मजमून बिलकुल साफ है : *हमारे पास उन सभी चीजों को तबाह करने की क्षमता है जिसे तुमने (ईश्वर ने) बनाया है।*

अगर आप धार्मिक नहीं हैं तो इसे इस नजरिए से देखिए। हमारी यह दुनिया 460 करोड़ साल पुरानी है।

यह सूरज ढलने और शाम होने के दौरान ही खत्म हो सकती है।

अगस्त, 1998

बहुजन हिताय

"अगर आपको तकलीफ उठानी है तो देश के हित में उठानी चाहिए..."

—जवाहरलाल नेहरू, 1948 में हीराकुंड बाँध की वजह से विस्थापित होनेवाले ग्रामीण से बातचीत करते हुए।[1]

एक पहाड़ी पर खड़ी मैं खिलखिलाकर हँस पड़ी थी।

जलसिंधि से एक नाव पर मैं नर्मदा को पारकर दूसरे किनारे की चढ़ान पर चढ़ गई थी, जहाँ से मुझे खाली, नीची पहाड़ियों के ताज के पार पसरे सिक्का, सुरंग, नीमगावन और डोमखेड़ी के आदिवासी गाँव दिखाई दे रहे थे। मुझे उनके हवादार नाजुक घर दिखाई पड़ रहे थे। मुझे उनके पीछे खेत और उनके जंगल दिखाई पड़ रहे थे। मैदान में छोटे-छोटे बच्चे और उनसे भी छोटी बकरियाँ मुझे चाबी दी हुई मूँगफलियों की तरह इधर-उधर भागती दिखाई पड़ रही थीं। मुझे पता था कि मैं हिन्दू धर्म से भी पुरानी एक सभ्यता देख रही हूँ। जब सरदार सरोवर इसे लील लेगा तब इसका मानसून में डूबना तय है। देश के सर्वोच्च न्यायालय ने इस पर अपनी मंजूरी की मुहर लगा दी है।

मैं क्यों खिलखिलाकर हँस पड़ी थी ?

क्योंकि मुझे अचानक याद आया कि कितनी मासूमियत और चिन्ता के साथ दिल्ली में सर्वोच्च न्यायालय के न्यायाधीशों ने (सरदार सरोवर बाँध में आगे के निर्माण पर लगी वैधानिक रोक हटाने से पहले) पूछा था कि पुनर्वास वाली बस्तियों में आदिवासी बच्चों के लिए खेलने को पार्क होंगे या नहीं। सरकार की नुमाइन्दगी कर रहे वकीलों ने तत्काल उन्हें यकीन दिलाया था कि हाँ होंगे, और इससे भी ज्यादा, हर पार्क में झूले और सी-सॉ और स्लाइड्स होंगे। मैंने ऊपर अनन्त आकाश और नीचे तेज बहती नदी को देखा और एक पल, एक लम्हे के लिए इस सबके बेतुकेपन ने मेरे आक्रोश को उलट दिया और मैं हँस पड़ी। किसी के असम्मान का मेरा कोई मकसद नहीं था।

शुरू में ही यह स्पष्ट कर देना चाहती हूँ कि मैं कोई नगर-निन्दक नहीं हूँ।

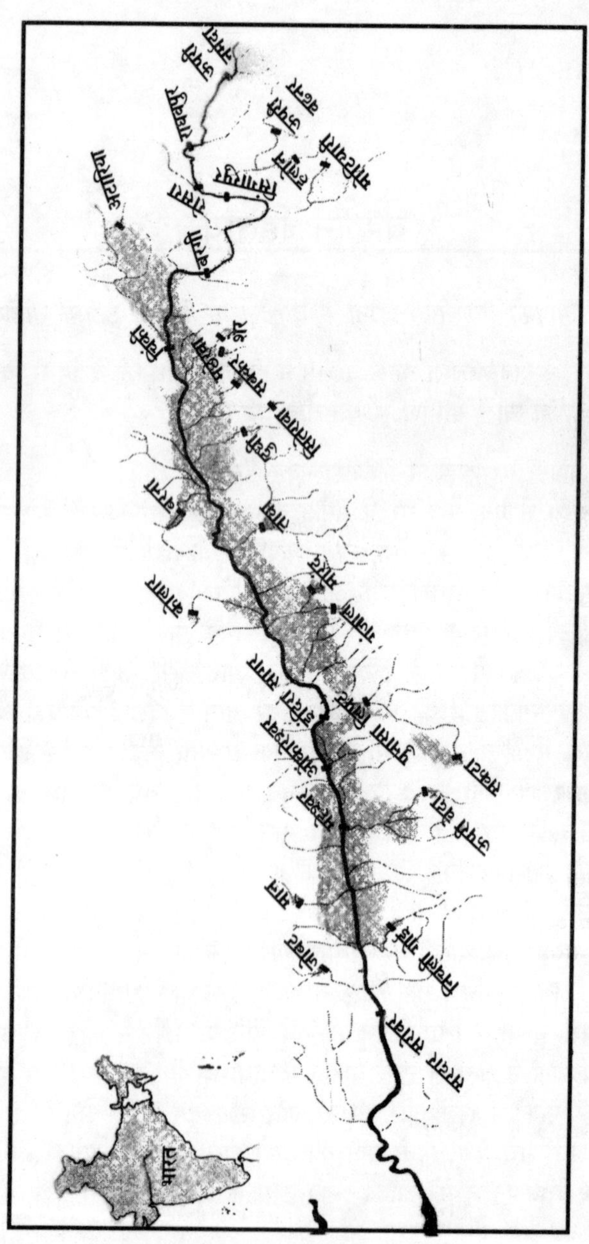

नर्मदा घाटी में प्रस्तावित बड़े बाँध का मानचित्र

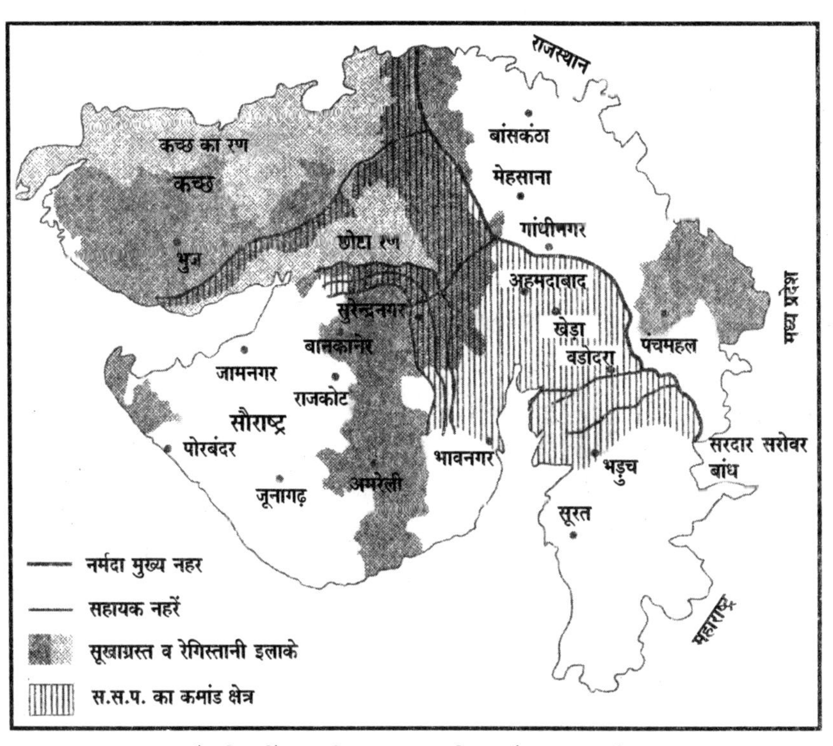

कमांड क्षेत्र में प्रस्तावित सरदार सरोवर बांध का मानचित्र

मैंने भी अपना बचपन गाँव में बिताया है। मुझे उसके अकेलेपन का, उसकी असमानता का, उसके साथ की अमानवीयता का प्रत्यक्ष अनुभव है। मैं कोई विकास-विरोधी खूसट नहीं हूँ, न ही परम्परा और रीति-रिवाज का झंडा उठाए रखनेवाली धर्मयोद्धा हूँ। अगर कुछ हूँ तो बस, उत्सुक हूँ। उत्सुकता ही मुझे नर्मदा की घाटी में खींच लाई। सामान्य समझ से मुझे लगा कि यह बड़ा मसला है। ऐसा मसला जिसमें जंग की लकीरें साफ तौर पर खींच दी गई हैं, लड़ाकू सेनाएँ उनके दोनों तरफ इकट्ठा हैं। एक ऐसा मामला जिसके जरिए उस दलदल से गुजरना मुमकिन होगा जिसमें उम्मीद, आक्रोश, तथ्य, कुतथ्य, राजनैतिक धन-प्रपंच, अभियान्त्रिक महत्त्वाकांक्षा, कपटी समाजवाद, अतिवादी सक्रियता, प्रशासनिक टालमटोल, गलत जानकारी से उपजी भावुकता और हाँ, विद्यमान सन्दिग्ध चरित्रवाली अन्तरराष्ट्रीय अनुदान की राजनीति शामिल है।

मैंने ज्वायस और नाबोकोव को किनारे रख दिया, डॉन डेलिलो की मोटी किताब पढ़ना टाल दिया और इसकी जगह निकासी और सिंचाई की रपटें, बाँधों के बारे में किताबें, पत्रिकाएँ और डॉक्युमेंट्री फिल्में देखने लगी कि वे क्यों बनाए जाते हैं और क्या करते हैं ? मेरे प्रारम्भिक प्रश्नों से ही स्पष्ट हो गया कि बहुत कम लोगों को जानकारी है कि नर्मदा घाटी में वास्तव में हो क्या रहा है। ज्यादातर लोगों को कुछ भी नहीं मालूम और जिन्हें मालूम है वे काफी जानते हैं। मगर फिर भी लगभग सभी के पास अपनी एक गहरी जज्बाती राय है। कोई तटस्थ नहीं है। मुझे बहुत जल्दी महसूस हो गया कि मैं बारूदी सुरंगोंवाले इलाके में भटक रही थी।

भारत में पिछले दस वर्षों के दौरान सरदार सरोवर के खिलाफ लड़ाई एक नदी के लिए चल रही लड़ाई से बढ़कर कहीं ज्यादा बड़ी चीजों की प्रतीक बन गई है। यह इसकी ताकत भी है और कमजोरी भी। कुछ साल पहले यह एक बहस हो गई थी कि जिसने आम लोगों का ध्यान बड़े पैमाने पर आकर्षित किया था। इसने दाँव ऊँचा लगाया और जंग का रूप बदल डाला। एक नदी-घाटी की नियति की लड़ाई होने की जगह इसने समूचे राजनैतिक तन्त्र को शक के दायरे में लाना शुरू किया। अब जो चीज आन पर है वह हमारे लोकतन्त्र का असली चरित्र है। यह जमीन किसकी है ? कौन है मालिक इसकी नदियों का, इसके जंगलों, इसकी मछलियों का ? ये बड़े सवाल हैं। इसे बड़ी संजीदगी से सरकार ने लिया है। उसके अधीन काम करनेवाली सारी संस्थाओं द्वारा—फौज, पुलिस, अफसरशाही, अदालत—एक ही सुर में इसका जवाब दिया जा रहा है। और सिर्फ दोटूक जवाब ही नहीं दिया जा रहा है, बल्कि क्रूर और अमानवीय ढंग से जवाब

दिया जा रहा है।

इस घाटी के लोगों के लिए चीजें इस हद तक दाँव पर लगी हुई हैं कि नतीजा यह हो गया है कि उनका सबसे असरदार हथियार—इस नियत घाटी में नियत मुद्दों पर नियत तथ्य—बड़े मुद्दों की बहस में भोथरा कर दिया गया है। इस बहस का बुनियादी आधार इतना फुला दिया गया कि वह फूटकर टुकड़ों में बदल गया जो वक्त के साथ बह चुका है। कभी-कभार इस पहेली का कोई असम्बद्ध टुकड़ा तिरकर चला आता है—विस्थापित लोगों के प्रति सरकार के लापरवाह व्यवहार का उत्तेजना भरा ब्यौरा; इस बात का गुस्सा कि किस तरह 'मुट्ठी-भर कार्यकर्ताओं' वाले नर्मदा बचाओ आन्दोलन (एनबीए) ने पूरे देश को बन्धक बना रखा है; सर्वोच्च न्यायालय में नर्मदा बचाओ आन्दोलन की याचिका की प्रगति की खबर देता कोई विधि संवाददाता।

हालाँकि इस विषय पर काफी कुछ लिखा जा चुका है, मगर उसमें से ज्यादातर एक 'खास रुचि' के पाठकों के लिए है। अखबारी खबरें परियोजना के टुकड़ों में पड़े पक्षों के बारे में हुआ करती हैं। सरकारी दस्तावेज 'गोपनीय' बनाकर रख दिए गए हैं। विशेषज्ञों और सलाहकारों ने इस मुद्दे के विभिन्न पहलुओं—विस्थापन पुनर्वास, जल सम्बन्धी जानकारी, जल निकास, जल जमाव, डूब क्षेत्र परिशोधन, भावना, राजनीति—को हथियाकर अपनी खोहों में छुपा दिया है, जहाँ वे दिलचस्पी लेनेवाले आम लोगों से सुरक्षित रहते हैं। सामाजिक नृविज्ञानी अर्थशास्त्रियों के, जिनके कार्यक्षेत्र में आरएंडआर आता है, साथ तीखी बहस करते हैं। इंजीनियर अपने प्रस्ताव पेश करते समय राजनीति पर चर्चा करने से इनकार कर देते हैं। राजनीति को अर्थशास्त्र, भावना और जड़ से उखड़ने की मानवीय त्रासदी से अलग करना किसी बैंड पार्टी को छिन्न-भिन्न करने जैसा है। अलग-अलग संगीतकार एक साथ एक तरह से कतई नहीं बजाते। यह शोरशराबा होता है संगीत नहीं।

मेरा खयाल है, यह कहना उचित होगा कि इस मुद्दे पर आम राय काफी अनगढ़ है और ऐसी अनगढ़ता के साथ दो खानों में बँटी हुई है।

एक तरफ इसे 'विकास' की आधुनिक, तार्किक, प्रगतिशील ताकतों के विरुद्ध 'नियो ल्यूडाइट'—नव प्रौद्योगिकी-विरोधी इच्छाओं—एक अतार्किक, भावुक, विकास-विरोधी प्रतिरोध की लड़ाई के रूप में देखा जा रहा है जिसे एक देहाती प्राक्-औद्योगिक सपने द्वारा हवा दी जा रही है।

दूसर तरफ गांधी बनाम नेहरू के द्वन्द्व के तौर पर देखा जा रहा है। यह इस समूचे दुखद प्रसंग को कपट, झूठ, नकली वायदे और लगातार तेज होते सफल

प्रचार के (हकीकत तो यही है) दलदल से उठाकर एक नकली वैधता प्रदान करता है। यह जताता है कि दोनों पक्षों के दिमाग में देश के व्यापक कल्याण की बात है—लेकिन वे महज इसे हासिल करने के तरीकों पर असहमत हैं।

दोनों व्याख्याएँ इस विवाद को एक अनावश्यक मोड़ देती हैं। दोनों भावनाओं को झकझोरती हैं जो इस नियत कहानी के नियत तथ्यों पर छा जाती हैं। दोनों इस बात के संकेत हैं कि कितनी शिद्दत से हमें एक नए नायक चाहिए—नई तरह के नायक—और कितनी बुरी तरह हमने अपने पुराने नायकों का दोहन किया है, (उसी तरह जैसे हम अपने गेंदबाजों का करते हैं)।

गांधी बनाम नेहरू की बहस पूरी तरह इस समकालीन मुद्दे को पीछे धकेलकर एक पुरानी बोतल में डाल देती है। नेहरू और गांधी भले आदमी थे। विकास के उनके प्रतिमान अन्तर्भूत नैतिकता की बुनियाद पर टिके थे। नेहरू को सोवियत शैली के केन्द्रीकृत राज्य की पितृसत्तात्मक संरक्षणवादी पसन्द थी, तो गांधी, नैतिकता, विकेन्द्रीकृत ग्राम गणराज्य की करुण और मातृमूलक नैतिकता के पक्षधर थे। दोनों अच्छी तरह काम करते, अगर सिर्फ हम बेहतर इनसान हुए होते। अगर हमने सिर्फ खादी पहनी होती और अपनी आदिम इच्छाओं का दमन किया होता। पचास साल बीतने के बाद, यह कहना अनुचित नहीं होगा कि हम पैमानों पर खरे नहीं उतरे। हम उसके करीब भी नहीं पहुँच पाए। हमें अपनी बुनियादी फितरत को लेकर एक ताजातरीन बीमा योजना की जरूरत है।

यह मुमकिन है कि इस राष्ट्र ने इस सदी के लिए अपने नायकों का कोटा पूरा कर लिया हो, लेकिन जब तक हम नए, चमकते नायकों के अवतरित होने का इन्तजार कर रहे हैं, तब तक हमें नुकसान को सीमित करना होगा। हमें अपने छोटे-छोटे नायकों का समर्थन करना होगा। (हमारे पास ऐसे अनेक नाम हैं।) हमें नियत युद्ध नियत तरीके से लड़ना है। कौन जाने, शायद इक्कीसवीं सदी के खजाने में हमारे लिए यही हो। बड़े का विध्वंस। बड़े बम, बड़े बाँध, बड़ी विचारधाराएँ, बड़े अन्तर्विरोध, बड़े देश, बड़े युद्ध, बड़े नायक, बड़ी गलतियाँ। शायद अभी इस खास लम्हे में, आसमान में कोई छोटी-सी देवी हमारे लिए तैयार हो रही है। क्या यह सम्भव है ? क्या यह सम्भव हो सकता है ? मुझे यह एक खूबसूरत खयाल लगता है।

मैं घाटी की ओर इसलिए आकर्षित हुई थी कि मुझे अहसास हो गया था कि नर्मदा की लड़ाई एक नए, ज्यादा दुखद दौर में पहुँच गई है। मैं गई क्योंकि लेखक कहानियों की तरफ कुछ उसी तरह जाते हैं जैसे गिद्ध मरे हुए जानवरों की ओर मँडराते हैं। मेरा मकसद करुणा नहीं था। यह शुद्ध लालच था। मैं ठीक

समझ रही थी। मुझे वहाँ एक कहानी मिली।

और यह कहानी है...

"लोग कहते हैं कि सरदार सरोवर बाँध बहुत महँगी परियोजना है। लेकिन इससे लाखों लोगों को पीने का पानी मिलेगा। यह हमारी जीवनरेखा है। क्या आप इसकी कोई कीमत लगा सकते हैं ? जिस हवा में हम साँस लेते हैं, उसकी कोई कीमत हो सकती है क्या ? हम जिएँगे। हम पिएँगे और गुजरात का गौरव बढ़ाएँगे।"

—गुजरात के मुख्यमन्त्री चिमनभाई पटेल की पत्नी उर्मिलाबेन पटेल, 1993 में दिल्ली की एक आम रैली में।

"हमारा आपसे आग्रह है कि बाँध बनते ही आप अपने-अपने घरों से निकल जाएँ। घर से निकल जाना ही आप लोगों के लिए बेहतर होगा। नहीं तो हम पानी छोड़ देंगे और आप सभी को डुबा देंगे।"

—मोरारजी देसाई, 1961 में पौंग बाँध के डूब क्षेत्र में एक आम सभा को सम्बोधित करते हुए।[2]

"सरकार हम सबको जहर क्यों नहीं दे देती ? हमें इस टट्टीखाने में तो नहीं रहना पड़ता और सरकार अपने बेशकीमती बाँध के साथ रहती।"

—रामबाई, जिसका गाँव नर्मदा पर बरगी बाँध बनने के बाद डूब गया था। अब वह जबलपुर की एक झोंपड़-पट्टी में रहती है।'[3]

आजादी के पचास सालों में नेहरू के मशहूर वक्तव्य 'बाँध आधुनिक भारत के मन्दिर हैं' (जिस पर नेहरू को अपने जीवनकाल में ही अफसोस हो चला था[4]) ने देश की हरेक भाषा में प्राथमिक विद्यालय स्तर की पाठ्यपुस्तकों में अपना स्थान बना लिया है। हरेक बच्चों को पढ़ाया जाता है कि बड़े बाँधों से ही भूख और गरीबी से निजात मिलेगी। नेहरू के अनुयायियों ने अप्राकृतिक उन्माद के साथ खुद को बाँध बनाने के धन्धे में झोंक दिया। बाँध-निर्माण राष्ट्र-निर्माण का पर्याय हो गया। उनका जोश-खरोश ही सन्देह पैदा करने की एक बड़ी वजह होनी चाहिए थी। उन्होंने सिर्फ नए बाँध और नई सिंचाई व्यवस्था ही नहीं बनाई, उस छोटे और पारम्परिक तन्त्र का नियन्त्रण भी अपने हाथ में लेकर उन सबको नष्ट होने के लिए छोड़ दिया, जिसे ग्रामीण समुदायों ने हजारों वर्षों में विकसित किया था।[5] इस नुकसान की भरपायी के लिए सरकार ने और ज्यादा बाँध बनाए। बड़े बाँध, छोटे बाँध, लम्बे बाँध, ठिगने बाँध। इस परिश्रम का नतीजा यह हुआ है कि आज भारत दुनिया का तीसरा सबसे बड़ा बाँध-निर्माता देश बन गया। केन्द्रीय जल आयोग के मुताबिक, हमारे यहाँ 3,600 बाँध ऐसे हैं जो बड़े बाँधों की श्रेणी में आते हैं, इनमें से 3,300 का निर्माण आजादी के बाद हुआ है। करीब 695 और निर्माणाधीन हैं।[6] यानी दुनिया में बनाए जा रहे बड़े बाँधों में से 40 फीसदी अकेले भारत में हैं। इसके बावजूद हमारी आबादी के पाँचवें हिस्से को पीने का पानी मयस्सर नहीं है और दो-तिहाई लोगों के पास शौचालय की बुनियादी सुविधा नहीं है।[7]

एक जमाना था जब सब लोग बड़े बाँधों के प्रशंसक थे। तब हर किसी के पास थे--साम्यवादी, पूँजीवादी, ईसाई, मुसलमान, हिन्दू, बौद्ध। उन्हें खब्ती उपक्रम के रूप में खड़ा नहीं किया गया, उनकी शुरुआत सपनों में हुई लेकिन उनका अन्त भयावह सपने के रूप में हो रहा है। चेतने का वक्त आ गया है।

सारी दुनिया में बड़े बाँधों के विरुद्ध एक आन्दोलन जोर पकड़ रहा है।

पहली दुनिया में वे सरकारी तौर पर नामंजूर किए जा रहे हैं, उड़ाए जा रहे हैं।[8] वे फायदे से ज्यादा नुकसान करते हैं, यह तथ्य अब महज अनुमान नहीं रह

गया है। बड़े बाँधों के दिन अब लद गए हैं। वे असंगत हैं। वे अलोकतान्त्रिक हैं। वे सरकार का अधिकार जमाने का जरिया होते हैं। (यह तय करते हुए कि कौन कितना पानी लेगा और कौन कहाँ क्या उगाएगा)। वे किसी किसान की मति मार देने का शर्तिया नुस्खा हैं। वे गरीबों से पानी, जमीन और सिंचाई छीनने के और उन्हें अमीरों को भेंट दे देने के निर्लज्ज माध्यम हैं। उनके जलाशय बहुत बड़ी तादाद में लोगों को विस्थापित कर बेघर और विपन्न बना देते हैं।

पारिस्थितिकी के लिहाज से वे निहायत बुरे हैं।[9] वे धरती को बंजर में बदल रहे हैं। उनकी वजह से बाढ़ आती है, दलदल बनता है, ऊसरपन पसरता है, वे बीमारियाँ फैलाते हैं। ऐसे प्रमाण बढ़ रहे हैं जो बाँधों को भूकम्प से भी जोड़ते हैं।

बड़े बाँध वास्तव में आधुनिक सभ्यता के स्मारक, प्रकृति पर मनुष्य की विजय की निशानी की अपनी भूमिका पर कतई खरे नहीं उतरते हैं। स्मारकों से कालातीत होने की उम्मीद की जाती है, मगर बाँधों का जीवन बेहद छोटा रहा है। वे बस उतने ही दिन तक काम लायक रहते हैं जितना वक्त प्रकृति को उन्हें गाद से भरने में लगता है।[10] अब यह आम जानकारी में है कि बड़े बाँध ठीक उसका उलटा करते हैं जो उनके पक्ष में प्रचार करनेवाले लोग बताते हैं—राष्ट्रीय हित के लिए स्थानीय पीड़ा की मिथ्या का गुब्बारा कब का फूट चुका है।

इन सारी वजहों से, पहली दुनिया में बाँध-निर्माण-उद्योग संकट में है और उसके पास काम नहीं है। इसीलिए इसे तीसरी दुनिया में विकास-सहायता के नाम पर निर्यात किया जा रहा है[11], उनके साथ-साथ दूसरे कबाड़ भी आ रहे हैं, जैसे—पुराने हथियार, सेवामुक्त हो चुके जहाज और प्रतिबन्धित कीटनाशक।

एक तरफ भारत सरकार, भारत की हरेक सरकार बड़ी निष्ठा से पहली दुनिया को गाली देती है, दूसरी तरफ तोहफे की शक्ल में आ रहा उनका कचरा हासिल करने के लिए भुगतान करती है। अनुदान बस एक व्यावसायिक उद्यम ही है, जैसे उपनिवेशवाद था। इसने अफ्रीका के ज्यादातर हिस्सों को तहस-नहस कर दिया है। बंगलादेश इसके बोझ से पिस रहा है। हमें यह सारी बातें सुन्न कर देनेवाले ब्यौरों के साथ पता है। फिर भी भारत में हमारे नेता गुलामों की-सी मुस्कुराहट के साथ इसका स्वागत करते हैं (और अपने लड़खड़ाते हुए आत्मसम्मान को सहारा देने के लिए परमाणु बम बनाते हैं)।

पिछले पचास वर्षों में भारत ने 87,000 करोड़ रु.[12] सिर्फ सिंचाई के क्षेत्र में[13] खर्च किए हैं। तिस पर भी आज बाढ़ और अकाल से त्रस्त रहनेवाले इलाकों की संख्या 1947 से कहीं ज्यादा हो गई है।[14] सिंचाई की तबाही, बाँधों से आनेवाली

बाढ़ों और हरित क्रान्ति[15] से तेजी से हो रहे मोहभंग (कम होती उपज, खराब होती जमीन) के चिन्तित करनेवाले प्रमाणों के बावजूद अपने 3,600 बाँधों में से एक का भी परियोजना-पश्चात मूल्यांकन का आदेश सरकार ने नहीं दिया, जिससे देखा जा सके कि इसने वह हासिल किया भी है या नहीं जो इसका लक्ष्य था, इसकी लागत न्यायसंगत है या नहीं, या यह भी कि इसकी वास्तविक लागत ही क्या है।

भारत सरकार के पास इसके विस्तृत आँकड़े हैं कि देश कितने लाख टन अनाज या खाद्य तेल का उत्पादन करता है और आज हम 1947 की तुलना में कितना ज्यादा उत्पादन कर रहे हैं। वह आपको बता सकती है कि एक साल में कितने बॉक्साइट का उत्खनन होता है या राष्ट्रीय राजमार्गों का कुल क्षेत्रफल कितना है। शेयर बाजार या विश्व-बाजार में रुपए की कीमत के बारे में पल-प्रतिपल की सूचना रखना मुमकिन है। हमें पता है कि शुक्रवार के दिन शारजाह में हमने कितने क्रिकेट मैच हारे हैं। यह जानना मुश्किल नहीं है कि किसी एक साल में भारत में कितने लोग स्नातक होते हैं या किस साल कितने लोगों ने नसबन्दी कराई है। लेकिन जो बाँधों से विस्थापित हुए हैं या 'राष्ट्रीय प्रगति' की वेदी पर बलि चढ़ाए गए हैं, भारत सरकार के पास उन लोगों की संख्या को लेकर कोई आँकड़ा नहीं है। क्या यह आश्चर्य की बात नहीं है ? आप प्रगति कर सकते हैं, अगर आपको पता नहीं है कि इसकी कीमत क्या है और इसकी कीमत कौन चुका रहा है ? कैसे 'बाजार' चीजों की कोई कीमत निर्धारित कर सकता है—अन्न, कपड़ों, बिजली, बहते हुए पानी की—अगर वह वास्तविक लागत को ध्यान में नहीं रखता ?

इंडियन इंस्टीट्यूट ऑफ पब्लिक एडमिनिस्ट्रेशन द्वारा 54 बाँधों को लेकर किए गए एक विस्तृत अध्ययन के मुताबिक एक बड़े बाँध से विस्थापित होनेवाले लोगों की औसत संख्या 44,182 है।[16] मैं मानती हूँ कि 3,300 में से 54 बाँधों का नमूना पर्याप्त नहीं है। लेकिन चूँकि यही हमारे पास उपलब्ध है, हम एक मोटा-मोटी हिसाब लगाने की कोशिश कर सकते हैं। सावधानी बरतते हुए विस्थापित लोगों की संख्या आधी कर देते हैं। एक पहला ड्राफ्ट।

और ज्यादा एहतियात बरतते हुए प्रति बड़े बाँध विस्थापित होनेवालों की संख्या 10,000 मान लेते हैं। यह नामुमकिन तौर पर कम संख्या है, मुझे पता है। लेकिन...कोई बात नहीं। अपना कैलकुलेटर निकालिए। 3,300×10,000= 3,30,00,000।

यह संख्या सामने आती है। तीन करोड़ तीस लाख लोग। पिछले पचास वर्षों

में 'सिर्फ' बड़े बाँधों द्वारा विस्थापित। और उन लोगों की संख्या कितनी है जो दूसरी, हजारों विकास परियोजनाओं द्वारा विस्थापित किए गए? एक निजी व्याख्यान में योजना आयोग के सचिव एन.सी. सक्सेना ने कहा कि उनके खयाल से यह संख्या पाँच करोड़ के आसपास है (जिनमें से चार करोड़ लोग बड़े बाँधों द्वारा विस्थापित हैं)।[17] चूँकि यह आधिकारिक नहीं है इसलिए हममें यह कहने की हिम्मत नहीं है।[18] अतिरेक कहे जाने के डर से आपको यह बस बुदबुदाना होगा। आपको बस अपने-आपसे फुसफुसाना है, क्योंकि यह वास्तव में अविश्वसनीय लगता है। यह नहीं हो सकता है, मैं खुद से कहती हूँ। मैंने जरूर कुछ शून्य इधर-उधर कर दिए होंगे। यह सच नहीं हो सकता। इसे जोर से कहने की हिम्मत मुझमें शायद ही है। ठीक वैसे ही जैसे कि एक व्यक्ति सोचने लगता है कि पूरी दुनिया उसके खिलाफ हो गई है। ('यह तो *सिस्टम* है भैया') सिस्टम है तो है। और क्या।

पाँच करोड़ लोग।

कुछ तो कहिए, सरकार, ना-नुकुर कीजिए। मोल-भाव कीजिए। कुछ तो बोलिए।

मुझे तो ऐसा लग रहा है जैसे किसी के पैर तले कोई सामूहिक कब्र आ गई हो।

पाँच करोड़ लोग गुजरात की आबादी से ज्यादा हैं। ऑस्ट्रेलिया की आबादी का लगभग तिगुना। विभाजन ने भारत में जितने लोगों को शरणार्थी बनाया उससे भी कहीं तीन गुना ज्यादा। फिलिस्तीनी शरणार्थियों से दस गुना ज्यादा। आज पश्चिमी दुनिया उन दस लाख लोगों के भविष्य को लेकर बदहवास है जो कोसोवो से पलायन कर गए हैं।

विस्थापितों में बड़ा प्रतिशत आदिवासी लोगों का है (सरदार सरोवर बाँध के मामले में 57.6 प्रतिशत)।[19] इनमें दलितों को भी शामिल कर लीजिए तो सारा आँकड़ा अश्लील हो जाता है। अनुसूचित जाति और जनजाति आयोग के मुताबिक यह आँकड़ा लगभग 60 प्रतिशत है।[20] अगर आप गौर करें कि आदिवासी लोग भारत की आबादी के महज आठ फीसदी हैं और दलित पन्द्रह फीसदी, तो कहानी का एक बिलकुल नया आयाम सामने आ जाता है। इन विकास के शिकार लोगों के नस्ली 'परायेपन' से राष्ट्र-निर्माताओं का बोझ बहुत-कुछ कम हो जाता है। यह सिर्फ खर्च का बहीखाता है। कोई दूसरा बिल चुकाता है। दूसरे देश के लोग। दूसरी दुनिया के लोग। भारत के सबसे गरीब लोग उसके सबसे अमीर लोगों की जीवन-शैली के लिए सब्सिडी दे रहे हैं।

क्या मैंने किसी को दुनिया के सबसे बड़े लोकतन्त्र के बारे में कुछ कहते सुना है ?

इन करोड़ों लोगों का क्या हुआ है ? वे अब कहाँ हैं ? कैसे वे आजीविका कमाते हैं ? किसी को वास्तव में इसकी जानकारी नहीं है। (*इंडियन एक्सप्रेस* में इस बात का ब्यौरा था कि नागार्जुन सागर बाँध परियोजना से विस्थापित हुए लोग किस तरह अपने बच्चों को गोद लेनेवाली विदेशी एजेंसियों को बेच रहे हैं,[21] सरकार ने दखल दिया और इन बच्चों को दो सार्वजनिक अस्पतालों में रखा जहाँ छह बच्चे लापरवाही के चलते मर गए।) जहाँ तक पुनर्वास का सवाल है, सरकार की प्राथमिकताएँ स्पष्ट हैं। भारत की कोई राष्ट्रीय पुनर्वास नीति नहीं है। 1894 के (1984 में संशोधित) भूमि अधिग्रहण कानून के मुताबिक सरकार किसी विस्थापित व्यक्ति को नकद मुआवजे के अलावा कुछ भी देने के लिए कानूनी तौर पर बाध्य नहीं है। ज़रा कल्पना कीजिए। एक ऐसे देश में एक अशिक्षित आदिवासी मर्द को (औरतों को कुछ नहीं मिलता) किसी भारतीय कर्मचारी के हाथ से नगद मुआवजा, जहाँ डाकिया भी एक डाक के लिए 'टिप' की माँग करता है ! ज्यादातर आदिवासी लोगों के पास अपनी जमीन का औपचारिक पट्टा नहीं है और इसीलिए वैसे भी वे मुआवजे के लिए दावा नहीं कर सकते। ज्यादातर आदिवासी, या कहें ज्यादातर छोटे किसानों के लिए पैसे की वही अहमियत है जो सर्वोच्च न्यायालय के जज के लिए एक बोरी खाद की है।

लाखों-लाख विस्थापित लोगों का अब कोई वजूद नहीं है। जब इतिहास लिखा जाता है, वे इसमें नहीं होते। आँकड़ों में भी नहीं। इनमें से कुछ लगातार तीन और चार बार विस्थापित हुए हैं--बाँध के लिए, चाँदमारी के इलाके के लिए, नए बाँध के लिए, यूरेनियम की खान के लिए, बिजली परियोजना के लिए। एक बार वे ढकेल दिए जाते हैं तो फिर रुकने की कोई जगह नहीं होती। इनमें से बहुत बड़ी संख्या आखिरकार हमारे बड़े शहरों की परिधि पर झोंपड़पट्टियों में खप जाती है, जहाँ वे सस्ते निर्माण मजदूरों की एक बहुत बड़ी भीड़ में बदल जाते हैं (जो और ज्यादा परियोजनाओं पर काम करती है जिससे और ज्यादा लोग बेदखल होते हैं)। सचमुच, उनका सफाया नहीं किया जा रहा है या उन्हें गैस चैम्बरों में नहीं डाला जा रहा है, मगर मैं दावा करती हूँ कि उनकी रिहायश का स्तर किसी यातना शिविर से बदतर है। वे कैदी नहीं हैं, लेकिन वे मुक्ति के मतलब की एक दूसरी ही परिभाषा देते हैं।

और तब भी यह दुःस्वप्न खत्म नहीं होता। जब भी चुनाव खासे दूर होते हैं और शहरी अमीरों में सफाई-धुलाई को लेकर खुजली शुरू हो जाती है तो सफाई

अभियान पर सरकारी बुलडोजर निकलते हैं, उनकी वजह से अपनी नारकीय झोंपड़ियों से भी उनके उजड़ने का सिलसिला चलता रहता है। दिल्ली जैसे शहरों में उनके सामने सार्वजनिक स्थलों पर शौच करने के लिए पुलिस की गोली खाने का खतरा भी रहता है–जैसे कि बहुत दिन नहीं हुए जब तीन झोंपड़पट्टीवालों को गोली मार दी गई थी।

1770 के दशक में फ्रेंच-कनाडा युद्ध में लॉर्ड एमहर्स्ट ने कनाडा के ज्यादातर रेड इंडियनों को चेचक के विषाणुओं से संक्रमित कम्बल देकर मार डाला था। दो शताब्दी बाद, आज भारत ने वैसे ही नतीजे हासिल करने के लिए सुगम तरीके खोज निकाले हैं।

भारत में करोड़ों विस्थापित लोग और कुछ नहीं, एक अघोषित युद्ध के शरणार्थी हैं। और हम ठीक श्वेत अमेरिका की, फ्रेंच-कनाडा और हिटलर के जर्मनी के नागरिकों की तरह इसे नजरअन्दाज कर रहे हैं। क्यों ? क्योंकि हमें बताया गया है कि यह बहुजन के हित में किया जा रहा है; कि यह प्रगति के नाम पर, राष्ट्रहित के नाम पर किया जा रहा है, जो सर्वोपरि है। इसलिए खुशी से, बिना कोई सवाल किए, कृतज्ञता के साथ हम वह मान लेते हैं जो हमें बताया जाता है। हम मान लेते हैं क्योंकि ऐसा मानना ही हमारे लिए फायदेमन्द है।

ज़रा अपने भरोसे को हिलाने की इजाजत दीजिए। अपना हाथ मेरे हाथ में दीजिए और इस भूलभुलैया में मेरे साथ चलिए। ऐसा कीजिए क्योंकि यह जरूरी है कि आप समझें। अगर आप सहमत होने की कोई वजह पाते हों तो खुशी से दूसरे पक्ष में शामिल हो जाइए। मगर कृपया इसे अनदेखा न कीजिए, दूसरी तरफ मत देखिए। यह कहानी कहना कोई आसान काम नहीं है। यह आँकड़ों और व्याख्याओं से भरी पड़ी है। आँकड़ों से मेरी आँखें चौंधिया जाया करती थीं। लेकिन अब नहीं। तब से नहीं, जब से उनके रास्ते समझ में आने लगे हैं।

मुझ पर यकीन कीजिए। यहाँ एक कहानी है।

❑

यह सच है कि भारत ने तरक्की की है। यह सच है कि आज भारत में दुनिया के किसी भी देश से ज्यादा सिंचित भूमि है। पिछले पचास वर्षों में सिंचित भूमि में 140 फीसदी की बढ़ोतरी हुई है। यह सच है कि 1947 में जब उपनिवेशवाद का औपचारिक तौर पर खात्मा हुआ था, भारत के पास अनाज की कमी थी। 1951 में हम पाँच करोड़ दस लाख टन अनाज पैदा करते थे। आज हम 20 करोड़ टन के आसपास अनाज पैदा कर रहे हैं।[22] निश्चय ही यह बड़ी उपलब्धि है।

(भले ही चिन्ताजनक संकेत भी हैं कि यह टिकाऊ नहीं होगा।)

एक धारणा यह है कि खाद्यान्न के उत्पादन में जबरदस्त वृद्धि बड़े बाँधों की बदौलत ही है, कि बड़े बाँध भारत की खाद्यान्न सुरक्षा के लिए महत्त्वपूर्ण हैं।

भारत के नब्बे फीसदी बड़े बाँध सिंचाई बाँध हैं। लेकिन क्या वे भारत की खाद्यान्न सुरक्षा के लिए महत्त्वपूर्ण हैं ?

गैर-मामूली बात यह है कि इसका कोई जवाब नहीं है। इसका कोई सरकारी आँकड़ा नहीं है कि कुल खाद्यान्न उत्पादन में भूजल के मशीनी दोहन, अधिक पैदावार देनेवाले बीजों के इस्तेमाल, रासायनिक उर्वरकों और बड़े बाँधों के योगदान का कितना अनुपात है।

अगर यह सरकार की अपने नागरिकों की अक्षम्य अनदेखी नहीं तो और क्या है ? नर्मदा घाटी के लोग पन्द्रह साल से अधिक अरसे से संघर्ष कर रहे हैं। ऐसे में सरकार अपने मामले को पुष्ट करने के लिए यकीनन सिर्फ यही कर सकती है कि भारत के सामने अपनी बढ़ती आबादी को भोजन मुहैया कराने के लिए बड़े बाँध इकलौते विकल्प हैं।

मैं सिर्फ एक अध्ययन के बारे में जानती हूँ जिसे हिमांशु ठक्कर द्वारा विश्व बाँध आयोग के सामने पेश किया गया। उसमें अनुपात के आधार पर बताया गया है कि भारत के कुल खाद्यान्न उत्पादन में बड़े बाँधों का सिर्फ बारह फीसदी योगदान है ![23]

कुल खाद्यान्न उत्पादन का बारह फीसदी 2.4 करोड़ टन हुआ। 1995 में राज्य के अनाज भंडारों में तीन करोड़ टन अनाज इकट्ठा था। लेकिन यह भी सच है कि उसी वक्त 35 करोड़ से अधिक लोग गरीबी रेखा के नीचे जीवनयापन कर रहे थे।[24]

खाद्य एवं नागरिक आपूर्ति मन्त्रालय के अनुसार, भारत के कुल अनाज उत्पादन का दस फीसदी हिस्सा, तकरीबन 20 करोड़ टन, चूहे और कीड़े-मकोड़े खराब और अपर्याप्त भंडारण व्यवस्था के कारण बर्बाद कर देते हैं। दुनिया का शायद हमारा इकलौता ऐसा देश है, जो चूहों को खिलाने के लिए बाँध बनाता है, लोगों को विस्थापित करता है और जंगलों को डुबाता है।

इसलिए दुर्भाग्य से ऐसा लगता है कि भारत ने तरक्की की है, मगर भारतीयों ने नहीं।

भारतीय इतने गरीब हैं कि वे अपने द्वारा उपजाया हुआ अनाज नहीं खरीद सकते। भारतीयों को उस तरह के भोजन का उत्पादन करने को कहा जा रहा है जिसे खाना उनकी हैसियत से बाहर है। देखिए कि पश्चिमी उड़ीसा के कालाहाँडी

जिले में क्या हुआ जो सबसे ज्यादा भुखमरी के लिए जाना जाता है। 1996 के अकाल में लोग भुखमरी के शिकार होकर मरे (राज्य के मुताबिक 16, प्रेस के मुताबिक सौ से ऊपर)[25] मगर उसी साल कालाहाँडी में चावल की उपज का प्रतिशत राष्ट्रीय औसत से अधिक था। चावल कालाहाँडी से केन्द्र को निर्यात किया जा रहा था।[26]

हमारे नेता कहते हैं कि चीन और पाकिस्तान से अपनी हिफाजत के लिए हमारे पास नाभिकीय प्रक्षेपास्त्र होने ही चाहिए। मगर हमें खुद से कौन बचाएगा ?

किस तरह का देश है यह ? कौन है इसका मालिक ? कौन इसे चलाता है ? यह हो क्या रहा है ?

यह राज्य के बारे में कुछ राज़ उगलने का वक्त है। अकुशल, दफ्तरशाह, भ्रष्ट, मगर कुल मिलाकर नेक, अपरिहार्य तौर पर लोकतान्त्रिक भारतीय राज्य के मिथ का गुब्बारा फोड़ने का वक्त। पाँच करोड़ लोगों की गुमशुदगी का सबब सिर्फ लापरवाही नहीं हो सकती। कर्म भी नहीं हो सकते। हम खुद को भ्रम में न रखें। इसके पीछे एक तरीका काम कर रहा है, अचूक, निर्मम और सौ फीसदी मनुष्य निर्मित।

भारत ऐसा देश नहीं है जो विफल हो गया है। यह एक ऐसा देश है जो अपना तयशुदा मकसद पूरा करने में असरदार ढंग से कामयाब रहा है। इसने भारत के संसाधनों को—इसके पानी, इसकी जमीन, इसके जंगल, इसकी मछलियों, इसके मांस, इसके अंडे और इसकी हवा को—निर्ममता और निपुणता से हथिया लिया है और उन्हें अपने गिने-चुने खास लोगों में (निस्सन्देह, बदले में कुछ खास फायदे के लिए) बाँट दिया है। अपने भाड़े के अभिजात लोगों की कतार की हिफाजत करने के कौशल में इसने बेहतरीन महारत हासिल की है। उन्हें तहस-नहस करने के तरीकों में यह उत्कृष्ट रहा है जो इसके इरादों के लिए असुविधाजनक बनते हैं। इसका सबसे शानदार कौशल है कि यह सब कुछ हासिल करके भी पहले से बेहतर और मोहक रूप में उभरकर सामने आता है। जिस तरह यह सरकारी फाइलों में, जिनका एक अरब लोगों के रोजमर्रा के जीवन से गहरा वास्ता है, अपने राज छुपाए रखने में, उन सूचनाओं को गोपनीय रखने में कामयाब रहा है जहाँ तक सिर्फ तन्त्र के रक्षकों—मन्त्रियों, अफसरशाहों, राज्य अभियन्ताओं, रक्षा-रणनीतिकारों—की पहुँच है। निश्चय ही यह काम हम उनके लिए आसान बनाते रहे हैं, हम, जो इससे लाभान्वित होते रहे हैं। हम ध्यान रखते हैं कि बहुत गहरा न खोदें। हम वास्तव में इसके वीभत्स ब्यौरे जानना नहीं चाहते।

हमारी वजह से आजादी आई (और गई), चुनाव आते हैं और जाते हैं, मगर

यथास्थिति कायम है। इसके विपरीत पुरानी व्यवस्था और अभेद्य हुई है, दरार और गहरी हुई है। हम, हुक्मरान, अपनी भरी-पूरी मेज के आसपास देखने के लिए थोड़ा रुकते तक नहीं हैं। लगता है हम जानते ही नहीं कि जिन संसाधनों पर हम जश्न मना रहे हैं वे सीमित हैं और तेजी से खत्म हो रहे हैं। बैंक में नगद पैसा तो है, मगर जल्दी ही उससे खरीदे जा सकने लायक कुछ नहीं रह जाएगा। रसोईघर में खाना खत्म हो रहा है, और नौकरों ने अभी तक कुछ खाया नहीं है। असल में नौकरों ने बहुत पहले से ही खाना छोड़ दिया है।

भारत गाँवों में जीता है, हमें हर पाखंडपूर्ण सार्वजनिक भाषण में बताया जाता है। यह बकवास है। सरकार की फूली हुई आलमारी से निकला हुआ झूठ का एक और टुकड़ा। भारत अपने गाँवों में जीता नहीं है। भारत अपने गाँव में मरता है। भारत को अपने गाँवों में ठोकर मारी जाती है। भारत अपने शहरों में बसता है। भारत के गाँव बस अपने शहरों की खिदमत के लिए होते हैं। उसके ग्रामीण उसके शहरियों के गुलाम हैं। और इसी वजह से उन्हें किसी भी तरह काबू में और जिन्दा रखा जाना चाहिए, इससे ज्यादा कुछ नहीं।

महज अपनी समस्याओं के दबाव और आयतन से लड़ते हुए एक राज्य की यह जो छवि हमने बनाई है, यह खतरनाक है। सच्चाई यह है कि यह राज्य ही समस्याएँ खड़ी कर रहा है। यह गरीबी उत्पादन करनेवाली एक दानवाकार मशीन है, गरीबों को बहुत गरीबों के विरुद्ध झोंक देने और अभागों की ओर जूठन फेंकने में माहिर, ताकि वे अपनी ताकत एक-दूसरे से लड़ने में लगा दें और मालिकों की बस्ती में शान्ति बनी रहे।

जब तक इस प्रक्रिया को इसके लक्ष्यों के साथ पहचाना नहीं जाता, जब तक इससे मुखातिब होने और इस पर हमला करने की सूरत नहीं बनती, तब तक चुनाव—चाहे वे कितने भी तीखेपन से लड़े जाते हों—नौटंकी बने रहेंगे जिससे अवर्णनीय असमानता और गहरी हो जाएगी। लोकतन्त्र (इसका हमारा देसी संस्करण) एक परोपकारी मुखौटे का काम करता रहेगा जिसके पीछे एक महामारी बिना रोक-टोक के फलती-फूलती रहेगी। उस स्तर पर, पुराने युद्ध और अतीत के दुर्भाग्य प्रयोगशाला में नियन्त्रित प्रयोगों की तरह लगेंगे। अभी ही पाँच करोड़ लोग विकास की मिल में झोंक दिए गए हैं और वे एयर-कंडीशनर और पॉपकॉर्न और रेऑन सूट बनकर निकले हैं—सब्सिडी में मिलनेवाले एअर-कंडीशनर और पॉपकॉर्न और रेऑन सूट—अगर हमें ये अच्छी चीजें चाहिए और ये निस्सन्देह अच्छी हैं, तो कम-से-कम इनकी कीमत हमसे ही वसूल की जानी चाहिए।

झंडे में एक छेद है जिसे रफू किए जाने की जरूरत है।

दुखद है कि यह कहना पड़े, लेकिन जब तक हमें भरोसा है—हमारे लिए कोई उम्मीद नहीं है। उम्मीद करने के लिए हमें यह भरोसा तोड़ना होगा। हमें नियत रास्तों से नियत युद्ध लड़ने हैं और लड़ना ही नहीं, जीतना भी है। आइए, सुनिए नर्मदा घाटी की कहानी। इसे समझिए और अगर आप चाहें तो इससे आकर जुड़िए। कौन जाने, इसी से कोई चमत्कार हो जाए।

❑

नर्मदा मध्य प्रदेश के शहडोल जिले में अमरकंटक के पठार पर उमड़ती है, फिर सुन्दर पर्णपाती जंगलों और शायद भारत के सबसे उपजाऊ खेतिहर इलाके से गुजरती हुई 1,300 किलोमीटर का रास्ता तय करती है। ढाई करोड़ लोग इस नदी-घाटी में इसके पारिस्थितिकीय तन्त्र से, और परस्पर निर्भरता (और निस्सन्देह शोषण) के जटिल प्राचीन सूत्रों में एक-दूसरे से बंधे हैं।

हालाँकि पचास साल से ऊपर हो गए जब नर्मदा को 'जल संसाधन विकास' के लिए लक्षित कर लिया गया था, लेकिन हाल तक यह बाँधों और टुकड़ों-टुकड़ों में बाँटे जाने से बची रही तो इसकी वजह यह थी कि यह तीन राज्यों—मध्य प्रदेश, महाराष्ट्र और गुजरात—से होकर बहती है। (नब्बे फीसदी से ज्यादा नदी मध्य प्रदेश से होकर बहती है; यह महाराष्ट्र की उत्तरी सीमाओं का स्पर्श भर करती है, और फिर गुजरात में लगभग 180 किलोमीटर तक बहने के बाद भड़ूच के पास अरब सागर में विसर्जित हो जाती है।)

1946 में ही गुजरात में गोरा के पास नदी को बाँधने की योजना बन रही थी। 1961 में नेहरू ने 49.8 मीटर ऊँचे एक बाँध का शिलान्यास भी किया—यह सरदार सरोवर का छोटा पूर्वज था।

लगभग उसी वक्त, सर्वे ऑफ इंडिया ने नदी के बेसिन के नए आधुनिकीकृत नक्शे तैयार किए। गुजरात में बाँध के योजनाकारों ने नए नक्शे का अध्ययन किया और तय किया कि एक ज्यादा बड़ा बाँध बनाना अधिक फायदेमन्द होगा। लेकिन इसका अर्थ यह था कि पहले पड़ोस के राज्यों के साथ किसी समझौते तक पहुँचा जाए।

बरसों तक तीनों राज्य लड़ते-झगड़ते रहे लेकिन पानी के बँटवारे के किसी मान्य फार्मूले तक पहुँचने में नाकाम रहे। आखिरकार, 1969 में केन्द्र सरकार ने नर्मदा जल विवाद पंचाट का गठन किया। पंचाट को अपना फैसला सुनाने में दस साल लग गए। *जिन लोगों की जिन्दगियाँ तबाह होने जा रही थीं, न उन्हें इसकी सूचना दी गई न मशविरा किया गया और न ही उन्हें सुना गया।*

पानी का हिस्सा बाँटने के लिए, पंचाट का पहला बुनियादी काम यह मालूम करना था कि नदी में कितना पानी बहता है। आमतौर पर इसका सही-सही अनुमान तभी लगाया जा सकता है जब नदी में वास्तविक बहाव की मात्रा का कम-से-कम पिछले चालीस सालों का अधिकृत ब्यौरा उपलब्ध हो। चूँकि यह ब्यौरा उपलब्ध नहीं था इसलिए उन्होंने बारिश के आँकड़ों से इसका हिसाब लगाने का फैसला किया। उनके हिसाब से 27.22 एमएएफ (मिलियन एकड़ फुट) का आँकड़ा आया।[27]

यह आँकड़ा नर्मदा घाटी परियोजना का दृढ़ सांख्यिकीय आधार है। हम अभी तक इसी विरासत के साथ रह रहे हैं। कमोबेश इसी से परियोजनाओं की पूरी रूपरेखा–बाँधों की ऊँचाई, अवस्थिति और संख्या–निर्धारित होती है। अनुमान से, इसी से यह निर्धारित होता है कि परियोजनाओं की लागत कितनी होगी, कितना इलाका डूब जाएगा, कितने लोग विस्थापित होंगे और क्या-क्या लाभ होंगे।

1992 में नर्मदा में बहाव का वास्तविक तौर पर जाँच हुआ यह आँकड़ा, जो अब चौवालीस सालों (1948-92) तक का उपलब्ध था, बता रहा था कि नदी में जल की मात्रा महज 22.69 एमएएफ, यानी 18 फीसदी कम है ![28] केन्द्रीय जल आयोग स्वीकार करता है कि पहले जितना अनुमान लगाया गया था, नर्मदा में उससे कहीं कम पानी है।[29] भारत सरकार कहती है :

"यह ध्यान रखा जाए कि 28 एमएएफ के अनुमानित बहाव के निर्धारण से सम्बन्धित (पंचाट के फैसले के) उपबन्ध 11 अनिरीक्षणीय है (!)"[30]

आँकड़ा अपनी जगह है। दूसरे शब्दों में इंसानी फैसले से कानूनी तौर पर बँधी हुई नर्मदा को उतना जल उत्पन्न करना है जितना भारत सरकार का आदेश है।

इसके प्रस्तावक बताते हैं कि नर्मदा घाटी परियोजना मानव इतिहास में अब तक परिकल्पित सबसे महत्त्वाकांक्षी परियोजना है। उनकी योजना 3,200 बाँध बनाने की है जिससे नर्मदा और उसकी 41 सहायक नदियाँ एक विशाल सीढ़ीनुमा संरचना में तब्दील हो जाएगी–काम योग्य पानी का एक विशालकाय जीना। इनमें 30 बड़े बाँध होंगे, 135 मझोले और बाकी छोटे। दो बड़े बाँधों में बहुउद्देश्यीय विशालकाय बाँध होंगे। गुजरात में सरदार सरोवर और मध्य प्रदेश में नर्मदा सागर, इन दोनों के बीच भारतीय उपमहाद्वीप के किसी भी जलाशय से ज्यादा पानी जमा होगा।

आप इसे चाहे जिस तरह भी देखें, नर्मदा घाटी विकास परियोजना

विशालकाय है। यह भारत की सबसे बड़ी नदियों में से एक की समूची नदी-घाटी की पारिस्थितिकी को बदल देगी। अच्छा या बुरा, इससे घाटी में रहनेवाले ढाई करोड़ की जिन्दगी पर असर होगा। यह 4,000 वर्ग किलोमीटर के प्राकृतिक जंगल को डुबोकर नष्ट कर देगी।[31] तब भी, परियोजना को पर्यावरण मन्त्रालय की हरी झंडी मिलने से पहले ही विश्व बैंक ने इसके सबसे महत्त्वपूर्ण अंग को पैसा देने की पेशकश कर दी—सरदार सरोवर बाँध को, जिसका जलाशय मध्य प्रदेश और महाराष्ट्र में लोगों को निस्थापित करेगा, मगर जिसका लाभ गुजरात को मिलेगा। लागत का आकलन होने के भी पहले, कोई अध्ययन होने के पहले और इसके पहले कि किसी को अन्दाजा हो कि बाँध की इंसानी कीमत या उसका पर्यावरणीय असर क्या होगा, विश्व बैंक अपनी चेकबुक लेकर तैयार था। 1985 में ही सरदार सरोवर के लिए 45 करोड़ डॉलर का कर्ज मंजूर किया गया। परियोजना के लिए पर्यावरण मन्त्रालय की मंजूरी 1987 में आई ! जोशोखरोश देखिए। जैसे यह धर्म-प्रचार का काम हो। कोई इतना खयाल रख सकता है ?

क्यों थे वे इतने उत्सुक ?

1947 से 1994 के बीच विश्व बैंक के मैनेजमेंट ने 6,000 प्रस्ताव अपने कार्यकारी ब्रांड को भेजे, बोर्ड ने एक को भी नामंजूर नहीं किया। एक को भी नहीं। 'गतिशील मुद्रा' और 'ऋण-लक्ष्यों तक पहुँचना' जैसे शब्दों के अर्थ इन्हीं दिनों खुलने लगे।

भारत आज एक ऐसी स्थिति में है कि यह बैंक से जितना कर्ज लेता है, उससे कहीं ज्यादा उसके ब्याज और किस्तों के भुगतान में चुकाता है। अपने पुराने कर्जों की अदायगी कर सकने के लिए हम नए कर्ज लेने को बाध्य हैं। विश्व बैंक की वार्षिक रिपोर्ट के मुताबिक, बीते साल (1998), हिसाब लगाने के बाद, भारत ने जितना कर्ज हासिल किया, उससे 47.8 करोड़ डॉलर विश्व बैंक को चुकाए। पिछले पाँच सालों में (1993-98) भारत ने विश्व बैंक से जितना हासिल किया है, उससे 1.475 अरब डॉलर ज्यादा उसे दे चुका है।[32] हमारे बीच का रिश्ता ठीक वैसा ही है जैसा कर्ज में डूबे गाँव का एक भूमिहीन मजदूर और स्थानीय साहूकार के बीच होता है—यह एक आत्मीय सम्बन्ध का रिश्ता होता है। गरीब आदमी अपने साहूकार को पसन्द करता है क्योंकि साहूकार अक्सर उसकी जरूरत के वक्त तैयार रहता है। यह यूँही नहीं है कि हम दुनिया को भूमंडलीकृत गाँव कहते हैं। भूमिहीन मजदूर और भारत सरकार के बीच फर्क सिर्फ इतना है कि एक बचे रहने के लिए पैसे का इस्तेमाल करता है, दूसरा इसे अपने अफसरों और दलालों को जेब में भरता हुआ, देश को ऐसी आर्थिक दासता की ओर धकेलते चलता

है जिससे वह कभी उबर न सके।

अन्तरराष्ट्रीय बाँध उद्योग सालाना बीस अरब डॉलर के आसपास का है।[33] अगर आप सारी दुनिया में बड़े बाँधों के सिलसिले को देखें—कहीं भी आप जाएँ—चीन, जापान, मलेशिया, थाईलैंड, ब्राजील, ग्वाटेमाला—हर जगह वही कहानी आपके सामने होगी, उन्हीं नायकों से आपकी मुठभेड़ होगी : लौह त्रिभुज (राजनीतिज्ञों, अफसरशाहों और बाँध-निर्माता कम्पनियों के बीच के गठजोड़ के लिए बाँध की दुनिया का मुहावरा), 'रैकेटीयर्स', जो खुद को अन्तरराष्ट्रीय पर्यावरण सलाहकार बताते हैं (जो सीधे बाँध-निर्माताओं या उनके सहायकों द्वारा बहाल किए जाते हैं), और हर जगह हाजिर, बगल का साथी विश्व बैंक। आप हर जगह उसी आभामंडित शब्दाडंबर को, उसी 'जनता के बाँधवाले' नारे को, उसी चुस्त-क्रूर दमन को पहचानते चलेंगे जो नागरिक अवज्ञा के पहले निशान के साथ शुरू हो जाता है। आजकल, खासकर नर्मदा के अपने अनुभव के बाद विश्व बैंक उन देशों के चयन में ज्यादा सतर्क हो गया है जहाँ उसे ऐसी परियोजनाओं को पैसा देना है जिनसे व्यापक विस्थापन होता हो। वर्तमान में, चीन उनका सबसे पसन्दीदा ग्राहक है। यह हमारे समय की एक बड़ी विडम्बना है—अमेरिकी नागरिक थ्येन आन मन चौक पर हुए कत्लेआम का विरोध करते हैं, लेकिन बैंक ने उस थ्री जॉर्जस बाँध पर अध्ययन को वित्तीय मदद देने के लिए अपने पैसे का इस्तेमाल किया है जो तेरह लाख लोगों को बेघर-बार करने जा रहा है। आज की तारीख में विश्व बैंक चीन में बड़े बाँधों का सबसे बड़ा विदेशी वित्त-प्रबन्धक है।[34]

यह एक चतुराई भरा सर्कस है जिसके नट एक-दूसरे को अच्छी तरह पहचानते हैं। बीच-बीच में वे भूमिकाओं की अदला-बदली कर लेंगे—कोई अफसरशाह बैंक में नियुक्त हो जाएगा, कोई बैंकर परियोजना-सलाहकार के रूप में नजर आएगा। नाटक के अन्त में, जिसे 'विकास-अनुदान' कहते हैं, उसका अच्छा-खासा प्रतिशत उपकरणों की कीमत या सलाहकारों के शुल्क या एजेंसियों के अमले के वेतन के रंग-बिरंगे छद्म रूपों में उन्हीं देशों में वापस चला जाता है, जहाँ से वह आता है। अक्सर अनुदान खुले तौर पर शर्तों से बँधे होते हैं (जैसे सरदार सरोवर बाँध के लिए जापानी कर्ज के मामले में, सुमिटोमो कॉर्पोरेशन से टरबाइन खरीदने की शर्त बँधी हुई थी।)[35] कभी-कभी अन्तर्सम्बन्ध और झीने या फूहड़ होते हैं। 1993 में ब्रिटेन ने मलेशिया के परगाऊ बाँध के लिए 23.4 करोड़ पौंड का कर्ज दिया, बावजूद इसके कि उन्हीं की ओवरसीज डेवलपमेंट एडमिनिस्ट्रेशन की रपट के मुताबिक यह बाँध मलेशिया के लिए एक 'बुरा सौदा' होगा। यह बात बाद में उभरकर सामने आई कि कर्ज की पेशकश मलेशिया को

1.3 अरब पौंड के ब्रिटिश हथियार खरीदने के लिए 'प्रोत्साहित' करने के लिए की गई थी।[36]

1994 में ब्रिटिश सलाहकारों ने दूसरे देशों में अनुबन्धों के जरिए ढाई अरब डॉलर कमाए।[37] परियोजना-प्रबन्धन के बाद बाजार का दूसरा सबसे बड़ा क्षेत्र उस तरह के लेखन हैं जिन्हें 'ईआइए' (एन्वायरनमेंटल इम्पैक्ट असेसमेंट) यानी पर्यावरण-प्रभाव आकलन कहा जाता है। विकास के 'रैकेट' में नियम बेहद सरल हैं। अगर आपको किसी सरकार की ओर से पर्यावरण-प्रभाव आकलन लिखने के लिए आमन्त्रित किया जाता है और आप एक समस्या की ओर इशारा करते हैं (मान लीजिए, आप किसी नदी में उपलब्ध पानी की मात्रा को लेकर जिरह करते हैं, या भगवान बचाए आपकी यह राय है कि इसकी इंसानी कीमत शायद बहुत ज्यादा है) तो आप विलीन हो जाएँगे। आप एक ओओडब्ल्यूसी हैं (आउट ऑफ वर्क कंसल्टेंट)। बेरोजगार सलाहकार। और अरे ! हो गई आपकी रेंज रोवर। गाड़ी गई, गईं स्वीटजरलैंड में बिताई जानेवाली आपकी छुट्टियाँ। गए आपके बच्चों के प्राइवेट बोर्डिंग स्कूल। गरीबी में अच्छा पैसा है। और ढेर सारी सुविधाएँ।

बड़े बाँधों की परम्परा को बनाए रखते हुए 138.68 मीटर ऊँचे सरदार सरोवर बाँध के निर्माण में भी, परियोजना की वास्तविक लागत का और पर्यावरण और लोगों पर इसके असर का अध्ययन कराने का सरकारी नाटक शुरू हो गया। विश्व बैंक भी तहे-दिल से इस खेल में शामिल हो गया—बीच-बीच में यह अपनी भौंहें तरेरता था और उन लोगों के विस्थापन और पुनर्वास जैसे मुद्दों पर और ज्यादा सूचनाएँ मुहैया कराने का कातर अनुरोध करता था जिन्हें वह पी.ए.पी.-प्रोजेक्ट अफेक्टेड पर्सन—यानी परियोजना—प्रभावित लोग बोलता है। (इनसे मदद मिलती है, इन संकेत नामों से, ये रक्त और मांस को ठंडे आँकड़ों में बदलने में कामयाब रहते हैं। 'पैप' यानी परियोजना-प्रभावित लोग धीरे-धीरे 'लोग' नहीं रह जाते हैं।) महज टुकड़ा-टुकड़ा कुछ जानकारियों से सन्तुष्ट होकर विश्व बैंक ने परियोजना पर कदम बढ़ा दिए। सभी सम्बद्ध पक्षों में यह अनकही, अलिखित, मगर बहुत साफ समझ बन गई थी कि चाहे जो भी कीमत चुकानी पड़े—आर्थिक, पर्यावरणीय या मानवीय—परियोजना का काम जारी रहेगा। इस पर काम करते हुए वे इसे सही ठहराएँगे। उन्हें अच्छी तरह पता था कि आखिरकार किसी भी अदालत में या समिति के सामने किसी भी तर्क की तुलना में एक निबटा दिया गया काम ज्यादा बेहतर दलील है !

'मी लॉर्ड, देरी की वजह से देश को हर रोज दो करोड़ का नुकसान हो रहा है।'

सरकार सरदार सरोवर परियोजना को 'भारत की सर्वाधिक अध्ययन के बाद तैयार परियोजना' बताती है, फिर भी यह खेल कुछ इस तरह चल रहा है : जब पंचाट ने पहली बार अपने फैसले का ऐलान किया और गुजरात सरकार ने अपनी योजना घोषित की कि किस तरह वह अपने हिस्से के पानी का इस्तेमाल करेगी, तो उसमें गुजरात के बंजर इलाकों, सौराष्ट्र और कच्छ के गाँवों के लिए पानी का उल्लेख तक नहीं था। जब परियोजना के सामने राजनैतिक संकट खड़ा हो गया तो अचानक सरकार को प्यास की भावनात्मक ताकत का अहसास हुआ। अचानक कच्छ और सौराष्ट्र के सूखे हुए गलों को तर करना सरदार सरोवर परियोजना का अन्तिम लक्ष्य हो गया है। (क्या हुआ अगर दो नदियों–साबरमती और माही, जो नर्मदा की तुलना में कच्छ और सौराष्ट्र से मीलों नजदीक हैं–के पानी को बाँध के जरिए अहमदाबाद, मेहसाणा और खेड़ा की तरफ मोड़ दिया गया है। कच्छ को और सौराष्ट्र को इसकी एक बूँद भी देखने को नसीब नहीं हुई है।) सरकारी तौर पर सरदार सरोवर की नहर से जिन लोगों को पीने का पानी मुहैया कराया जाएगा उनकी तादाद 2.8 करोड़ (1983) से 3.25 करोड़ (1989)–बारीकी देखिए, दशमलव तक का हिसाब !–फिर 4 करोड़ (1992) और गिरकर 2.5 करोड़ (1993) तक आ गई है।[38] पीने का पानी प्राप्त करनेवाले गाँवों की संख्या 1979 में शून्य थी, अस्सी के शुरुआती वर्षों में 4,719, 1990 में 7,234 और 1991 में 8,215 थी।[39] जब इसे चुनौती दी गई तो सरकार ने कबूल किया कि 1991 के आँकड़ों में 236 वीरान गाँवों को गलती से शामिल किया गया है।[40]

परियोजना के हर पहलू को लगभग इसी खिलन्दड़े ढंग से छुआ गया है, जैसे कि यह घर में बैठकर खेलनेवाला कोई खेल हो। वह भी जब, जब इससे बहुत बड़ी तादाद में लोगों की जिन्दगी और उनका भविष्य जुड़ा हुआ है।

1979 में जिन परिवारों को सरदार सरोवर जलाशय की वजह से विस्थापित होना था उनकी संख्या का अनुमान छह हजार से कुछ ऊपर का लगाया गया था। 1987 में यह बढ़कर 12,000 हो गई। 1991 में यह 27,000 पर जा चढ़ी। 1992 में सरकार ने माना कि 40,000 परिवार प्रभावित होंगे। आज सरकारी आँकड़ा 40,000 से 41,500 के बीच झूल रहा है।[41] (हाँ, इस पर भी यह एक बेतुकी संख्या है क्योंकि लोग सिर्फ जलाशय के चलते ही विस्थापित नहीं होते। नर्मदा बचाओ आन्दोलन के मुताबिक वास्तविक संख्या 85,000 परिवार है–यानी कि पाँच लाख लोग।)

परियोजना की अनुमानित लागत 5,000 करोड़[42] से उछलकर 20,000 करोड़

(सरकारी तौर पर) पहुँच गई है। नर्मदा बचाओ आन्दोलन का कहना है कि यह 44,000 करोड़ तक जाएगी।[43]

सरकार का दावा है कि सरदार सरोवर परियोजना से 1,450 मेगावॉट बिजली पैदा होगी।[44] सरदार सरोवर जैसे बहुउद्देशीय बाँधों के साथ एक बात यह होती है कि उनके 'लक्ष्य' (सिंचाई, बिजली उत्पादन और बाढ़ नियन्त्रण) एक-दूसरे से टकराते हैं। उस पानी का इस्तेमाल सिंचाई में हो जाता है जिसकी आपको बिजली उत्पादन में जरूरत होती है। बाढ़ नियन्त्रण के लिए जरूरी होता है कि आप मानसून के महीनों में पानी की सम्भावित अधिकता से निबटने के लिए जलाशय को खाली रखें। और अगर अतिरिक्त पानी नहीं आता है तो आपके पास खाली जलाशय ही रह जाते हैं। और इससे सिंचाई का काम कहाँ हो पाता है, जो मानसून के पानी को जमा रखता है। यह एक लोमड़ी, एक मुर्गी और अनाज के एक बोरे के साथ नदी को पार करने की कोशिश करनेवाली पहेली जैसा है। अध्ययन बताते हैं कि इन परस्पर टकराते लक्ष्यों का नतीजा यह होगा कि जब यह परियोजना पूरी होगी और काम करना शुरू कर देगी तब यह अपने योजनाकारों के दावे की महज तीन फीसदी बिजली पैदा करेगी। तकरीबन 50 मेगावॉट। और नहरों के इस विशाल संजाल में पानी पहुँचाने के लिए जितनी बिजली चाहिए, उसका हिसाब लगाया जाए तो सरदार सरोवर परियोजना से जितनी बिजली उत्पादित होगी, उससे कहीं ज्यादा उसका उत्पादन करने पर खर्च हो जाएगी![45]

एक पुराने युद्ध में, हर किसी को अपना हिसाब चुकता करना है। इसलिए इन दावों-प्रतिदावों के बीच अपना रास्ता आप कैसे चुनें? कैसे तय करेंगे कि किसका अनुमान ज्यादा विश्वसनीय है? एक रास्ता यह है कि भारतीय बाँधों के पिछले रिकॉर्डों का जायजा लिया जाए!

जबलपुर के नजदीक बरगी बाँध नर्मदा पर पूरा होनेवाला पहला बाँध (1990) था। इसकी लागत अपने बजट से दस गुना ज्यादा पड़ी और इंजीनियरों ने जितना बताया था, उससे तीन गुना ज्यादा जमीन इसमें डूबी। 101 गाँवों के लगभग 70,000 लोगों के विस्थापित होने का अनुमान था, मगर जब उन्होंने (बिना किसी चेतावनी के) पानी भरा, 162 गाँव डूब गए। सरकार द्वारा बनाए गए कुछ पुनर्वास स्थल भी डूब गए। लोग जिस जमीन पर सदियों से रहते आए थे, वहाँ से चूहों की तरह खदेड़ दिए गए। वे जो बचा सकते थे, उन्होंने बचा लिया और अपने घरों को बहता देखते रहे। 1,14,000 लोग विस्थापित हो गए।[46] पुनर्वास की कोई नीति नहीं थी। कुछ को थोड़ा-सा नगद मुआवजा दे दिया गया। कुछ को सरकारी पुनर्वास स्थलों में ले जाया गया। गोरखपुर में यह जगह, सरकारी प्रचार के

मुताबिक 'आदर्श गाँव' है। 1990 से 1992 के बीच यहाँ पाँच लोग भूख से मर गए। बाकी या तो लौटकर बाँध के नजदीक के जंगलों में नाजायज तौर पर रहने लगे या जबलपुर की झोंपड़-पट्टियों में बस गए।

बरगी बाँध में जितनी जमीन डूबी उतने ही बड़े इलाके में सिंचाई होती है—और इसके योजनाकारों ने जितनी जमीन पर सिंचाई का दावा किया था, उसका यह महज पाँच फीसदी है।[47] वह भी जल-जमाव का शिकार है।

बार-बार, यह एक ही कहानी है। आन्ध्र प्रदेश सिंचाई योजना-II का दावा था कि इससे 63,000 लोग विस्थापित होंगे। जब यह पूरी हुई, विस्थापित होनेवालों की संख्या 1,50,000 हो गई।[48] गुजरात मध्यम सिंचाई परियोजना-II से 63,600 लोगों की जगह 1,40,000 लोग विस्थापित हुए।[49] कर्नाटक में ऊपरी कृष्णा सिंचाई परियोजना द्वारा महज 20,000 लोगों को विस्थापित होने के प्रारम्भिक दावे की जगह अब संशोधित अनुमान 2,40,000 लोगों के विस्थापन का है।[50]

ये विश्व बैंक के आँकड़े हैं, नर्मदा बचाओ आन्दोलन के नहीं। कल्पना कीजिए कि हमारे 3.3 करोड़ लोगों के संकीर्ण अनुमान का हश्र क्या होगा।

सरदार सरोवर बाँध स्थल पर निर्माण कार्य, जो छिटपुट ढंग से 1961 से ही जारी था, 1988 में गम्भीरता से शुरू हो गया। उस वक्त तक किसी को मालूम नहीं था, न विश्व बैंक को, न सरकार को, कि मेधा पाटकर नाम की औरत डूब वाले गाँवों में भटक रही है, लोगों से पूछ रही है कि क्या उन्हें पता है कि सरकार उनके साथ क्या करने जा रही है। जब वह घाटी में आई थीं तो बाँध के निर्माण का विरोध उनके दिमाग में ही नहीं था। उनका मुख्य सरोकार यह था कि विस्थापित गाँववालों को न्यायिक, मानवीय ढंग से बसाया जाना चाहिए। यह धीरे-धीरे उसके सामने स्पष्ट होता गया कि उन लोगों के प्रति सरकार का इरादा कतई सम्मानजनक नहीं है। 1986 तक बात फैल चुकी थी और हर राज्य का अपना जनसंगठन तैयार हो चुका था जो विस्थापन और पुनर्वास के उन वायदों पर सवाल उठा रहा था जो सरकारी अधिकारियों द्वारा उछाले जा रहे थे। कुछ सालों बाद ही स्थिति कितनी भयावह थी यह बात उभरकर आई, उनके सामने जिन्हें विस्थापित होना है और उनके भी जिन्हें इसका लाभ मिलना था। नर्मदा घाटी विकास परियोजना को देश का सर्वाधिक सुनियोजित पर्यावरणीय विनाश माना जाने लगा। अलग-अलग जनसंगठनों ने मिलकर एक अकेला संगठन बनाया और नर्मदा बचाओ आन्दोलन—बेमिसाल एनबीए—का जन्म हुआ।

1988 में, नर्मदा बचाओ आन्दोलन ने नर्मदा घाटी विकास परियोजना के

सभी काम रोके जाने का औपचारिक आह्वान किया। लोगों ने ऐलान किया कि अगर उन्हें डूबना पड़े तो वे डूब जाएँगे, मगर अपने घरों से नहीं हिलेंगे। दो साल के भीतर संघर्ष फैल चुका था और उसे दूसरे प्रतिरोधी आन्दोलनों का समर्थन मिल रहा था। सितम्बर, 1989 में भारत भर से 50,000 लोगों ने घाटी में इकट्ठा होकर इस विनाशकारी विकास से लड़ने की कसम खाई। बाँध-स्थल और उससे सटे हुए इलाकों पर, जो पहले ही सरकारी गोपनीयता कानून के तहत आ गए थे, धारा 144 थोप दी गई जो पाँच से ज्यादा लोगों के एक साथ इकट्ठा होने पर प्रतिबन्ध लगाती है। समूचे इलाके को पुलिस छावनी में तब्दील कर दिया गया। प्रतिरोधों के बावजूद, एक साल बाद, 28 सितम्बर, 1990 को हजारों गाँववाले पैदल चलकर और नावों के जरिए मध्य प्रदेश के एक छोटे-से शहर बड़वानी में इकट्ठा हुए और घर से निकलने पर राजी होने की बजाय डूब जाने की कसम दोहराई।

लोगों द्वारा परियोजना के विरोध की खबर दूसरे देशों में भी फैल गई। फ्रेंड्स ऑफ अर्थ की जापानी शाखा ने जापान में एक अभियान चलाया जिसे जापानी सरकार द्वारा सरदार सरोवर परियोजना को वित्तीय मदद के तहत दिया जा रहा 27 अरब येन का कर्ज वापस करवाने में कामयाबी हासिल हुई। (टरबाइनों का ठेका अभी भी बना हुआ है।) एक बार जहाँ जापानियों ने कदम खींचे, दुनिया-भर के पर्यावरणवादी संगठनों की ओर से, जो इस संघर्ष का समर्थन करते थे, विश्व बैंक पर अन्तरराष्ट्रीय दबाव पड़ना शुरू हो गया।

निश्चय ही इससे घाटी में होनेवाला दमन भी बढ़ा। एक बड़बोले मन्त्री के शब्दों में सरकार की नीति 'घाटी में खाकी की बाढ़' ला देने की थी।

1990 में क्रिसमस के दिन 6,000 मर्द और औरतें अपने खाने-पीने के सामान और बोरिया-बिस्तर सहित सौ किलोमीटर की यात्रा तय करके आए और उनके साथ एक सात सदस्यीय बलिदानी जत्था भी था जिसने नदी के लिए अपने प्राण आहुति की देने की शपथ ली हुई थी। उन्हें गुजरात की सरहद पर स्थित फेरकुआ की हथियारबन्द पुलिस बटालियन और वडोदरा शहर से आए लोगों की भीड़ द्वारा रोक लिया गया, कई ऐसे थे जो भाड़े पर लाए गए थे। कुछ लोगों को यकीन था कि सरदार सरोवर 'गुजरात की जीवन रेखा' है। यह एक उल्लेखनीय टकराव था। मध्यमवर्गीय शहरी भारत बनाम ग्रामीण, मुख्यतया आदिवासी सेना। आन्दोलनकारियों ने माँग की कि उन्हें सरहद पार करके बाँध-स्थल पर जाने की इजाजत दी जाए। पुलिस ने उन्हें रास्ता देने से इनकार किया। अहिंसा के प्रति अपनी प्रतिबद्धता जताते हुए हरेक गाँववाले ने अपने हाथ बाँध लिए। एक-एक करके वे पुलिस बटालियन को चुनौती दे रहे थे। उन्हें पीटा गया, गिरफ्तार किया

गया और घसीटकर ट्रकों में लादा गया और कुछ मील दूर ले जाकर सुनसान जगहों पर छोड़ दिया गया। वे फिर वापस आ गए और फिर वही सब कुछ शुरू हो गया।

यह स्थिति लगभग दो हफ्ते तक बनी रही। आखिरकार 7 जनवरी, 1991 को बलिदानी जत्थे के सातों सदस्यों ने ऐलान किया कि वे अनिश्चितकालीन भूख हड़ताल पर जा रहे हैं। तनाव संगीन हदों तक पहुँच गया। भारतीय और अन्तरराष्ट्रीय मीडिया, टीवी कैमरा टीम और डॉक्यूमेंटरी बनानेवाले—सभी लोग वहाँ मौजूद थे। लगभग हर रोज अखबारों में खबरें आ रही थीं। वाशिंगटन में भी पर्यावरणवादियों ने दबाव बढ़ा दिया। आखिरकार, प्रतिकूल मीडिया की कोपदृष्टि से बुरी तरह घबराए हुए विश्व बैंक ने घोषणा की कि वह सरदार सरोवर परियोजना की एक स्वतन्त्र समीक्षा करवाएगा—बैंक के इतिहास में यह अभूतपूर्व था। जब यह खबर घाटी में पहुँची तो इसे अविश्वास और सन्देह के साथ देखा गया। लोगों के पास विश्व बैंक पर भरोसा करने की कोई वजह नहीं थी। फिर भी, यह एक तरह की जीत थी। अपने उन साथियों की बिगड़ती हुई हालत से स्वाभाविक तौर पर परेशान, जिन्होंने 22 दिनों से कुछ खाया नहीं था, गाँववालों ने उपवास तोड़ने का आग्रह किया। 28 जनवरी को फेरकुआ में उपवास तोड़ा गया और बहादुर अनगढ़ सेना यह नारा लगाती घर पहुँची, "हमारे गाँव में हमारा राज"।

ऐसी फौज पूरी दुनिया में नहीं रही है। दूसरे देशों—चीन (चेयरमैन माओ को अपने 77वें जन्मदिन पर सौगात में एक बड़ा बाँध मिला), मलेशिया, ग्वाटेमाला, परागुवे—में विद्रोह की मुस्कुराहट शुरू होने के पहले ही कुचल दिया जाता है। यहाँ भारत में चलता रहता है। वाकई राज्य इसका भी श्रेय लेना चाहेगा। वह चाहेगा कि हम उसके कृतज्ञ हों कि उसने आन्दोलन को पूरी तरह नहीं कुचल डाला, उसे जिन्दा रहने की इजाजत दी। अन्ततः यह सब क्या है अगर स्वस्थ ढंग से कार्यरत लोकतन्त्र का संकेत नहीं है जिसमें राज्य को तब दखल देने की नौबत आती है जब इसके लोगों में मतभेद होता है ?

हो सकता है, देखने का एक यह नजरिया हो। (क्या यह संकेत है कि मैं दाँत निपोरूँगी और कहूँगी, "शुक्रिया-शुक्रिया, जो मैं लिखना चाहती हूँ, उसे लिखने देने का शुक्रिया ?")

हमें राज्य के शुक्रगुजार होने की कोई जरूरत नहीं कि उसने हमें विरोध करने की इजाजत दी। हम उसके लिए खुद का शुक्रिया अदा कर सकते हैं। यह हम हैं जो इन अधिकारों पर जोर देते रहे हैं। यह हम ही हैं जिन्होंने इन्हें छोड़ने से

इनकार किया है। अगर जनता के रूप में हमारे पास गर्व करने के लिए सचमुच कुछ है, तो यही है।

नर्मदा घाटी में संघर्ष जारी है (सरकार के बावजूद)।

भारतीय राज्य धूर्तता के साथ लड़ाई लड़ता है, अपनी ऊपरी शराफत से अलग इसका दूसरा बड़ा हथियार इन्तजार करने की इसकी सामर्थ्य है। लड़ाई को खींचते रहने की। विरोधी को थका देने की। राज्य कभी नहीं थकता है, कभी बुढ़ाता नहीं है, उसे कभी आराम नहीं चाहिए। यह एक अन्तहीन दौड़ दौड़ता रहता है।

मगर लड़ते हुए लोग थक जाते हैं। वे बीमार पड़ जाते हैं, वे बूढ़े हो जाते हैं। यहाँ तक कि जवान भी उम्र से पहले बूढ़े हो जाते हैं। लगभग बीस साल से, पंचाट के फैसले के बाद, घाटी की यह अनगढ़ सेना बेदखली के डर के साथ जीती रही है। बीस साल से ज्यादातर इलाकों में 'विकास' के कोई चिह्न नहीं हैं—सड़क नहीं, स्कूल नहीं, कुएँ नहीं, चिकित्सा-सहायता नहीं। बीस साल से, यह 'डूब घोषित' का धब्बा ढो रही है—इसलिए यह बाकी समाज से अलग-थलग पड़ गई है (कोई विवाह-प्रस्ताव नहीं, कोई जमीन की खरीद-बिक्री नहीं)। 'आधुनिक विकास के फल' जब आखिरकार आए तो अपने साथ सिर्फ दहशत लाए। सड़कों से सर्वेक्षण करनेवाले आए, सर्वेक्षण करनेवाले ले आए ट्रक, ट्रकों पर आए पुलिसवाले, पुलिस लाई गोलियाँ, पिटाई, बलात्कार और हिरासत, और एक मामले में कत्ल तक लाई। आधुनिक विकास का बस एक सच्चा फल जो उन तक पहुँचा, गलती से पहुँचा—अपनी आवाज उठाने का अधिकार, सुने जाने का अधिकार। लेकिन अब वे बीस साल लड़े। कब तक वे टिकेंगे ?

घाटी में संघर्ष थक रहा है। अब यह उतना फैशन में नहीं है जितना हुआ करता था। अन्तरराष्ट्रीय कैमरा टीमें और रेडिकल रिपोर्टर (विश्व बैंक की ही तरह) नए चरागाहों की ओर चले गए हैं। वृत्तचित्र दिखाए जा चुके हैं और ताली पिटवा चुके हैं। हर किसी की सहानुभूति चुक गई है। लेकिन बाँध का काम जारी है। यह ऊँचा और ऊँचा हो रहा है...

अब पहले से कहीं ज्यादा, अनगढ़ सेना को नई कुमुक चाहिए। अगर हम इसे मरने देते हैं, अगर हम संघर्ष को कुचल दिए जाने के लिए छोड़ देते हैं, अगर हम लोगों पर हो रहे अत्याचारों की अनदेखी कर देते हैं, तो हम अपनी सबसे कीमती चीज खो बैठेंगे : अपनी संवेदना, या इसका जो कुछ भी हममें बचा हुआ है।

'भारत चलता रहेगा', वे आपसे कहेंगे, वे सन्त-दार्शनिक जो रोजमर्रा के

गंधाते मामलों में उलझने की जहमत नहीं मोल लेना चाहते। जैसे कि 'भारत' किसी रूप में अपनी जनता से ज्यादा बेशकीमती है।

शायद पुराने नाजी भी इसी तरह अपने आपको तसल्ली देते होंगे। कुछ लोग कहते हैं अब बहुत देर हो चुकी है। परियोजना में इतना वक्त और पैसा लग चुका है कि उसे वापस लेना मुमकिन नहीं रह गया है।

अभी तक सरदार सरोवर ने उसका बस एक-चौथाई इलाका ही डुबोया है जितना जब (यदि) वह अपनी पूरी ऊँचाई तक पहुँचेगा तब डुबोएगा। अगर हम इसे अभी रोक देते हैं, हम 3,25,000 लोगों को निश्चित बदहाली से बचाएँगे। जहाँ तक इसका आर्थिक पक्ष है—यह सच है कि सरकार अभी तक 7,500 करोड़ रुपए खर्च कर चुकी है, मगर परियोजना को जारी रखने का मतलब और ज्यादा पैसा झोंकना है। हम सार्वजनिक पैसे का लगभग 35,000 करोड़ रुपए बचा लेंगे। यह इस विशाल देश के हर गाँव में स्थानीय जल परियोजनाओं के निर्माण के लिए पर्याप्त होगा। सम्भवतः इससे ज्यादा लड़े जाने योग्य युद्ध और क्या हो सकता है ?

नर्मदा घाटी का युद्ध कोई आदिम जनजातीय या सुदूर ग्रामीण और यहाँ तक कि पूरी तरह भारतीय युद्ध भी नहीं है। यह दुनिया-भर की नदियों और पहाड़ों और जंगलों के लिए जंग है। सारी दुनिया से हर तरह के योद्धाओं का, जो भी उसमें अपना नाम लिखाना चाहता है, स्वागत और सम्मान होगा। हर तरह के योद्धाओं की जरूरत पड़ेगी। डॉक्टर, वकील, जज, शिक्षक, पत्रकार, छात्र, खिलाड़ी, चित्रकार, अभिनेता, गायक, प्रेमी...। सरहदें खुली हुई हैं, दोस्तो ! इसमें अब आ जाइए।

❑

खैर, कहानी की ओर वापस लौटें।

जून 1991 में विश्व बैंक ने स्वतन्त्र मूल्यांकन के चेयरमैन के तौर पर संयुक्त राष्ट्र विकास कार्यक्रम के पूर्व प्रमुख ब्रेडफोर्ड मोर्स को नियुक्त किया। उनका काम सरदार सरोवर परियोजना का विस्तृत आकलन करना था। उन्हें परियोजना से सम्बद्ध सभी गोपनीय बैंक दस्तावेज मुहैया कराने की गारंटी दी गई।

मोर्स और उनकी टीम सितम्बर, 1991 में भारत पहुँचे। एनबीए ने यह मानते हुए कि यह एक और जाल है, शुरू में उनसे मिलने से इनकार कर दिया। गुजरात सरकार ने गोपनीय दोस्तों की तरह लाल कालीन बिछाकर (बाँहों में बाँहें डालकर) उनका स्वागत किया। एक साल बाद जून 1992 में ऐतिहासिक स्वतन्त्र मूल्यांकन,

जिसे मोर्स रिपोर्ट के नाम से जाना जाता है, का प्रकाशन हुआ।

मोर्स समिति रिपोर्ट परियोजना को बड़ी बारीकी से, तह-दर-तह, प्याज की तरह छीलती चलती है। मोर्स समिति के सदस्यों की निगाह में कुछ भी इतना बड़ा या इतना छोटा नहीं था कि उसकी जाँच न की जा सके। वे मन्त्रियों और अफसरशाहों से मिले, वे इलाके में कार्यरत गैर-सरकारी संगठनों से मिले, वे एक गाँव से दूसरे गाँव, गाँव-गाँव, एक पुनर्वास स्थल से दूसरे पुनर्वास स्थल गए। वे अच्छी जगहों पर गए। बुरी जगहों पर गए। अस्थायी स्थलों पर भी। स्थायी स्थलों पर भी। उन्होंने सैकड़ों लोगों से बात की। वे डूब और कमांड के इलाकों में बहुत गहनता से घूमते रहे। वे कच्छ और गुजरात के दूसरे सूखाग्रस्त इलाकों में गए। उन्होंने अपनी ओर से अध्ययन करवाए। उन्होंने परियोजना के हर पहलू को जाँचा-परखा : जल विज्ञान और जल-प्रबन्धन, ऊपरी हिस्से का पर्यावरण, अवसादन, आवाह-क्षेत्र यानी कैचमेंट एरिया का मिजाज, निचले हिस्से का पर्यावरण, कमांड एरिया की सम्भावित मुश्किलों का अनुमान—जल-जमाव, खारा जल, नाली, स्वास्थ्य, वन्य जीवन पर प्रभाव।

मोर्स समिति रिपोर्ट संयत लहजे में (जिनकी मैं प्रशंसा करती हूँ मगर अपना नहीं सकती) जो उजागर करती है, वह सनसनीखेज है। भारतीय राज्य और विश्व बैंक के सम्बन्धों के बारे में यह सर्वाधिक सन्तुलित, निष्पक्ष, फिर भी बेहद कड़ा आरोप-पत्र है। चुपचाप, दबे पाँव, अनायास ही यह रिपोर्ट उस आरामदेह कक्ष में पहुँच जाती है, जहाँ वे एक होकर ही रहते हैं (कथनी और करनी के मामले में)।

357 पृष्ठों की रिपोर्ट की केन्द्रीय सिफारिश दोटूक और पूरी तरह अप्रत्याशित थी :

"हमारा मानना है कि सरदार सरोवर परियोजनाएँ वर्तमान स्थिति में खामियों से भरी हैं, कि परियोजनाओं से विस्थापित होनेवाले सभी लोगों का पुनर्वास और पुनर्स्थापन मौजूदा परिस्थितियों में मुमकिन नहीं है, और परियोजनाओं के पर्यावरणीय असर पर न ठीक से विचार किया है, न ही उन पर पर्याप्त ध्यान दिया गया है। इससे भी ज्यादा हम मानते हैं कि कर्जदार के साथ-साथ विश्व बैंक भी उस स्थिति के लिए जिम्मेदार है जो वहाँ बन गई है...यह साफ मालूम पड़ता है कि अभियन्त्रण और आर्थिक दबावों ने परियोजना को उसके मानवीय और पर्यावरणीय सरोकारों से अलग-थलग करने को विवश कर दिया है...भारत और सम्बद्ध राज्य काफी पैसा खर्च कर चुके हैं। कोई नहीं चाहता कि यह पैसा बर्बाद हो जाए। मगर हमारी चेतावनी है कि इंसानी और पर्यावरणीय नुकसान की पूरी जानकारी के बिना इस पर आगे काम करना और ज्यादा बर्बादी हो सकती

है...नतीजतन हमारे खयाल से सर्वाधिक समझदारी भरा रास्ता यह है कि बैंक इन परियोजनाओं से हाथ खींच ले और इन पर नए सिरे से विचार करे..."[51]

चार प्रतिबद्ध, जानकार, वास्तव में स्वतन्त्र लोग—वे इन सैकड़ों भ्रष्ट लोगों द्वारा तोड़े गए विश्वास की बहुत हद तक भरपाई करते हैं जिन्हें यही काम करने के लिए नौकरी पर रखा गया है।

बहरहाल, विश्व बैंक इसे अभी भी छोड़ने को तैयार नहीं था। उसने परियोजना को पैसा देना जारी रखा। मोर्स रिपोर्ट के दो माह बाद उसने पामेला कॉक्स समिति भेजी जिसने ठीक वही किया जिससे मोर्स रिपोर्ट ने सावधान किया था ("यह हमारे लिए गैर-जिम्मेदाराना होगा कि हम क्रियान्वयन पर कई तरह की सिफारिशें एक साथ नत्थी कर दें, जबकि परियोजनाओं की खामियाँ बेहद स्पष्ट दिखाई पड़ती हैं।")[52]—इसने परियोजना को उबारने के लिए कुछ जोड़-तोड़ करके रास्ता निकालने की सलाह दी। अक्तूबर, 1992 में पामेला कॉक्स समिति की सिफारिशों के आधार पर बैंक ने भारत सरकार को छह महीने के भीतर कुछ न्यूनतम प्रारम्भिक शर्तें पूरी करने को कहा।[53] सरकार इतना भर भी नहीं कर सकी। आखिरकार 30 मार्च, 1993 को विश्व बैंक ने सरदार सरोवर योजना से अपने हाथ खींच लिए। (वास्तव में, तकनीकी रूप से, 29 मार्च को, निश्चित तारीख से एक दिन पहले भारत ने विश्व बैंक को वापस जाने के लिए कहा।)[54]

इससे विश्व बैंक को किसी परियोजना से पीछे हटाने में कोई कामयाब नहीं हो सका है। जो किसी से नहीं हुआ, वह दुनिया के एक सबसे गरीब देश के सबसे गरीब लोगों की अनगढ़, सबसे नाचीज सेना ने कर दिखाया। बैंक के अध्यक्ष लूई प्रेस्टन जब भारत आए तो अपने व्यस्त कार्यक्रमों में से इन्हीं लोगों से मिलने के लिए समय नहीं निकाल पाए।[55] घाटी के लोगों के लिए बैंक की बर्खास्तगी एक बड़ी नैतिक जीत थी और है।

यह उल्लास बहुत दिनों तक नहीं टिक सका। गुजरात सरकार ने घोषणा की कि बीस करोड़ डॉलर की जो कमी हुई है, उसका इन्तजाम वह खुद करेगी और परियोजना का काम आगे बढ़ाएगी।

मोर्स समिति रिपोर्ट के दौरान, और उसके प्रकाशन के बाद भी, घाटी में लोगों और अधिकारियों के बीच टकराव कतई कम नहीं हुआ—अपमान, गिरफ्तारियाँ, लाठीचार्ज, अस्थायी वायदे और स्थायी धोखेबाजी से अनिश्चितकालीन उपवास खत्म किए जाते। जो लोग गाँव छोड़ने और पुनर्वास स्थान पर जाने के लिए राजी हो गए, अपने पुनर्वास स्थलों से अपने गाँवों में लौटना शुरू कर चुके थे। महाराष्ट्र के एक गाँव और प्रतिरोध की एक केन्द्रीय जगह मणिबेली में सैकड़ों गाँववालों

ने मानसून सत्याग्रह में हिस्सा लिया। 1993 में पानी चढ़ने के बावजूद मणिबेली के परिवार अपने घरों में बने रहे। वे अपने बच्चों को बाँहों में लिये लकड़ी के खम्भों से चिपक गए और हटने से मना कर दिया। आखिरकार सिपाहियों ने जबरदस्ती उन्हें हटाया और घसीटते हुए ले गए। नर्मदा बचाओ आन्दोलन ने घोषणा की कि अगर सरकार परियोजना का पुनरीक्षण कराने को राजी नहीं होती है तो 6 अगस्त, 1993 को कार्यकर्ताओं का एक जत्था चढ़ रहे पानी में जल-समाधि ले लेगा। 5 अगस्त को केन्द्र सरकार ने फिर से सरदार सरोवर परियोजना के पुनरीक्षण के लिए पाँच सदस्यीय समिति गठित कर दी। गुजरात सरकार ने उन्हें गुजरात में दाखिल नहीं होने दिया।[56]

पाँच सदस्यीय समिति रिपोर्ट[57] (मेज रिपोर्ट) एक साल बाद रखी गई। इसने मोर्स समिति रिपोर्ट की ही चिन्ताओं को मौन समर्थन दिया। लेकिन कोई फर्क नहीं पड़ा। यह भी सरकार द्वारा आजमायी हुई रणनीति है। यह आपको समितियों से मार डालती है।

फरवरी 1994 में गुजरात सरकार ने बाँध के सुलीस गेट को ही बन्द करवा दिया।

मई 1994 में नर्मदा बचाओ आन्दोलन ने सर्वोच्च न्यायालय में एक याचिका दायर कर सरोवर बाँध की पूरी बुनियाद पर सवाल उठाया और इसके निर्माण पर रोक लगाने की माँग की।[58]

उस मानसून में जब जलाशय का जल-स्तर बढ़ा और बाँध के दूसरी तरफ टकराया, तो स्टिलिंग बेसिन से 65,000 क्यूबिक मीटर की सीमेंट और 35,000 क्यूबिक मीटर के पत्थर उखड़ गए और पैंसठ मीटर चौड़ा एक गड्ढा बन गया। नदी तट पर बने बिजलीघर में पानी भर गया। महीनों इस नुकसान की खबर छुपाई गई।[59] जनवरी, 1995 के आसपास ही इसकी खबरें अखबारों में दिखाई पड़नी शुरू हुईं।

1995 के शुरू में, इस आधार पर कि विस्थापित लोगों का पुनर्वास पर्याप्त नहीं है, सर्वोच्च न्यायालय ने अगले आदेश तक बाँध पर काम स्थगित रखने का निर्देश दिया।[60] बाँध की ऊँचाई औसत समुद्र तल से 80 मीटर थी।

❑

इसी बीच, मध्य प्रदेश में दो और बाँधों पर काम शुरू हो चुका था—नर्मदा सागर (जिसके बिना सरदार सरोवर की 17 प्रतिशत से 30 प्रतिशत तक क्षमता खत्म हो जाती है[61]) और महेश्वर बाँध। सरदार सरोवर से ऊपर की तरफ बढ़ते हुए

महेश्वर कतार में अगला है। मध्य प्रदेश सरकार ने एक निजी कम्पनी, भारत के प्रमुख कपड़ा उद्योगपतियों में एक, एस. कुमार्स के साथ बिजली खरीद के समझौते पर दस्तखत किए हैं।

सरदार सरोवर का तनाव अस्थायी तौर पर घट गया और युद्ध ऊपर की तरफ निमाड़ के उपजाऊ मैदानों में, महेश्वर तक चला आया।

सर्वोच्च न्यायालय में लम्बित मुकदमे की वजह से घाटी के दमन में साफ तौर पर कमी आई। बाँध पर निर्माण-कार्य रुक चुका था, मगर पुनर्वास की पहेली अभी जारी थी। जंगल (जो डूब के लिए निर्धारित थे) कटते रहे और पेड़ों को ट्रक पर लादकर ले जाया जा रहा था, और जो लोग जीवनयापन के लिए उन पर निर्भर थे, वे हटने को मजबूर थे।

हालाँकि बाँध अभी कहीं भी अपनी समाप्ति के करीब नहीं है, परियोजित ऊँचाई और नदी के किनारे रहनेवाले लोगों और पर्यावरण पर उसका असर अभी भी बहुत खौफनाक है।

बाँध-स्थल के पास और आसपास के गाँवों में मलेरिया के मामलों की तादाद छह गुना बढ़ गई है।[62]

सरदार सरोवर बाँध से कई किलोमीटर आगे कमर तक गहरे और दो सौ मीटर से ज्यादा चौड़े, गाद के विशाल जमाव से नदी तक पहुँचने का रास्ता बन्द कर दिया है। नदी तक पहुँचने के लिए मुमकिन रास्ते की खोज में औरतों को घड़ा लिए मीलों, जी हाँ, शब्दशः मीलों चलना पड़ता है। गाय और बकरियाँ इसमें फँस जाती हैं और मर जाती हैं। आदिवासियों द्वारा इस्तेमाल की जानेवाली लट्ठों की नावें नदी के निचले हिस्से में बनाए गए अवरोधों के चलते अनियमित और घुमावदार हो चुकी धारा में खतरनाक हो गई हैं।

आगे, ऊपरी हिस्से में जहाँ गाद का जमाव अभी तक समस्या नहीं बना है, वहाँ की त्रासदी दूसरी है। भूमिहीन लोग (मुख्यतया आदिवासी और दलित) परम्परा से उन उपजाऊ छिछले गादवाले किनारों पर धान, खरबूज, खीरा और कद्दू उगाते रहे हैं जो नदी सूखे महीनों में अपने उतार के दिनों में छोड़ जाती है। बीच-बीच में बरगी बाँध (काफी ऊपर जाकर, जबलपुर के करीब) के इंजीनियर जलाशय से बिना चेतावनी के पानी छोड़ देते हैं। निचले हिस्से में नदी का जल-स्तर सहसा बढ़ जाता है। इसमें कई बार सैकड़ों परिवारों की फसल बह गई है और उनके पास जीवनयापन का कोई जरिया नहीं रह गया है।

अचानक अब वे अपनी नदी पर भरोसा करने की स्थिति में नहीं रहे हैं। यह एक ऐसी प्रेयसी हो गई है जिसने मनोरोग के लक्षण विकसित कर लिए हैं। जिस

किसी ने भी नदी को प्यार किया है, आपको बता सकता है कि नदी का विलीन होना एक खौफनाक, टीसती हुई चीज होती है। लेकिन अगर मैं इसी तरह लिखती रही तो मुझे झिड़की सुननी पड़ेगी। जब हम बहुजन हिताय की बात कर रहे हैं तो उसमें भावनाओं के लिए कोई जगह नहीं है। आपको सिर्फ तथ्यों की ही बात करनी होगी। मेरा दिल भटका जा रहा है, इसके लिए मुझे माफ करें।

❑

मध्य प्रदेश और गुजरात की राज्य सरकारें विस्थापित लोगों के साथ अपने लेन-देन में अभी तक पूरी तरह लापरवाह बनी हुई हैं। गुजरात सरकार की ऐसी पुनर्वास नीति (कागजों पर) है जिसके आगे बाकी दोनों राज्य मध्ययुगीन दिखते हैं। यह नीति दुनिया का सर्वोत्तम पुनर्वास पैकेज होने का दम भरती है।[63] यह महाराष्ट्र और मध्य प्रदेश के विस्थापितों को जमीन के बदले जमीन की पेशकश करती है और 'अतिक्रमणकारियों' (आमतौर पर वे आदिवासी जिनके पास जमीन का पट्टा नहीं है) का दावा भी मानता है। चालबाजी दरअसल 'परियोजना-प्रभावित' की परिभाषा में छुपी हुई है।

असलियत यह है कि गुजरात सरकार अभी तक डूब के लिए तयशुदा अपने 19 गाँवों के लोगों का पुनर्वास करने में नाकाम रही है, दूसरे दो राज्यों के 226 गाँवों की बात तो छोड़ ही दें। इन 19 गाँवों के निवासी 175 अलग-अलग पुनर्वास स्थलों में छितरा गए हैं। सामाजिक सूत्र टूट चुके हैं, समुदाय बिखर चुके हैं।

व्यवहार में पुनर्वास कथा (कुछ 'आदर्श गाँवों' के अपवाद के साथ) अभी तक लापरवाही और तोड़े गए वायदों की कहानी ही बनी रही है। कुछ लोगों को जमीन दे दी गई है, बाकी को नहीं। कुछ को ऐसी जमीन मिली है जो बंजर और पथरीली है। कुछ को ऐसी जमीन मिली है जिसमें लाइलाज तौर पर जल जमाव है। कुछ को जमीन-मालिकों ने भगा दिया है जिन्होंने सरकार को जमीन तो बेची थी, मगर जिन्हें पैसा नहीं मिला है।[64]

कुछ को, जिन्हें दूसरे गाँवों की परिधि पर बसाया गया था, मारा-पीटा गया, लूट लिया गया और अपने मेजबान गाँववालों द्वारा ही खदेड़ दिया गया। ऐसे भी उदाहरण रहे हैं जब दो अलग-अलग बाँध-परियोजनाओं से विस्थापित हुए लोगों को सटी हुई जमीन आवंटित की गई है। एक मामले में तीन बाँधों—उकाई बाँध, सरदार सरोवर और कर्जन बाँध—के विस्थापितों को एक ही जगह बसा दिया गया था।[65] आपस में ही संसाधनों के लिए—पानी, चरागाह और काम के लिए— लड़ने के अलावा उन्हें भूमिहीन मजदूरों के एक समूह से भी लड़ना पड़ा जो वहाँ न

रहनेवाले जमीन-मालिकों के लिए अधबँटाई पर खेती कर रहे थे और मालिकों ने जमीन सरकार को बेच डाली थी।

विस्थापित लोगों का एक और वर्ग है—वे लोग जिनकी जमीन सरकार द्वारा पुनर्वास स्थल बनाने के लिए अधिग्रहीत की गई है। अभागे लोगों के बीच भी एक वर्गीकरण है—सरदार सरोवर से 'बहिष्कृत' लोग बाकी 'बहिष्कृतों' की तुलना में ज्यादा महत्त्वपूर्ण हैं क्योंकि वे बीच-बीच में खबरों में आते रहते हैं और उनका एक मुकदमा अदालत में चल रहा है। (दूसरी विकास परियोजनाओं में प्रेस नहीं है, नर्मदा बचाओ आन्दोलन नहीं है, मुकदमा नहीं है, दस्तावेज भी नहीं हैं। वहाँ विस्थापितों का कोई निशान तक बाकी नहीं है।)

कई पुनर्वास स्थलों में लोगों को टिन के शेड की कतार में ठूँस दिया गया है जो गर्मी में भट्ठी और जाड़े में 'फ्रिज' हो जाते हैं। कुछ को सूखी हुई नदियों के तल में बसा दिया गया है जो मानसून के दौरान तेज़ बहते नालों में बदल जाती हैं। मैं ऐसे कुछ 'स्थलों' तक गई हूँ। मैंने दूसरों द्वारा फिल्माए गए दृश्य[66] देखे हैं : काँपते हुए बच्चे, चारपाई के किनारे पर चिड़ियों की तरह दुबके, जबकि घुमड़ता पानी उनके टीन के घरों में घुसता है। अपने बर्तन-भाँडे धारा के साथ बहकर दरवाजे से बाहर जाते और पानी से भरे खेतों में तैरते हुए देखतीं भयभीत, ज्वरित आँखें। उनके कृशकाय पिता जो कुछ भी बचा है उसे बचाने के लिए पीछे-पीछे तैर रहे हैं।

जब पानी घटता है तो अपने पीछे तबाही छोड़ जाता है। मलेरिया, डाइरिया, कीचड़ में फँसे बीमार पशु, उनके पहलेवाले घरों से उखाड़े गए सागौन के पुराने खम्बे, जिन्हें स्थगित स्वप्नों की तरह सावधानी से किनारे रखा गया था, अब गीले, सड़े हुए और अनुपयोगी हो गए हैं।

चालीस परिवारों को मणिबेली से महाराष्ट्र के पुनर्वास स्थल पर ले जाया गया था। पहले ही साल अड़तीस बच्चे मर गए।[67] 26 अप्रैल, 1999 के *इंडियन एक्सप्रेस* में गुजरात के एक ही पुनर्वास स्थल में नौ मौतों की खबर है। एक सप्ताह के दौरान। यह 1.2875 परियोजना-प्रभावित लोग प्रतिदिन है, अगर आप हिसाब लगा रहे हों।

बहुत सारे लोग, जिनका पुनर्वास किया गया है, ऐसे हैं जिन्होंने सारी जिन्दगी घने जंगलों में गुजारी है और जिनका पैसे से और आधुनिक दुनिया से वस्तुतः कोई वास्ता नहीं रहा है। अचानक वे खुद को ऐसी स्थिति में पा रहे हैं जहाँ या तो भूख से मरने का विकल्प उनके पास है या फिर कई किलोमीटर पैदल चलकर सबसे नजदीक के शहर में पहुँचकर बाजार में बैठने (पुरुष व स्त्री दोनों) और खुद

को दिहाड़ी मजदूर के रूप में इस तरह पेश करने का विकल्प उनके पास है जैसे बिक्री के लिए चीजें रखी होती हैं।

एक जंगल के बदले, जहाँ से वे अपनी जरूरत की हर चीज हासिल कर लेते थे—खाना, ईंधन, चारा, रस्सी, गोंद, बीड़ी-तम्बाकू, मंजन, जड़ी-बूटियाँ, घर बनाने का सामान—अब दिन में दस से बीस रुपए कमाते हैं जिससे इन्हें अपने परिवार का भरण-पोषण करना पड़ रहा है। एक नदी की जगह उनके पास अब हैंडपम्प है। अपने पुराने गाँवों में उनके पास पैसा नहीं था, मगर उनकी सुरक्षा थी। अगर वर्षा नहीं होती थी तो जंगल उनका आसरा बनता था। मछली मारने के लिए नदी थी। उनके मवेशी उनके फिक्स डिपॉजिट थे। इन सबके बिना दरिद्रता से उनकी साँस-भर की दूरी रह गई है।

वडोदरा के करीब वड़ज में, एक पुनर्वास स्थल पर जहाँ मैं गई थी, जो आदमी मुझसे बात कर रहा था वह अपने बीमार बच्चे को अपनी बाँहों में झुला रहा था, उसकी उनींदी पुतलियों पर मक्खियों का एक झुंड भिनभिना रहा था। बच्चे हमारे आसपास इकट्ठा हो गए, इस बात का खयाल रखते हुए कि उनकी नंगी त्वचा उस 'शेड' की झुलसती हुई टीन की दीवारों से लगकर कहीं जल न जाए, जिसे वे घर कहते हैं। उस आदमी का दिमाग अपने बीमार बच्चे की समस्या से कोसों दूर था। वह मुझे फलों की एक सूची गिना रहा था जिसे वह जंगल में चुन लिया करता था। उसने अड़तालीस तरह के फल गिने। उसने मुझसे कहा कि अब वे नहीं सोचते कि वे या उनके बच्चे जिन्दगी में कभी फल खा पाएँगे, अगर वे चोरी नहीं करें। मैंने उससे पूछा कि बच्चे को क्या हुआ है। उसने कहा कि इस तरह जीने से तो अच्छा है कि बच्चा मर जाए। मैंने पूछा कि बच्चे की माँ इस बारे में क्या सोचती है। उस महिला ने जवाब नहीं दिया। वह बस घूरती रही।

जिन लोगों को नए सिरे से बसना पड़ा है, उन्हें सब कुछ नए सिरे से सीखना पड़ रहा है। हर छोटी चीज, हर बड़ी चीज। हगने और मूतने (कहाँ जाएँगे इस काम के लिए, जब आड़ के लिए जंगल नहीं है ?) से बस-टिकट खरीदने तक नई भाषा सीखने से पैसे की समझ पैदा करने तक। और सबसे 'बदतरीन' है याचक होना सीखना। सीखना, आदेश लेना। मालिक कहने की आदत सीखना, यह सीखना कि उसी समय जवाब दिया जाए जब कुछ पूछा जा रहा हो। इन सबके साथ-साथ सीखना पड़ रहा है कि अपनी किसी समस्या को लेकर सरदार सरोवर नर्मदा निगम या शिकायत निवारण प्राधिकरण को लिखित प्रतिवेदन (तीन कॉपी में) कैसे दिया जाए। हाल ही में तीन हजार लोग, रात भर का रेल सफर करके, चौंधियाती हुई सड़कों पर रहते हुए, अपनी हालत पर विरोध जताने के लिए दिल्ली

आए।[68] राष्ट्रपति उनसे नहीं मिले, क्योंकि उनकी आँख में तकलीफ थी। सामाजिक न्याय और सशक्तीकरण मन्त्री मेनका गांधी उनसे नहीं मिलीं, लेकिन उन्होंने लिखित प्रतिवेदन माँगा (प्रिय मेनकाजी, कृपया बाँध मत बनाइए, सस्नेह, आपकी जनता।) जब प्रतिवेदन उन्हें सौंपा गया तो उन्होंने छोटे-से प्रतिनिधिमंडल को इस बात के लिए झिड़की दी कि इसे अंग्रेजी में क्यों नहीं लिखा गया है।

आत्मनिर्भर और स्वतन्त्र होने की जगह कंगाल हो जाना और एक ऐसी दुनिया की सनक के जुए में जुत जाना, जिसके बारे में वे कुछ नहीं जानते, कुछ भी नहीं—आपको क्या लगता है, यह कैसा महसूस होता होगा ?

सचमुच, राज्य प्रशासन के लिए, किसी भी राज्य प्रशासन के लिए इतने बड़े पैमाने पर इतने निर्बल लोगों के पुनर्वास की व्यवस्था करना मुमकिन नहीं है। यह किसी बच्चे के नाखून काटने के लिए कुल्हाड़ी का इस्तेमाल करने जैसा है। बिना पूरी अँगुली काटे आप यह काम कर ही नहीं सकते।

जमीन के बदले जमीन तर्कसंगत अदला-बदली लगती है, लेकिन आप इसे कैसे क्रियान्वित करते हैं ? आप कैसे दो लाख लोगों (सरकारी अनुमान के मुताबिक) को उजाड़ते हैं—जिनमें 1,17,000 आदिवासी हैं—और उन्हें दूसरी जगह मानवीय ढंग से बसाते हैं ? आप कैसे उनके समुदायों को बचाए रखते हैं, वह भी एक ऐसे देश में, जहाँ इंच-इंच जमीन के लिए लड़ाई होती हो, जहाँ अदालतों में लम्बित पड़े लगभग सभी मुकदमे जमीन-विवादों से सम्बद्ध हों ? कहाँ है वह अच्छी, अनधिकृत मगर खेती लायक जमीन, जो इन अखंडित समुदायों के बसने की प्रतीक्षा कर रही है ?

सीधा-सा जवाब है कि नहीं है। इस एक बाँध के 'अधिकृत' विस्थापितों तक के लिए नहीं।

बाकी 3,199 बाँधों का क्या होगा ?

विनाश के लिए बचे हुए हजारों परियोजना-प्रभावित लोगों का क्या होगा ? क्या ऐसा करें कि बात ही खत्म कर दें, जैसा कि हिटलर ने यहूदियों के दरवाजे पर निशान लगाकर किया था ?

❑

दो करोड़ लोगों के लिए पीने का पानी ले जाने (ले जाने का बहाना करने) के लिए दो लाख लोगों का पुनर्वास—यहाँ इतने बड़े पैमाने की कार्रवाई में निश्चय ही कुछ बहुत गलत है। यह फासीवादी गणित है। यह कहानियों का गला घोंट देता है। ब्यौरों को पीस डालता है और अपने जाली, चमचमाते ब्यौरों के साथ

पूरी तरह तार्किक लोगों को भी चकमा दे देता है।

❑

जब मार्च '99 के आखिर में मैं नर्मदा के किनारे पहुँची तब सरदार सरोवर बाँध के निर्माण कार्य पर लगी रोक अचानक उठा लेने का सर्वोच्च न्यायालय का फैसला आए एक महीना बीत चुका था। मैं काफी कुछ पढ़ चुकी थी, वह सारा कुछ (वे सारे 'गोपनीय' सरकारी दस्तावेज) जहाँ तक मेरे हाथ पहुँच सकते थे। जमीन के हालात का मुझे स्पष्ट अन्दाजा था कि किसके हाथ कब और कहाँ क्या हुआ था। कहानी मेरी आँखों के आगे किसी ट्रैजिक फिल्म की तरह खुलने लगी जिसके पात्रों से मैं पहले मिल चुकी थी। अगर मुझे इसका इतिहास नहीं मालूम होता तो कुछ भी समझ में न आया होता क्योंकि घाटी में कहानियों के भीतर कहानियाँ हैं और दूसरे लोगों के दुख के दलदल में अपने गुस्से के तेज को खो बैठना बहुत आसान है।

मैंने अपनी यात्रा केवड़िया कॉलोनी में खत्म की, जहाँ से यह सब शुरू हुआ था।

अड़तीस साल पहले यही जगह थी जहाँ गुजरात सरकार ने यह आधारभूत ढाँचा खड़ा करने का निर्णय लिया था जिसकी बाँध पर काम शुरू करने के लिए जरूरत थी : गेस्ट हाउस, दफ्तर के खंड, अभियन्ताओं और उनके कर्मचारियों के रहने के लिए आवास, बाँध-स्थल तक ले जानेवाली सड़क, निर्माण-सामग्री के मालगोदाम।

यह उसके सिरे पर स्थित है जहाँ अब सरदार सरोवर जलाशय और जादुई नहर है, गुजरात की 'जीवनरेखा', जो लाखों की प्यास बुझाने जा रही है।

लेकिन किसी को यह पता नहीं है, मगर केवड़िया कॉलोनी ही दुनिया के लिए कुंजी है। वहाँ जाइए और आपके आगे सारे राज उजागर हो जाएँगे।

❑

1961 की सर्दियों में एक सरकारी अफसर ने कोठी नामक गाँव में पहुँचकर गाँववालों को कहा कि एक हेलीपैड के निर्माण के लिए उसे कुछ जमीन की जरूरत पड़ेगी क्योंकि कोई बहुत ही महत्त्वपूर्ण व्यक्ति यहाँ आनेवाला है। कुछ दिनों में वहाँ बुलडोजर पहुँचा और उसने खड़ी फसलों को रौंद दिया। गाँववालों से कुछ कागजात पर दस्तखत कराए गए और उन्हें कुछ पैसा दिया गया जो उनके खयाल से उनकी बर्बाद हुई फसल के बदले में दिया गया था। जब हेलीपैड तैयार हो गया,

एक हेलीकॉप्टर उस पर उतरा और बाहर निकले प्रधानमन्त्री नेहरू। ज्यादातर गाँववाले उन्हें देख नहीं पाए क्योंकि वे पुलिसवालों से घिरे थे। नेहरू ने एक भाषण दिया। फिर उन्होंने एक बटन दबाया और नदी के दूसरी तरफ धमाका हुआ। धमाके के बाद वे फिर उड़कर चले गए।[69] सरदार सरोवर बाँध की शुरुआत यहीं से हुई।

क्या नेहरू जानते थे कि उस बटन के दबाने से एक दुःस्वप्न की शुरुआत हो चुकी है ?

जब नेहरू चले गए तब गुजरात सरकार दल-बल के साथ पहुँची। उसने छह गाँवों के 950 परिवारों की 1,600 एकड़ जमीन अधिग्रहीत कर ली,[70] ये लोग तड़वी आदिवासी थे, मगर बड़ौदा शहर से अपनी निकटता के कारण बाजार-अर्थव्यवस्था के तौर-तरीकों से पूरी तरह अपरिचित नहीं थे। उन्हें नोटिस भेजा गया और कहा गया कि उन्हें नगद मुआवजा और बाँध स्थल पर काम दिया जाएगा। उसके बाद दुःस्वप्न का आतंक शुरू हुआ।

ट्रक और बुलडोजर दौड़ने लगे। जंगल गिराए जाने लगे, फसलें नष्ट की जाने लगीं। सब कुछ जीप, इंजीनियर, सीमेंट और स्टील चकरघिन्नी में बदल गया। मोहनभाई तड़वी ज्वार, तुवर और कपास से लहलहाते अपने आठ एकड़ के खेत को समतल किया जाता देखते रहे। रातों-रात वे भूमिहीन मजदूर हो गए। तीन साल बाद उन्हें तीन अलग-अलग किस्तों में 250 रुपए प्रति एकड़ के हिसाब से नगद मुआवजा मिला।

देरसुखभाई वेसाभाई के पिता को उनके मकान और सारे पेड़ों सहित खड़ी फसल वाली 5 एकड़ जमीन के लिए 3,500 रुपए का मुआवजा दिया गया। अपने पिता का हाथ पकड़े सारे रास्ते पैदल चलकर राजपीपला (जिला मुख्यालय) जाने की बात उन्हें आज भी याद है।

उन्हें याद है जब तहसीलदार के दफ्तर में उन्हें बुलाया गया तो वे कितने डरे हुए थे। उनसे उनके मुआवजे का नोटिस रखवा लिया गया और एक रसीद पर दस्तखत करा लिए गए। वे पढ़े-लिखे नहीं थे, इसलिए उन्हें पता नहीं चला कि रसीद कितने ही बनाई गई थी।

हर किसी को राजपीपला जाना पड़ता था मगर उन्हें अलग-अलग दिनों पर बुलाया जाता था, एक-एक करके। इसीलिए वे आपस में सूचनाएँ नहीं बाँट सके, न जान सके कि एक की आपबीती दूसरे से कितनी अलग है।

क्रमशः धूल और बुलडोजर के बीच एक आक्रामक छितराया हुआ आकार उभरा। केवड़िया कॉलोनी। सीमेंट के कुरूप फ्लैटों की कतार पर कतार, दफ्तर,

गेस्ट हाउस, सड़कें। बड़े बाँधों के निर्माण का सारा फूहड़ आधारभूत ढाँचा। गाँव के मकानों की कील-काँट हटाई गई और उन्हें क़ॉलोनी के सीमान्त पर खड़ा कर दिया गया, वे आज भी वहीं हैं, अपनी ही जमीन पर अतिक्रमणकारियों जैसे। जिन्होंने कुछ प्रतिरोध करने की कोशिश की, उन्हें पुलिस और निर्माण कम्पनी द्वारा हड़काया गया। गाँववालों ने मुझे बताया कि ठेकेदार के मुख्यालय में भी पुलिस की हवालात जैसी एक हवालात थी, जहाँ प्रतिरोध करनेवाले ग्रामीणों को बन्द करके पीटा जाता था।

केवड़िया कॉलोनी बनाने के लिए जिन लोगों को खाली कराया गया, वे गुजरात सरकार के पुनर्वास पैकेज में 'परियोजना-प्रभावित' कहलाने की अर्हता नहीं रखते।

उनमें से कुछ अफसरों के बंगलों पर नौकरों की तरह और कुछ गेस्ट हाउस में बेयरों के रूप में काम करते हैं जो उसी जमीन पर बना है जहाँ कभी उनके मकान हुआ करते थे। क्या इससे भी मार्मिक कुछ हो सकता है ?

जिनके पास कुछ जमीन रह गई थी, उन्होंने उस पर खेती करने की कोशिश की, मगर केवड़िया नगरपालिका ने एक योजना लागू की जिसके तहत वे सड़कों पर बिखरा हुआ कचरा खाने के लिए कुछ सूअर ले आए। सूअर गाँववालों के खेत में घुस जाते हैं और फसल बर्बाद कर देते हैं।

तीस साल बाद, 1992 में इन परिवारों को 12,000 रुपए प्रति एकड़ के हिसाब से अधिकतम 36,000 रुपए तक के मुआवजे की पेशकश की गई है, मगर इस शर्त पर कि वे अपने घर छोड़कर कहीं और चले जाने को तैयार हो जाएँ ! तिस पर अब तक अधिग्रहीत की गई 40 फीसदी जमीन बिना इस्तेमाल के पड़ी है। सरकार इसे वापस लौटाने से इनकार करती है। देवी बेन से, जो अब विधवा हैं, अधिग्रहीत ग्यारह एकड़ जमीन स्वामी नारायण ट्रस्ट (एक बड़ा धार्मिक पन्थ) को दे दी गई है। इसके एक छोटे-से हिस्से पर ट्रस्ट एक स्कूल चलाता है। बाकी पर खेती करता है, जबकि देवी बेन काँटेदार बाड़ के पार से देखती भर रहती हैं। गोरा गाँव की 200 एकड़ अधिग्रहीत जमीन से गाँववालों को खाली करा लिया गया और फ्लैटों के ब्लॉक खड़े कर दिए गए। वर्षों तक वे खाली पड़े रहे। आखिरकार सरकार ने उन्हें बाँध-निर्माताओं, जयप्रकाश एसोसिएट्स को किराए पर उठा दिया है, जो गाँववाले कहते हैं कि जयप्रकाश एसोसिएट्स ने 32,000 रु. महीने किराए पर किसी और को दे दिया है। (जयप्रकाश एसोसिएट्स, देश के सबसे बड़े बाँध ठेकेदार, असली राष्ट्र निर्माता, दिल्ली में सिद्धार्थ कॉन्टिनेंटल और वसन्त कॉन्टिनेंटल के मालिक हैं।)

करीब तीस एकड़ जमीन पर पीडब्ल्यूडी द्वारा निर्मित शूलपानेश्वर मन्दिर की अनुकृति है जबकि प्राचीन मन्दिर जलाशय में डूब चुका है। जिन सैकड़ों मन्दिरों में सदियों से पूजा होती आ रही थी, जहाँ परिक्रमा होती थी, उन्हें डुबोते हुए वह राजनैतिक संगठन कुछ नहीं सोचता है जिसने पूरे राष्ट्र को एक खूनी, मध्ययुगीन दुःस्वप्न में डुबो दिया था क्योंकि वह एक पुरानी मस्जिद को तोड़कर एक ऐसे मन्दिर को खोज निकालने पर आमादा था जिसका कोई वजूद नहीं था।

पवित्र पहाड़ियों और वनों को, पूजा-स्थलों को, आदिवासियों के देवताओं और दानवों के पुराने ठिकानों को नष्ट करते हुए यह कुछ नहीं सोचता है।

उस घाटी को डुबोते हुए यह कुछ नहीं सोचता है, जहाँ से जीवाश्म, पुराने पत्थर के टुकड़े और प्रस्तर चित्र मिलते रहे हैं, जो पुरातत्वविदों के मुताबिक, भारत की अकेली ऐसी घाटी है जहाँ पुरापाषाण काल से लेकर अब तक मानव अस्तित्व के निर्बाध निरन्तर चिह्न दिखाई पड़ते हैं।

क्या कह सकता है कोई ?

केवड़िया कॉलोनी का सबसे बर्बर मजाक वन्य जीव संग्रहालय है। शूलपानेश्वर सैंक्चुअरी इंटरप्रिटेशन सेंटर आपको वन्य जीव संरक्षण के प्रति सरकार की प्रतिबद्धता का त्वरित समग्र साक्ष्य सुलभ कराता है।

बाँध के अपनी पूरी ऊँचाई पर पहुँच जाने के बाद सरदार सरोवर लगभग 13,000 हेक्टेयर समृद्ध जंगली इलाके को डुबाने जा रहा है। (डूब की आशंका के चलते कई लालची वर्षों पहले ही जंगल काटने जाने लगे थे।) नर्मदा सागर बाँध और सरदार सरोवर बाँध के बीच 50,000 हेक्टेयर के पुराने पर्णपाती जंगल डूब जाएँगे। समूचे भारत में वनाच्छादन के लोप की सबसे तेज दर मध्य प्रदेश में ही है। नर्मदा के घट रहे प्रवाह और बढ़ रही गाद के लिए काफी हद तक यह भी जिम्मेदार है। क्या इंजीनियरों को जंगल, वर्षा और नदियों के बीच कोई सम्बन्ध की समझ है ? इसकी सम्भावना नहीं है। यह उनका सिरदर्द नहीं है। डूब की वजह से जीवों के निवास और जैव-विविधता के लोप के बढ़े हुए खतरों पर पर्यावरणवादियों और संरक्षणवादियों की चिन्ता सचमुच पूरी तरह सही थी।

नुकसान को कम करने के लिए सरकार ने शूलपानेश्वर अभयारण्य को नदी के दक्षिण में बाँध के करीब तक फैलाने का फैसला किया। यह एक ऐसा शेखचिल्लीपना है जिसमें मान लिया गया है कि डूब रहे जानवर तैरकर उस 'वन्य जीव गलियारे' में पहुँच जाएँगे जो इनके लिए बनाया जाएगा और (नए, विकसित) शूलपानेश्वर अभयारण्य में अपना ठिकाना बना लेंगे।

यह मानकर चला जा रहा है कि जैव-विविधता और वन्य जीवन सिर्फ तभी

बचाए-बनाए रखे जा सकते हैं जब मानवीय गतिविधियों पर रोक हो और वन संसाधनों के इस्तेमाल के पारम्परिक अधिकारों में कटौती हो। शूलपानेश्वर अभयारण्य की सीमा के भीतर 101 गाँवों के 40,000 लोग अपनी आजीविका के लिए जंगल पर निर्भर हैं। यह छोड़ने के लिए उनकी 'मान-मनुहार' की जाएगी। ये लोग 'परियोजना-प्रभावित' की परिभाषा में शामिल नहीं हैं।

वे कहाँ जाएँगे ? मुझे यकीन है अब तक आप जान चुके होंगे।

असली दुनिया में उनकी जो भी मुश्किलें हों, शूलपानेश्वर अभयारण्य व्याख्या केन्द्र में (जहाँ एक पुराने भूसा भरे तेंदुए और फफूँदियाए रीछ को एक ही कोने में साझा करके काम चलाना पड़ रहा है) आदिवासियों के लिए अपना एक पूरा कमरा है। दीवार पर बेढंगी लकड़ी की नक्काशियाँ हैं, 'ट्राइबल आर्ट' के बोर्ड के साथ सरकारी मान्यता हासिल आदिवासी कला-केन्द्र में एक समूचे आकार की झोंपड़ी है जिसके दरवाजे खुले हुए हैं। चूल्हे पर बर्तन चढ़ा हुआ है, फर्श पर कुत्ता सोया पड़ा है और दुनिया में सब कुशल है। बाहर आपका स्वागत करने के लिए श्रीमान और श्रीमती आदिवासी हैं। लुगदी का बना हुआ, एक मुस्कुराता जोड़ा।

मुस्कुराता हुआ ! उन्हें नाराज होने की भी इजाजत नहीं है। यही बात मेरे गले के नीचे नहीं उतर रही।

कहीं मैंने इसे गलत तो नहीं समझा है ? गुजरात के लाखों प्यासों के लिए पीने का पानी लाने के लिए अपनी जिन्दगियाँ कुरबान करने की खुशी से दमकते हुए ? क्या वे राष्ट्रीय गर्व के साथ मुस्कुरा तो नहीं रहे हैं ?

बीस साल से गुजरात के लोग उस पानी का इन्तजार कर रहे हैं जो उन्हें यकीन दिलाया गया है कि जादुई नहर से आएगा। साल-दर-साल गुजरात सरकार राज्य के सिंचाई बजट का 85 प्रतिशत हिस्सा सरदार सरोवर परियोजना पर निवेश करती रही है। इसकी खातिर हर छोटी, त्वरित, स्थानीय, ज्यादा व्यावहारिक योजना ताक पर रख दी गई है। चुनाव-दर-चुनाव पानी की 'टिकट' पर लड़े और जीते गए हैं। हर किसी की उम्मीदें जादुई नहर से जुड़ी हुई हैं। क्या वह गुजरात के सपनों को पूरा करेगी ?

सरदार सरोवर बाँध से नर्मदा उपजाऊ मैदानी इलाकों में बहती हुई 180 किलोमीटर दूर भड़ूच में अरब सागर में जा गिरती है। इस जादुई नहर की वजह से अधिकांश नदी 90 डिग्री उत्तर की तरफ मुड़कर एक नया रास्ता पकड़ लेगी। किसी नदी के साथ इस तरह का सलूक बहुत ही भयावह है। भड़ूच में नर्मदा का मुहाना वह आखिरी जगह है जहाँ भारत की सबसे लजीज मानी जानेवाली मछली हिल्सा मिलती है।

दक्षिण भारत में स्टेनले बाँध ने कावेरी नदी से हिल्सा का सफाया कर दिया और पाकिस्तान के गुलाम मोहम्मद बाँध ने सिन्धु में इसकी पैदाइश के इलाके को नष्ट कर दिया। सालमन मछली की तरह हिल्सा भी एक समुद्रगामी मछली है, जो मीठे पानी में जन्म लेती है, छुटपन में सागर में चली जाती है और फिर अंडे देने के लिए नदी में लौट आती है। बाँध के पीछे फँसी हुई सारी तलछट और जल-प्रवाह की भयंकर कमी पानी के रासायनिक स्वभाव पर सीधे असर डालती है। इससे नदी के मुहाने की पारिस्थितिकी मूलभूत तौर पर बदल जाएगी और साफ पानी और समुद्री पानी का वह नाजुक सन्तुलन बिगड़ जाएगा जिससे हिल्सा की पैदाइश पर असर पड़े बिना नहीं रहेगा। वर्तमान में नर्मदा के मुहाने में 13,000 टन हिल्सा और मीठे पानी की झींगा मछलियाँ (जो खारे पानी में भी अंडे देती हैं) होती हैं। 10,000 मछुआरा परिवार अपनी आजीविका के लिए इस पर निर्भर हैं।[71]

मोर्स समिति यह जानकर हतप्रभ रह गई थी कि नदी के निचले हिस्से की पारिस्थितिकी का कोई अध्ययन ही नहीं किया गया है[72], नदीय पर्यावरण तन्त्र का, इसके जलवायु परिवर्तन, जैव प्रजातियों, या जिस तरह इससे संसाधनों का इस्तेमाल होना है, उसका कोई रिकॉर्ड तैयार नहीं किया गया है। बाँध-निर्माताओं को बिलकुल इसका अन्दाजा नहीं था कि निचले हिस्से के पर्यावरण और लोगों पर बाँध का क्या असर पड़ेगा, उसे कम करने के उपायों की तो बात ही अलग है।

सरकार बस इतना चाहती है कि वह हिल्सा के नुकसान की भरपाई के लिए जलाशय में कृत्रिम मत्स्य उत्पादन के लिए गुंजाइश बनाएगी। (जलाशय पर किसका नियन्त्रण रहेगा ? अपने पसन्दीदा और पैसा देनेवाले ग्राहकों को कौन व्यावसायिक मछली मारने का अधिकार देगा ?) अभी तक बस यही मुश्किल है कि वैज्ञानिकों को कृत्रिम ढंग से हिल्सा के उत्पादन में कामयाबी नहीं मिली है। हिल्सा की उत्पत्ति इस बात पर निर्भर करती है कि उसके अंडे प्रजनन की स्वाभाविक स्थितियों में आएँ, जिनके बाँध के चलते खत्म हो जाने की पूरी आशंका है। दुनिया-भर के मीठे पानी की मछलियों के पाँचवें हिस्से को बाँधों ने, या तो खतरे में डाल दिया है या पूरी तरह खत्म कर डाला है।[73]

इसलिए ! इस सवाल का जवाब दें--40,000 मछुआरे कहाँ जाएँगे ?

अपने जवाब ई-मेल से भेजिए। पता है : आपकी सरकार, आपके लिए डॉट कॉम।

❑

अपने पाठक खोने का जोखिम उठाते हुए भी--मुझे कई बार चेतावनी दी गई है,

'तुम सिंचाई के बारे में क्या लिखोगी ? कौन बेवकूफ दिलचस्पी लेगा ?'—मैं आपको बताती हूँ कि जादुई नहर क्या है और उसे किसलिए तैयार किया जा रहा है। ध्यान से सुनें अगर आप लौह-त्रिभुज के चिपचिपे चंगुल से अपने भविष्य को वापस खींच लेना चाहते हैं।

भारत की ज्यादातर नदियों का पेट मानसून भरता है। उनके प्रवाह का 80-85 फीसदी अंश बरसाती महीनों—प्रायः जून से सितम्बर के बीच बनता है। एक बाँध का उद्देश्य, सिंचाई बाँध, इस मानसून के पानी को जलाशय में जमा रखना और बाकी के साल भर नहरों द्वारा सूखे खेतों तक पहुँचाकर कायदे से इस्तेमाल करना होता है। नहरों के संजाल में सिंचाई की सुविधा पानेवाले इलाके को 'कमांड एरिया' कहते हैं।

सिर्फ मौसमी सिंचाई के आदी इस कमांड एरिया की, जिसका स्पन्दन सिर्फ बारिश के पानी पर निर्भर है, पारिस्थितिकी की अपनी साल-भर की सिंचाई पर कैसी प्रतिक्रिया होगी ? बारहमासी सिंचाई मिट्टी के साथ वही करती है जो मोटे तौर पर एनाबोलिक स्टेरॉयड्स मनुष्य के शरीर के साथ करते हैं। स्टेरॉयड्स एक सामान्य-से एथलीट को ओलम्पिक चैम्पियन में बदल सकते हैं; बारहमासी सिंचाई से जो जमीन साल में बस एक ही फसल पैदा करती थी, अचानक साल में कई फसलें देनेवाली मिट्टी में बदल सकती है। जिस जमीन पर किसान पारम्परिक तौर पर वे फसलें उगाते थे, जिन्हें ज्यादा पानी की जरूरत नहीं पड़ती थी (मक्का, जौ, बाजरा और सभी तरह की दालें) वह अचानक पानी सोखनेवाली नगदी फसलें कपास, धान, सोयाबीन और सबसे ज्यादा पानी सोखनेवाला गन्ना उपजाने लगती है। यह कमांड एरिया का पारम्परिक फसल-चक्र पूरी तरह बदल देता है। लोग वे फसलें उगाना छोड़ देते हैं जो वे खा सकते हैं, और ऐसी चीजें उगाना शुरू कर देते हैं जिन्हें वे सिर्फ बेच सकते हैं। खुद को 'बाजार' से जोड़ने के बाद, अपनी जिन्दगियों पर उनका नियन्त्रण ढीला पड़ जाता है।

पारिस्थितिकी के लिहाज से भी, यह एक जहरीली कीमत है। अगर बाजार साथ भी दे तो, मिट्टी साथ नहीं देती। वक्त के साथ अपने से की गई अतिरिक्त माँग को पूरा करने के लिहाज से यह काफी कमजोर पड़ जाती है। क्रमशः जिस तरह स्टेरॉयड्स इस्तेमाल करनेवाला एथलीट अशक्त होता जाता है, ठीक उसी तरह मिट्टी भी खराब और क्षरित हो जाती है और खेती की पैदावार घटना शुरू हो जाती है।[74]

आज भारत में, कुएँ के पानी से सींची गई जमीन नहरों से सींची गई जमीन की तुलना में लगभग दोगुनी पैदावार देती है।[75] मिट्टी की कुछ किस्में बाकी की

तुलना में बारहमासी सिंचाई के लिए कम उपयुक्त होती हैं। बारहमासी नहर सिंचाई पानी के स्तर को ऊँचा कर देती है। जैसे-जैसे पानी का स्तर ऊँचा उठता है, यह नमक को सोख लेता है। मिट्टी के रन्ध्रों से होता हुआ यह लवणीय पानी सतह पर खिंच आता है और जमीन जल-जमाव की शिकार हो जाती है। यह 'जमा' हुआ पानी वनस्पतियों द्वारा वातावरण में छोड़ा जाता है और इससे मिट्टी में लवण की मात्रा और ज्यादा बढ़ती है। जब मिट्टी में लवण की मात्रा एक प्रतिशत तक पहुँच जाती है तो मिट्टी वनस्पतियों के जीवन के लिए जहरीली हो जाती है। यह चीज लवणीकरण कहलाती है।

ऑस्ट्रेलियाई राष्ट्रीय विश्वविद्यालय के संसाधन और पर्यावरण अध्ययन केन्द्र द्वारा किए गए एक अध्ययन[76] से पता चलता है कि दुनिया की सिंचित भूमि का पाँचवाँ हिस्सा लवण-प्रभावित है।

मध्य '80 तक पाकिस्तान में सिंचाई की सीमा में आनेवाली 3.7 करोड़ हेक्टेयर जमीन में से 2.5 हेक्टेयर के या तो लवणग्रस्त या फिर जल-जमाव का शिकार, या फिर दोनों ही होने का अनुमान था।[77] भारत में यह अनुमान 60 लाख से एक करोड़ हेक्टेयर तक बदलता रहता है।[78] 'गोपनीय' सरकारी अध्ययनों[79] के मुताबिक सरदार सरोवर के कमांड एरिया के 52 प्रतिशत से ज्यादा हिस्से में जल-प्रवाह और लवणीयता की प्रवृत्ति है।

और बुरी खबर का अन्त यही नहीं है।

160 किलोमीटर लम्बी, कंक्रीट की बनी सरदार सरोवर जादुई नहर और उसकी शाखा--नहरों और उपशाखा--नहरों के 75,000 किलोमीटर लम्बे संजाल से 12 जिलों में पसरी कुल 20 लाख हेक्टेयर जमीन की सिंचाई की योजना है। कच्छ और सौराष्ट्र के जिले (गुजरात के प्यास-प्रचार की तख्तियाँ) इस संजाल के बिलकुल आखिरी सिरे पर हैं।

नहरों की यह व्यवस्था कमांड एरिया के प्राकृतिक निकास का रास्ता रोक देती है। यह कुछ-कुछ किसी पत्ते पर बनी जालीदार आकृति को नए सिरे से गढ़ने जैसा है। जब कोई नहर किसी स्वाभाविक निकास के रास्ते से गुजरती है तो यह प्राकृतिक, मौसमी जल के प्रवाह को रोक देती है और जल-जमाव की स्थिति बन जाती है। इसका अभियान्त्रिक समाधान इलाके के प्राकृतिक निकास का नक्शा तैयार करना और उसे एक कृत्रिम, वैकल्पिक निकास प्रणाली द्वारा बदलना है। जैसा कि आप अनुमान लगा सकते हैं, समस्या यह है कि ऐसा करना बहुत ही खर्चीला है। निकास प्रणाली की लागत को सरदार सरोवर परियोजना में शामिल नहीं किया गया है। प्रायः सिंचाई परियोजनाओं में, इसे शामिल नहीं किया जाता है।

विश्व बैंक के दक्षिण एशिया के उपाध्यक्ष डेविड हॉपर ने स्वीकार किया है कि दक्षिण एशिया की नहर सिंचाई परियोजनाओं में बैंक आम तौर पर निकास प्रणाली के खर्च को शामिल नहीं करता क्योंकि पर्याप्त निकास प्रणाली के साथ सिंचाई परियोजनाएँ बहुत महँगी हो जाती हैं।[80] सिंचाई की जो लागत आती है, उससे पाँच गुना ज्यादा लागत पर्याप्त निकास प्रणाली मुहैया कराने में आती है। इससे सम्पूर्ण परियोजना की लागत अवहनीय दिखाई देने लगती है।

इस समस्या का बैंक द्वारा सोचा गया समाधान सिंचाई प्रणाली तैयार कर लेना और जल जमाव और लवणता के पसरने का इन्तजार करना है। जब सारा पैसा खर्च हो चुका हो और जमीन बर्बाद हो चुकी हो और लोग हताश हों, तो कौन अचानक मदद को आता है ? वही पुराना दोस्त बैंक ? और उसकी जेब में यह फूला हुआ क्या है ? क्या यह निकास परियोजना के लिए कोई कर्ज हो सकता है ?

पाकिस्तान में विश्व बैंक ने सिन्धु पर तरबेला (1977) और मंगला बाँध (1967) परियोजनाओं को वित्तीय सहायता दी। उनके कमांड एरिया जल-जमाव के शिकार हैं।[81] अब बैंक ने एक निकास परियोजना के लिए पाकिस्तान को 78.5 करोड़ डॉलर का कर्ज दिया है। भारत में पंजाब और हरियाणा में वह यही कर रहा है।

बिना निकासी के सिंचाई ऐसी ही है जैसे धमनी तो हो मगर कोई शिरा न हो। बेकार और बेमानी।

चूँकि विश्व बैंक ने सरदार सरोवर परियोजना से हाथ खींच लिया है, यह बहुत साफ नहीं है कि निकास प्रणाली के लिए पैसा कहाँ से आनेवाला है। लेकिन इससे नहर पर काम जारी रखने के सरकार के इरादे पर कोई फर्क नहीं पड़ा है। नतीजा यह हुआ कि अभी बाँध तैयार भी नहीं हुआ है, जादुई नहर का काम किसी को सौंपा भी नहीं गया है, सिंचाई का एक बूँद पानी अभी तक नहीं मिला है, मगर जल-जमाव शुरू हो चुका है। इसका सबसे बुरा असर जिन इलाकों पर पड़ा है, उनमें पुनर्वास बस्तियाँ हैं।

सरदार सरोवर सिंचाई परियोजना के योजनाकारों और पुरानी परियोजनाओं के योजनाकारों में एक फर्क है। कम-से-कम वे यह कबूल करते हैं कि जल-जमाव और लवणीकरण 'वास्तविक' समस्याएँ हैं और इनसे निबटने की जरूरत है।

बहरहाल, इनके समाधान इतने बेतुके हैं कि उन पर सहसा यकीन ही नहीं होता।

उनकी योजना कमांड एरिया के हर सौ वर्ग किलोमीटर पर भूमिगत जल के

लिए इलेक्ट्रॉनिक सेंसरों की एक शृंखला बनाने की है। (यह कुल 1800 सेंसर हो जाता है।) ये एक मुख्य कम्प्यूटर से जुड़े रहेंगे जो उपलब्ध आँकड़ों का विश्लेषण करेगा और नहरों के प्रमुखों को निर्देश भेजकर उन इलाकों में जल प्रवाह रोकने को कहेगा जहाँ जल-जमाव के चिह्न दिखलाई पड़ते हों। 'सिर्फ सिंचाई' 'सिर्फ निकास' और 'सिंचाई-सह-निकास' वाले नई नलकूप गाड़े जाएँगे और उनके जाल को एक मुख्य कम्प्यूटर इलेक्ट्रॉनिक तरीके से एक संगति में ले आएगा। लवणीय जल पम्प से बाहर निकाला जाएगा, हिसाब लगाकर तय की गई मीठे पानी की एक निश्चित मात्रा से मिलाया जाएगा और फिर सतह की और सतह से कुछ नीचे की नालियों द्वारा पुनर्प्रवाहित कर दिया जाएगा (जिसके लिए और जमीन अधिग्रहीत करने की जरूरत पड़ेगी[82]।)

कल्पवृक्ष की ओर से डॉ. राहुल राम द्वारा किए गए एक अध्ययन के मुताबिक उस सिंचाई क्षमता को हासिल करने के लिए, जो उनका दावा है कि वे करेंगे, जादुई नहर में जानेवाले 82 प्रतिशत पानी को फिर से पम्प के जरिए निकालना होगा।[83]

योजनाकारों ने पहले कभी किसी इलेक्ट्रॉनिक सिंचाई योजना को क्रियान्वयन नहीं किया है, पायलट प्रोजेक्ट के तौर पर भी नहीं। यह उन्हें भी खयाल नहीं आया है कि किसी ऊसर जमीन पर वे यह प्रयोग करके देख लें कि यह काम करता भी है या नहीं। नहीं, वे इसे पूरे बीस लाख हेक्टेयर में लगाने के लिए हमारे पैसे का इस्तेमाल करेंगे और तब देखेंगे कि यह काम करता है या नहीं। अगर यह काम न करे तो ? न करे तो योजनाकारों को क्या फर्क पड़ता है ! उन्हें फिर भी उतनी ही तनख्वाह मिलती रहेगी। उन्हें फिर भी अपनी पेंशन, अपनी ग्रेच्युटी और वह सब कुछ मिलेगा जो जनता पर तबाही लानेवाले कैरिअर से रिटायर करने के बाद किसी को मिला करता है।

इसका काम करना कैसे सम्भव हो सकता है ? वे कैसे एक दैत्याकार सिंचाई योजना का प्रबन्ध करेंगे जबकि वे नहरों की दीवारें भी कायदे से खड़ी नहीं कर सकते ?

जब वे बड़े बाँधों को ही बारिश के समय टूटने से नहीं बचा सके ?

उनके ही अध्ययन का एक उद्धरण लीजिए : ''ऊपर दी गई परिस्थितियों में भूमिगत जल और सतह के जल को मिलाने की योजना, उसका क्रियान्वयन और प्रबन्धन जटिल है।''[84]

जटिल तो है ही ! इतना तो है।

जटिलता से निबटने के लिए उनका सुझाव है : ''ऐसे तन्त्र को क्रियान्वित

करना तभी सम्भव होगा जब समूचे भूमिगत जल और सतह के जल की आपूर्ति का प्रबन्धन कोई एक प्राधिकार करे।[85]

अब समझे !

अब इसका मतलब समझ में आने लगा है। पानी का मालिक कौन होगा ?

एक अकेला प्राधिकार।

पानी कौन बेचेगा ? अकेला प्राधिकार।

बिक्री का मुनाफा कौन लेगा ?

अकेला प्राधिकार ?

अकेले प्राधिकार की एक योजना है जिसके तहत वह लीटर के हिसाब से पानी बेचेगा, व्यक्तियों को नहीं, किसानों के सहकारिता संघ को (जो अभी तक वजूद में नहीं है लेकिन बेशक यह अकेला प्राधिकार सहकारिता संघ बना सकता है और किसानों को आपस में सहयोग करने पर मजबूर कर सकता है)। नदी के साधारण पानी के विपरीत कम्प्यूटर का पानी खर्चीला है। इसे सिर्फ वही पाएँगे जो खर्च वहन कर सकते हैं। धीरे-धीरे छोटे किसान बड़े किसानों द्वारा किनारे कर दिए जाएँगे और उजाड़े जाने का एक पूरा चक्र नए सिरे से शुरू हो जाएगा।

अकेला प्राधिकार, चूँकि यही कम्प्यूटर के पानी का मालिक है, यह भी तय करेगा कि कौन क्या उगाएगा। यह कहता है कि कम्प्यूटर का पानी लेनेवाले किसानों को गन्ना उगाने की इजाजत नहीं दी जाएगी क्योंकि वे उन लाखों प्यासे लोगों का हिस्सा इस्तेमाल कर लेंगे जो नहर के बिलकुल आखिरी सिरे पर रहते हैं। मगर इसी अकेले प्राधिकार ने नहर के बिलकुल सिरे के पास ही दस बड़ी चीनी मिलों को लाइसेंस भी दे दिए हैं।[86] इसके प्रमुख प्रमोटर हैं सनत मेहता, जो वर्षों तक सरदार सरोवर नर्मदा निगम के अध्यक्ष रहे हैं। दूसरे चीनी मिल के प्रमुख प्रमोटर चिमनभाई पटेल हैं, जो गुजरात के मुख्यमन्त्री रहे हैं। वे (अपनी पत्नी के साथ) सरदार सरोवर बाँध के सबसे मुखर समर्थकों में से एक थे। जब उनकी मृत्यु हुई तो उनकी अस्थियों को बाँध क्षेत्र में बिखेरा गया।

अकेले प्राधिकार की एक अन्य शाखा के सौजन्य से महाराष्ट्र में राज्य की सिंचित भूमि के दसवें हिस्से पर कब्जा रखनेवाली राजनैतिक रूप से ताकतवर चीनी लॉबी राज्य का आधा सिंचाई जल इस्तेमाल करती है।

गन्ना उगानेवालों के अलावा, अकेले प्राधिकार ने हाल ही में एक योजना की घोषणा की है।[87] जिसमें पाँचसितारा होटलों, गोल्फ कोर्सों और जल पार्कों के विकास का इरादा है जो जादुई नहर के साथ आएँगे। इसकी क्या कैफियत हो सकती है ? अकेले प्राधिकार का कहना है कि परियोजना को पूरा करने के लिए

पैसा जुटाने का यही एकमात्र रास्ता है !

मुझे वाकई कच्छ और सौराष्ट्र के उन लाखों भले लोगों की चिन्ता सताती है।

क्या कभी पानी उन तक पहुँचेगा ?

सर्वप्रथम, हमें पता है कि नदी में उससे काफी कम पानी है जितना होने का दावा अकेला प्राधिकार करता है।

दूसरी बात, नर्मदा सागर बाँध की अनुपस्थिति में सरदार सरोवर के सिंचाई लाभ 17 से 30 प्रतिशत तक और कम हो जाते हैं।

तीसरी बात, जादुई नहर की सिंचाई क्षमता (प्रणाली से मिलनेवाले पानी की वास्तविक मात्रा) मनचाहे ढंग से 60 प्रतिशत निश्चित कर दी गई है। प्रणाली की दरारों और सतह के वाष्पीकरण को ध्यान में रखते हुए भारत की उच्चतम सिंचाई क्षमता 35 प्रतिशत ठहरती है।[88] इसका मतलब हुआ कि यह सम्भव है कि कमांड एरिया के सिर्फ आधे हिस्से में सिंचाई हो।

कौन-सा आधा हिस्सा ? पहले का आधा हिस्सा।

चौथे, कच्छ और सौराष्ट्र तक पहुँचने के लिए जादुई नहर को दस चीनी मिलों, गोल्फ के मैदानों, पाँचसितारा होटलों, जल-पार्कों और नगदी फसल उगा रहे, राजनैतिक रूप से ताकतवर पटेलों के समृद्ध जिलों वडोदरा, खेड़ा, अहमदाबाद, गांधीनगर और मेहसाणा से गुजरना है। (अपने ही निर्देशों का पूरी तरह उल्लंघन करते हुए, अकेले प्राधिकार ने वडोदरा शहर के लिए पानी की अच्छी-खासी मात्रा आवंटित की है,[89] यदि वडोदरा को मिलता है तो क्या अहमदाबाद पीछे रह सकता है ? गुजरात के शहरी केन्द्रों की राजनैतिक ताकत यह सुनिश्चित करेगी कि उन्हें भी उनका पूरा हिस्सा मिले।)

पाँचवीं बात, अगर यह सम्भव बात हो भी जाती है और पानी वहाँ पहुँच जाता है तो इसे पाइपों के जरिए इन्तजार कर रहे 8,000 गाँवों तक ले जाना और वितरित करना होगा।

इसे जानने की जरूरत है कि दुनिया के जो एक अरब लोग साफ पेयजल से वंचित हैं उनमें 85.5 करोड़ लोग ग्रामीण इलाकों में रहते हैं।[90] ऐसा इसलिए कि हजारों किलोमीटर की पाइपलाइनों, जल सेतुओं, पम्पों और उपचार-संयन्त्रों का एक सघन विद्युत संजाल स्थापित करने की लागत वश के बाहर की बात है जो बिखरी हुई ग्रामीण आबादी को पेयजल सुलभ कराने के लिए जरूरी होगा। ग्रामीण लोगों को पेयजल सुलभ कराने के लिए दुनिया-भर में कोई बाँध नहीं बनाता। किसी में बनाने की कुव्वत ही नहीं है।

जब मोर्स समिति गुजरात पहुँची तो वह ऐसे सुदूर ग्रामीण जिलों तक पीने का पानी ले जाने की गुजरात सरकार की प्रतिबद्धता देखकर बहुत प्रभावित हुई।[91] उन्होंने विस्तृत पेयजल योजना देखनी चाही जो थी ही नहीं (आज भी नहीं है)।

उन्होंने पूछा कि क्या इसकी कोई लागत निकाली गई है ? ''कुछ हजार करोड़ रुपए'', यह चलताऊ-सा जवाब था।[92] एक विशेषज्ञ ने नाप-तौलकर एक अरब डॉलर का अनुमान लगाया है। यह परियोजना लागत में शामिल नहीं है। तो यह पैसा कहाँ से आने जा रहा है ?

छोड़िए, जाने दीजिए। यूँ ही पूछ रही हूँ।

यह दिलचस्प है कि फरक्का बैरेज ने, जो गंगा के पानी को कोलकाता बन्दरगाह की तरफ मोड़ती है, उन चार करोड़ लोगों के लिए पेयजल की उपलब्धता कम कर दी है जो निचले हिस्से में बांग्लादेश में रहते हैं।[93]

कभी-कभी राष्ट्रवाद में एक नपी-तुली और सिहरन पैदा करनेवाली कुछ चीज पाई जाती है।

बाँध बनाइए, चार करोड़ लोगों से पानी छीन लेने के लिए। बाँध बनाइए, चार करोड़ लोगों तक पानी पहुँचाने के बहाने।

ये मालिक कौन हैं जो हमारे ऊपर शासन करते हैं ? क्या उनकी शक्तियाँ असीमित हैं ?

❑

अन्त में घाटी में मैं भाईजी भाई से मिली। वह उस उंडावा गाँव से आया एक तड़वी आदिवासी है जहाँ से सरकार ने करिश्माई नहर और उसके 75,000 किलोमीटर के संजाल के लिए जमीन अधिग्रहीत करने की शुरुआत की थी। भाईजी भाई की 19 एकड़ जमीन में से 17 एकड़ करिश्माई नहर में चली गई। यह उसकी जमीन को चीरती हुई तीखी ढलानवाले इसके किनारों से लेकर इसके पाट तक, किसी दैत्याकार साइकिल चालक के वेलोड्रोम-सी 700 फीट चौड़ी है।

नहर के संजाल से दो लाख से ज्यादा परिवार प्रभावित हो रहे हैं। लोगों के कुएँ और पेड़ छिन गए हैं, नहर के चलते उनके मकान उनके खेतों से अलग हो गए हैं, अब वे दो या तीन किलोमीटर चलकर सबसे नजदीक के पुल तक पहुँचने और फिर उसे पार करके दूसरी तरफ उतनी ही दूरी तक लौटने को मजबूर हैं। 23,000 परिवार, कहिए, करीब एक लाख लोग भाईजी भाई की तरह ही बहुत बुरी तरह प्रभावित होंगे। वे परियोजना प्रभावितों की सूची में नहीं आते और

पुनर्वास के हकदार नहीं हैं।

केवड़िया कॉलोनी के अपने पड़ोसियों की तरह भाईजी भाई रातों-रात कंगाल हो गए।

भाईजी भाई और उनके लोग, सरकारी कैलेंडरों की तस्वीरों के लिए मुस्कुराने पर मजबूर। भाईजी भाई और उनके लोग, जिनसे आक्रोश की गरिमा भी छीन ली गई। भाईजी भाई और उनके लोग, खटमलों की तरह मसल दिए गए, उस मुल्क में जिसे वे अपना कहने के लिए बाध्य हैं।

शाम के वक्त मैं उनके घर पहुँची। मद्धिम रोशनी में फर्श पर बैठकर हमने कुछ ज्यादा ही मीठी चाय पी। जब वह बोल रहा था, मेरे भीतर एक स्मृति हिल-डुल रही थी, जैसे मैंने ही यह सब देखा हो। मैं सोच नहीं सकी कि क्यों ? मैं जानती थी कि पहले उससे कभी नहीं मिली थी। तब मैंने महसूस किया कि यह क्या है। मैंने उसे पहचाना नहीं था, मगर उसकी कहानी मुझे याद थी। मैंने उसे दस साल पहले घाटी में बनाई गई एक डॉक्यूमेंट्री फिल्म में देखा था। वह पहले से कमजोर हो चुका था, उसकी दाढ़ी सफेद हो गई थी। मगर उसकी कहानी पुरानी नहीं हुई थी। यह कहानी अभी युवा और आवेग से भरपूर थी। जिस धीरज के साथ वह सुना रहा था, उसने मेरा कलेजा चीर दिया। मैं बता सकती थी कि यह कहानी उसने बार-बार, बार-बार दुहराई है, इस उम्मीद में, इस प्रार्थना के साथ कि एक दिन उंडावा से गुजरता हुआ कोई अजनबी उसके लिए भाग्यशाली साबित हो, या शायद भगवान ही।

भाईजी भाई, भाईजी भाई, आपमें आक्रोश कब जागेगा ? आप कब इन्तजार करना छोड़ेंगे ? आप कब कहेंगे, बस बहुत हो चुका ! और फिर अपने हथियार उठाएँगे, वे जो भी हों ? कब आप हमें अपनी समूची, गूँजती हुई खौफनाक अजेय शक्ति दिखाएँगे ? कब आप भरोसा तोड़ेंगे ? क्या आप भरोसा तोड़ेंगे ? या फिर यह भरोसा आपको ही तोड़ देगा ?

❑

किसी जानवर की चाल धीमी करने के लिए आप उसके अंग तोड़ देते हैं। एक राष्ट्र को धीमा करने के लिए आप उसके लोगों को तोड़ देते हैं। आप उनकी इच्छाशक्ति छीन लेते हैं। आप प्रदर्शित करते हैं कि उनकी नियति पर आपका सम्पूर्ण अधिकार है। आप स्पष्ट कर देते हैं कि अन्ततः यह फैसला आपके हाथ में है कि कौन जिएगा, कौन मरेगा, कौन फलेगा-फूलेगा, कौन नहीं। अपनी ताकत के प्रदर्शन के लिए आप दिखाते हैं कि आप क्या-क्या कर सकते हैं और कितनी

आसानी से कर सकते हैं। कितनी आसानी से आप एक बटन दबाकर धरती को मटियामेट कर सकते हैं। कितनी आसानी से आप एक युद्ध शुरू कर सकते हैं या शान्ति की अपील कर सकते हैं। कैसे आप किसी से एक नदी छीन सकते हैं और किसी दूसरे को तोहफे में दे सकते हैं। कैसे आप एक रेगिस्तान में हरियाली ला सकते हैं, या एक जंगल काटकर कहीं और रोप सकते हैं। प्राचीन चीजों—धरती, जंगल, हवा, पानी—में लोगों का विश्वास तोड़ने के लिए आप उन्माद का सहारा लेते हैं।

एक बार जब यह हो जाता है तो फिर उनके पास क्या बच जाता है ? सिर्फ आप। वे आपकी ओर मुड़ेंगे क्योंकि उनके लिए बस अब आप ही आप हैं। भले ही वे आपसे नफरत करते हैं, वे आपको प्यार करेंगे। आपको अच्छी तरह जानते हुए भी आप पर भरोसा करेंगे। भले ही आप उनके जिस्म से साँस तक खींच लेते हों, आपको ही वोट देंगे। वे वही पिएँगे जो आप उन्हें पिलाएँगे। वे वही साँस लेंगे जो आप उन्हें लेने देंगे। वह वहीं रहेंगे जहाँ आप उनका सामान फेंक देंगे। उन्हें करना ही होगा। वे और कर भी क्या सकते हैं ? सुनवाई के लिए और ऊँची अदालत नहीं है। आप ही उनके माई-बाप हैं। आप ही जज और जूरी हैं। आप ही दुनिया हैं। आप ही देवता हैं।

सत्ता सिर्फ उससे मजबूत नहीं होती है जिसे वह नष्ट करती है, बल्कि उससे भी होती है जो वह बनाती है। सिर्फ उससे नहीं जो यह लेती है, बल्कि उससे भी जो वह देती है। और शक्तिहीनता सिर्फ उन लोगों की निस्सहायता से रेखांकित नहीं होती जिन्हें खोना पड़ा है, बल्कि उन लोगों के आभार से भी जिन्हें लाभ मिला है (या वे सोचते हैं कि उन्हें मिला है)।

लोकतान्त्रिक लगनेवाले संविधानों की नेक लगनेवाली धाराओं की पंक्तियों के बीच सत्ता की यह सिहरन, समकालीन ढाँचा अभिव्यक्त होता है। दिखावे के लिए स्वतन्त्र लोगों द्वारा चुने गए नुमाइंदे इसका इस्तेमाल करते हैं। फिर भी मानव सभ्यता के इतिहास में किसी भी अधिनायक, तानाशाह के पास इस तरह के हथियार नहीं रहे हैं।

दिन-ब-दिन, नदी-दर-नदी, जंगल-दर-जंगल, पहाड़-दर-पहाड़, प्रक्षेपास्त्र-दर-प्रक्षेपास्त्र, बम-दर-बम, बिना हमारे जाने ही, हमें तोड़ा जा रहा है।

किसी राष्ट्र के 'विकास' के लिए बड़े बाँध वैसे ही हैं जैसे किसी फौजी जखीरे में परमाणु बम। दोनों व्यापक विनाश के उपकरण हैं। ये दोनों ऐसे हथियार हैं जिन्हें सरकार अपने ही लोगों को काबू में रखने के लिए इस्तेमाल करती है। दोनों बीसवीं सदी के प्रतीक हैं जो उस वक्त को चिह्नित करते हैं जिसमें मनुष्य की

प्रतिरक्षा ने अपने अस्तित्व के लिए उसकी सहज बुद्धि को पीछे छोड़ दिया है। ये दोनों खुद को ही खा रही सभ्यता के अमंगल संकेत हैं। वे मनुष्यों और जिस ग्रह पर वे रहते हैं, उन दोनों के बीच रिश्तों के–सिर्फ रिश्तों के ही नहीं, बल्कि अपनी समझ के–टूटने का प्रतिनिधित्व करते हैं। वे उस समझ को उलझा देते हैं जो अंडों से मुर्गियों को, दूध से गाय को, खेत से जंगल को, पानी से नदियों को, हवा से जिन्दगी को और पृथ्वी से मनुष्य के अस्तित्व को जोड़ती है।

क्या हम इसे सुलझा सकते हैं ?

शायद इंच-दर-इंच। बम-दर-बम। बाँध-दर-बाँध। शायद नियत तरीकों से नियत युद्ध लड़ते हुए। शुरुआत हम नर्मदा घाटी से कर सकते हैं।

1999 की यह जुलाई बीसवीं सदी का आखिरी मानसून लेकर आएगी। नर्मदा घाटी की अनगढ़ सेना ने घोषणा की है कि जब सरदार सरोवर जलाशय का पानी उनके घर और जमीन लीलने के लिए उठेगा तब वे नहीं हटेंगे। आप बाँध से प्यार करते हों या नफरत, आप इसे चाहते हों, या न चाहते हों, यह उचित होगा कि आप इसकी कीमत समझें जो इसके लिए चुकानी पड़ रही है। जब बकाया चुकाया जा रहा हो और खाता दुरुस्त किया जा रहा हो तो आपमें इसे देखने की हिम्मत हो।

हमारे बकाए। हमारे खाते। उनके नहीं।

आप वहाँ रहें।

मई, 1999

पुनश्च

सर्वोच्च न्यायालय की तीन सदस्यीय खंडपीठ ने नर्मदा बचाओ आन्दोलन द्वारा केन्द्र सरकार, गुजरात, महाराष्ट्र और मध्य प्रदेश की सरकारों के खिलाफ दायर जनहित याचिका पर 18 अक्टूबर 2000 को अपना अन्तिम फैसला सुनाया। मुख्य न्यायाधीश ए.एस. आनन्द और न्यायमूर्ति बी.एन. कृपाल के 'बहुसंख्यक फैसले' का अभिप्राय यह था कि सरदार सरोवर बाँध का निर्माण 'अतिशीघ्र' पूरा किया जाए।

नर्मदा बचाओ आन्दोलन को सामान्यतया बड़े बाँधों की उपयोगिता पर किसी दलील को सुने बगैर 183 पृष्ठों के फैसले में बड़े बाँधों की विशेषताओं का गुणगान किया गया है, जो अदालत में पेश किसी सबूत पर आधारित नहीं हैं। साढ़े छह साल मुकदमेबाजी के बाद फैसले में यह भी कहा गया कि इस तरह के मामलों के फैसले में अदालत की कोई भूमिका नहीं होनी चाहिए।

न्यायमूर्ति एस.पी. भड़ूचा, तीनों में से इकलौते न्यायाधीश, जिन्होंने इस मामले के दायर किए जाने के बाद से पूरी सुनवाई की, ने एक असहमति भरा फैसला लिखा, जिसमें उन्होंने कहा था कि सरदार सरोवर बाँध का निर्माण फौरन रोक दिया जाना चाहिए। उन्होंने यह स्पष्ट कर दिया कि उनका न केवल अलग नजरिया है बल्कि वे बहुसंख्यक की तमाम राय से असहमत हैं– *'मेरे बारे में यह नहीं माना जाना चाहिए कि मैं भाई कृपाल के फैसले में कही गई किसी भी बात से सहमत नहीं था...'*

न्यायमूर्ति भड़ूचा ने विस्तार से उन कारणों को गिनाया कि निर्माण कार्य क्यों रोक दिए जाने चाहिए : *'इस परियोजना के पर्यावरण पर प्रभाव से सम्बन्धित पर्यावरण की मंजूरी किसी भी आँकड़े पर आधारित नहीं थी जो भारत के तत्कालीन पर्यावरण मंजूरियों की शर्तों के विपरीत थी, लिहाजा कोई मंजूरी नहीं मिली।'* उनके अपने फैसले में कहा गया है कि नर्मदा जल विवाद पंचाट के दिशानिर्देशों के तहत जरूरी था कि जलाशय में पानी जमा करने से पहले डूब क्षेत्र का शोधन और विस्थापित लोगों का पुनर्वास कर दिया जाए। न्यायमूर्ति भड़ूचा

के मुताबिक, यह तथ्य, कि ऐसा नहीं हुआ, मंजूरी की शर्तों का खुला उल्लंघन है।

बहुसंख्यक फैसले में इसे किनारे लगाते हुए कहा गया कि पर्यावरण सम्बन्धी मंजूरी *'केवल एक प्रशासनिक जरूरत'* है। उर यह भी कहा गया था कि स्वतन्त्र इकाई नर्मदा नियन्त्रण प्राधिकरण (एनसीए) तहत पंचाट के निर्णय में दिए दिशानिर्देशों के मुताबिक परियोजना पूरी की जानी चाहिए। (एनसीए का अध्यक्ष जल संसाधन मन्त्रालय का सचिव है; एनसीए समीक्षा समिति का अध्यक्ष जल संसाधन मन्त्री है। एक भी गैर-सरकारी संगठन एनसीए का सदस्य नहीं है।)

तेरह साल से एनसीए पंचाट के निर्णय के उल्लंघनों की अनदेखी करता रहा है। लेकिन बहुसंख्यक फैसले में कहा गया कि यह मानने की कोई वजह नहीं है कि *'अधिकारी उचित ढंग से काम नहीं करेंगे।'* उसमें एनसीए से चार सप्ताह के भीतर पुनर्वास के लिए मास्टर प्लान पेश करने को कहा गया, जो वह तेरह साल में भी पेश नहीं कर सका था। (ध्यान दें *प्लान* यानी योजना, न कि वास्तविक पुनर्वास)। उसके बाद से कई सप्ताह और महीने बीत चुके हैं। किसी मास्टर प्लान का कोई संकेत नहीं है।

बहुसंख्यक फैसले में बाँध की दीवार फौरन ऊँची कर देने की आज्ञा दे दी गई जबकि मध्य प्रदेश सरकार के हलफनामे में कहा गया था कि पुनर्वास के लिए कोई जगह तैयार नहीं कर पाई है और यहाँ तक कि प्रभावित होनेवाले सैकड़ों विस्थापित लोगों में से एक व्यक्ति को भी खेतिहर जमीन आवंटित नहीं कर सकी है। इस तरह अदालत ने पंचाट के निर्णय को पवित्र बताते हुए उसके उल्लंघन वाला आदेश दे डाला।

नर्मदा बचाओ आन्दोलन की समीक्षा याचिका को सुनवाई किए बगैर 29 मार्च 2001 को न्यायाधीशों के चैम्बर में ही खारिज कर दिया गया। न्यायमूर्ति भड़ूचा अपने असहमति भरे फैसले पर कायम रहे।

अक्तूबर, 2001

वरना लोकतन्त्र का एक और खम्भा ढह जाएगा

मैं अरुंधति रॉय, पुत्री मेरी रॉय, निवासी नई दिल्ली, पूरी गम्भीरता के साथ यह बयान करती हूँ कि मुझे सर्वोच्च न्यायालय का कारण बताओ नोटिस मिला है; कि मैंने इस नोटिस से सम्बद्ध याचिका को पढ़ा और समझा है। मेरा जवाब यह है :

उपरोक्त याचिका में मेरे विरुद्ध लगाए गए आरोपों का लब्बोलुआब उस एफआइआर में है जो याचकों के अनुसार उन्होंने तिलक मार्ग पुलिस थाने में 14 दिसम्बर, 2000 को दर्ज कराई थी : एफआइआर का अक्षरशः अनुवाद नीचे दिया गया है।

एफआइआर, दिनांक 14 दिसम्बर, 2000 : 'मैं, जगदीश प्रासर, अपने सहयोगियों श्री उम्मेद सिंह और राजेन्द्र, सर्वोच्च न्यायालय से शाम 7 बजे निकल रहे थे और देखा कि गेट नम्बर 'सी' बन्द है।

'हम दूसरे रास्ते से बाहर निकले और पूछा कि गेट क्यों बन्द है। प्रसान्त भूसन, मेधा पाटकर और अरुधंति रॉय ने अपने साथी सहित हमें घेर लिया और कहा सुप्रीम कोर्ट तुम्हारे बाप की जागीर है। इस पर हमने उनसे कहा कि वो गेट बन्द करके धरना नहीं दे सकते। धरना देने की सही जगह संसद है। इस बीच प्रसान्त भूसन ने कहा, तू जगदीश प्रासर जजों का दलाल है। फिर मेधा ने कहा, 'साले को जान से मार दो।' अरुधंति रॉय ने भीड़ को निर्देश दिया कि भारत का सर्वोच्च न्यायालय चोर है और ये सारे उसके दलाल हैं, मारो इन्हें। प्रसान्त भूसन ने मेरे बाल पकड़कर खींचे और कहा कि सुप्रीम कोर्ट में तुम फिर दिखाई पड़े तो तुम्हें मार देंगे। लेकिन वे लोग एसएचओ और तिलक मार्ग के एसीपी भास्कर की उपस्थिति के बावजूद चिल्ला रहे थे। हम बड़ी मुश्किल से भागे, नहीं तो उनके गुंडे कुछ शरारत कर जाते, क्योंकि वे लोग पीए हुए थे। इसलिए आपसे निवेदन है कि हमारी शिकायत दर्ज करने के बाद उचित कार्यवाही की जाए ताकि हमारी जान और माल की हिफाजत हो सके। हम शिकायतकर्ता बहुत अनुगृहीत होंगे।'

हस्ताक्षर

याचककर्ता

मुख्य याचिका उतने ही भौंडेपन से लिखी गई है जितनी कि यह एफआइआर। इस याचिका के झूठे, फूहड़ और हास्यास्पद आरोपों से सर्वोच्च न्यायालय की कहीं अधिक अवमानना होती है बनिस्पत कि प्रशान्त भूषण, मेधा पाटकर या मेरे कथित अपराधों से। इस याचिका में लगाए गए आरोप एकदम झूठे और बेबुनियाद हैं। तिलक मार्ग, जिस पुलिस थाने में यह एफआइआर दाखिल की गई, ने केस तक दर्ज नहीं किया है। किसी पुलिसवाले ने मुझसे कभी सम्पर्क नहीं किया। पुलिस ने कोई तहकीकात नहीं की; न तो आरोपों का सत्यापन करने की कोशिश की, न ही यह पता लगाया कि याचिका में नामजद लोग धरना स्थल पर मौजूद थे या नहीं, न ही यह कि एफआइआर में बताया गया वाक्या (जिस पर सारी अवमानना याचिका आधारित है) हुआ भी था या नहीं।

इन हालात में यह देखकर दुख होता है कि सर्वोच्च न्यायालय ने इस याचिका को काबिलेगौर समझा और मेरे समेत अन्य प्रतिनिधियों को स्वयं अदालत में 23 अप्रैल को मौजूद रहने का आदेश दिया है। आदेश यह भी है कि 'उन सभी दिनों मौजूद रहेंगे जब तक कि मुकदमे की सुनवाई चलती रहती है और अन्तिम फैसला नहीं हो जाता। इसमें भूल न हो।'

साधारण कामकाजी नागरिक के लिए इस तरह अदालत में मौजूद रहने की मजबूरी का मतलब है कि अपराध भले ही न हुआ हो, सजा तो शुरू हो गई है।

इस याचिका से सम्बन्धित तथ्य निम्नलिखित हैं :

याचिका का कथन--आरोपों और इशारों--के बरअक्स सच यह है--मैं नर्मदा बचाओ आन्दोलन की नेता नहीं हूँ। मैं एक लेखक हूँ, एक स्वतन्त्र नागरिक हूँ, जिसके अपने विचार हैं। मैं नर्मदा बचाओ आन्दोलन की समर्थक और प्रशंसक हूँ। मैं सरदार सरोवर परियोजना के मामले में दायर की गई जनहित याचिका के याचकों में नहीं थी। मेरा इसमें कोई 'निजी स्वार्थ' नहीं है। प्रशान्त भूषण न तो मेरे वकील हैं, न ही उन्होंने कभी मेरे पक्ष की वकालत की है।

मैं पूरी विनम्रता से दरख्वास्त करना चाहती हूँ कि मैं याचकों को नहीं जानती। मैंने कभी किसी की हत्या करने की कोशिश नहीं की और न किसी को हत्या के लिए उकसाया, वह भी दिनदहाड़े, सर्वोच्च न्यायालय के गेट के बाहर, दिल्ली पुलिस की आँखों के सामने। मैंने सर्वोच्च न्यायालय के खिलाफ कोई नारे नहीं लगाए, न ही मैंने प्रशान्त भूषण को किसी के बाल पकड़कर खींचते और यह कहते सुना कि सुप्रीम कोर्ट में तुम फिर दिखे तो तुम्हारी हत्या करवा दूँगा। न ही मैंने हिन्दुस्तान के अग्रणी और अहिंसक आन्दोलन की नेता मेधा पाटकर को घटिया फिल्म के अभिनेता की तरह यह कहते सुना कि 'साले को जान से

मार दो'। न ही मैंने किन्हीं गुंडों को नशे की हालत में देखा। और हाँ, एफआइआर में मेरा नाम भी गलत लिखा गया है।

मुझे 13 दिसम्बर की सुबह यह पता चला कि नर्मदा घाटी से आए लोग सर्वोच्च न्यायालय के गेट के बाहर हैं। करीब साढ़े ग्यारह बजे जब मैं सर्वोच्च न्यायालय पहुँची तो गेट नम्बर 'सी' पहले से बन्द था। चार-पाँच सौ लोग बाहर खड़े थे। उनमें से अधिकतर आदिवासी थे, जिनकी जमीन-जायदाद, घर-बार इस बरसात में जलाशय के चढ़ते पानी में डूब जाएँगे। क्योंकि सर्वोच्च न्यायालय ने अपने हाल के आदेश द्वारा सरदार सरोवर बाँध पर निर्माण कार्य दुबारा शुरू करने की इजाजत दे दी है। उनका अभी तक पुनर्वास नहीं हुआ है। कुछ ही महीनों में वे पूरी तरह से कंगाल और बदहाल हो जाएँगे। ये लोग सर्वोच्च न्यायालय को अपनी बदहाली और व्यथा सुनाने सुदूर नर्मदा घाटी से आए थे। न्यायालय को यह बताने कि उनके आदेश के बावजूद उनके पुनर्वास के लिए उन्हें कोई जमीन नहीं मिली है। यह बताने कि नर्मदा घाटी की हकीकत यह नहीं है जो सर्वोच्च न्यायालय के फैसले में दिखाई गई है। उन्होंने न्यायालय के रजिस्ट्रार के जरिए मुख्य न्यायाधीश से मुलाकात का अनुरोध किया था।

दिल्ली में कई जनान्दोलनों के प्रतिनिधि और नर्मदा बचाओ आन्दोलन के मेरे जैसे समर्थक भी वहाँ उनके साथ अपना समर्थन जताने के लिए मौजूद थे। मैं यह जोर देकर कहना चाहती हूँ कि मैंने याचिका के मुख्य अभियुक्त प्रशान्त भूषण को स्थल पर नहीं देखा। मेधा पाटकर वहाँ थीं और उन्होंने मुझसे पाँच मिनट का भाषण देने को कहा।

मैंने शब्दशः इतना ही कहा : *'मुझे पाँच मिनट भी नहीं चाहिए आपके सामने अपनी बात रखने के लिए। मैं आपके साथ हूँ।'* इसकी जाँच आसानी से की जा सकती है क्योंकि इस घटना की शूटिंग कई फिल्म और टेलीविजन वाले कर रहे थे। गाँववालों के गले में–'90 मीटर पर प्रभावित हूँ' ('प्रोजेक्ट अफेक्टेड ऐट नाइंटी मीटर्स') के पट्टे बँधे थे। समय बीतता गया और यह स्पष्ट होता चला गया कि मुख्य न्यायाधीश मिलने की इजाजत नहीं देंगे, लोगों का धीरज टूटने लगा। कई वक्ताओं ने (जिन्हें मैं न जानती, न पहचानती हूँ) न्यायालय की आलोचना की, इसके कानूनी पेचों की और आम जनता से इसकी दूरी की। औरों ने न्यायपालिका के भ्रष्टाचार की बात की, और इसकी कि वे जनजीवन की असलियत से कितने कटे हुए हैं। मैं यह कबूल करती हूँ कि मैंने उन्हें रोकने की रत्ती भर कोशिश नहीं की। मैं न कोई पुलिसकर्मी हूँ और न ही सरकारी अधिकारी। हाँ, बतौर लेखक मुझे यह जानने में गहरी रुचि है कि साधारण लोग

देश की एक प्रमुख संस्था के कार्यकलापों के बारे में क्या सोचते हैं।

मैं यह भी स्पष्ट कर देना चाहूँगी कि मैंने कभी भी न्यायाधीशों के चरित्र और ईमान पर कोई भी आक्षेप नहीं लगाए हैं—न अपने लेखन में, न ही किसी सार्वजनिक सभा में। मेरी नजर में सर्वोच्च न्यायालय के सरदार सरोवर मामले जैसे पक्षपातपूर्ण फैसले को समझने के लिए स्वाभाविक प्रवृत्ति को चिह्नित करना ही पर्याप्त है। मैंने न्यायालय के खिलाफ नारे नहीं लगाए। याचिका के आरोप के बावजूद 'सर्वोच्च न्यायालय बिका हुआ है', मैंने यह नहीं कहा। और मैंने यह कतई नहीं कहा कि भारत का सर्वोच्च न्यायालय चोर है और ये सब उसके दलाल हैं।

मैं धरना स्थल पर इसलिए गई क्योंकि मैं सरदार सरोवर परियोजना के मामले में सर्वोच्च न्यायालय के बहुमत और प्रभावी फैसले से बेहद दुखी और रुग्ण रही हूँ। न्यायालय को भली-भाँति मालूम था कि नर्मदा जल विवाद पंचाट के फैसले का पिछले तेरह साल से उल्लंघन हो रहा है। यह जानते हुए भी न्यायालय ने निर्माण कार्य दोबारा शुरू करने की इजाजत दे दी। एक भी गाँव का पंचाट के नियम के नियमानुसार पुनर्वास नहीं किया गया है। यह भी कि मध्य प्रदेश सरकार (जिसकी 80 फीसदी विस्थापितों के पुनर्वास की जिम्मेदारी है) ने अदालत में हलफनामा दिया था कि उसके पास पुनर्वास के लिए कोई जमीन नहीं है। इस तरह सर्वोच्च न्यायालय ने लाखों-करोड़ों भारतीय नागरिकों को, जिनमें अधिकतर दलित और आदिवासी थे, उनके जीवन और जीवनयापन के मूल अधिकारों से वंचित करने का आदेश जारी किया।

सर्वोच्च न्यायालय के फैसले के कारण वे अभागे लोग सब कुछ खोनेवाले हैं—अपना घर-बार, अपना कामकाज, अपने देवी-देवता, अपनी इतिहास-गाथाएँ। 13 दिसम्बर की सुबह सर्वोच्च न्यायालय का दरवाजा खटखटानेवाले वे लोग इस देश की सबसे बड़ी अदालत से अपनी मान-मर्यादा वापस माँगने आए थे। उन पर न्यायालय की अवमानना का आरोप लगाने का यही मतलब निकलता है कि न्यायालय की मान-मर्यादा और भारतीय नागरिकों की मान-मर्यादा में छत्तीस का आँकड़ा है, कि दोनों विरोधाभासी और प्रतिद्वन्द्वी हैं, कि एक की मान-मर्यादा की रक्षा दूसरे की कीमत पर ही हो सकती है। अगर ऐसा हो तो कितनी दुखद और शर्मनाक बात होगी यह। गणतन्त्र दिवस पर राष्ट्र के नाम अपने सन्देश में राष्ट्रपति के.आर. नारायण ने देशवासियों और खास तौर से न्यायपालिका का आह्वान किया कि वे इन कमजोर समुदायों की विशेष हिफाजत करें। उन्होंने कहा, *"हमने विकास का जो पथ चुना है वह हाशिए पर डाले गए समुदायों अनुसूचित*

जातियों और जनजातियों को प्रताड़ित करता है, उनके अस्तित्व को ही खतरे में डालता है।'' मैं यह मानती हूँ कि नर्मदा घाटी की जनता को उस फैसले के खिलाफ शान्तिपूर्वक विरोध व्यक्त करने का संवैधानिक अधिकार है, जिसे वे गलत और अन्यायपूर्ण समझते हैं। जहाँ तक मेरी बात है, मुझे यह पूरा अधिकार है कि मैं अपनी मर्जी से किसी भी शान्तिपूर्ण विरोध में शिरकत करूँ। बेशक सर्वोच्च न्यायालय के गेट के बाहर भी। बतौर लेखक मुझे यह हक है कि मैं अपने विचारों को, कारणों को और बातों को अभिव्यक्त करूँ, तथ्य के बारे में पेश करूँ। सरदार सरोवर मामले का फैसला क्यों गलत और न्याय विरोधी है, कैसे नागरिकों के मानवाधिकारों का उल्लंघन है, मेरा यह हक बनता है कि मुझमें जितनी काबिलियत है और मेरे पास जो भी आँकड़े इत्यादि उपलब्ध हैं, उनका प्रयोग जनता को अपनी बात समझाने के लिए करूँ।

यह याचिका नर्मदा घाटी में चल रहे आन्दोलन के उन तीन पक्षों पर निशाना साधने का दुखद प्रयास है जिसे याचक प्रमुख समझते हैं। मेधा पाटकर, आन्दोलनकर्ता, नर्मदा बचाओ आन्दोलन की नेता और घाटी की जनता की प्रतिनिधि। प्रशान्त भूषण, वकील, नर्मदा बचाओ आन्दोलन के अधिवक्ता और मैं, लेखक, जिसे आन्दोलन की आवाज बाहरी दुनिया तक पहुँचाने का एक वाहक समझा जाता है। गौरतलब है कि अपने लेखन के सिलसिले में मुझे अब तीसरी बार कानूनी झंझटों में फँसना पड़ रहा है।

जुलाई 1999 में सर्वोच्च न्यायालय के तीन जजों की न्यायपीठ ने अंग्रेजी पत्रिकाओं *आउटलुक* और *फ्रंटलाइन* में प्रकाशित मेरे निबन्ध 'द ग्रेटर कॉमन गुड' पर ऐतराज किया। इसी न्यायपीठ के सामने सरदार सरोवर प्रोजेक्ट के खिलाफ दायर जनहित याचिका की सुनवाई हो रही थी। एक ओर नर्मदा में पानी चढ़ रहा था, गाँववाले दिन-रात गर्दन तक पानी में डूबे अपने घरों में खड़े सर्वोच्च न्यायालय के अन्तरिम आदेश के खिलाफ सत्याग्रह कर रहे थे, दूसरी ओर, सर्वोच्च न्यायालय में तीन दिन की सुनवाई में इस बात पर विचार किया कि कहीं मेरे लेख से न्यायालय की अवमानना तो नहीं हुई। 15 अक्टूबर, 1999 को मुझे कुछ भी कहने-सुनने का मौका दिए बगैर एक अपमानजनक आदेश जारी कर दिया। एक बानगी : ''न्यायिक प्रक्रिया और संस्था को इस निर्लज्जता से लांछित और अवमानित करने की अनुमति कदापि नहीं दी जा सकती, जैसा कि उन्होंने किया है...न्याय की सलिल सरिता को इस अभद्र छींटाकशी और दुष्प्रचार से प्रदूषित नहीं होने दिया जा सकता...। नर्मदा बचाओ आन्दोलन के नेताओं और सुश्री अरुंधति रॉय ने जिस प्रकार न्यायालय की प्रतिष्ठा को ठेस पहुँचाई है, उससे हम

नाखुश हैं। उनसे हमें ऐसी अभद्रता की अपेक्षा न थी...'' आदेश में मुझे अपने 'आपत्तिजनक लेखन' को जारी रखने के खिलाफ खुली धमकी दी गई थी।

1997 में केरल के एक जिला न्यायाधीश की कचहरी में मेरी पुस्तक *द गॉड ऑफ स्मॉल थिंग्स* के विरुद्ध नैतिक मूल्यों को भ्रष्ट करने के आरोप में फौजदारी मुकदमा दायर किया गया था। चार साल हो गए हैं, मुकदमा अब भी चल रहा है। इसके चलते मुझे फौजदारी वकील रखने पड़े हैं, हलफनामे लिखने पड़े हैं और कचहरी में पेशी के लिए केरल जाना पड़ा है।

और अब यह तीसरी बार है—एक और मुकदमा, हास्यास्पद आरोप।

बतौर लेखक मैं दृढ़तापूर्वक कहना चाहूँगी कि यह एक खतरनाक प्रवृत्ति है। अगर अदालत खुद अवमानना के कानून का इस्तेमाल करने लगे, और उसका फायदा उठाकर कुछ लोग लेखकों को डराने-धमकाने और सताने के लिए करने लगे, तो इसके दूरगामी असर होंगे। लेखकों की कल्पनाशीलता और सृजनशीलता कुंठित हो जाएगी। कोर्ट-कचहरी का डर ऐसे हालात पैदा कर देगा कि कलम उठाने से पहले ही लेखक को यह सोचना पड़ेगा कि अदालत उसके लेखन को कैसे देखेगी। नतीजतन, लेखकों के मन में डर बैठ जाएगा और वह स्वयं अपने लेखन को सेंसर करने लगेंगे। वह एक बुरा दिन होगा—विधान के लिए बुरा, साहित्य के लिए और भी बुरा, कला, सौन्दर्य के लिए नितान्त दुखद।

नर्मदा के मामले और सर्वोच्च न्यायालय के निर्णय पर मैंने अनेक लेख और निबन्ध लिखे हैं। इनमें से किसी भी लेख में मेरा इरादा अदालत की अवमानना करना नहीं था। लेकिन मुझे अदालत के विचारों से असहमत होने का पूरा अधिकार है। इसके साथ ही यह भी अधिकार है कि मैं अपनी असहमति को किसी भी मंच या प्रकाशन के माध्यम से सार्वजनिक करूँ। सर्वोच्च न्यायालय का सरदार सरोवर का प्रभावी फैसला चाहे जो कहे, मैं आज भी बड़े बाँधों के खिलाफ हूँ। मेरा अब भी मानना है कि बड़े बाँध आर्थिक रूप से अव्यावहारिक हैं, पर्यावरणनाशक हैं, और मूलतः अलोकतान्त्रिक हैं। मैं आज भी यह मानती हूँ कि वह फैसला अदालत के सामने पेश किए गए तथ्यों को नजरअन्दाज करके दिया गया था। मैं अब भी जो सोचती हूँ, वही लिखती हूँ। ऐसा न करना लेखक की मर्यादा, उसकी कला और उसके धर्म की अवमानना होगी। मैं यह भी मानती हूँ कि जो लोग मुझसे भिन्न विचार रखते हैं, जो मेरी धारणाओं से असहमत हैं, जो उसकी आलोचना या निन्दा करना चाहते हैं, उन्हें भी अभिव्यक्ति की वही स्वतन्त्रता उपलब्ध है, जो मुझे है।

मैं इस धरने से शाम छह बजे चली आई। तब तक एफआइआर में वर्णित

हैरतअंगेज दृश्य जैसा वहाँ कुछ भी नहीं हुआ था। मैं हलफ उठाकर कहने को तैयार हूँ कि वहाँ न तो खून बहा, न भीड़ नशे में थी, न बाल खींचे गए, न ही किसी की हत्या का प्रयास हुआ। हाँ, थोड़ी-सी खिचड़ी जरूर पकाई और खाई गई थी। भीड़ ने कोई कचरा भी नहीं छोड़ा। मौके पर कोई सौ से ऊपर पुलिस के सिपाही और वरिष्ठ अधिकारी मौजूद थे। काश मैं कह सकती, मगर अफसोस कि दिल पे हाथ रखकर कह नहीं सकती कि मैंने याचिकाकर्ताओं को अपनी आँखों से कभी देखा नहीं है। चूँकि मैं नहीं जानती कि वे कौन हैं और कैसे दिखते हैं। उस दिन सैकड़ों लोग वहाँ जमा थे। यह सम्भव है कि याचिकाकर्ता उनमें शामिल रहे हों।

चाहे वे जो भी हों, चाहे जो भी उनकी नीयत हो, वह न्यायालय की अवमानना, कानून का दुरुपयोग कर सर्वोच्च न्यायालय का बेजा इस्तेमाल कर रहे हैं। आलोचना और असहमति का मुँह बन्द करने का यह प्रयास लोकतन्त्र की अवधारणा की जड़ों पर गहरा आघात है।

पिछले कुछ महीनों से इस अदालत ने कई बड़े सार्वजनिक मुद्दों पर फैसले सुनाए हैं। मसलन, दिल्ली में प्रदूषण फैलानेवाले उद्योगों को बन्द करना, सार्वजनिक बसों को डीजल की जगह सीएनजी में बदलना और सरदार सरोवर बाँध के निर्माण कार्य को पुनः चालू करने की अनुमति देना। इन सब फैसलों के दूरगामी और अक्सर अप्रत्याशित परिणाम हुए हैं। इन फैसलों से लाखों-करोड़ों भारतीय नागरिकों के जीवन पर भला-बुरा असर हुआ है। इन फैसलों में जो भी इंसाफ या नाइंसाफी हुई हो, इनके जो भी कानूनी नुक्ते हों, उन पर बहस हो सकती है, लेकिन अगर अदालत आलोचना और असहमति के प्रति अनुदार हो गई तो यह लोकतन्त्र की समाप्ति का संकेत होगा।

न्यायपालिका 'सक्रिय' होती है, यानी कि सार्वजनिक मसलों में दखल देकर एक भ्रष्ट और निकम्मी कार्यपालिका पर अंकुश लगाने की जिम्मेदारी लेती है, तो जाहिर है उसे पहले की तुलना में अधिक जवाबदेह होना पड़ेगा, कमतर तो कतई नहीं। जो समाज पहले ही राजनैतिक दिवालियापन, आर्थिक संकट और धार्मिक तथा सांस्कृतिक कट्टरता से त्रस्त है, ऐसे में अगर न्यायपालिका भी अनुदार हो गई तो पूरे समाज पर कुठाराघात होगा। अगर न्यायपालिका अपने आपको सार्वजनिक निरीक्षण और जवाबदेही से मुक्त कर लेती है, अगर वह जिस समाज की सेवा करने के लिए बनी थी उसी से अपने को काट लेती है, तो इसका मतलब यही होगा कि भारतीय लोकतन्त्र का एक और स्तम्भ ढह जाएगा। न्यायिक तानाशाही की सम्भावना फौजी तानाशाही या अन्य किसी प्रकार के अधिनायकवाद

से कम खौफनाक नहीं है।

हाल ही में सारे देश ने एक टेलीविजन चैनल पर तहलका टेपों के जरिए सत्तारूढ़ गठबन्धन में शामिल भारतीय जनता पार्टी और समता पार्टी के अध्यक्षों को नकली हथियार विक्रेताओं से घूस लेते देखा। वैसे तो यह अपने आपमें भ्रष्टाचार का प्राथमिक सबूत माना जाना चाहिए था। लेकिन दिल्ली उच्च न्यायालय ने इस मामले में जाँच की माँग की याचिका को सुनने से भी इनकार कर दिया। न्यायपीठ ने सख्त एतराज किया कि याचक ने अदालत को बिना किसी पुख्ता सबूत के परेशान क्यों किया। साथ ही याचक को चेतावनी दी कि अगर वे अपने आरोपों को पुष्ट न कर सका तो अदालत मुकदमे का सारा खर्चा याचक पर बतौर जुर्माना लगाएगी।

"इस बिना पर कि सर्वोच्च न्यायालय के न्यायाधीश अत्यधिक व्यस्त हैं, भारत के सर्वोच्च न्यायाधीश ने एक कार्यरत न्यायाधीश को *तहलका* कांड की न्यायिक जाँच करने की इजाजत नहीं दी जबकि इस मामले से राष्ट्रीय सुरक्षा और ऊँचे पदों पर आसीन लोगों के भ्रष्टाचार का मुद्दा जुड़ा था।"

इस पर भी जब ऐसे तीन प्रतिवादियों के खिलाफ, जो कि इत्तफाक से ऐसे लोग हैं जिन्होंने कि सार्वजनिक रूप से—यद्यपि अपने-अपने तरीके से—सरकारी नीतियों पर प्रश्न चिह्न लगाए हैं और सर्वोच्च न्यायालय के हाल के एक फैसले की जमकर आलोचना की है, एक बेहूदी, निन्दनीय, और दूसरी तरह से तथ्यहीन याचिका पर न्यायालय ने नोटिस जारी करने की हैरान करनेवाली तत्परता दिखलाई है।

यह देखकर ऐसा लगता है मानो अदालत आलोचना को मौन करना चाहती है, असहमति का मुँह बन्द कर देना चाहती है, जो उसका विरोध करे उसे सताना और धमकाना चाहती है। जिस एफआइआर को एक स्थानीय थाने ने कार्रवाई के लायक नहीं समझा उस पर आधारित याचिका को स्वीकार कर सर्वोच्च न्यायालय स्वयं अपनी साख और विश्वसनीयता पर बट्टा लगा रहा है।

अन्ततोगत्वा, मैं फिर दोहराना चाहती हूँ कि एक लेखक के नाते अपने खयालात को जाहिर करना मेरा हक है। भारत के स्वतन्त्र नागरिक की हैसियत से मुझे यह हक है कि किसी भी शान्तिपूर्ण धरने, प्रदर्शन या जुलूस में शरीक हो सकूँ। अगर मुझे किसी अदालत के फैसले में नाइंसाफी नजर आए तो मुझे उसकी आलोचना करने का हक है। मुझे हक है कि मैं अपने सहचर लोगों के साथ कन्धे से कन्धा मिलाकर खड़ी हो सकूँ। मुझे उम्मीद है कि हर बार इन अधिकारों का इस्तेमाल करने पर मुझे अदालतों में घसीटकर झूठे आरोपों का

जवाब देने पर मजबूर नहीं किया जाएगा।

याचक दीवानी और फौजदारी मानहानि करने के अपराधी हैं। अदालत के सामने गलतबयानी के आरोप में उनकी जाँच होनी चाहिए और उन पर मुकदमा चलना चाहिए। ऐसे निहायत झूठे आरोपों को दायर कर सर्वोच्च न्यायालय का वक्त बर्बाद करने के इलजाम में उन पर जुर्माना लगाया जाना चाहिए। इसके अलावा, उन्हें हिदायत दी जानी चाहिए कि देश के उन तमाम नागरिकों से माफी माँगें जो बरसों से धीरज लिए जिन्दगी-मौत के सवालों पर सर्वोच्च न्यायालय की तवज्जो की आस में बैठे हैं।

फरवरी, 2001

अपराध और दंड

[जेल से निकलने के बाद दिया गया बयान]

मैंने अपने हलफनामे में जो कहा उस पर मैं कायम हूँ और सर्वोच्च न्यायालय ने जो सजा मुझे दी, मैंने उसे भुगत लिया है। अगर कोई यह समझता है कि मुझे दी गई एक दिन के कारावास की सजा और दो हजार रुपए का जुर्माना प्रतीकात्मक था तो वह गलत है। यह सजा एक साल से भी कुछ पहले ही तब शुरू हो गई थी जबकि मुझे एक ऐसे अजीब आरोप में, न्यायालय में व्यक्तिगत रूप से उपस्थित होने का आदेश दिया गया था, जिसे कि सर्वोच्च न्यायालय ने स्वयं माना कि इस पर ध्यान ही नहीं दिया जाना चाहिए था। जहाँ तक न्यायप्रणाली का सवाल है, भारत में हर कोई जानता है कि इसकी प्रक्रिया ही दंड का हिस्सा है।

जेल में रात गुजारते हुए मैं यह सोचती रही कि मुझे जुर्माना दे देना चाहिए या तीन माह की सजा भुगतनी चाहिए। दो हजार का जुर्माना भुगतने का यह कतई मतलब नहीं है कि मैंने माफी माँग ली है या मैंने इस फैसले को स्वीकार कर लिया है। मैं इस नतीजे पर पहुँची कि दंड दे देना ही सही है क्योंकि जो बात मैं कहना चाहती थी, कह चुकी हूँ। इस बात को और बढ़ाना अपने आपको एक ऐसे मुद्दे के लिए शहीद बनाना है जो कि अकेला मेरा नहीं है। यह भारत के स्वतन्त्र प्रेस की ज़िम्मेदारी है कि वह अपनी स्वतन्त्रता की सीमाओं की रक्षा की लड़ाई लड़े जिसे कि अवमानना के कानून की आज की स्थिति ने प्रतिबन्धित कर खतरे में डाल दिया है। मुझे आशा है लड़ाई जारी रहेगी।

अगर ऐसा नहीं है तो मैं सोचती हूँ कि पिछले एक साल में मैं सिर्फ अपनी प्रतिष्ठा, एक भारतीय नागरिक के तौर पर अपने अधिकार के लिए लड़ती रही हूँ और सर्वोच्च न्यायालय से आँख से आँख मिलाकर कह सकी हूँ कि "मैं न्यायालय पर टिप्पणी करने और इससे असहमत होने के अधिकार की माँग करती हूँ। परन्तु तब यह एक कहीं बड़ी लड़ाई के महत्त्व को घटाना होगा।"

इस फैसले के कई हिस्से जैसे कि "कानून का पालन किसी भी सभ्य,

जनतान्त्रिक व्यवस्था को चलाने का आधारभूत नियम होता है...वह चाहे कोई भी व्यक्ति हो और कितना ही बड़ा क्यों न हो, कितना ही शक्तिशाली और समृद्ध क्यों न हो, कानून से ऊपर नहीं होता'' ऐसे में, यदि भारत के नागरिकों को अपने दैनिक जीवन में ठीक इसका उलटा अनुभव नहीं होता तो यह गहरी आश्वस्ति प्रदान करनेवाले साबित होते।

काश ऐसा होता !

फैसले में आगे कहा गया है : ''आजादी के आधी शताब्दी से ज्यादा गुजर जाने के बाद देश में न्यायपालिका लगातार दबाव में है और उसके लिए भीतर और बाहर से खतरा बढ़ गया है।'' अगर यह सही है तो तब क्या इसका सामना करने का तरीका कुछ ईमानदार आत्ममन्थन करना है या अवमानना की ताकत का इस्तेमाल कर अपने आलोचकों की जबान बन्द करना है।

मैं अपने हलफनामे के उन कुछ पैराग्राफों की याद दिलाना चाहती हूँ जिन्हें कि अदालत की आपराधिक अवमानना के लिए जिम्मेदार ठहराया गया और न्यायपालिका की सत्ता को हटाने व बदनाम करने का दोषी पाया गया।

''इस बिना पर कि सर्वोच्च न्यायालय के न्यायाधीश अत्यधिक व्यस्त हैं, भारत के सर्वोच्च न्यायाधीश ने एक कार्यरत न्यायाधीश को *तहलका* कांड की न्यायिक जाँच करने की इजाजत नहीं दी जबकि इस मामले से राष्ट्रीय सुरक्षा और ऊँचे पदों पर आसीन लोगों के भ्रष्टाचार का मुद्दा जुड़ा था।''

''इस पर भी जब ऐसे तीन प्रतिवादियों के खिलाफ, जो कि इत्तफाक से ऐसे लोग हैं जिन्होंने कि सार्वजनिक रूप से—यद्यपि अपने-अपने तरीके से—सरकारी नीतियों पर प्रश्नचिह्न लगाए हैं और सर्वोच्च न्यायालय के हाल के एक फैसले की जमकर आलोचना की है, एक बेहूदी, निन्दनीय, और दूसरी तरह से तथ्यहीन याचिका पर न्यायालय ने नोटिस जारी करने की हैरान करनेवाली तत्परता दिखाई है।

''इससे न्यायालय की, आलोचना को बन्द करने व विरोध को दबाने तथा उन लोगों को, जो इससे सहमत नहीं हैं, परेशान करने और धमकाने को बेचैन करनेवाली प्रवृत्ति का संकेत मिलता है। एक ऐसी प्राथमिकी (एफ.आई.आर.) पर आधारित याचिका की, जिसे कि स्थानीय पुलिस थाने ने भी कार्यवाही के लायक न समझा हो, नोटिस लेकर सर्वोच्च न्यायालय ने अपनी ही प्रतिष्ठा और विश्वसनीयता को काफी नुकसान पहुँचाया है।''

3 दिसम्बर, 2001 को केरल में हुई राष्ट्रीय न्यायिक कार्यशाला के अपने उद्घाटन भाषण में भारत के सर्वोच्च न्यायाधीश ने कहा था कि इस देश के

सम्भवतः बीस प्रतिशत न्यायाधीश भ्रष्ट हैं और वे सारी न्यायपालिका की बदनामी का कारण बन रहे हैं।

अब मैं वह पढ़कर बतलाती हूँ जो कि कुछ समय पहले एक पूर्व कानून मन्त्री ने सार्वजनिक भाषण में कहा था : ''सर्वोच्च न्यायालय, ऊँचे तबके (एलीट) के ऐसे लोगों से बना है जिनकी सहानुभूति खुल्लमखुल्ला खाए-पीए लोगों यानी कि ज़मींदार--समाज विरोधी तत्वों जैसे कि फेरा का उल्लंघन करनेवालों, बहुएँ जलानेवालों और प्रतिक्रियावादियों की एक पूरी जमात के साथ है। सर्वोच्च न्यायालय इनका स्वर्ग बन गया है।''

इस फैसले में न्यायालय का कहना है कि कानून मन्त्री का वक्तव्य इसलिए जायज था क्योंकि ''न्यायपालिका की आलोचना एक ऐसा व्यक्ति कर रहा था जो कि स्वयं उच्च न्यायालय का न्यायाधीश रह चुका था और उस समय मन्त्री था।''

वे आगे कहते हैं कि ''हर नागरिक को न्यायालयों के आचरण पर उचित आलोचना के नाम टीका करने की इजाजत नहीं दी जा सकती है, क्योंकि अगर इसे नहीं रोका गया, तो यह इस संस्था का ही विनाश कर देगी।'' दूसरे शब्दों में न तो आप *क्या* कह रहे हैं, और न ही बात की प्रामाणिकता या औचित्य, बल्कि इसे *कौन कह रहा है* इस बात को निर्धारित करेगा कि मामला आपराधिक अवमानना था है अथवा नहीं। यानी कि यह फैसले के शुरू में कही इस बात का कि : ''वह चाहे कोई भी आदमी हो और कितना ही बड़ा क्यों न हो''--का स्वयं ही खंडन कर देता है।

मैं यह दुहराना चाहती हूँ और इस बात को मानती हूँ कि सर्वोच्च न्यायालय एक अत्यन्त महत्त्वपूर्ण संस्था है और इसने कई महत्त्वपूर्ण फैसले किए हैं। एक व्यक्ति द्वारा न्यायालय से तर्क करने का किसी भी रूप में यह अर्थ नहीं है कि वह (पुरुष या स्त्री) पूरी संस्था को कमजोर कर रहा है। इसके उलट इसका अर्थ यह है कि उसका इस समाज से सरोकार है और वह इस संस्था की भूमिका और दक्षता को लेकर चिन्तित है। आज उच्चतम न्यायालय जो भी फैसले करता है उनका प्रभाव--अच्छा हो या बुरा--करोड़ों नागरिकों के जीवन पर पड़ता है। सिवाय 'विशेषज्ञों' के एक विशिष्ट समुदाय के, बाकी सबको इस संस्था की आपराधिक अवमानना के डर से, टीका और आलोचना करने से रोकना, मैं समझती हूँ कि उन लोकतान्त्रिक सिद्धान्तों के लिए विनाशकारी साबित होगा जिन पर कि हमारा संविधान आधारित है।

न्यायपालिका भारत में सम्भवतः देश की सबसे शक्तिशाली संस्था है और

जैसा कि मुख्य न्यायाधीश का आशय था, सबसे कम जवाबदेह है। वास्तव में इस संस्था की एकमात्र जवाबदेही यह है कि नागरिक इस पर टीका और आलोचना सामान्य तौर पर कर सकते हैं। इस अधिकार से भी वंचित करना देश को न्यायिक निरंकुशता के खतरे में डालना है।

इस फैसले की इस बात ने भी कि "...कानून की सदाशयता दिखाते हुए, इस बात को ध्यान में रखकर कि प्रतिवादी एक महिला है, और यह उम्मीद करते हुए कि प्रतिवादी में बेहतर समझ और सद्बुद्धि आएगी..." मुझे हैरान किया हुआ है। निश्चय ही औरतें इस तरह के अन्तर्निहित भेदभाव के बिना भी रह सकती हैं।

अन्ततः मैं फैसले की इस बात की ओर इशारा करना चाहती हूँ कि जहाँ कि वह कहता है कि मैं "उस रास्ते से जिसमें कि...कला और साहित्य में योगदान करती हुई चल रही थी" से भटक गई हूँ। मैं आशा करती हूँ कि इसका आशय यह नहीं है कि बाकी चीज के अलावा, अब लेखकों को कला और साहित्य के सही रास्ते की व्याख्या के लिए भी भारत के सर्वोच्च न्यायालय की ओर देखना होगा।

7 मार्च, 2002

ऊर्जा की राजनीति

रंपलस्टिल्ट्सकिन का पुनः अवतार

याद है ? उस बौने की जो खर-पतवार को सोने में बदल सकता था ? वह फिर वापस आ गया है, लेकिन आप उसे पहचान नहीं सकेंगे। अव्वल तो यह कि अब वह सिर्फ बौना नहीं रहा। मुझे सूझ नहीं रहा कि उसका चित्रण कैसे किया जाए। बस इतना समझ लीजिए कि वह दुष्ट, चांडाल, अमूर्त, बहुराष्ट्रीय...बहुत सारे बौनों में तब्दील हो गया है। रंपलस्टिल्ट्सकिन अब सिर्फ अवधारणा है (बौनेपने की)...सफेद तर्क जो आखिरकार खुद को नष्ट कर लेगा। लेकिन फिलहाल वह बेहतर से कहीं बेहतर है। वह अपने बाड़े का बादशाह है। जिनकी सचमुच अहमियत है (रोकड़े) उन सबका मालिक है वह। उसने प्रतिस्पर्धा को छिन्न-भिन्न कर दिया है, बाकी बादशाहों, सभी तरह के बादशाहों को मार दिया है। उसने हमसे मनवा लिया है कि हमारे सामने बस वही रह गया है। हमारा इकलौता मोक्षदाता।

कैसा बादशाह या शासक है रंपलस्टिल्ट्सकिन ? शक्तिशाली, निर्मम और हथियारों से लैस। ऐसा बादशाह जिससे दुनिया का पहले कभी साबका नहीं पड़ा। उसका साम्राज्य केवल पूँजी है, उसकी विजय उभरते बाजार हैं, उसकी प्रार्थना है मुनाफा, उसकी सीमाएँ असीमित और उसके हथियार परमाणविक हैं। उसकी कल्पना करना भी समझदारी के हाशिए पर खड़ा होना है, खुद को भ्रमित करना है। बादशाह रंपलस्टिल्ट्सकिन एक वक्त पर अपना सिर्फ एक ही पहलू उजागर करता है। उसका दिल बैंक का खाता है। उसकी आँखें टेलीविजन हैं और नाक अखबारी है, जिसमें आप केवल वही देख पाते हैं जो वह दिखाना चाहता है और वही पढ़ते हैं जो वह पढ़ाना चाहता है। (समझदारी के हाशिए से मेरा अभिप्राय समझें ?) उसकी और भी खूबियाँ हैं : उसके पास सराउंड स्टीरियो वाला मुँह है जिससे वह अपनी आवाज तेज करके बाकी दुनिया की आवाज को दबा देता है, ताकि जब दुनिया चिल्ला रही हो (या भूख से तड़प रही हो या मर रही हो) तो

आप उसे सुन न सकें और बादशाह रंपलस्टिल्ट्सकिन तो केवल फुसफुसा रहा है। वह अपने उत्तर अमेरिकी भारी लहजे में सम्पन्नतासूचक अक्षरों को बुदबुदा रहा है।

ध्यान से सुनिए। यही उसकी बाकी सारी दास्तान है। (यह खत्म नहीं हुई है, पर हो जाएगी। इसे खत्म होना ही चाहिए।) वह समुद्रों और महाद्वीपों तक फैला है जो कभी प्रतापी और सार्वभौमिक, कभी सीमित और स्थानीय दिखता है। अब मैं बीच-बीच में इतिहास और भूगोल के तथ्यों से इसे जेर करूँगी, जिससे किस्सागोई की कोमल कला आहत हो सकती है। इसलिए, मेरे साथ इसे बर्दाश्त कीजिए।

मार्च 2000 में अमेरिका के राष्ट्रपति बिल क्लिंटन (रंपल जगत के महामहिम, गौरवशाली पूर्णाधिकारी) भारत के दौरे पर आए। वे अपने साथ बिस्तर, अपना मुलायम तकिया, जिसे वे रात में गले लगाते हैं, और व्यापारियों का एक प्रसन्न चित्त झुंड लाए। इस प्राचीन सभ्यता के घुटनाटेक प्रतिनिधियों ने उनका इतने उत्साह से स्वागत किया और चापलूसी की कि जिसे कुल मिलाकर अश्लील ही कहा जा सकता है। पूरे शहर को कृत्रिम रूप से सजा दिया गया। गरीबों को भगा दिया गया, सड़कों को धो-पोंछकर उन पर गुब्बारेवाले तोरण और स्वागत के बैनर लगाए गए।

दिल्ली के धुँधले आसमान के नीचे, परमाणु के पैरोकार चहकने लगे : देखो जीं देखो ! बम बनाए तो बिल क्लिंटन आए।

जिन भारतीय नागरिकों में लेशमात्र भी आत्मसम्मान था, वे इतने शर्मिन्दा हुए कि कई दिनों तक बिस्तर पर पड़े रहे। हममें से कुछ लोग भौंचक थे। जब आका दौर पर आए थे तो हर कोई कायर, प्रसन्न गुलाम की तरह व्यवहार कर रहा था। सो, हमें लगा कि हम पिछड़ कैसे गए। हम आका की परमाणु छत्रछाया में पहले क्यों नहीं गए ? तब हम अपनी जेब खर्च को (बम के बजाय) दूसरी चीजों पर खर्च करके भी सुरक्षित और गुलाम बने रह सकते थे। है न ?

राजसी दौरे के ऐन पहले भारत सरकार ने दूध, चीनी, अनाज और कपास (भले ही बाजार में चीनी और कपास अटा पड़ा था, भले ही 4.20 करोड़ टन अनाज गोदामों में सड़ रहा था) समेत 1400 वस्तुओं पर आयात प्रतिबन्ध हटा लिया।[1] उस राजसी दौरे के दौरान तीन (कुछ लोगों के मुताबिक चार) अरब डॉलर के करार पर हस्ताक्षर किए गए।[2]

कुछ वजहों से मुझे एक समझौते में खास दिलचस्पी थी जिसमें ऑगडेन एनर्जी ग्रुप, ऐसी कम्पनी जिसे अमेरिका में कूड़ा-करकट जलानेवाली मशीन बनाने

में विशेषज्ञता हासिल है, और भारतीय कम्पनी एस. कुमार्स, जो बकौल उसी के 'सूटिंग ब्लेंड्स' बनाती है, के बीच मंशा प्रपत्र (मेमोरेंडम ऑफ इंटेंट) पर हुए हस्ताक्षर में दिलचस्पी थी।[3] भला कूड़ा-करकट जलाने और सूटिंग ब्लेंड्स में क्या समानता हो सकती है ? सूट को जलाना ? फिर सोचिए। कूड़ा-करकट का मिश्रण ? नहीं।

मध्य भारत में नर्मदा नदी पर एक बड़ी पनबिजली परियोजना बनाई जानी है। इससे पहले न तो ऑगडेन और न ही एस. कुमार्स ने कभी बड़ा बाँध बनाया या उसे चलाया है।

एस. कुमार्स द्वारा प्रमोट की जा रही 400 मेगावाट की श्री महेश्वर पनबिजली परियोजना नर्मदा घाटी विकास परियोजना का हिस्सा है, जिसे दुनिया की सबसे महत्त्वाकांक्षी नदी घाटी परियोजना बताया जाता है। इस परियोजना के तहत 3,200 बाँध (तीस बड़े, 135 मध्य आकार के और बाकी छोटे बाँध) बनाए जाने हैं, जिससे नर्मदा और उसकी 41 सहयोगी नदियों को जलाशयों की लम्बी शृंखला में तब्दील कर दिया जाएगा।[4]

अभी तक नदी पर सारे बाँध सरकारी परियोजना के तहत बने हैं। महेश्वर बाँध भारत की पहली बड़ी निजी पनबिजली परियोजना होगी।

इसका दिलचस्प पहलू यही नहीं है कि यह भारत के सबसे तीखे विरोध वाली नदी घाटी परियोजना का हिस्सा है बल्कि यह एक विशाल अन्तरराष्ट्रीय उपक्रम के जाल का एक सूत्र है। महेश्वर में जो हो रहा है उसे समझने, दुनिया के दो महान लोकतन्त्रों के बीच हुए सौदों की प्रकृति को समझने के लिए यह समझना जरूरी है कि हमारे साथ क्या हो रहा है। जबकि हम, गरीब मूर्ख, खड़े होकर ताली बजाते हैं, जय-जयकार करते हैं और उनकी साजिश को परवान चढ़ाते हैं। ('हम' से मेरा मुराद आदमी से है, मानव जाति से है। किसी देश से नहीं, किसी सरकार से नहीं।)

निजी तौर पर इस समझ की ओर मैंने पहला कदम मार्च 2000 में कुछ दिनों में बढ़ाया जब मैं एक लेखिका के बतौर भयावह सपनों से गुजरी थी। मैंने भाषा, जैसा कि मैं जानती और समझती हूँ, की आनुष्ठानिक हत्या देखी। मैं तफसील से इसे बताती हूँ।

जिन दिनों राष्ट्रपति क्लिंटन भारत में थे, उन्हीं दिनों हॉलैंड में वर्ल्ड वाटर फोरम की बैठक आयोजित की गई।[5] हेग में साढ़े तीन हजार बैंकर, व्यापारी, मन्त्री, नीति लेखक, इंजीनियर, अर्थशास्त्री (और यह जताने के लिए कि 'दूसरे पक्ष' को भी प्रतिनिधित्व दिया गया—मुट्ठी भर आन्दोलनकारी, स्थानीय नृत्य

मंडलियों और चाँदी के शराब के बर्तन के रूप वाली आधे दर्जन लड़कियाँ) दुनिया के पानी के भविष्य पर चर्चा करने के लिए एकत्र हुए थे। हर भाषण 'महिला सशक्तीकरण', 'जन भागीदारी' और 'लोकतन्त्र की मजबूती' से लबरेज था फिर भी पता यह चला कि इस मंच का पूरा मकसद दुनिया के पानी के निजीकरण के लिए जोर डालना था। पेयजल तक पहुँच को बुनियादी मानवाधिकार बनाने की नेक बातें भी हुईं। आप पूछ सकते हैं कि इसे लागू कैसे किया जाएगा। बड़ा आसान है—पानी पर बाजार की कीमत लगाकर। उसे उसकी 'असली' कीमत पर बेचकर (यह सब जानते हैं कि पानी दुर्लभ संसाधन बनता जा रहा है। जैसा कि हमें मालूम है, दुनिया के करीब एक अरब लोगों को शुद्ध पेयजल मयस्सर नहीं है।)[6] बाजार का 'फरमान' है कि जो चीज जितनी कम है, उतनी ही महँगी हो जाती है। लेकिन पानी की अहमियत जानने और पानी पर बाजार की कीमत लगाने में फर्क है। किसी को भी ग्रामीण महिलाओं से ज्यादा पानी की अहमियत नहीं मालूम होती क्योंकि उन्हें इसे लाने के लिए कोसों चलना पड़ता है। जिन्हें नल खोलते ही झर-झर पानी मिलने लगता है उन शहरी लोगों की नजर में इसकी कोई अहमियत ही नहीं है।

सो, मानवाधिकारों को 'असली कीमत' से जोड़ने की बात काफी चौंकानेवाली थी। पहले पहल मैं उनकी बात बिलकुल समझ ही नहीं पाई—क्या वे मानते हैं कि मानवाधिकार केवल अमीरों के लिए है, या कि सिर्फ अमीर ही मनुष्य हैं या फिर सारे मनुष्य अमीर हैं ? लेकिन अब मैं इसे समझ गई हूँ। यह एक तड़क-भड़कवाला पर्यावरण नियन्त्रित मानवाधिकारों का सुपर मार्केट है, जहाँ क्रिसमस डे पर क्लियरेंस सेल लगती है।

एक प्रभावशाली अमेरिकी सदस्य ने इसे कुछ इस तरह से बयान किया, "ईश्वर ने हमें नदियाँ दीं।" फिर उन्होंने धीरे से कहा, "लेकिन उसने वितरण व्यवस्था नहीं दी। इसीलिए हमें निजी उपक्रम की जरूरत है।" इसमें कोई सन्देह नहीं कि ईश्वरप्रदत्त बाकी चीजों के थोड़ा-सा ढाँचागत समायोजन (स्ट्रक्चरल एडजस्टमेंट) से हम सब सहज दुनिया में जी सकते थे। (अगर सारे समुद्र एक ही होते तो वह कितना बड़ा होता...) इवियन का पानी, रैंड का जमीन, एनरॉन का हवा पर कब्जा हो सकता था। पुराने रंपलस्टिल्ट्सकिन मोटी तनख्वाहवाले सुप्रीम सीईओ हो सकते थे।

जब दुनिया की सभी नदियों, घाटियों, जंगलों और पहाड़ियों की कीमत लगाकर उन्हें पैक कर, बार कोड लगाकर, स्थानीय सुपर मार्केट में लगा दिया जाएगा, सारी घास-फूस, कोयला, लकड़ी, जल और जमीन को सोने में बदल दिया

जाएगा तब हम उस सोने का क्या करेंगे ? बर्बादी से बचे इलाकों और तबाह दुनिया के काल्पनिक राष्ट्रों का सफाया करने के लिए क्या हम परमाणु बम बनाएँगे ?

कोई भी व्यक्ति लेखक के रूप में पूरी जिन्दगी भाषा के मर्म को समझता है तो कम-से-कम भाषा और विचार के बीच की खाई को खत्म नहीं तो कम करने का प्रयास जरूर करता है। मुझे याद है, किसी ने मुझसे पूछा था कि भाषा का मेरे लिए क्या महत्त्व है और मैंने जवाब दिया था, "भाषा मेरे सोच-विचार का आवरण है।" हेग में मैं एक नामकरण, एक छोटी दुनिया देखकर दंग रह गई, जो जीवन भर एक गलत मंशा को ढकने की कोशिश करती है। वे बार ग्राफ बनाकर मोटी कमाई करते हैं, जिनसे उनकी कम्पनियों का मुनाफा पूरी तरह लिखित, राजनैतिक रूप से अनुकरणीय, सामाजिक रूप से न्यायसंगत और नीतिगत दस्तावेज बन जाता है। उन्हें लागू करना असम्भव होता है, और उन्हें हमेशा कागज पर ही रहने के लिए बनाया जाता है। उन्हें (खासकर) उन लोगों से भी छुपाकर रखा जाता है जिसके लिए उन्हें बनाया गया है। वे उनके वादे और बिक्री के बीच के फासले में फलते-फूलते हैं। दरअसल, वे केवल प्राकृतिक संसाधनों और बुनियादी ढाँचों के निजीकरण के लिए ही नहीं, बल्कि खुद नीति निर्माण के निजीकरण के लिए लामबन्दी कर रहे हैं। बाँध निर्माता सार्वजनिक जन नीतियों को नियन्त्रित करना चाहते हैं। बिजली बनानेवाली कम्पनियाँ सरकार के विनिवेश कार्यक्रम की निगरानी करना चाहती हैं।

चलिए, शुरू में ही समझा जाए। आखिर निजीकरण का क्या मतलब होता है ? बुनियादी तौर पर यह सरकार के उत्पादक सार्वजनिक सम्पत्ति का निजी कम्पनियों को हस्तान्तरण है। उत्पादक सम्पत्तियों में प्राकृतिक संसाधन भी शामिल हैं। जमीन, जंगल, जल और वायु इन सम्पत्तियों को सरकार लोगों के लिए रखती है। भारत जैसे देश में सत्तर फीसदी आबादी ग्रामीण इलाकों में रहती है यानी सत्तर करोड़ लोग।[7] उनकी जिन्दगी प्राकृतिक संसाधनों पर सीधे निर्भर है। उन्हें छीनकर माल के रूप में निजी कम्पनियों को बेचना लूटने की बर्बर प्रक्रिया है जिसका इतिहास में कोई सानी नहीं है।

जिन्दा रहने के लिए अनिवार्य वस्तु पानी का निजीकरण कर दिया जाए तो क्या होगा ? जब पानी को बिकाऊ बनाकर कहते हैं कि केवल उसे खरीदार ही ले सकते हैं जो इसका 'बाजार भाव' चुकाएँगे ? बोलीविया की सरकार ने 1999 में कोचाबाम्बा शहर की जलापूर्ति व्यवस्था का निजीकरण कर दिया और विशाल अमेरिकी कम्पनी बेकटेल के साथ चालीस साल की लीज पर दस्तखत कर दिए।

बेकटेल ने सबसे पहले पानी की कीमत तिगुनी कर दी। लाखों लोगों के लिए पानी पहुँच से बाहर हो गया। नागरिक सड़कों पर उतर आए। यातायात की हड़ताल से पूरा शहर ठप हो गया। बोलीविया के पूर्व तानाशाह (अब राष्ट्रपति) ह्यूगो बेंजर ने पुलिस को भीड़ पर गोली चलाने का हुक्म दिया। छह लोग मारे गए, 175 घायल हुए और दो बच्चे अन्धे हो गए। लेकिन विरोध प्रदर्शन जारी रहा क्योंकि लोगों के पास कोई विकल्प नहीं था--आखिर प्यास का क्या विकल्प हो सकता है ? अप्रैल 2000 में बेंजर ने सैनिक शासन लागू कर दिया। लेकिन विरोध प्रदर्शन जारी रहा। आखिरकार, बेकटेल को अपना दफ्तर छोड़कर भागना पड़ा।[8] अब वह मुआवजे के तौर पर बोलीवियाई सरकार से 1.20 करोड़ डॉलर ऐंठने की कोशिश कर रही है।

कोचाबाम्बा की आबादी करीब पाँच लाख है। जरा अन्दाजा लगाइए कि किसी छोट-से-छोटे भारतीय शहर का क्या हाल होगा।

रंपलस्टिल्ट्सकिन बड़े पैमाने पर सोचता है। आज वह बड़े-बड़े खेल खेल रहा है : बाँध, खान, हथियार, बिजली के संयन्त्र, सार्वजनिक जलापूर्ति, दूरसंचार, ज्ञान का प्रबन्धन और प्रसार, जैविक विविधता, बीज (वह जीवन और प्रजनन की मूल प्रक्रिया पर ही नियन्त्रण चाहता है) और इन सबके लिए सहायक बुनियादी औद्योगिक संरचना। उसके चमचे तीसरी दुनिया के देशों के बेहद बदकिस्मत लोगों का उद्धार करने के लिए मिशनरियों के भेष में आते हैं। उनके ब्रीफकेसों में बिलकुल ही अलग डोसियर होते हैं। वास्तव में वे क्या कह (बेच) रहे हैं, यह समझने के लिए उनकी भाषा समझनी होगी।

हाल में जैक वेल्च, जेनरल इलेक्ट्रिक (जीई) के तत्कालीन सीईओ, भारत आए थे और राष्ट्रीय समाचारों में छाए हुए थे।[9] उन्होंने कहा, "मैं भारत सरकार से बुनियादी संरचना सुधारने के लिए विनती और प्रार्थना करता हूँ।" उन्होंने बड़े जज्बाती लहजे में कहा, "ऐसा जीई की खातिर मत कीजिए, अपनी खातिर कीजिए।" उन्होंने कहा कि बिजली क्षेत्र का निजीकरण भारत के एक अरब लोगों को डिजिटल नेटवर्क में लाने का इकलौता तरीका है। "आप सूचना और बौद्धिक सम्पत्ति की बात कर सकते हैं लेकिन उसे चलाने के लिए जरूरी बिजली के अभाव में आप अगली क्रान्ति से वंचित रह जाएँगे।"

उनके कहने का मतलब था : "आपका एक अरब उपभोक्ताओं का बाजार है। अगर आप हमारे उपकरण नहीं खरीदेंगे तो हम अगली क्रान्ति से वंचित हो जाएँगे।"

कहानी के पीछे की कहानी इस प्रकार है : दुनिया में चार कम्पनियों का

बिजली बनानेवाले उपकरणों के उत्पादन में वर्चस्व है। वे हर साल इतने उपकरण बनाती हैं (और इसी वजह से उन्हें बेचने की जरूरत है) जिनसे 20,000 मेगावाट बिजली पैदा हो सकती है।[10] कई वजहों से पहली दुनिया में बिजली के उपकरणों की बहुत कम (इसे लगभग शून्य ही मानें) माँग है। इससे इन विशालकाय कम्पनियों की क्षमता अतिरिक्त हो जाती है लिहाजा उन्हें खपाने की जरूरत है। भारत और चीन उनके बड़े लक्षित बाजार हैं क्योंकि इन दोनों देशों में प्रति वर्ष 10,000 मेगावाट बिजली पैदा करनेवाले उपकरणों की माँग है।[11]

पहली दुनिया को बेचने की जरूरत है, तीसरी दुनिया को खरीदने की जरूरत है। ऐसे में इसे तर्कसंगत कारोबार होना चाहिए। लेकिन ऐसा है नहीं। कई वर्षों से भारत बिजली उत्पादन के उपकरणों के मामले में कमोबेश आत्मनिर्भर है। भारत की सार्वजनिक क्षेत्र की कम्पनी भारत हेवी इलेक्ट्रिकल्स लिमिटेड (भेल) विश्वस्तरीय उपकरणों का निर्माण और निर्यात करती थी। अब सब कुछ बदल गया है। वर्षों से हमारी अपनी सरकार ने उसे ऑर्डर देना बन्द कर दिया है, अनुसन्धान और विकास के लिए पैसा रोक दिया है, और कमोबेश उसे सम्मानित अस्तित्व से किनारे कर दिया है। आज भेल ऐसी कम्पनी बन गई है, जिसमें ढेर सारे लोग मामूली वेतन के लिए काम करते हैं। उसे 'साझा उपक्रमों' (एक जीई और दूसरा सीमेंस के साथ) के लिए मजबूर किया जा रहा है, जिसमें उसकी भूमिका सिर्फ सस्ते मजदूर उपलब्ध कराना होगा। जबकि दूसरी कम्पनियाँ उपकरण एवं तकनीकी जानकारी मुहैया कराएँगी।[12]

क्यों ? आखिर, हमारे नौकरशाहों और नेताओं को महँगे, आयातित, विदेशी उपकरण क्यों भाते हैं ? यह सब जानते हैं। क्योंकि सौदे में रिश्वत दी जाती है। स्थानीय दुकान से उपकरण खरीदने में वह बात नहीं होगी। ऐसे में आश्चर्य नहीं कि जैन हवाला कांड के नाम से कुख्यात प्रमुख भ्रष्टाचार घोटाले नामित करीब आधे अधिकारी बिजली क्षेत्र के थे, जो बिजली के उपकरण के चयन और खरीदारी से जुड़े थे।[13]

भारत सरकार के एजेंडे में बिजली का निजीकरण सर्वोपरि है। अमेरिका इस क्षेत्र में इकलौता सबसे बड़ा निवेशक है (जिससे कुछ हद तक बिल क्लिंटन की यात्रा का मकसद जाहिर होता है)।[14] निजीकरण के पक्ष में (सरकार और निजी क्षेत्र दोनों की ओर से) तर्क दिया जा रहा है कि पिछले पचास वर्षों से सरकार उसे सुधारने में विफल रही। वह नाकाम रही। राज्य बिजली बोर्डों (स्टेट इलेक्ट्रीसिटी बोर्ड्स-एसईबी) को सुधारा नहीं जा सकता। अक्षमता, भ्रष्टाचार, चोरी और भारी सब्सिडी ने उन्हें रसातल में धँसा दिया है।

निजीकरण के दौर में व्यक्तिगत लाभ के लिए अपने देश के हितों को बेचनेवाला भ्रष्ट और फरेबी सरकारी अधिकारी जिस तरह से भ्रष्टाचार के पर्याय बन गए हैं, उससे निजीकरण को अधिक बढ़ावा मिलता है। निजी क्षेत्र आरोप लगाता है, सरकार अपने अपराध को स्वीकार करती है और सुधार लाने में खुद को अक्षम बताती है। दरअसल, वह तो और आगे बढ़कर अपनी अक्षमता का अतिशयोक्तिपूर्ण बखान करती है। यह खुद को स्पष्टवादी दिखाने की कोशिश है।

बिजली मन्त्री पी.आर. कुमारमंगलम ने मरने से कुछ समय पहले एक भाषण में कहा था कि बिजली क्षेत्र में कुल 37,000 करोड़ रु. का नुकसान होता है। उन्होंने यह भी कहा कि भारत में पारेषण और वितरण (टी एंड डी) में पैंतीस से चालीस फीसदी बिजली का नुकसान होता है। मन्त्री महोदय के मुताबिक, बाकी साठ फीसदी में से केवल चालीस फीसदी का बिल भरा जाता है। उनका निष्कर्ष : भारत में पैदा होनेवाली कुल बिजली के केवल चौथाई का पैसा भरा जाता है।[15] आधिकारिक सूत्रों का कहना है कि ये आँकड़े अतिशयोक्तिपूर्ण हैं। स्थिति वैसे ही खराब है। उसकी अतिशयोक्ति की जरूरत नहीं है। बिजली मन्त्रालय के आँकड़ों के मुताबिक पारेषण और वितरण में नुकसान का राष्ट्रीय औसत तेईस फीसदी है। 1947 में यह औसत 14.39 फीसदी था। मन्त्री महोदय की अतिशयोक्ति के बिना भी इस आँकड़े के मुताबिक भारत डोमिनिकन रिपब्लिक, म्याँमार और बांग्लादेश जैसे देशों की श्रेणी में पहुँच जाता है, जहाँ दुनिया में पारेषण और वितरण में सबसे ज्यादा नुकसान होता है।[16]

हमें पता चलता है कि इस बीमारी का इलाज अपना घर सँभालने के कौशल सुधारने जैसा नहीं है, अपने नुकसान को कम करने की कोशिश नहीं है, सरकार को और अधिक जवाबदेह बनाने के लिए बाध्य करने की कोशिश नहीं है, बल्कि उसे यह इजाजत देना है कि वह खुद सारी जिम्मेदारियों से हाथ झाड़ ले और बिजली क्षेत्र का निजीकरण कर दे। फिर अपने आप चमत्कार हो जाएगा। आर्थिक उपादेयता और क्षमता अपने आप बढ़ जाएगी।

लेकिन इस कहानी में एक दूसरी साजिश नहीं दिखती। वर्षों से राज्य विद्युत बोर्डों को बड़े पैमाने पर बिजली की चोरी के जरिए कंगाल किया गया। बिजली की चोरी कौन कर रहा है ? बेशक इनमें से कुछ गरीब, झुग्गीवासी, बड़े शहरों के किनारे अनधिकृत कॉलोनियों में रहनेवाले लोग चुराते हैं। लेकिन जितने बड़े पैमाने की हम बात कर रहे हैं, वे उतनी बिजली खपत करनेवाले उपकरणों का इस्तेमाल नहीं करते। सबसे ज्यादा बिजली की चोरी राजनीतिकों और सरकारी

अधिकारियों की मिलीभगत से औद्योगिक क्षेत्र करते हैं।

मध्य प्रदेश की मिसाल पर गौर कीजिए, जहाँ महेश्वर बाँध बनाया जा रहा है। सात साल पहले वहाँ आवश्यकता से अधिक बिजली थी। आज वह एक अजीबोगरीब स्थिति में है। औद्योगिक माँग तीस फीसदी घट गई है। बिजली का उत्पादन 3,813 मेगावाट से बढ़कर 4,025 मेगावाट हो गया है। और राज्य विद्युत बोर्ड 1,200 करोड़ रु. का घाटा दिखा रहा है। निरीक्षण की मुहिम से यह गुत्थी सुलझ गई। निरीक्षण में पाया गया कि राज्य के सत्तर फीसदी उद्योगपति बिजली चुराते हैं।[17] उस चोरी से करीब 500 करोड़ रु. का नुकसान होता है। यह कुल घाटे का इक्कीस फीसदी है। मध्य प्रदेश किसी भी तरह से गैरमामूली मिसाल नहीं है। ओडीसा, आन्ध्र प्रदेश और दिल्ली जैसे राज्यों में तीस से पैंतीस फीसदी पारेषण और वितरण का नुकसान होता है (राष्ट्रीय औसत से ज्यादा) जिससे बड़े पैमाने पर बिजली चोरी का संकेत मिलता है।[18]

कोई भी इस बारे में ज्यादा बातचीत नहीं करना चाहता। गरीबों को दोषी ठहराना बहुत आसान है। औसत अर्थशास्त्री, योजनाकार या बैठे-बिठाए बुद्धिजीवी बने लोग राज्य बिजली बोर्डों की कंगाली के दो कारण बताएँगे :

(क) क्योंकि 'सियासी मजबूरियों' के चलते घरेलू बिजली की कीमत घाटे की हद तक कम रखी जाती है, और

(ख) क्योंकि कृषि क्षेत्र को दी गई सब्सिडियों से व्यापक परोक्ष घाटा होता है।

'सुधरा हुआ', निजीकृत बिजली क्षेत्र 'घाटा' दूर करने के लिए पहला कदम यह उठा सकता है कि कृषि सब्सिडियों को खत्म कर बिजली की 'वास्तविक' कीमत (बाजार भाव) तय कर दे।

क्या हैं 'सियासी मजबूरियाँ' ? उन्हें इतना खराब क्यों माना जाता है ? मुझे लगता है कि बुनियादी तौर पर 'सियासी मजबूरी' एक शब्दाडम्बर है, जिससे डूबती अर्थव्यवस्था को बचाने और गरीब मतदाताओं की भलाई के बीच सन्तुलन साधने के सरकार के आकर्षक कामकाज का अन्दाजा लगता है। बाजार की माँगों और लोगों की हैसियत के बीच सन्तुलन स्थापित करना किसी भी लोकतान्त्रिक सरकार की प्राथमिक, मौलिक जिम्मेदारी है, या होनी चाहिए। निजीकरण का उद्देश्य बाजार से राजनीति को अलग करना होता है। ऐसा करना उस आखिरी हथियार को भोथरा करना होगा जो भारत के गरीबों के पास अब भी मौजूद है और हथियार है उनका वोट। एक बार वह भोथरा हो गया तो चुनाव बड़े बुझौवल बन जाएँगे और कोई नया रॉक बैंड अपना नाम लोकतन्त्र रख लेगा। समझौते

की प्रक्रिया नदारद होगी। उनका कोई महत्त्व ही नहीं रह जाएगा।

लेकिन लोगों ने आवाज उठानी शुरू कर दी है। सब्सिडियों में कटौती की माँग लगभग खूनी खेल बन गया है। यह दुनिया बहुत छोटी है। बोलीविया यहाँ से बहुत दूर नहीं है।

जब सरकार बिजली क्षेत्र के निजीकरण का सुझाव देती है तो क्या वह चाहती है कि बिजली पैदा करने का इच्छुक कोई भी आए और मुक्त बाजार में होड़ लगाए ? वह ऐसा बिलकुल नहीं चाहती। बिजली क्षेत्र में मुक्त बाजार जैसा कुछ भी नहीं है। भारत में बिजली क्षेत्र में सुधार का मतलब है कि सम्बन्धित राज्य सरकार चुनिन्दा, मुख्यतः विशाल बहुराष्ट्रीय कम्पनियों के साथ एकपक्षीय बिजली खरीद के समझौते की बेतुकी शर्तों पर हस्ताक्षर कर दें। मूलतः यह रिश्वत लेनेवाले की ओर से रिश्वत देनेवाली की सम्पत्ति और बुनियादी संरचना का हस्तान्तरण है, जिसमें अभूतपूर्व रिश्वतखोरी शामिल होती है। समझौते पर हस्ताक्षर होने के बाद वे इतनी महँगी कीमत पर बिजली पैदा करने के लिए स्वतन्त्र होते हैं कि कोई उसे खरीद ही नहीं सकता। विडम्बना ही है कि वे भारतीय उद्योगपति भी उसे नहीं खरीद सकते जो खुद बिजली क्षेत्र के निजीकरण की हिमायत करते हैं। ये उद्योगपति गरीब लोगों को ऐसे घेरते हैं जैसे मरे हुए जानवर पर गिद्ध मँडराते हैं और लकड़बग्घे अन्ततः उन्हें खदेड़ देते हैं।

बिजली क्षेत्र के निजीकरण की मुहिम में अहम मोड़ तब आया जब ह्यूस्टन स्थित प्राकृतिक गैस कम्पनी एनरॉन के साथ करार किया गया।[19] एनरॉन परियोजना भारत की पहली निजी बिजली परियोजना थी। एनरॉन और कांग्रेस शासित महाराष्ट्र सरकार के बीच 695 मेगावाट बिजली संयन्त्र के बिजली खरीद समझौते पर 1993 में हस्ताक्षर किए गए। विपक्षी दलों, भारतीय जनता पार्टी (भाजपा) और शिवसेना ने स्वदेशी के नाम पर हंगामा खड़ा कर एनरॉन और राज्य सरकार के खिलाफ मुकदमा दायर कर दिया। उन्होंने उच्चतम स्तर पर हरामखोरी और भ्रष्टाचार के आरोप लगाए। एक साल बाद विधानसभा के चुनाव की घोषणा होने पर भाजपा-शिवसेना गठबन्धन का यह एकमात्र चुनावी मुद्दा था।

फरवरी 1995 में यह गठबन्धन चुनाव जीत गया। अपने वादे के मुताबिक उन्होंने परियोजना को 'रद्द' कर दिया। संसद में विपक्ष के तत्कालीन नेता श्री लालकृष्ण आडवाणी ने अपने जबर्दस्त, तीखे भाषण में, बकौल उन्हीं के, 'निजीकरण के जरिए लूट' की घटना पर हमला किया था।[20] उन्होंने कांग्रेस सरकार पर एनरॉन से 695 करोड़ रु. लेने के कमोबेश सीधे आरोप लगाए थे। एनरॉन ने इस तथ्य को बिलकुल नहीं छुपाया कि उसने ठेका हासिल करने की

खातिर उस करार में शामिल राजनीतिकों और नौकरशाहों को 'शिक्षित' करने के लिए लाखों डॉलर रु. खर्च किए थे।[21]

अनुबन्ध खत्म किए जाने के बाद अमेरिकी सरकार ने महाराष्ट्र सरकार पर दबाव डालना शुरू कर दिया। अमेरिकी राजदूत फ्रैंक विजनर ने अनुबन्ध रद्द किए जाने पर कई बार आलोचनात्मक बयान दिए। (जिस दिन उन्होंने राजदूत के रूप में अपना कार्यकाल पूरा किया उसी दिन उन्होंने एनरॉन के निदेशक के रूप में काम शुरू कर दिया।)[22] नवम्बर 1995 में महाराष्ट्र सरकार ने 'पुनः समझौता' समिति नियुक्त की। मई 1996 में भाजपा के नेतृत्व वाली केन्द्र में अल्पमत सरकार बनी। वह कुल तेरह दिन तक चली, फिर लोकसभा में अविश्वास प्रस्ताव आने पर उसने इस्तीफा दे दिया। सत्ता में आखिरी दिन, जब अविश्वास प्रस्ताव पर बहस चल रही थी, आनन-फानन में कैबिनेट ने 'लंच' के लिए बैठक की और एनरॉन परियोजना (जो कि पहले एनरॉन के साथ अनुबन्ध खत्म किए जाने के बाद निरस्त हो गया था) के लिए राष्ट्रीय सरकार की प्रति गारंटी को पुनः सत्यापित कर दिया। अगस्त 1996 में महाराष्ट्र सरकार ने एनरॉन के साथ ऐसी शर्तों पर हस्ताक्षर किए जिन्हें जानकर बड़े-बड़े लोग भी चक्कर खा जाएँगे।[23]

रद्द किए गए अनुबन्ध में परियोजना के प्रथम चरण (695 मेगावाट) के लिए एनरॉन को वार्षिक 4300 लाख डॉलर दिए जाने थे और दूसरा चरण (2,015 मेगावाट) ऐच्छिक था। 'दोबारा हुए' बिजली खरीद समझौते में परियोजना का दूसरा चरण आवश्यक बना दिया गया और महाराष्ट्र राज्य बिजली बोर्ड (एमएसईबी) को एनरॉन को 30 अरब डॉलर देने के लिए कानूनी तौर पर बाध्य कर दिया गया। भारत के इतिहास में इससे बड़े अनुबन्ध पर हस्ताक्षर नहीं किए गए थे। इस परियोजना का अध्ययन करनेवाले विशेषज्ञों ने इसे देश के इतिहास का सबसे व्यापक घपला करार दिया। इस परियोजना का कुल मुनाफा 12 से 14 अरब डॉलर के बीच है। आधिकारिक तौर पर इक्विटी से मुनाफा तीस फीसदी से अधिक है।[24] यह भारतीय कानून और संविधान में बिजली परियोजनाओं के लिए स्वीकृत मुनाफे से लगभग दोगुना है।

एक तरह से अतिरिक्त अठारह फीसदी स्थापित क्षमता के लिए एनरॉन को देने के वास्ते एमएसईबी को अपने राजस्व में से सत्तर फीसदी अलग रखना होगा। हाँ, यह नहीं पता है कि नई सरकार को 'पुनः शिक्षित' करने के लिए गणित का कौन-सा फॉर्मूला इस्तेमाल किया गया। इसका भी कोई सबूत नहीं कि ऊपर, नीचे, अगल-बगल या किसे कितना दिया गया।

लेकिन और भी बातें हैं : भारत के सुप्रीम कोर्ट ने मई 1997 में एक असाधारण फैसले के तहत एनरॉन के खिलाफ अपील दाखिल करने से इनकार कर दिया।[25]

आज चार साल बाद परियोजना के आलोचकों की सारी आशंकाएँ भयावह सच साबित हो रही हैं। एनरॉन जो बिजली तैयार करती है वह उसके निकटतम प्रतिस्पर्धी से दोगुनी महँगी है और महाराष्ट्र में उपलब्ध सबसे सस्ती बिजली से सात गुनी महँगी है।[26] मई 2000 में महाराष्ट्र विद्युत नियामक आयोग (एमईआरसी) ने निर्देश दिया कि अंशकालिक तौर पर, जब तक बेहद जरूरी न हो तब तक एनरॉन से बिजली नहीं खरीदी जाए।[27] यह फैसला इस आकलन पर निर्भर था कि एनरॉन को संयन्त्र के रखरखाव और प्रशासन के लिए आवश्यक और तय रकम, जो उसे अनुबन्ध के तहत चुकानी जरूरी है, चुकाना उसकी बेहद महँगी बिजली खरीदने और उपयोग करने के मुकाबले सस्ता पड़ेगा। प्रथम चरण के लिए तय रकम ही वार्षिक 1,000 करोड़ रु. थी। दूसरे चरण के लिए इससे दोगुनी रकम चुकानी होती।

अगले चालीस साल तक सालाना एक हजार करोड़ रु.।

इस बीच महाराष्ट्र के उद्योगपतियों ने निजी जनरेटरों से बहुत कम कीमत पर बिजली पैदा करना शुरू कर दिया है। औद्योगिक क्षेत्र से बिजली की माँग बहुत तेजी से घटने लगी है। पैसे की तंगी से जूझ रहे एमएसईबी, जिसकी गर्दन पर एनरॉन बेताल की तरह सवार है, को अब निजी जनरेटरों को अवैध बनाने के अलावा कोई चारा नहीं होगा। उद्योगपतियों को एनरॉन की बेहद महँगी बिजली खरीदने के लिए सिर्फ इसी तरह मजबूर किया जा सकता है।

एमएसईबी के अनुमानों के मुताबिक, जनवरी 2002 के बाद से अगर वह एनरॉन की नब्बे फीसदी बिजली खरीद ले तो भी उसका सालाना घाटा 12 अरब डॉलर हो जाएगा।

यह रकम भारत के वार्षिक ग्रामीण विकास बजट से साठ फीसदी से भी ज्यादा है।[28]

एमएसईबी एनरॉन से बिजली खरीदने के लिए अपने सस्ते संयन्त्रों का उत्पादन कम कर रहा है। सैकड़ों छोटी औद्योगिक इकाइयाँ महज इसलिए बन्द कर दी गई हैं कि वे इतनी महँगी बिजली नहीं खरीद सकतीं।

जनवरी 2001 में महाराष्ट्र सरकार (कांग्रेस पार्टी एक नए मुख्यमन्त्री के साथ एक बार फिर सत्ता में आ गई है) ने ऐलान किया कि उसके पास एनरॉन के बिल चुकाने के लिए पैसे नहीं हैं। 6 फरवरी को, पड़ोसी राज्य गुजरात में भूकम्प आने

के महज दस दिन बाद ही, जब पूरा देश उस आपदा से जूझ रहा था, अखबारों ने ऐलान कर दिया कि एनरॉन ने काउंटर गारंटी लागू करवाने का फैसला कर लिया है और अगर सरकार ने पैसा नहीं चुकाया तो उसे उन्हें उन सरकारी सम्पत्तियों को नीलाम करना होगा जिन्हें करार में संपार्श्विक प्रतिभूति (कोलेटरल सेक्यूरिटी) के तौर पर गिरवी रखा गया था।[29]

इस लेख के लिखने के समय एनरॉन और महाराष्ट्र सरकार मुम्बई हाईकोर्ट में कानूनी मुकदमे में उलझे हुए हैं। लेकिन एनरॉन के मित्र ऊँचे पदों पर विराजमान हैं।[30] यह जॉर्ज बुश जूनियर के चुनाव अभियान में सबसे अधिक चन्दा देनेवाली कम्पनियों में से एक थी। राष्ट्रपति बुश तो वर्ष 1998 से एनरॉन को विश्व भर में अपना कारोबार फैलाने में मदद कर रहे हैं। सो, पुराना सर्कस एक बार फिर शुरू हो गया है। पूर्व अमेरिकी राजदूत (इस बार रिचर्ड सेलेस्टे) ने पैसा चुकाने के मामले में वादाखिलाफी करने के लिए महाराष्ट्र सरकार को सार्वजनिक तौर पर कोसा।[31] अमेरिकी सरकार के अधिकारियों ने भारत को 'निवेश का माहौल' खराब करने और भावी निवेशकों को डराने का जोखिम मोल लेने की धमकी दी है। दूसरे शब्दों में, हमें दिनदहाड़े लूटने दीजिए वरना हम हाथ खींच लेंगे।

अब दोबारा समझौते के लिए दबाव डाला जा रहा है। क्या मालूम शायद तीसरे चरण की भी कोई बात हो रही हो।

कारोबार के हलके में एनरॉन के साथ करार को 'स्वीटहार्ट डील' कहा जाता है। यह शिष्टोक्ति ऐसे बलात्कार के लिए प्रयोग की जाती है जिसके लिए मुआवजा नहीं मिलता। भविष्य में कई एनरॉन आनेवाली हैं। भारतीय नागरिकों को अभी बहुत कुछ देखना बाकी है।

'मुक्त' बाजार की जय हो।

इन सबके बावजूद इसमें कोई शक नहीं कि भारत में बिजली का संकट है। लेकिन इससे भी एक बड़ा संकट मुँह बाये खड़ा है।

भारत में योजनाकार गर्व से कहते हैं कि देश में आज पचास साल पहले के मुकाबले बीस गुना ज्यादा बिजली की खपत होती है। वे इसे प्रगति के सूचकांक के रूप में प्रयोग करते हैं। वे अमूमन यह नहीं बताते कि आज भी सत्तर फीसदी ग्रामीण के घरों में बिजली नहीं है। निर्धनतम राज्यों, बिहार, उत्तर प्रदेश, उड़ीसा और राजस्थान के पचासी फीसदी से अधिक निर्धनतम लोगों को बिजली उपलब्ध नहीं है, जिनमें मुख्यतः दलित और आदिवासी घर हैं।[32] दुनिया के सबसे बड़े लोकतन्त्र के लिए यह कितना शर्मनाक, आश्चर्यजनक रिकॉर्ड है।

जब तक इस संकट को स्वीकार कर इसे ईमानदारी से दूर नहीं किया जाएगा तब तक 'ढेर सारी बिजली' (जैसा कि मि. वेल्च ने कहा) सिर्फ इसलिए पैदा की जाएगी कि अमीर लोग उसे अपनी असीम भूख के लिए खींचते रहें। इसे सुधारने के लिए बहुत कल्पनाशील, बहुत मौलिक 'ढाँचागत समायोजन' की जरूरत होगी।

'निजीकरण' को अक्षम, भ्रष्ट राज्य का इकलौता विकल्प बताया जाता है। सच तो यह है कि यह कोई विकल्प है ही नहीं। इसे विकल्प बताने की कोशिश की जाती है। निजीकरण मूलतः निजी कम्पनी (मुख्यतः विदेशी) या वित्तीय संस्था और तीसरी दुनिया के सत्तारूढ़ कुलीन वर्ग के बीच परस्पर लाभदायक कारोबारी करार है। (इसके परिणामस्वरूप भ्रष्टाचार भी कुलीन वर्ग का ही मामला बन जाता है। छोटे-मोटे सरकारी अधिकारियों को अपना हिस्सा गँवाने का खतरा बना रहता है।)

पिछले कुछ समय से विश्व बैंक और अन्तरराष्ट्रीय मुद्रा कोष जैसी संस्थाएँ, जो अभी तक तीसरी दुनिया का खून चूसती रही हैं, बाजार के नए उत्परिवर्तियों (या खिलाड़ियों) के मुकाबले परोपकारी सन्त नजर आती हैं। यह नए उत्परिवर्ती ईसीए—एक्सपोर्ट क्रेडिट एजेंसी—के नाम से जाने जाते हैं। अगर विश्व बैंक लालफीताशाही और नौकरशाही में उलझी उपनिवेशवादी सुस्त सेना है तो ईसीए निरंकुश, लूट-मार मचानेवाली भाड़े की सेना है।

ईसीए मूलतः विदेश में कारोबार करनेवाली निजी कम्पनियों का वाणिज्यिक और राजनैतिक जोखिम का बीमा करती हैं। इस जुगत या चाल को एक्सपोर्ट क्रेडिट गारंटी कहा जाता है। यह वाकई बहुत सरल जुगत है। पहले दुनिया की कोई भी निजी कम्पनी अप्रत्याशित आपदा के विरुद्ध अपना बीमा कराए बिना राजनैतिक और/या आर्थिक रूप से अस्थिर देश में पूँजी या वस्तु या सेवा निर्यात नहीं करना चाहती। सो, निजी कम्पनी एक्सपोर्ट क्रेडिट गारंटी की आड़ ले लेती है। दूसरी ओर, ईसीए का अपने देश की सरकार के साथ समझौता होता है। उसके अपने देश की सरकार आयात करनेवाले देश की सरकार के साथ करार करती है। इस घालमेल का नतीजा यह होता है कि अगर कोई ऐसी नौबत आ जाए जिसमें ईसीए को बीमा की रकम चुकानी पड़े तो उसकी अपनी सरकार ईसीए को पैसा देती है। इसके बदले उसकी सरकार आयात करनेवाले देश को देय द्विपक्षीय ऋण में जोड़कर वह रकम वसूल लेती है। (इस तरह असली गारंटर दरअसल निर्धनतम देशों के निर्धनतम लोग ही होते हैं।) यह है तो पेचीदा मगर आसान है और त्रुटिहीन भी।

यह चतुष्कोणीय (निजी कम्पनी-ईसीए-सरकार-सरकार) ढाँचा बड़ी सफाई के

साथ राजनैतिक जवाबदेही से बच निकलता है। हालाँकि वे कारोबार में साझीदार हैं लेकिन शोर मचानेवाले, थकाऊ गैर-सरकारी संगठनों के गोलों को ईसीए की ओर मोड़ दिया जाता है, जहाँ वे हानिकारक औद्योगिक उत्सर्जक पदार्थ की तरह गन्दे तालाब में पड़े रहते हैं और फिर उन्हें वहाँ से हटा दिया जाता है। सरकारें और निजी कम्पनियाँ ईसीए के प्रति इसलिए आकर्षित होती हैं कि वे (ईसीए) रहस्यमय होती हैं और वे मानवाधिकार उल्लंघन और पर्यावरण के दिशानिर्देशों के पचड़े में नहीं पड़तीं। (यूएस एक्सपोर्ट इंम्पोर्ट बैंक जैसी कुछ गिनती की एजेंसियाँ जो इन सबकी परवाह करती है उन पर बदलने के लिए दबाव डाला जा रहा है)। इससे सुस्त विश्व बैंक वाली नौकरशाही का काम छोटा हो जाता है। इससे बड़े बाँधों जैसी राजनैतिक रूप से जोखिमवाली परियोजनाओं (जिनसे बड़े पैमाने पर लोगों का विस्थापन और विपणन बनाना होता है) को वित्त मुहैया कराना काफी आसान हो जाता है। 'डेवेलपर' ईसीए की गारंटी के साथ शर्मिन्दा करनेवाले सवालों का जवाब देना तो छोड़ दीजिए मुआवजे के बिना खुदाई कर, खनिज निकालकर और बाँध बनाकर लोगों का जीवन नरक कर सकते हैं।

अब, फिर महेश्वर बाँध की बात करते हैं...

इस बाँध के अनुभव से साफ पता चलता है कि निजी परियोजनाओं में अगर कोई चीज बेहतर ढंग से प्रतिबन्धित होती है, वह है भ्रष्टाचार, फरेब, और दमन में तेजी एवं निष्ठुरता। और हाँ, बढ़ती हुई लागत।

1994 में महेश्वर बाँध की परियोजना लागत 465 करोड़ रु. आँकी गई थी।[33] एस. कुमार्स के साथ करार के बाद 1996 में यह लागत बढ़कर 1,569 करोड़ रु. हो गई। आज यह 2,200 करोड़ रु. है। शुरू में इस रकम का अस्सी फीसदी विदेशी निवेशकों से उगाहा जाना था। विदेशी निवेशकों की कतार में अमेरिका की पैकजेन, जर्मनी की बायरनवर्क, वीईडब्ल्यू, सीमेंस, और हाइपोफेरींस बैंक शामिल थीं। और अब उतावले आवेदकों की कतार में अमेरिका की ऑगडेन शामिल हो गई है।

नर्मदा बचाओ आन्दोलन (एनबीए) के अनुमान के मुताबिक, कारखाने में प्रति यूनिट बिजली की लागत 6.55 रु. होगी, जो राज्य में मौजूदा पनबिजली से छब्बीस गुना ज्यादा महँगी है, ताप बिजली से साढ़े पाँच गुना ज्यादा महँगी है और सेंट्रल ग्रिड की बिजली से चार गुना ज्यादा महँगी है। (यहाँ यह बताना लाजमी है कि मध्य प्रदेश आज अपनी पारेषण और वितरण क्षमता से 1,500 मेगावाट अतिरिक्त बिजली पैदा करता है।)

हालाँकि महेश्वर परियोजना की प्रस्तावित क्षमता 400 मेगावाट है लेकिन

पिछले अट्ठाईस साल में नदी में जल बहाव के आँकड़ों के आधार पर किए गए अध्ययन से पता चलता है कि कुल बिजली की अस्सी फीसदी बिजली बरसात के महीनों में पैदा की जाएगी, जब नदी में बहाव है। इसका मतलब यह हुआ कि ज्यादातर बिजली ऐसे समय में पैदा की जाएगी जब उसकी सबसे कम जरूरत होगी।[34]

लेकिन एस. कुमार्स को इस बारे में कोई चिन्ता नहीं है। उनके सामने एनरॉन की मिसाल जो है। उनके करार में एक धारा है जिससे उन्हें सरकार को बिजली बेचने की गारंटी है। इसका मतलब यह हुआ कि चाहे वे जितना ज्यादा (या चाहे जितना कम) बिजली पैदा करें, चाहे उसे कोई खरीदे या न खरीदे, अगले पैंतीस साल तक उन्हें सरकार से हर साल कम-से-कम 600 करोड़ रु. मिलते रहने की गारंटी है। यह रकम उन्हें कंगाल राज्य विद्युत बोर्ड के कर्मचारियों को वेतन मिलने से पहले अदा की जाएगी।

एस. कुमार्स ने इस उपहार को हासिल करने के लिए क्या किया ? इसका अनुमान लगाना मुश्किल नहीं है।

दरअसल, इस बाँध की, जिसकी किसी को जरूरत नहीं है, कीमत कौन चुका रहा है ?

सरकारी सर्वेक्षणों के मुताबिक, महेश्वर बाँध के जलाशय में इकसठ गाँव जलमग्न हो जाएँगे। उनका कहना है कि तेरह गाँव पूरी तरह डूब जाएँगे, बाकी गाँवों की खेतिहर जमीन डूब जाएगी।[35] (यह सर्वेक्षण उसी एजेंसी ने किया है जिसने बरगी जलाशय के लिए सर्वेक्षण किया था। सब जानते हैं कि वहाँ क्या हुआ था।) हमेशा की तरह गाँववालों को न तो बाँध के बारे में बताया गया न ही होनेवाले विस्थापन के बारे में। हाँ, अगर वे अब अदालत का दरवाजा खटखटाएँगे तो उनसे कह दिया जाएगा कि अब काफी देर हो चुकी है क्योंकि निर्माण कार्य शुरू हो चुका है। शुरुआती सर्वेक्षण इस बहाने किए गए कि रेलवे लाइन बिछाई जा रही है। 1997 में जब बाँध वाले स्थल पर विस्फोट शुरू किए गए तो लोगों को एहसास हुआ, और एनबीए महेश्वर में सक्रिय हो गया।

महेश्वर बाँध के डूब क्षेत्र में आनेवाले गाँव के लोगों का कहना है कि सर्वेक्षण पूरी तरह गलत है। कुछ गाँव जिन्हें डूब का गाँव माना गया है, दरअसल वे उन गाँवों के मुकाबले ऊँचाई पर हैं जिन्हें परियोजना-प्रभावित नहीं माना गया है। चूँकि महेश्वर बाँध निमाड़ के समतल मैदानी क्षेत्र में है, लिहाजा सर्वेक्षणों में मामूली गड़बड़ी से परियोजना-प्रभावित और अप्रभावित गाँवों की संख्या में काफी अन्तर आ सकता है। इन गलतियों के नतीजे उनसे भी बदतर हो सकते हैं जो

बरगी में हुए।

'सर्वेक्षण' में और भी अतिरंजित धारणाएँ हैं। पुनर्वास परियोजना के अनुलग्नक छह में बताया गया है कि सभी प्रभावित इकसठ गाँवों में कुल अड़तीस कुएँ और 176 पेड़ हैं। जबकि गाँववाले बताते हैं कि केवल एक ही गाँव—पथराड़—में ही चालीस कुएँ और 4,000 से अधिक पेड़ हैं।

पेड़ और कुओं के साथ जैसा है, लोगों के साथ भी वैसा है। इसका कोई सटीक आकलन नहीं है कि बाँध से कितने लोग प्रभावित होंगे। यहाँ तक कि परियोजना के अधिकारियों का भी मानना है कि नया सर्वेक्षण किया जाना चाहिए। अभी तक वे इकसठ गाँवों में से सिर्फ एक गाँव का सर्वेक्षण कर पाए हैं। प्रभावित घरों की संख्या (प्राथमिक सर्वेक्षण में) 190 से बढ़कर (नए सर्वेक्षण में) 300 हो गई।

ऐसी परिस्थितियों में एनबीए के लिए भी परियोजना-प्रभावित लोगों की सही संख्या का अन्दाजा लगाना असम्भव है। उनका अनुमान है कि ऐसे लोगों की संख्या 50,000 हो सकती है। उनमें से आधे से भी ज्यादा दलित, केवट और कहार हैं। उनमें से ज्यादातर लोग भूमिहीन हैं, लेकिन वे नदी के सहारे जिन्दा हैं, और किसी और के मुकाबले वे नदी की अहमियत सबसे ज्यादा जानते हैं। अगर बाँध बनाया गया तो उनमें से हजारों लोगों के जीविकोपार्जन का इकलौता स्रोत बन्द हो जाएगा। लेकिन चूँकि ये भूमिहीन हैं, इसलिए वे परियोजना-प्रभावित नहीं माने जा सकते और वे पुनर्वास के हकदार नहीं होंगे।

जलुद इकसठ गाँवों में पहला गाँव होगा जो बाँध के जलाशय में डूब जाएगा।[36] 1985 में ही बाँध के करीब के बारह खेतिहर परिवारों (ज्यादातर दलित) की जमीन अधिग्रहीत कर ली गई। जब उन्होंने विरोध किया तो उनके पाइपों में सीमेंट भर दिया गया, उनकी खड़ी फसल तबाह कर दी गई, और पुलिस ने जबरन उनकी जमीन पर कब्जा कर लिया। सभी बारह परिवार अब भूमिहीन हैं और दिहाड़ी मजदूरी कर रहे हैं। नई 'निजी' पहल ने उनकी मदद की कोई कोशिश नहीं की है।

केन्द्र सरकार से मिली पर्यावरण सम्बन्धी मंजूरी के मुताबिक, परियोजना से प्रभावित होनेवाले लोगों को 1997 तक ही पुनर्वासित कर दिया जाना चाहिए था। अभी तक एस. कुमार्स परियोजना-प्रभावित लोगों की सूची भी नहीं पेश कर सकी है, उन जगहों की सूची तो छोड़ दीजिए जिन पर उन्हें बसाया जाना है। फिर भी निर्माण कार्य जारी है। एस. कुमार्स की राज्य सरकार से इस कदर साँठगाँठ है कि उन्हें अपनी काली करतूतों को छिपाने की भी जरूरत नहीं लगती।

जलुद के राजपूतों को नर्मदा तट से कुछ किलोमीटर दूर एक गाँव–'आदर्श पुनर्वास गाँव'–में बसाया जाना है। उसके पास ही सामराज गाँव है, जिसमें मुख्यतः दलित और आदिवासी रहते हैं। उनके लिए जमीन का बहुत बड़ा इलाका चिह्नित किया गया है। वह सूखी घास और झाड़-झंखाड़वाला सख्त पथरीला टीला है, जिस पर कई ट्रक गाद डालकर ऐसे फैला दिया गया है जिससे वह ऊर्वर काली मिट्टी दिखती है।

जिलाधीश ने एस. कुमार्स की ओर से उस टीले का अधिग्रहण कर लिया, जो वास्तव में सामराज गाँव के लोगों के मवेशियों के लिए साझा चारागाह था। इसके अलावा, चौंतीस दलित और आदिवासी ग्रामीणों की जमीन का भी अधिग्रहण कर लिया गया और उन्हें कोई मुआवजा भी नहीं दिया गया।

उन ग्रामीणों को, जिनकी आय का मुख्य स्रोत उनका पशुधन था, अपनी बकरियाँ और भैंसें बेचनी पड़ीं क्योंकि उनके पास उन्हें चराने के लिए कोई जगह नहीं बची थी। उनकी आय का इकलौता स्रोत गाँव के किनारे स्थित एक छोटा-सा तालाब है (था)। गर्मी में जब पानी का स्तर घट जाता है तो तालाब में उर्वर गाद की तह जम जाती है, जिस पर गाँववाले धान, तरबूज और खीरे की खेती करते हैं (थे)। एस. कुमार्स ने चरागाह (जिसकी जलुद के राजपूतों को जरूरत नहीं है) की पथरीली जमीन को ढकने के लिए इस गाद को निकाल लिया। अब वह तालाब गहरा हो गया है जिससे उसमें खेती करना मुमकिन नहीं रह गया है।

पहले से ही गरीब सामराज के लोगों को भूखों मरने के लिए छोड़ दिया गया है, जबकि उनकी हड़पी जमीन पर बने 'आदर्श पुनर्वास स्थल' को कोषदातांओं के लिए, भारतीय न्यायालयों के लिए और वहाँ से गुजरनेवाले लोगों के प्रदर्शन के लिए प्रस्तुत किया जाता है।

अमेरिका का ऑगडेन एनर्जी ग्रुप इसी विरासत को अपनाने के लिए आतुर था। उसे यह नहीं पता चल पाया कि संघर्ष जारी है। पिछले तीन वर्षों में महेश्वर बाँध के खिलाफ संघर्ष वास्तविक रूप में सिविल नाफरमानी आन्दोलनों में तब्दील हो गया है, लेकिन अखबारों से आपको इसके बारे में पता नहीं चल पाएगा। (एस. कुमार्स अपने ब्लेंडेड सूटिंग्स के लिए बड़े पैमाने पर विज्ञापन देती है। पियर्स ब्रोस्नान के साथ उनके जेम्स बांड कैंपेन के बाद उन्होंने अपने प्रमुख प्रचारक के रूप में भारत के सबसे बड़े फिल्म स्टार–हितिक रोशन–के साथ करार किया है।[37] यह असाधारण बात है कि ब्लेंडेड सूट में कोई भी पुतला कितना मूक प्रशंसा और समर्थन पैदा कर सकता है।)

पिछले कुछ वर्षों में हजारों ग्रामीणों ने कई बार बाँध स्थल पर कब्जा करके

निर्माण कार्य रोक दिया।[38] उस इलाके में विरोध प्रदर्शनों के चलते बायरनवर्क और वीईडब्ल्यू को परियोजना छोड़ने के लिए मजबूर होना पड़ा।[39] जर्मन कम्पनी सीमेंस मैदान में डटी रही (वह जर्मन ईसीए, हर्मीज से एक्सपोर्ट क्रेडिट गारंटी लेने की कोशिश कर रही थी)। 2000 की गर्मियों में जर्मनी के आर्थिक सहयोग और विकास मन्त्रालय ने परियोजना के पुनर्स्थापन और पुनर्वास के पहलुओं की स्वतन्त्र समीक्षा के लिए रिचर्ड बिसेल (विश्व बैंक के इंस्पेक्शन पैनल के अध्यक्ष) के नेतृत्व में विशेषज्ञों का एक दल भेजा था। 15 जून 2000 को प्रकाशित रिपोर्ट में साफ कहा गया है कि महेश्वर बाँध से विस्थापित होनेवाले लोगों का पुनर्स्थापन और पुनर्वास बिलकुल सम्भव नहीं है।[40]

अगस्त के आखिर में सीमेंस हर्मीज की गारंटी के लिए अपना आवेदनपत्र वापस ले लिया।[41]

घाटी के लोगों को बार-बार संघर्ष के दौरों से उबरने के लिए पर्याप्त समय नहीं मिल पाता। सितम्बर 2000 में एस. कुमार्स के लोग व्यापारियों के उस दल में शामिल थे जो प्रधानमन्त्री के साथ अमेरिका गया था।[42] सीमेंस की जगह दूसरी कम्पनी लाने के लिए उतावले एस. कुमार्स के लोग ऑगडेन के साथ अपने समझौता प्रपत्र को अन्तिम करार में तब्दील करने की उम्मीद कर रहे थे। (ऑगडेन और महेश्वर के लोगों के लिए) सौभाग्यवश वह करार अभी तक नहीं हो पाया है।

मुझे अपने जीवन में एक ही बार राष्ट्रीय स्वाभिमान जैसी भावना महसूस हुई थी जब मैं 4,000 लोगों के साथ महेश्वर बाँध की ओर कूच कर रही थी, जहाँ हमें मालूम था कि सैकड़ों सशस्त्र पुलिसवाले हमारा इन्तजार कर रहे थे। एक दिन पहले से ही पूरी घाटी के लोग सुलगाँव नामक गाँव में इकट्ठा होने लगे थे। वे ट्रैक्टरों, बैलगाड़ियों में बैठकर और पैदल आए थे। वे मार खाने, अपमानित होने और जेल जाने के लिए तैयार होकर आए थे।

हम सुबह तीन बजे बाँध स्थल की ओर रवाना हुए। हम—किसान, मछुआरे, खेत-खदान में मजदूरी करनेवाले, फिल्म निर्माता, वकील, लेखक, चित्रकार, पत्रकार—तीन घंटे तक चलते रहे। पूरे देश के लोगों—शहरी, ग्रामीण, छूत, अछूत के प्रतिनिधि थे। इसी गठबन्धन से इस आन्दोलन को उसकी ठोस शक्ति, बौद्धिक शक्ति, अति संयम और जबरदस्त दृढ़ता मिली। जब हम खेतों से निकलकर नदी-नाले पार कर रहे थे तो मैं सोच रही थी—यह मेरी जमीन है, यह वही सपना है जिसमें मेरा रोम-रोम बसा है, यह दुनिया में मेरे लिए सबसे अधिक महत्त्वपूर्ण है। हम केवल एक बाँध के खिलाफ नहीं लड़ रहे थे। हम एक फलसफे, एक विश्व

दर्शन के लिए लड़ रहे थे।

हम खामोशी के साथ बढ़ रहे थे। किसी ने गला तक साफ नहीं किया। एक बीड़ी नहीं सुलगाई गई। हम तड़के ही बाँध स्थल पर पहुँच गए। हालाँकि पुलिस हमारी ताक में बैठी थी पर उन्हें नहीं मालूम था कि हम किधर से आएँगे। हमने बाँध स्थल पर कब्जा कर लिया। लोगों को मारा-पीटा गया, अपमानित किया गया और गिरफ्तार कर लिया गया।

मुझे गिरफ्तार कर एक निजी कार में ठूँस दिया गया, जो एस. कुमार्स की थी। मुझे याद है कि वह मुझे अपमान के नश्तर जैसा लग रहा था—उतना तेज और धारदार जितना मुझे पहले गर्व महसूस हो रहा था। यह भी मेरी ही जमीन थी। मेरी सामन्ती जमीन। जहाँ पुलिस तक का निजीकरण हो गया था। (थाने जाते समय पुलिस ने शिकायत की कि एस. कुमार्स ने पूरे दिन उन्हें कुछ खाने को नहीं दिया।) उस शाम इतनी गिरफ्तारियाँ हुईं कि इतने लोग जेल में भी न समा सके। प्रशासन विफल हो गया और जेल छोड़कर भाग गया। लोगों ने खुद को बन्द कर लिया और अपने सवालों के जवाब माँगे। अभी तक किसी ने उनका जवाब नहीं दिया है।

हाल में एक डच वृत्तचित्र (डॉक्यूमेंटरी फिल्म) निर्माता ने मुझसे एक बहुत सहज सवाल पूछा : भारत दुनिया को क्या सबक सिखा सकता है ?

किस वृत्तचित्र निर्माता को समझने के लिए देखने की जरूरत होती है। मैंने उसे तीन जगहें दिखाने की सोची।

पहला, दिल्ली के बाहर गुड़गाँव में एक 'कॉल सेंटर कॉलेज'। मुझे लगा कि किसी फिल्म निर्माता को यह देखना दिलचस्प लगेगा कि एक प्राचीन सभ्यता को कितनी आसानी से अपमानित और पूरी तरह से अपमानित किया जा सकता है। कॉल सेंटर कॉलेज में सैकड़ों अंग्रेजी भाषी युवा भारतीयों को विशाल बहुराष्ट्रीय कम्पनियों के बैकरूम ऑपरेशन को सँभालने के लिए तैयार किया जा रहा है।[43] उन्हें अमेरिका और ब्रिटेन से (क्रेडिट कार्ड सम्बन्धी पूछताछ से लेकर खराब वाशिंग मशीन या सिनेमा की टिकट की उपलब्धता तक के बारे में) टेलीफोन से पूछे जानेवाले सवालों के जवाब देने के लिए प्रशिक्षित किया जा रहा है। किसी भी सूरत में दिल्ली के बाहरी इलाके में बैठे युवक को फोन करनेवाले व्यक्ति को यह नहीं मालूम होना चाहिए कि उसके सवालों का जवाब कोई भारतीय दे रहा है। कॉल सेंटर कॉलेज अपने छात्रों को अमेरिकी और ब्रिटिश लहजे में बोलने का प्रशिक्षण देते हैं। उन्हें विदेशी अखबार पढ़ने होते हैं ताकि वे वहाँ की खबरों या मौसम के बारे में गपशप कर सकें। ड्यूटी के समय उन्हें अपना असली नाम बदल

देना होता है। सुषमा सूजी बन जाती है, गोविन्दा जेरी, आडवाणी ऐंडी बन जाता है। (हाय ! आ'एम ऐंडी। गी, हॉट डे इनिट ? शूट, हाउ कैन आइ हेल्प या ?) असल में इससे भी बदतर हालत है : सुषमा मेरी बन जाती है। गोविन्दा डेविड बन जाता है। शायद आडवाणी यूलिसेज बन जाता है।

कॉल सेंटर के कर्मचारियों को विदेश में अपने समकक्षों के वेतन का सिर्फ दसवाँ हिस्सा ही मिलता है। हर लिहाज से भारत में कॉल सेंटर करोड़ों डॉलर का उद्योग बननेवाला है।[44] फरेब, झूठी पहचान और नस्लवाद पर आधारित करोड़ों डॉलर के एक उद्योग की कल्पना कीजिए।

हाल ही में विशाल टाटा औद्योगिक समूह ने हटाए जा चुके अपने 20,000 कर्मचारियों को कारोबार के लिए 'अमेरिकी लहजा और चालू भाषा' जैसी योग्यता सीखने के लिए थोड़े समय को 'प्रशिक्षण अवधि' के बाद कॉल सेंटरों में फिर बहाल करने का ऐलान किया है।[45] खबर में बताया गया कि बुजुर्ग कर्मचारियों को भारत और अमेरिका के बीच समय में अन्तर के मद्देनजर अमेरिका स्थित कम्पनियों के लिए रात में काम करना मुश्किल लग सकता है।

मैं उस फिल्म निर्माता को दूसरी जगह ले जाने की सोच रही थी। वह एक अलग किस्म का प्रशिक्षण केन्द्र था : राष्ट्रीय स्वयंसेवक संघ (आरएसएस) की शाखा, जहाँ इस जबरन थोपे गए अपमान का जबरदस्त इन्तकाम की कल्पना और पालन-पोषण किया जा रहा है। जहाँ सामान्य लोग खाकी निक्कर पहनकर घूमते हैं और यह सीखते हैं कि परमाणु हथियार जमा करने, धार्मिक पूर्वाग्रह रखने, महिलाओं से घृणा करने, इंसानों से डर, किताब जलाने और जबरदस्त घृणा के जरिए ही किसी राष्ट्र के खोए हुए गौरव को वापस हासिल किया जा सकता है। यहाँ वह खुद ही देख सकता था कि सरकार के दोनों बाजू कैसे एक साथ काम कर सकते हैं। उन्होंने कैसे दो दिशाओं से निशाना बनाकर उसमें महारत हासिल कर ली है—एक हाथ देश को थोक भाव में बेचने में व्यस्त है, दूसरा ध्यान बँटाने के लिए व्यवस्थित तरीके से सांस्कृतिक अन्ध देशभक्ति के नाम पर भौंक रहा है, हुआ-हुआ कर रहा है। यह देखना वाकई दिलचस्प होता कि किसी प्रक्रिया की निष्ठुरता की परिणति कैसे दूसरे पक्ष के नंगे और भौंडे आतंकवाद के रूप में निकलता है। वे दोनों हमशक्ल जुड़वाँ हैं—आडवाणी और ऐंडी। वे एक-दूसरे के अंगों से काम चलाते हैं। उनमें हर वक्त हर पद पर मौजूद रहने के लिए एक साथ परस्परविरोधी बातें करने की क्षमता है। उन्हें अलग नहीं किया जा सकता।

तीसरी जगह, जहाँ मैं उस डच फिल्म निर्माता को ले जाना चाहती थी, वह है नर्मदा घाटी। उस उग्र, जादुई, शानदार, शक्तिशाली और सबसे बढ़कर अहिंसक

प्रतिरोध को दिखाने के लिए जो उस खूबसूरत नदी के तट पर उभरा है।

हमारी दुनिया के साथ जो हो रहा है यह मानव समझ से परे की बात है। लेकिन यह भयावह है, भयावह चीज। इसकी गहराई और परिधि की कल्पना करना, इसे परिभाषित करने का प्रयास करना, उससे एक साथ लड़ने का प्रयास करना नामुमकिन है। उससे लड़ने का एक ही तरीका है कि खास तरीकों से खास लड़ाइयाँ लड़ी जाएँ। इसकी शुरुआत नर्मदा घाटी से कर सकते हैं।

सीमाएँ खुली हैं। आइए, साथ मिलकर रंपलस्टिल्ट्सकिन को दफना दें।

नवम्बर, 2000

लेखक होने का मतलब

भारत एक ही साथ कई सदियों में जीता है। हम किसी तरह एक ही समय पर आगे बढ़ते और पीछे हटते हैं।

राष्ट्र के रूप में हम बीच से ही आगे बढ़कर असाधारण जीवनवृत्त के दोनों में से किसी एक छोर पर कुछ सदियाँ जोड़ देते हैं। हम हैमरहेड शार्क की तरह बुढ़ा रहे हैं जिसके हथौड़े सरीखे सिर पर दो आँखें बिलकुल विपरीत दिशाओं में देखती हैं। एक ओर हम यह सुनते हैं कि यूरोपीय देश भारतीय सॉफ्टवेयर इंजीनियरों को बुलाने के लिए अपने आवर्जन कानूनों में तब्दीली कर रहे हैं।[1] दूसरी ओर, यह कि एक नगा साधु ने कुम्भ मेले में जिलाधीश की कार को अपने लिंग में बाँधकर खींचा और उस कार में वह अधिकारी अपनी पत्नी और बच्चों समेत बड़ी शान से बैठा था।[2]

भारतीय नागरिक के रूप में हम जातियों के नरसंहारों और परमाणु परीक्षणों, मस्जिद विध्वंस और फैशन शो, चर्च जलाने और सेलफोन नेटवर्क के विस्तार, बँधुआ मजदूर और डिजिटल क्रान्ति, बालिका भ्रूण हत्या और नैस्डेक में मन्दी, दहेज के लिए अपनी पत्नियों को आग लगानेवाले पतियों और विश्व सुन्दरियों के आलीशान भंडार की नियमित खुराक पर जीते हैं। मैं इस 'प्रगति' के बारे में कोई साधारण मूल्य-आधारित फैसला नहीं सुनाना चाहती जिससे लगे कि 'आधुनिक' अच्छा है और 'पारम्परिक' खराब है—या 'आधुनिक' खराब है और 'पारम्परिक' अच्छा है। निजी और राजनीतिक, दोनों ही रूप से जो बात गले नहीं उतरती वह है, इसकी खंड मानसिकतावाली प्रकृति। यह केवल प्राचीन/आधुनिक की पहेली पर ही लागू नहीं होती बल्कि उस कुतर्क पर भी लागू होती है जो मौजूदा राष्ट्रीय उपक्रम लगता है। मैं अपने घर के पीछे की गली में हर रोज रात में दुबले-पतले मजदूरों को हमारी डिजिटल क्रान्ति को गति प्रदान करने के वास्ते फाइबर-ऑप्टिक केबल डालने के लिए गड्ढे खोदते हुए देखती हूँ। जाड़े की सर्द रातों में वे कुछ मोमबत्तियाँ जलाकर काम करते हैं।

मानो भारत के लोगों को घेरकर दो ट्रकों के (एक बड़े और दूसरा बहुत छोटे)

काफिले में ठूँस दिया गया हो, जो एक-दूसरे की विपरीत दिशा में निकल गए हैं। छोटा काफिला दुनिया की चोटी पर कहीं अपनी चमचमाती मंजिल की ओर बढ़ रहा है। बड़ा काफिला अन्धकार में विलीन होकर ओझल हो जाता है। किस काफिले में कौन शामिल होगा इसके लिए जातियों, वर्ग और धर्म के सर्वेक्षण को लेजी पर्सन के भारतीय इतिहास के संक्षिप्त दिग्दर्शन में शामिल किया जा सकता है। भारत में हम जैसे लोगों की जिन्दगी इन दोनों तरह के ट्रकों के बीच फँसी है, जो दोनों काफिलों में शामिल हैं और जब काफिला आगे बढ़ता है तो वह पूरी तरह विच्छिन्न हो जाती है, शारीरिक रूप से नहीं बल्कि भावनात्मक और बौद्धिक रूप से।

हाँ, भारत दुनिया का छोटा रूप है। हाँ, जो कुछ यहाँ होता है वह और जगहों पर भी होता है। हाँ, अगर आप देखना चाहते हैं तो आपको समानताएँ आसानी से दिख जाएँगी। भारत में फर्क सिर्फ पैमाने, व्यापकता और असमानता में नजर आता है। भारत में आप इससे मुकाबिल होते हैं। इसे दूर करना, इससे निबटना, इससे न निबटना, इसे समझने की कोशिश करना, इसे न समझने के लिए जोर डालना, (हर रोज, हर घंटे) बस जिन्दा रहना ही अपने आपमें बेहतरीन कला है। यह या तो कला है या फिर अनुदार, पीछे लौटनेवाला खब्तीपन है। या फिर दोनों है।

एक ऐसे समाज में जहाँ करोड़ों लोग निरक्षर हों,[3] लेखक होना–उस पर भी तथाकथित प्रसिद्ध लेखक होना–एक सन्दिग्ध किस्म का सम्मान है। एक ऐसे देश में, जिसने दुनिया को महात्मा गांधी दिया, जिन्होंने अहिंसात्मक प्रतिरोध ईजाद किया और फिर आधी शताब्दी बाद परमाणु विस्फोट किया, लेखक होना एक भयावह बोझ है। (यद्यपि, यह कहना जरूरी है कि, यह उतना भयावह नहीं है, जितना कि अमेरिका में लेखक होना। जिसने इतने परमाणु हथियार इकट्ठे किए हुए हैं कि उनसे इस दुनिया को कई बार ध्वंस किया जा सकता है।) एक ऐसे देश में लेखक होना जहाँ कि अपने ही नागरिकों के खिलाफ 'विकास' के नाम पर एक अघोषित किस्म का गृहयुद्ध चलाया जा रहा हो, लेखक होना एक दुर्भर दायित्व है। जब लेखकों और लेखन के बारे में चर्चा होती है तो मैं दुर्भर और दायित्व जैसे शब्दों का इस्तेमाल भारी मन से और कम निराशा के साथ नहीं करती।

लेखकों और कलाकारों की भूमिका समाज में क्या है ? क्या यह भूमिका परिभाषित की जा सकती है ? क्या इसे किसी एक निश्चित तरीके से निर्धारित, वर्णित, अभिलक्षित किया जा सकता है ? या ऐसा किया जाना चाहिए ?

इस बात से ही लेखकों को निश्चित कर्तव्यों और दायित्वों के बोझ से बँधकर रहना और काम करना है, मेरे दिमाग में कई भयावह चीजें आने लगती हैं। कल्पना कीजिए कि एक छोटी काली किताब है—अच्छे लेखन की अनुमोदित निर्देशिका जैसी कुछ—जो कहती है : 'सब लेखकों को राजनीतिक रूप से सजग और सेक्स के मामले में नैतिक होना चाहिए' या 'सब लेखकों को ईश्वर, वैश्वीकरण और पारिवारिक जीवन के सुखों पर विश्वास करना चाहिए...'

जहाँ तक मेरा सवाल है, लेखक के लिए पहला नियम यह है कि उसके लिए कोई नियम ही नहीं है। और दूसरा नियम (चूँकि पहला नियम तोड़ने के लिए ही है) यह है कि खराब रचना के लिए कोई बहाना नहीं हो सकता। चित्रकार, लेखक, गायक, अभिनेता, नर्तक, फिल्मकार, संगीतकार—ये हैं ही उड़ान भरने, मानवीय कल्पना के सीमान्तों को परेशान करने, सबसे अनपेक्षित चीजों में सौन्दर्य ढूँढ़ निकालने का चमत्कार करने और ऐसी जगहों में संगीत पाने के लिए जहाँ कि दूसरे लोगों ने देखने की भी कभी जहमत नहीं की होगी। अगर आप उनकी उड़ान को बाँध देते हैं, अगर आप उनके परों को समाज की नैतिकता और जिम्मेदारी की तात्कालिक धारणाओं से बोझिल कर देते हैं, अगर आप उन्हें पूर्वनिर्धारित मूल्यों में बाँध देते हैं, तो आप उनके प्रयास का ध्वंस कर देते हैं।

एक अच्छा या महान लेखक ऐसी किसी नैतिकता या जिम्मेदारी को मानने से इनकार कर सकता है जिसे समाज उस पर थोपना चाहता है। इस पर भी उनमें से उत्कृष्ट और महान लोग जानते हैं कि अगर वे इस कठोर संघर्ष से पाई स्वतन्त्रता का दुरुपयोग करते हैं तो यह केवल खराब रचना की ओर ले जाएगा। नैतिकता, परिश्रम और उत्तरदायित्व का एक महीन बुना हुआ जाला है जो कि कला और लेखन स्वयं एक लेखक पर लागू करता है। यह एक है, अकेला है लेकिन इस पर भी यह है। अच्छा कहें तो यह रचनाकार और माध्यम के बीच अद्‌भुत बन्धन है। खराब कहें तो यह असम्मान और शोषण का सम्बन्ध है।

बाहरी नियमों का न होना चीजों को उलझा देता है। कल्पना की सशक्त, वास्तविक, सुनहरी चिड़िया को कृत्रिम, थोथे चने से विभाजित करनेवाली रेखा बहुत महीन है। वह रेखा है कहाँ ? आप इसे कैसे पहचानते हैं ? आपको कैसे पता चलता है कि आपने इसे पार कर दिया है ? रहस्यवादी और आदिम लगने के खतरे के बावजूद मैं यह कहने से अपने को रोक नहीं पा रही हूँ कि आप जानते हैं। सत्य यह है कि कोई भी—पाठक, समीक्षक, एजेंट, मित्र या दुश्मन—निश्चित तौर पर कुछ नहीं कह सकता। एक लेखक को अपने आपसे स्वयं यह प्रश्न पूछना होता है और इसका उत्तर जितनी ईमानदारी से हो सकता

है देना होता है। इस रेखा के बारे में यह है कि एक बार आप इसे पहचानना शुरू कर दें, एक बार आप इसे देख लें, इसे नजरअन्दाज करना असम्भव है। आपके पास इसे स्वीकार करने और इस पर चलने के अलावा और कोई रास्ता नहीं रहता। आपको इसे इसकी सारी जटिलताओं, विरोधाभासों और माँगों के साथ स्वीकारना होता है। और यह सदा आसान नहीं होता। यह सदा तारीफों और सम्मानों की ओर नहीं ले जाता। यह आपको निहायत अजीब और अनजानी जगहों में ले जा सकता है। उदाहरणस्वरूप युद्ध के मैदान में आप किसी गुलाबी चिड़िया की काम-क्रीड़ा से या पाली हुई गोल्डफिश मछली के गुप्त जीवन, या किसी बूढ़ी ताई के पागलपन की ओर जाने से अभिभूत हो सकते हैं। और कोई नहीं कह सकता कि इसमें सत्य, कला और सौन्दर्य नहीं है। या इसके विपरीत मेरी तरह आप भी इतने दुर्भाग्यशाली हो सकते हैं कि घोषित शान्ति में एक आवाजविहीन युद्ध से जा टकराएँ। मुश्किल यह है कि एक बार आप इसे देख लेते हैं तो इसे अनदेखा नहीं कर सकते। और एक बार आपने इसे देख लिया, तो चुप रहना, कुछ न कहना उतना ही राजनीतिक कदम हो जाता है जितना कि बोलना। जो भी हो, जवाबदेही आपकी है।

आज, सम्भवतः किसी और ऐतिहासिक दौर से ज्यादा, लेखक की अभिव्यक्ति की स्वतन्त्रता की सभ्य समाजों तथा दुनिया के सबसे ताकतवर देशों के शासकीय तन्त्रों द्वारा रक्षा की जाती है और उसका पक्ष लिया जाता है। किसी भी आवाज को चुप करने या दबाने की कोशिश का जमकर विरोध होता है। लेखक को गले लगाया जाता है और उसको संरक्षण दिया जाता है। यह अपने आपमें बहुत सुन्दर बात है। लेखक, अभिनेता, संगीतकार, फिल्मकार—आधुनिक सभ्यता के ताज के चमचमाते नग बन गए हैं। रचनाकारों को मुझे लगता है अन्ततः आज उतनी स्वतन्त्रता प्राप्त है जितनी कि कभी सम्भव हो सकती है। इससे पहले कभी इतने लेखकों की किताबें नहीं प्रकाशित हुआ करती थीं। (और अब तो हमारे पास इंटरनेट भी है।) आज से पहले हम कभी भी व्यावसायिक रूप से इतने सफल नहीं थे। हम बाजार के बीच रहते और पनपते हैं। यह सही है कि हर तथाकथित सफलता के पीछे सैकड़ों ऐसे होते हैं जो 'असफल' रहते हैं। यह सही है कि अनगिनत लोक और शास्त्रीय कलाएँ हैं, अनगिनत भाषाएँ हैं, अनगिनत संस्कृतियाँ और कला परम्पराएँ हैं जिन्हें कि आश्चर्यलोक की बड़ी बम्पर सेल की धकापेल में कुचला और एक किनारे पटका जा रहा है। इस पर भी इतने सारे लेखक, गायक, अभिनेता, चित्रकार कभी इतने प्रभावशाली और समृद्ध सुपरस्टार नहीं बने। और ये सफल लोग लाखों नकचली पैदा करते हैं, वे

औरों को रास्ता दिखाते हैं, उनकी कृतियाँ कला क्या होती हैं या क्या होनी चाहिए, इसका मानदंड बनती हैं।

आजकल भारत में यह सब हास्यास्पद स्थिति पर पहुँच गया है। हाल में भारतीय लेखकों की व्यावसायिक सफलता के कारण पश्चिमी प्रकाशक अगली बड़ी एंग्लो-भारतीय कथा कृति की तलाश में जी-जान से जुटे हैं। वे इसके लिए सब कुछ कर रहे हैं, यहाँ तक कि अंग्रेजी बोलनेवाले भारतीयों का लेखक के पद के लिए इंटरव्यू ले रहे हैं। महत्त्वाकांक्षी मध्यवर्गीय माँ-बाप जो कि कुछ वर्ष पहले तक अपने बच्चों को इंजीनियरी, डॉक्टरी या मैनेजमेंट से नीचे और कुछ नहीं पढ़ाना चाहते थे अब उन्हें उम्मीद के साथ रचनात्मक लेखन के स्कूलों में भेज रहे हैं। मेरी तरह के लोगों से कम्प्यूटर कम्पनियाँ, घड़ी निर्माता, यहाँ तक कि मीडियापति लगातार प्रार्थना करते रहते हैं कि उनके उत्पादों को अनुमोदित कर दें। मुम्बई में एक बुटीक मालिक ने जहाँ मैं खरीदारी कर रही थी, मुझे फिल्माते हुए पूछा कि क्या मैं आपकी किताब भी सजा सकता हूँ (मानो वह कोई कंगन या कानों की बाली का जोड़ा हो)। झुंपा लाहिड़ी भारतीय मूल की अमेरिकी लेखिका जिसे कि पुलित्ज़र पुरस्कार मिला, हाल ही में बंगाली रस्म से विवाह करने भारत आई थी। इस विवाह का समाचार राष्ट्रीय अखबारों ने पहले पेज पर छापा था।

यह सब हमें कहाँ ले जाएगा ? क्या यह मात्र कोई दुष्परिणाम रहित बेहूदगी है, जिसे अनदेखा करना ही बेहतर है ? या लुभाने के लिए उतावली यह प्रतिक्रिया हमारी कला को प्रभावित करती है ? यह हमारी ऐनकों में किस तरह के लेंस लगाती है ? यह हमें हमारे आसपास की दुनिया से कितनी दूर करती है ?

यह खतरा बहुत गम्भीर है कि नए तरह का यह प्रलोभन हिंसा और दमन से कहीं अधिक प्रभावी तरीके से हमारा मुँह बन्द कर सकता है। हमें बोलने की आजादी है। हो सकता है ऐसा हो। पर क्या हमारे पास वास्तविक स्वतन्त्र अभिव्यक्ति है ? अगर हमें जो कहना है वह नहीं 'बिकता' है तो क्या हम उसे तब भी कहेंगे ? क्या हम ऐसा कर सकते हैं ? या क्या सब ऐसी बात कहने की कोशिश नहीं कर रहे हैं जो कि बिकती है ? क्या लेखक महल के विदूषकों की भूमिका से मुक्त हो पाएँगे ? या 21वीं सदी की प्रच्छन्न दरबारी वृहन्नलाओं के रूपों में हमारे सीईओ-ओं (चीफ एक्जीक्यूटिव ऑफिसर—प्रमुख कार्यकारी अधिकारी/अधिकारियों) की मौज-मस्ती का ध्यान रखने में लगे रहेंगे ? आप जानते हैं कि वे नटखट तो हैं पर हैं मृदु। घटिया हो सकते हैं पर खतरनाक नहीं।

मेरे पहले और एकमात्र उपन्यास *गॉड ऑफ स्माल थिंग्स* को छपे अब कई

वर्ष हो चुके हैं। शुरू के दिनों में मेरा वर्णन—परिचय—एक तुक्के में 'सफल' (अगर इस बेहूदे शब्द का इस्तेमाल करूँ तो) हो गई पहली किताब की लेखिका के रूप में करवाया जाता था। आजकल स्वयं मेरा परिचय एक मन-मौजी के रूप में करवाया जाता है। स्पष्ट है कि मैं, जैसा कि 21वीं सदी को चलताऊ भाषा में कहा जाता है, 'लेखक-एक्टिविस्ट' (आन्दोलनकारी) हो गई हूँ। (सोफा-बेड की तरह।)

मुझे क्यों लेखक-एक्टिविस्ट कहा जाता है—यहाँ तक कि जब उसे सहमति पूर्वक, तारीफवाले अन्दाज में इस्तेमाल किया जाता है—यह शब्दावली मुझे क्यों परेशान कर देती है ? मुझे लेखक-एक्टिविस्ट इसलिए कहा जाता है क्योंकि मैंने *गॉड ऑफ स्माल थिंग्स* लिखने के बाद तीन राजनीतिक निबन्ध लिखे : 'दि एंड ऑफ इमेजिनेशन' भारत के परमाणु विस्फोट के बारे में था, 'दि ग्रेटर कॉमन गुड' बड़े बाँधों और 'विकास' को लेकर होनेवाली बहसों के बारे में था और 'पावर पोलिटिक्स : दि रीइनकारनेशन ऑफ रंपलस्टिल्ट्सकिन' बिजली और पानी जैसी आधारभूत चीजों के निजीकरण और निगमीकरण के बारे में था। अयोध्या में मन्दिर बनाने के अलावा आजकल ये भारत सरकार की चिन्ताओं के प्रमुख विषय बने हुए हैं।

मुझे आश्चर्य होता है कि वह व्यक्ति जिसने कि *गॉड ऑफ स्माल थिंग्स* लिखा, लेखक कहलाता है और जिस व्यक्ति ने राजनीतिक निबन्ध लिखे एक आन्दोलनकारी (एक्टिविस्ट) कहलाता है ? यह सही है कि *गॉड ऑफ स्माल थिंग्स* एक उपन्यास है, लेकिन यह मेरे किसी भी निबन्ध से कम राजनीतिक नहीं है। सही है कि निबन्ध कथा-साहित्य नहीं है, लेकिन लेखकों ने कब से कथा-साहित्य के अलावा चीजें लिखने के अधिकार को त्याग दिया है ?

मेरा मानना यह है कि मुझ पर यह दोनाली उपाधि, यह भयावह पेशाई चिप्पी इसलिए नहीं लगाई जा रही है कि मेरा काम राजनीतिक है बल्कि यह इसलिए है कि मैं अपने लेखों में पक्ष लेती हूँ। मेरा एक दृष्टिकोण होता है। खराब बात यह है कि मैं इसे स्पष्ट कर देती हूँ कि मेरा मानना यह है कि यह पक्ष लेना सही और नैतिक है और इससे भी खराब बात यह है कि मेरे वश में जो कुछ है, इस पक्ष के लिए खुल्लमखुल्ला समर्थन जुटाने के लिए, उसका इस्तेमाल करती हूँ। 21वीं सदी के लेखक के लिए यह ठीक नहीं समझा जाता, अभद्रता मानी जाती है। यह खतरनाक तरीके से उस क्षेत्र के नजदीक पहुँच जाता है जिस पर कि राजनीतिक दलों के विचारकों का कब्जा है—ऐसे लोगों की नस्ल, जिन पर कि दुनिया को (जो कि उचित भी है) विश्वास नहीं रहा है। मैं इसके बारे में सजग

हूँ। मैं चौकस होने के पक्ष में हूँ। मैं विवेक, समझदारी, प्रयोगधर्मिता, सूक्ष्मता, अनेकार्थकता, संश्लिष्टता को पसन्द करती हूँ...। अनुत्तरित प्रश्न, असमाधानित कथाएँ, अविजित शिखर, एक अधूरे सपने के अवशेष, सब मुझे प्रिय हैं। सामान्यतः।

पर क्या यह एक लेखक के लिए जरूरी है कि वह हर मामले में अनेकार्थी और गूढ़ बना रहे ? क्या यह सच नहीं है कि मानवीय इतिहास में कई ऐसे भयावह प्रसंग आए हैं जबकि विवेक और व्यावहारिकता क्लीवता का ही दूसरा नाम सिद्ध हुई है ? जबकि सावधानी वास्तव में कायरता का दूसरा नाम थी ? जब शालीनता छिपा हुआ पतन थी ? जबकि सचेतता एक तरह की पक्षधर्मिता ही थी ?

क्या यह सच नहीं है, या कम-से-कम सैद्धान्तिक रूप से सम्भव नहीं है कि एक समाज या देश की जिन्दगी में ऐसा दौर आता है जबकि राजनीतिक माहौल की माँग होती है कि—यहाँ तक कि हमारे बीच जो सबसे शालीन है—वह भी खुलकर सामने आए ? मैं मानती हूँ कि आज हमारे सिर पर ऐसा ही समय आन पड़ा है। और मेरा मानना है कि आनेवाले वर्षों में बुद्धिजीवियों और कलाकारों से पक्ष लेने के लिए कहा जाएगा, और इस बार हमारे पास 'औपनिवेशिक दुश्मन' से लड़ाई की सुविधा नहीं होगी। हम स्वयं से ही लड़ रहे होंगे।

हमें स्वयं से ही अपने मूल्यों और परम्पराओं, अपने सपने और भविष्य, एक नागरिक के रूप में अपनी जिम्मेदारियों, अपने लोकतान्त्रिक संस्थाओं की वैधता, राज्य की भूमिका, पुलिस, सेना, न्यायपालिका और बुद्धिजीवी समुदाय के बारे में असुविधाजनक सवाल करने होंगे।

आजादी के पचास साल बाद भी भारत 'औपनिवेशिक विरासत' से संघर्ष कर रहा है, अभी भी 'सांस्कृतिक अपमान' से कसमसा रहा है। नागरिक होने के नाते हम आज भी गोरी दुनिया की अपनी परिभाषा को 'अस्वीकार' करने के धन्धे में लगे हुए हैं। बौद्धिक रूप से और भावनात्मक स्तर पर हमने हाल ही में उस साम्प्रदायिक और जातिवादी राजनीति से लड़ना शुरू किया है जो कि हमारे समाज को टुकड़े-टुकड़े करने को तैयार है। लेकिन इस बीच हमारे क्षितिज पर कुछ नया ही मँडराने लगा है।

न यह युद्ध है, न कत्लेआम है, यह नस्लीय सफाई नहीं है, अकाल नहीं है न ही कोई महामारी है। ऊपरी तौर पर यह मात्र आम दिनचर्या है। इसमें युद्ध या कत्लेआम की भव्यता या वृहदता जैसी नाटकीयता नहीं है। उस तुलना में यह सपाट है। टीवी पर यह उबाऊ हो जाता है। इसका सम्बन्ध पानी की सप्लाई,

बिजली, सिंचाई जैसी नीरस बातों से है। लेकिन इसका सम्बन्ध इतने बड़े पैमाने पर बर्बर विस्थापन से है, जिसका इतिहास में मुश्किल से ही कोई सानी हो। अब तक आप समझ गए होंगे कि मैं कॉर्पोरेट वैश्वीकरण के आधुनिक संस्करण के बारे में बात कर रही हूँ।

वैश्वीकरण क्या है ? यह किसके लिए है ? भारत जैसे देश में इससे क्या होने जा रहा है जहाँ कि सामाजिक असमानता को जातिप्रथा के द्वारा शताब्दियों से जीवन का हिस्सा बना दिया गया है ? एक ऐसे देश में जहाँ कि करोड़ों लोग ग्रामीण क्षेत्रों में रहते हैं।[4] जिसमें कि 80 प्रतिशत जमीन छोटे किसानों के पास है। जिसमें कि लगभग आधी जनता लिख-पढ़ नहीं सकती।

क्या कृषि, पानी की सप्लाई, बिजली और आवश्यक वस्तुओं का कॉर्पोरेटीकरण और वैश्वीकरण भारत को गरीबी, अशिक्षा और धार्मिक कट्टरपन के सड़ते हुए दलदल से निकाल सकता है ? क्या सार्वजनिक क्षेत्र के विस्तृत ढाँचे को, जिसे कि पिछले 50 वर्षों में जनता के पैसे से बनाया गया था, तोड़ना और नीलाम करना ही आगे बढ़ने का रास्ता है ? क्या कॉर्पोरेट वैश्वीकरण सुविधाभोगी और वंचितों, ऊँची जातियों और छोटी जातियों, शिक्षितों और अशिक्षितों के बीच के अन्तर को कम कर देगा ? या यह उन लोगों की, जो शताब्दियों से पहले ही आगे है, और मदद करेगा ?

क्या कॉर्पोरेट वैश्वीकरण 'दुनिया की गरीबी के उन्मूलन के लिए है' या यह उपनिवेशवाद की नई किस्म है, दूर से नियन्त्रित होने और डिजिटल तकनीक से चलाई जानेवाली ? यह बहुत बड़े, विवादास्पद सवाल हैं। उत्तर इस बात पर निर्भर करते हैं कि वे कहाँ से आ रहे हैं, भारत के ग्रामीण क्षेत्रों यानी गाँवों और खेतों से, शहरी भारत की गन्दी और अनधिकृत बस्तियों से, फल-फूल रहे मध्यवर्ग के दीवानखानों से या बड़े उद्योगों के सम्मेलन-कक्षों से।

आज भारत पहले से कहीं ज्यादा दूध, चीनी, अनाज पैदा कर रहा है।[5] सरकारी गोदाम 4 करोड़ 20 लाख टन अनाज से भरे हुए हैं। वे किसान जिनके पास अत्यधिक अनाज है, बदहवास हैं। जिन क्षेत्रों में उनका राजनैतिक असर है, सरकार जितना अनाज सँभाल सकती है या इस्तेमाल कर सकती है, उससे कहीं ज्यादा खरीदे जा रही है। इस पर भी विश्व व्यापार संघ की शर्तों के तहत सरकार को 1,400 वस्तुओं के आयात पर से बन्दिशें हटानी पड़ी हैं जिनमें दूध, अनाज, चीनी, कपास, चाय, कॉफी, रब्बर और नारियल का तेल शामिल हैं।[6] यह इस तथ्य के बावजूद है कि इन चीजों की बाजार में इफरात है।

पहली अप्रैल, 2001–अप्रैल फूल दिवस–से एक बार फिर विश्व व्यापार संघ

की शर्तों के तहत भारत सरकार को क्वांटिटेटिव आयात बन्दिशों को हटाना पड़ेगा। भारतीय बाजार पहले ही सस्ते आयातित माल से अटा पड़ा है। यद्यपि नियम के हिसाब से भारत अपने कृषि उत्पाद का निर्यात करने के लिए स्वतन्त्र है, व्यवहार में इसके अधिकांश का निर्यात नहीं किया जा सकता क्योंकि यह पहली दुनिया के 'पर्यावरणीय मानदंडों' को पूरा नहीं करता। (पश्चिमी उपभोक्ता दागी आमों या मच्छर काटे केलों या एकाध घुन लगे चावलों को नहीं खाता है। भारत में हम मच्छर के काटे या यदाक़दा नजर आ गए घुन की परवाह नहीं करते।)

अमेरिका जैसे विकसित देश, जिनके बड़े पैमाने पर सरकारी इमदाद पर पलनेवाले कृषि उद्योग में उनकी जनसंख्या के मात्र दो से तीन प्रतिशत लोग लगे हैं, भारत जैसे विकासशील देशों पर बाजार को 'प्रतिस्पर्धी' बनाने के लिए, कृषि को दी जानेवाली सरकारी सहायता को खत्म करने का दबाव डालने के लिए डब्लू. टी.ओ. को इस्तेमाल कर रहा है। मशीनों से लैस विशाल कम्पनियाँ जो कि हजारों एकड़ खेती की जमीन पर काम कर रही हैं किसी तरह गुजर कर रहे गरीब किसानों से प्रतिस्पर्धा करना चाहती हैं जिनके पास मुश्किल से एकआध एकड़ जमीन है।

वास्तव में भारत की ग्रामीण अर्थव्यवस्था का गला काटा जा रहा है। वे किसान भी जो कम पैदा करते हैं संकट में हैं और भूमिहीन कृषि मजदूरों के पास काम नहीं है क्योंकि बड़े बागानों और फार्मों ने अपने मजदूरों को निकाल दिया है। वे काम की तलाश में शहरों की ओर जा रहे हैं।

नए वैश्वीकृत गाँव के मुखिया, जिसका मुख्यालय डब्ल्यू.टी.ओ. के चमचमाते दफ्तर में है, का नारा है 'सहायता नहीं व्यापार'। हमारे ब्रिटिश उपनिवेशकों ने व्यापारी का रूप धारण कर कुछ सदी पूर्व हमारी धरती पर कदम रखा था। हम ईस्ट इंडिया कम्पनी को नहीं भूले हैं। इस बार उपनिवेशकों को एक भी गोरे को नाममात्र को भी उपनिवेश में भेजने की जरूरत नहीं है। सी.ई.ओ. और उसके आदमियों को गर्म मुल्कों में जाकर मलेरिया, हैजा, लू और असमय मृत्यु का सामना करने का खतरा उठाने की जरूरत नहीं है। उन्हें सेना या पुलिस रखने की जरूरत नहीं है या विद्रोहों और विप्लवों की चिन्ता करने की जरूरत नहीं है। वे अपने उपनिवेश भी रख सकते हैं। तीसरी दुनिया की मन्दी के लिए नया सुन्दर नाम 'बेहतर विनियोग माहौल बनाना' हो गया है। इसके अलावा इसको लागू करने की जिम्मेदारी भी स्थानीय प्रशासन की है।

भारत में 'विकास परियोजनाओं' के लिए रास्ता बनाने के लिए सरकार

वर्तमान भूमि अधिग्रहण कानून (यह अपने आपमें विडम्बना है कि इसे 19वीं शताब्दी में अंग्रेजों ने बनाया था) में तब्दीली करने की प्रक्रिया में लगी है।[7] राज्य सरकारें 'आतंकवाद विरोधी' कानूनों को पैना करने में लगी हैं जिससे कि जो विकास का विरोध करता है उसे आतंकवादी करार दिया जा सके। उन्हें बिना मुकदमे के तीन वर्ष बन्द किया जा सकता है। उनकी जमीन और जानवरों को जब्त किया जा सकता है।

हाल ही में कॉरपोरेट वैश्वीकरण की थोड़ी आलोचना हुई है। जो सीएटल और प्राग में हुआ वह इतिहास में लिखा जाएगा। जब भी डब्ल्यू.टी.ओ. या विश्व आर्थिक मंच की बैठक होती है उन्हें स्वयं को हजारों सशस्त्र पुलिस से किलाबन्द करना पड़ता है। इस पर भी इसके प्रशंसक बिल क्लिंटन, कोफी अन्नान और अटल बिहारी वाजपेयी से लेकर बाजारों में खड़े दलाल तक वही बड़ी-बड़ी बातें दोहराए चले जाते हैं। अगर प्रशासन की संस्थाएँ अपना सही काम कर रही हों—असरकारी न्यायालय, अच्छे कानून, पारदर्शी प्रशासन जो कि मानवाधिकारों का सम्मान करता हो और लोगों को उन मामलों में जो कि उनके जीवन को प्रभावित करते हैं, अपनी बात कहने का अवसर देता हो—तब वैश्वीकरण की योजना गरीबों के लिए भी काम करेगी। वे इसे 'वैश्वीकरण का मानवीय पक्ष' कहते हैं।

मुद्दा यह है कि अगर यह सब ठीक है तो कुछ भी असफल नहीं होगा : समाजवाद या पूँजीवाद—और भी कुछ। सब कुछ ठीक स्वर्ग में, साम्यवादी शासन में और सैनिक तानाशाही में, होता है ! लेकिन एक असम्पूर्ण दुनिया में, क्या कॉर्पोरेट वैश्वीकरण हमारे लिए यह सब सौगात लाएगा ? आज जबकि भारत मुक्त बाजार के द्रुतगामी रास्ते पर है क्या यह सब हमारे यहाँ हो रहा है ? क्या उस हसीन सूची की कोई चीज ऐसी है जो कि भारत की आज की जिन्दगी पर लागू होती है ? क्या सरकारी संस्थाएँ पारदर्शी हैं ? क्या लोगों का कोई दखल है ? क्या उन्हें उन निर्णयों के बारे में जो कि उनकी जिन्दगी को गम्भीर रूप से प्रभावित करते हैं—उनसे विमर्श करना तो रहा दूर—सूचना तक दी जाती है ? और क्या श्रीमान क्लिंटन (और अब बुश महोदय) और श्री वाजपेयी हरसम्भव कोशिश कर रहे हैं कि 'सत्ता के संस्थान' सही काम कर रहे हैं ? या क्या वे ठीक उलट काम में मशगूल हैं ? क्या वे जब सत्ता के सही संस्थानों की बात करते हैं तो उनका तात्पर्य कुछ और होता है ?

नवम्बर, 2000 में बाँधों पर विश्व आयोग (वर्ल्ड कमीशन आन डैम्स—डब्ल्यू. सी.डी.) की रिपोर्ट नेल्सन मंडेला ने जारी की थी। यह पहली बार है जबकि बड़े

बाँधों की उपयोगिता पर कोई गम्भीर अध्ययन किया गया है। हममें से कई लोगों के लिए जो कि बड़े बाँधों का विरोध कर रहे हैं डब्लू.सी.डी. की रिपोर्ट से कई असहमतियाँ हैं जिनमें से कई बातें लीपापोती के कारण अस्वीकार्य हैं। फिर भी इसने गम्भीर सामाजिक और पर्यावरण से सम्बन्धित कई मसलों को उठाया है जिन पर कि पिछले कई वर्षों से बहस चल रही है। कम-से-कम इसने उन सरकारों के लिए जो कि बड़े बाँध बनाने में लगी हैं, कुछ नीतियाँ तो निर्धारित की हैं। कम-से-कम इसने यह अनुमान लगाने की कोशिश तो की है कि बड़े बाँधों से कितने लोग उजड़े हैं।

भारत दुनिया में अकेला देश था जिसने कि बाँधों पर विश्व आयोग को सार्वजनिक सुनवाई की इजाजत नहीं दी। गुजरात सरकार, जिस राज्य में सरदार सरोवर बाँध का निर्माण हो रहा है, ने आयोग के सदस्यों को गिरफ्तार कर लेने की धमकी दी।[8]

फरवरी, 2001 में भारत सरकार ने औपचारिक रूप से बाँधों पर विश्व आयोग की रिपोर्ट को खारिज कर दिया।[9] क्या यह पारदर्शी, जिम्मेदार, सहभागी लोकतन्त्र का आभास देता है ?

हाल ही में सर्वोच्च न्यायालय ने 77,000 'प्रदूषण करनेवाली और अवैध' औद्योगिक इकाइयों को दिल्ली में बन्द करने का आदेश दिया।[10] यह आदेश पाँच लाख लोगों को बेरोजगार कर देगा। ये 'औद्योगिक इकाइयाँ' क्या हैं ? ये कौन लोग हैं ? ये वे करोड़ों लोग हैं जो कि स्वयं या मजबूरी में गाँवों से काम की तलाश में चले आए हैं। ये वे लोग हैं जिनका कि अस्तित्व नहीं है, 'अ-नागरिक' जो कि अधिकृत महानगर की दरारों और गड्ढों में रहते हैं। वे 'सरकारी' शहरी सुविधाओं के ढाँचे से बाहर रहते हैं।

दिल्ली की 1 करोड़ 20 लाख आबादी का लगभग 40 प्रतिशत—लगभग 50 लाख लोग—गन्दी बस्तियों और अनधिकृत बस्तियों में रहते हैं। अधिकांश में नगरपालिका द्वारा मुहैया की जानेवाली सुविधाएँ—बिजली, पानी, नालियाँ और सीवर—नहीं हैं। 50 हजार लोग बेघर हैं और फुटपाथों पर सोते हैं। ये 'अ-नागरिक', जिसे अर्थशास्त्री कुछ भिन्न भाव से 'अनौपचारिक सेक्टर' कहते हैं, में काम करते हैं। एक करोड़ बीस लाख लोगों में से चालीस-पचास लाख लोग, तकरीबन जनसंख्या की 40 फीसदी आबादी, झुग्गी-झोंपड़ी और अनधिकृत कॉलोनियों में रहते हैं।[11] इस समानान्तर कमजोर पर जीवन्त अर्थव्यवस्था को देखकर कल्पना को धक्का भी लगता है और आनन्द भी मिलता है। ये फेरीवाले, रिक्शा चलानेवाले, रद्दी को पुनः इस्तेमाल लायक बनानेवाले, कार की बैटरियों

को रिचार्ज करनेवाले, सड़क के दर्जी, ट्रांजिस्टर नॉब बनानेवाले, रंगसाज, छपाईवाले, भिखारी हैं। ये 'औद्योगिक इकाइयाँ' हैं जिन्हें कि सर्वोच्च न्यायालय ने निशाना बनाया है। (सौभाग्य से वह दस्तक मेरे दरवाजे पर अभी तक नहीं हुई है, यद्यपि मैं भी और लोगों की तरह ही अवैध इकाई हूँ।)[12]

भारत में आज 'मुक्त बाजार' सुधार, डीरैगुलेशन और लाइसेंस राज को खत्म करने की चर्चा है—यह सब उद्यम को बढ़ाने और भ्रष्टाचार को मिटाने के लिए है। इस पर जब सरकार एक फलते-फूलते बाजार को मिटा देती है, जब यह पाँच लाख कल्पनाशील, मेहनती, लघु उद्यमियों की कमर तोड़ देती है और अन्य लाखों लोगों को भ्रष्टाचार के उद्योग के लिए आगे भोजन बनाकर डाल देती है, इस विडम्बना पर जितना कम कहा जाए, बेहतर है।

इसमें शक नहीं कि अनौपचारिक क्षेत्र प्रदूषण फैलाता है और एक औपनिवेशिक नियम के तहत इसकी भूमि का इस्तेमाल नियमानुसार नहीं है। पर तब हम कोई स्वच्छ, आदर्श दुनिया में नहीं रहते हैं। इस तथ्य का क्या होगा कि दिल्ली का 67 प्रतिशत प्रदूषण मोटरगाड़ियों की देन है ?[13] क्या यह अनुमान लगाया जा सकता है कि सर्वोच्च न्यायालय निजी गाड़ियों पर पाबन्दी लगाएगा, या प्रति परिवार गाड़ियों की सीमा निश्चित करेगा ?

अगर प्रदूषण ही वास्तव में हमारी सरकार और न्यायालयों की मुख्य चिन्ता है तो ऐसा क्यों है कि उन्होंने बड़े औद्योगिक घरानों की बड़ी फैक्ट्रियों को जिन्होंने नदियों को प्रदूषित कर दिया है, जंगलों को उजाड़ दिया है, भूमिगत पानी को समाप्त और विषाक्त कर दिया है और इन संसाधनों पर निर्भर रहनेवाले लाखों लोगों की आजीविका को नष्ट कर दिया है, नियन्त्रित करने का कोई विशेष उत्साह नहीं दिखाया है। जैसे कि केरल में ग्रेसिम की फैक्ट्री, मध्य प्रदेश में ओरिएंट पेपर मिल, गुजरात में विषैला 'सन राइज बैल्ट' उद्योग। जादूगोड़ा की यूरेनियम की खानें, उड़ीसा के अल्युमीनियम के कारखाने तथा इसी तरह के और भी कई उद्योग।

यह, पहली दुनिया द्वारा पृथ्वी के गर्म होने के विवाद में बाँह मरोड़ने का हमारा घरेलू संस्करण है : यानी हम प्रदूषण फैलाएँ, तुम भरपाई करो।

इन स्थितियों में 'लेखक-आन्दोलनकारी' की शब्दावली उस काम को बतलाने के लिए जो मैं करती हूँ, मुझे और भी ज्यादा परेशान करती है। पहला, इसका इस्तेमाल इस तरह किया गया है कि लेखक और आन्दोलनकारी दोनों का अवमूल्यन हो। यह एक लेखक क्या होता है और क्या कर सकता है उसके विषय-क्षेत्र, विस्तार और सीमा को घटाने की कोशिश है। यह ऐसा सुझाता-सा

लगता है कि लेखक सिद्धान्ततः इतने कमजोर होते हैं कि वे कोई बात साफ-साफ, खुलकर, तर्क, आवेग, साहस, ढिठाई के साथ नहीं कह सकते और जरूरत हो तो बेहूदगी के साथ सार्वजनिक तौर से राजनीतिक पक्ष नहीं ले सकते। और दूसरी ओर यह सुझाता है कि आन्दोलनकारी बौद्धिक दुनिया से दूर रूक्ष व अशिष्ट होता है। चूँकि आन्दोलनकारी अपने धन्धे से ही 'पक्ष लेनेवाला' होता है इसलिए उसमें सूक्ष्मता और बौद्धिक ऊँचाई नहीं होती और इसकी जगह वे रूक्ष, सरलीकृत दिमाग से, चीजों की एकतरफा समझ से प्रचलित होता है। पर इस शब्दावली से मेरा झगड़ा यह है कि विरोध को व्यवसाय बनाने का यह प्रयत्न समस्या को सीमित करना और यह सुझाना है कि इससे सुलटने का काम आन्दोलन करनेवालों और लेखक-आन्दोलनकारियों का है।

तथ्य यह है कि आज जो घट रहा है वह 'समस्या' नहीं है और जो मुद्दे हममें से कुछ लोग उठा रहे हैं वे 'मामले' नहीं हैं। वे विशाल राजनीतिक और सामाजिक उथल-पुथल हैं, जो दुनिया को हिलाए हुए हैं। इनमें से कोई इसलिए नहीं जुड़ा है कि वह आन्दोलनकारी या लेखक है। यह जुड़ाव इसलिए है कि हम मानवप्राणी हैं। इन चीजों के बारे में लिखना इसलिए सबसे बेहतर है क्योंकि लेखक सबसे प्रभावशाली ढंग से यही कर सकता है। सार्वजनिक बहसों को गैर-पेशेवर करना इसलिए जरूरी है क्योंकि ये आम आदमी की जिन्दगी को गहरे प्रभावित करते हैं। अपने भविष्य को 'विशेषज्ञों' के हाथों से वापस लेने का समय आ गया है। सामान्य भाषा में सार्वजनिक उत्तर माँगने का समय आ गया है।

चाहे जितना तीखेपन से, गुस्से से, मनाकर या काव्यात्मक तरीके से बात कही जाए, कुल मिलाकर सत्य यह है कि अन्ततः लेखक एक नागरिक है, कइयों में से एक, जो कि सार्वजनिक सूचना माँग रहा है, सार्वजनिक स्पष्टीकरण चाहता है।

अपनी बात करूँ तो मेरा कोई विचारधारात्मक स्वार्थ नहीं है। मुझे लेखक के रूप में भी कोई हित नहीं साधना है। मैं बात सुनने को तैयार हूँ। मैं अपना मत बदलने को तैयार हूँ। लेकिन तर्क की जगह, या स्पष्टीकरण, या तथ्यों की काट की जगह अपमान, भर्त्सना और विशेषज्ञों का राष्ट्रगान कि तुम नहीं समझतीं और यह जटिल मामला है इसलिए समझाया नहीं जा सकता—सुनने को मिलता है। इसका निहित पाठ यह है कि : इस बारे में तुम्हें अपनी छोटी बुद्धि लगाने की जरूरत नहीं है। जाओ अपने खिलौनों से खेलो। दुनिया के यथार्थ को हमारे लिए छोड़ दो।

यह पुरानी ब्राह्मणवादी मनोवृत्ति है। ज्ञान का औपनिवेशीकरण करो, इसके

चारों ओर दीवार खींचो और अपने हित में इस्तेमाल करो। मनुस्मृति कहती है कि अगर कोई दलित कोई श्लोक या किसी ग्रन्थ का कोई हिस्सा सुनता है तो उसके कानों में पिघला शीशा डाल दिया जाना चाहिए। यह मात्र संयोग नहीं है कि जबकि भारत सूचना क्रान्ति की पहली पंक्ति में आने के निकट है उसके करोड़ों नागरिक अशिक्षित हैं (अपने आपमें यह जानकारी कम महत्त्वपूर्ण नहीं होगी कि भारत में कितने 'विशेषज्ञ'—अध्येता, प्रोफेशनल, कंसलटेंट (सलाहकार)—वास्तव में ब्राह्मण या ऊँची जातियों के हैं।)

अगर आप उन भाग्यशाली लोगों में हैं जिन्हें कि सुविधाभोगियों की उस छोटी गाड़ी में सवार होने का अवसर प्राप्त है तो इस मामले को विशेषज्ञों के हवाले कर देने में आपका और विशेषज्ञों का, दोनों का हित है। यह इस चक्कर से, अपनी जिम्मेदारी से पिंड छुड़ाकर, अपनी अन्तरात्मा का बोझ मुक्त करने का आसान तरीका है। और यह हर तरह की 'विशेषज्ञता' के लिए जबर्दस्त बाजार पैदा करता है। वहाँ एक पूरी कुरूप दुनिया इन्तजार में है जिसमें आपको तरह-तरह की चीजें ढूँढ़ निकालनी हैं। इसका यह तात्पर्य कदापि नहीं है कि सब कंसलटेंट ठगी करते हैं या विशेषज्ञता का कोई मतलब नहीं है, पर आपने यह कहावत सुनी होगी—गरीबी में बहुत पैसा है। उन लोगों से जो गरीबी और निराशा की अपनी विशेषज्ञता से जीवनयापन करते हैं, पूछने के लिए कई नैतिक प्रश्न हैं।

उदाहरणस्वरूप कब कोई विद्वान न रह परजीवी होकर निराशा और विस्थापन पर पलने लगता है ? क्या एक विद्वान के अनुदान (फंडिंग) का स्रोत उसकी विद्वत्ता को प्रभावित करता है ? अन्ततः हम जानते हैं कि विश्व बैंक के अध्ययन दुनिया भर में सबसे ज्यादा उद्धृत अध्ययन होते हैं। क्या वर्ल्ड बैंक दुनिया की स्थितियों का निष्पक्ष प्रेक्षक है ? क्या जिन अध्ययनों के लिए वह अनुदान देता है उनसे उसका कोई हित नहीं जुड़ा होता ?

उदाहरण के लिए अन्तरराष्ट्रीय बाँध उद्योग को लें। यह खरबों रुपए प्रतिवर्ष की लागत का है।[14] यह विशेषज्ञों और कंसलटेंटों से भरा हुआ है। इतने अध्ययनों, रिपोर्टों, किताबों, पी.एच. डीयों, अनुदानों, ऋणों, कंसलटेंसियों, ई.आई.ए.एस. के बावजूद क्या यह अजीब नहीं है कि भारत में बड़े बाँधों ने कितने लोगों को विस्थापित किया है इसका कोई आधिकारिक आँकड़ा नहीं है ? इसका भी कोई अनुमान नहीं है कि अनाज के कुल उत्पादन में बड़े बाँधों का सही-सही कितना योगदान है ? एक भी बड़े बाँध का सरकारी ऑडिट, एक विस्तृत ईमानदार, विचारपूर्ण, परियोजना पूरी होने के बाद का मूल्यांकन, यह देखने के लिए नहीं हुआ है कि जो उसका निर्धारित लक्ष्य था वह उसने पाया या नहीं।

इसकी जो कीमत आई है वह सही है या नहीं या वास्तव में कीमत क्या थी ?

विशेषज्ञों की मंशा क्या है ?

कुल मिलाकर भारत में—इसे अगर कम कड़े शब्दों में कहें तो—ठीक नहीं है। और इस पर भी उन सैकड़ों जनआन्दोलनों की अद्‌भुत गहराई, और समझदारी की तारीफ किए बिना नहीं रह सकते जो कि देश भर में चल रहे हैं। उन्हें दबाया जा रहा है पर वे चुप नहीं बैठते, न ही खत्म होनेवाले हैं।

उनकी राजनीतिक विचारधाराएँ और रणनीतियाँ विभिन्न तरह की हैं। हमारे एक अजीब मलयाली प्रोफेसर हैं जो कि हर रोज राष्ट्रपति को इतिहास की पाठ्य-पुस्तकों के साम्प्रदायिकीकरण के खिलाफ पत्र लिखते हैं; सुन्दरलाल बहुगुणा टिहरी बाँध का विरोध करने के लिए आमरण अनशन कर अपनी जान पर खेलते हैं; जादुगोड़ा के आदिवासी अपनी जमीन पर यूरेनियम के खनन का विरोध करते हैं; कोइल कारो संगठन झारखंड में विशाल बाँध बनाने का विरोध कर रहा है; चकित करनेवाला छत्तीसगढ़ मुक्ति मोर्चा है; लगातार हड़काया जा रहा मजदूर किसान शक्ति संगठन है; टिहरी गढ़वाल में बीज बचाओ आन्दोलन है; और नर्मदा बचाओ आन्दोलन तो है ही।

भारत की मुक्ति उसके लोगों और राजनीतिक संगठनों की अन्तर्निहित अराजकता और कलह में ही है। यहाँ तक कि हमारी एड़ियाँ खटखटाते, बूट पटकते हिन्दू फासिस्ट भी अराजक की हद तक अनुशासनहीन हैं। एक बार में वे एक-दूसरे से पाँच मिनट से ज्यादा सहमत नहीं रह सकते। भारत को कॉर्पोरेटाइज करना उतना ही कठिन है जितना कि उछालें मारते समुद्र को लोहे के कपाटों से बाँधकर अनुशासित करने की कोशिश करना। मेरा अनुमान है कि भारत नियन्त्रित नहीं होगा। यह हो ही नहीं सकता। यह बहुत बूढ़ा और चतुर है, इसे फिर से बाढ़े में नहीं कुदाया-फँदाया जा सकता है। यह अत्यन्त विविध, अत्यन्त भव्य, अत्यन्त हिंसक और—अन्ततः मैं मानती हूँ—इतना ज्यादा लोकतान्त्रिक है कि इसे ठोक-पीटकर सिर्फ एक बात पर विश्वास करने के लिए, जो कि अन्ततः कॉर्पोरेट वैश्वीकरण वास्तव में है कि 'जीवन का मतलब ही लाभ' है, मजबूर नहीं किया जा सकता।

दुनिया को क्या हो रहा है, इस क्षण सामान्य आदमी की समझ से बाहर है। लेखक, कवि, कलाकार, गायक, फिल्मकार जो कि इसे समझ सकते हैं, इसे सामान्य आदमी को समझा सकते हैं। वे लाभ से लबलबाते चार्टों और बोर्डरूमों के झकाझक वक्तव्यों को वास्तविक जीवन के वास्तविक लोगों की वास्तविक कहानियों में बदल सकते हैं। इस तरह की कहानियाँ कि जब आप अपने घर,

अपनी जमीन, अपने व्यवसाय, अपने सम्मान, अपने विगत और अपने भविष्य को एक अदृश्य ताकत के हाथों खो बैठते हैं तो क्या होता है ? ऐसे आदमी या ऐसी चीज को जिसे आप देख नहीं सकते, जिससे आप घृणा नहीं कर सकते। यहाँ तक कि आप जिसकी कल्पना तक नहीं कर सकते।

यह नई स्थिति है जो आज हमारे सामने प्रस्तुत की जा रही है। एक नए तरह की चुनौती। यह एक नई तरह की कला के लिए अवसर प्रदान करता है। एक कला जो अस्पर्श्य को स्पर्श्य कर देती है, निराकार को साकार बना देती है और असम्भाव्य को सम्भाव्य बना देती है। एक कला जो कि अदृश्य दुश्मन को रूप प्रदान कर वास्तविक बना देती है। उसे दंड देती है।

सनकी लोग कहते हैं कि वास्तविक जिन्दगी का चुनाव असफल क्रान्तियों और बेहूदी स्थितियों के बीच से ही करना होता है। मैं नहीं जानती...सम्भव है वे सही हों। पर उन्हें भी समझना चाहिए कि इसकी सीमा नहीं है कि ये बेहूदी स्थितियाँ कितनी बेहूदी हो सकती हैं। हमें जो खोजना और पाना है, हमें जिस चीज पर शान चढ़ानी है और उसे एक परिपूर्ण भव्य, चमचमाती चीज में बदलना है वह है एक नए किस्म की राजनीति। यह सत्ता की राजनीति नहीं है, बल्कि यह प्रतिरोध की राजनीति है। विरोध की राजनीति। जिम्मेदारी तय करने का दबाव बनाने की राजनीति। कुछ विनाशों को रोकने के लिए विश्वव्यापी एकजुटता की राजनीति। आज की स्थितियों में मैं कहना चाहती हूँ कि एकमात्र जिस चीज का वैश्वीकरण किया जाना चाहिए वह है, असहमति। यह भारत का सबसे अच्छा निर्यात है।

फरवरी, 2001

न्याय का गणित

ग्यारह सितम्बर को वर्ल्ड ट्रेड सेंटर और पेंटागन पर हुए तीक्ष्ण आत्मघाती हमलों के बाद एक अमेरिकी समाचारवाचक ने कहा, ''अच्छाई और बुराई की ताकतें शायद ही कभी एक साथ इतनी साफ-साफ प्रकट होती होंगी जितनी इस मंगलवार को हुईं। जिन लोगों को हम नहीं जानते थे, उन्होंने उन लोगों का कत्लेआम कर डाला जिन्हें हम जानते थे। और यह काम उन्होंने कितनी घृणित खुशी के साथ किया।''[1] और फिर वह फूट-फूटकर रो पड़ा।

खरोंच यहाँ है : अमेरिका उन लोगों के विरुद्ध युद्धरत है जिन्हें वह नहीं जानता (क्योंकि वे टीवी पर ज्यादा दिखाई नहीं पड़ते)। अपने दुश्मन को कायदे से पहचानने या यहाँ तक कि उसकी प्रकृति को समझना शुरू करने से पहले ही अमेरिकी सरकार ने शर्मसार कर देनेवाले प्रलाप और प्रचार की भागमभाग 'आतंक के विरुद्ध अन्तरराष्ट्रीय गठजोड़' बना लिया, अपनी जल सेना, थल सेना, वायु सेना और अपने मीडिया को लामबन्द किया और युद्ध के लिए चल पड़ा।

मुश्किल यह है कि अमेरिका युद्ध के लिए एक बार निकल पड़ने के बाद बिना लड़े कायदे से लौट नहीं सकता। अगर उसे अपना दुश्मन नहीं मिलता तो अपने यहाँ क्रोधित जनता के लिए उसे एक दुश्मन निर्माण करना होगा। एक बार अगर युद्ध शुरू हो गया तो फिर वह अपनी गति, अपना तर्क और अपनी कैफियत भी विकसित कर लेगा और हमारी निगाह से यह बात ओझल हो जाएगी कि आखिर यह लड़ा किसलिए जा रहा है।

जो हम यहाँ देख रहे हैं वह दुनिया के सबसे ताकतवर देश का नजारा है जो अपने आक्रोश में, आवेग में, एक नए किस्म का युद्ध लड़ने के लिए अपनी पुरानी सहज वृत्ति को जगा रहा है। जब खुद को बचाने की बात आती है, तब सहसा अमेरिका के कतार में खड़े युद्धपोत, उसकी क्रूज मिसाइलें, एफ-16 विमान, पुरानी, बेकार पड़ गई चीजों की तरह नजर आते हैं। युद्ध की आशंका को ही दूर रखनेवाला, उसके नाभिकीय बमों का जखीरा कबाड़ से ज्यादा नहीं लगता। कलम-चाकू, बॉक्स कटर और ठंडा गुस्सा वे हथियार होंगे जिनसे नई सदी के युद्ध

छेड़े जाएँगे। गुस्सा सारे ताले खोल देता है। कस्टम की निगाहें इससे बेखबर रह जाती हैं। यह सामान की जाँच में दिखाई नहीं पड़ता।

अमेरिका किससे लड़ रहा है ? 20 सितम्बर को एफबीआइ ने कहा कि उसे कुछ अपहर्ताओं की पहचान को लेकर सन्देह है। उसी दिन राष्ट्रपति जॉर्ज बुश ने कहा, "हमें यह साफ तौर पर पता है कि कौन लोग हैं और उन्हें कौन सरकारें मदद कर रही हैं।"[2] ऐसा लगता है, जॉर्ज बुश को ऐसा कुछ पता है जो एफबीआइ और अमेरिकी जनता को नहीं मालूम।

20 सितम्बर को अमेरिकी कांग्रेस को सम्बोधित करते हुए राष्ट्रपति जॉर्ज बुश ने अमेरिका के शत्रुओं को 'स्वाधीनता के शत्रु' बताया। "अमेरिकी पूछ रहे हैं कि वे हमसे नफरत क्यों करते हैं।" उन्होंने कहा, "वे हमारी स्वतन्त्रता से, धर्म की स्वतन्त्रता से, वोट देने, इकट्ठा होने और एक-दूसरे से असहमत होने की स्वतन्त्रता से—नफरत करते हैं।"[3] लोगों को यहाँ दो बातों पर भरोसा कर लेने के लिए प्रेरित किया जा रहा है। पहला तो यह मान लेने के लिए कि शत्रु वही है जिसे अमेरिकी सरकार घोषित कर रही है, भले ही यही साबित करने के लिए पर्याप्त सबूत उसके पास न हों; और दूसरा यह मान लेने के लिए दुश्मन का मकसद वही है जो अमेरिकी सरकार बता रही है, भले ही वह इसे भी साबित न कर पाए।

सैनिक रणनीतिक और आर्थिक वजहों से अमेरिकी सरकार के लिए अमेरिकी जनता को यह समझाना निहायत जरूरी है कि स्वतन्त्रता और लोकतन्त्र के लिए अमेरिकी प्रतिबद्धता और अमेरिकी जीवन-शैली पर हमला किया जा रहा है। गम, आक्रोश और गुस्से के मौजूदा माहौल में यह भावना भरना बहुत ही आसान है। बहरहाल, यदि यह सच है तो इस बात पर विचार करना तर्कसंगत होगा कि हमले के लक्ष्य के रूप में अमेरिका के आर्थिक और सैनिक वर्चस्व के प्रतीकों—वर्ल्ड ट्रेड सेंटर और पेंटागन—को क्यों चुना गया ? *स्टैच्यु ऑफ लिबर्टी* को क्यों नहीं ? क्या यह हो सकता है कि इस हमले के पीछे छुपे हुए पिशाची गुस्से की जड़ में अमेरिकी स्वाधीनता और प्रजातन्त्र नहीं बल्कि ठीक इसके विपरीत जानेवाली बातों—सैनिक और आर्थिक आतंकवाद, उग्रवाद, फौजी तानाशाही, धार्मिक कट्टरता और अकल्पनीय नरसंहारों (अमेरिका के बाहर)—को दिए जानेवाले सहयोग और समर्थन का अमेरिकी सरकारों का रिकॉर्ड हो ?

हाल ही में अपने प्रियजनों से वंचित हुए आम अमेरिकियों के लिए अपनी आँसू भरी आँखों से दुनिया को देखना और झलकती हुई उदासीनता का सामना करना आसान नहीं होगा। यह उदासीनता नहीं है। यह बस आशंका है। आश्चर्य

की अनुपस्थिति। यह समझने का क्लान्त विवेक कि जो बोया जाता है वही काटा जाता है। अमेरिकी जनता को समझना चाहिए कि यह वे नहीं, बल्कि उनकी सरकार की नीतियाँ हैं जिनसे इतनी नफरत की जाती है। उन्हें इस बात पर सन्देह नहीं करना चाहिए कि खुद उन्हें, उनके लाजवाब संगीतकारों को, उनके लेखकों को, उनके अभिनेताओं को, उनके दर्शनीय खिलाड़ियों को और उनके सिनेमा को दुनिया भर में पसन्द किया जाता है। हमलों के बाद गुजरे दिनों और हफ्तों में हम सब अग्निशमनकर्मियों, बचावकर्मियों और आम दफ्तर जानेवालों के साहस और उनकी शालीनता से अभिभूत हुए हैं।

जो हुआ है, उसको लेकर अमेरिका का दुख बहुत भीषण है और उसी रूप में सबके सामने है। यह उम्मीद करना एक विकृत बात होगी कि वह अपने दुख को मापे या उसमें जोड़े-घटाए। बहरहाल 11 सितम्बर को घटना क्यों हुई, यह समझने की कोशिश करने के लिए एक अवसर की तरह इस दुख का इस्तेमाल करने की जगह अगर अमेरिकी सारी दुनिया के दुख को हड़पकर अपना शोक मनाने और अपना ही प्रतिशोध लेने के लिए इस अवसर का इस्तेमाल करते हैं तो यह दयनीय होगा। क्योंकि फिर तब सख्त सवाल पूछने और सख्त बातें कहने की जिम्मेदारी हमारी बन जाती है। और यह जहमत मोल लेने के लिए, यह बुरा वक्त चुनने के लिए हम नापसन्द, नजरअन्दाज और शायद आखिरकार चुप कर दिए जाएँगे।

दुनिया शायद कभी नहीं जानेगी कि इन चुनिन्दा अमेरिकी इमारतों से विमान टकरानेवाले इन चुनिन्दा अपहर्ताओं को किस चीज से प्रेरणा मिली। वे नायक नहीं थे। उन्होंने आत्महत्या के पूर्व पत्र नहीं छोड़े, कोई राजनैतिक सन्देश नहीं दिया, किसी संगठन ने इन हमलों की जवाबदेही नहीं ली। बस हमें इतना पता है कि वे जो कर रहे थे, उसमें उनकी आस्था ने बचे रहने के स्वाभाविक मानवीय आवेग या याद रखे जाने की किसी इच्छा को भुला दिया था। यह लगभग ऐसा था मानो अपने गुस्से की भयावहता को अपने कृत्य से कमतर किसी चीज से वे माप नहीं सकते थे। और जैसा हम जानते हैं, उन्होंने जो किया है, उससे दुनिया में एक सुराख हो गया है। सूचनाओं, राजनीतिकों और राजनैतिक व्याख्याओं के साथ इस कृत्य की व्याख्या करेंगे। यह अनुमान, जिस राजनैतिक वातावरण में यह हमला हुआ, उसका विश्लेषण, बस एक उपयोगी चीज हो सकती है।

मगर युद्ध की छायाएँ बड़ी हो रही हैं। जो अभी कहा जाना शेष है, जल्दी कहा जाना चाहिए।

इसके पहले कि अमेरिका 'आतंक के विरुद्ध अन्तरराष्ट्रीय गठजोड़' का

अगुवा बन जाए, इसके पहले कि वह इस लगभग ईश्वरीय अभियान—इन्फाइनाइट जस्टिस—में सक्रिय साझीदारी के लिए दूसरे देशों को न्योता दे (और विवश करे), कुछ छोटी कैफियतें हो जाएँ तो इससे मदद मिलेगी। मसलन, अन्तहीन न्याय किसके लिए ? क्या यह अमेरिका में आतंकवाद के विरुद्ध अमेरिका का युद्ध है या समूचे आतंकवाद के विरुद्ध ? यहाँ आखिर किस चीज का बदला लिया जा रहा है ? क्या यह लगभग 7,000 लोगों के जीवन के त्रासद अन्त का, मैनहटन में पचास लाख वर्गफुट के दफ्तरी क्षेत्र के जलकर राख हो जाने का,[4] पेंटागन के एक हिस्से की तबाही का, सैकड़ों-हजारों नौकरियों के खत्म हो जाने का, कुछ एअरलाइन कम्पनियों के खत्म हो जाने का, और न्यूयॉर्क स्टॉक एक्सचेंज में आई गिरावट का बदला है ? या यह इससे भी कुछ अधिक है ?

सन् 1996 में अमेरिका की तत्कालीन विदेश मन्त्री मैडलीन अलब्राइट से राष्ट्रीय टेलीविजन पर पूछा गया था कि यह जानकर उन्हें क्या लगता है कि अमेरिका द्वारा लगाए गए आर्थिक प्रतिबन्धों के नतीजों में पाँच लाख इराकी बच्चे मर गए। उन्होंने जवाब दिया कि यह 'बहुत ही मुश्किल विकल्प' था, मगर सारी चीजों को देखते हुए "हमारा खयाल है कि यह कीमत चुकाई जा सकती है"।[5] यह कहने के लिए मैडलीन अलब्राइट को नौकरी से निकाला नहीं गया। वे अमेरिकी सरकार के विचारों और उसकी आकांक्षाओं की नुमाइन्दगी करती हुई दुनिया भर में घूमती रहीं। इराक के विरुद्ध प्रतिबन्ध पूरी ढिठाई से जारी रहे। बच्चे मरते रहे।

तो हमारे सामने यह सच्चाई है। सभ्यता और असभ्यता के बीच, 'मासूम लोगों के कत्लेआम' या कहें 'सभ्यता के संघर्ष' और 'गेहूँ के साथ घुन भी पिसने' के बीच का फर्क। अनन्त न्याय का वाक्‌जाल और उसका तुनकमिजाज बीजगणित। दुनिया को एक बेहतर जगह बनाने के लिए कितने मृत इराकियों की जरूरत होगी ? प्रति मृत अमेरिकी के लिए कितने मृत अफगानी चाहिए होंगे। हर मृत मर्द के लिए कितने मृत औरतें और बच्चे ? प्रति मृत-निवेश बैंकर के लिए कितने मृत मुजाहिदीन ?

हम चमत्कृत भाव से देखते जाते हैं, और दुनिया भर के टीवी सेटों पर अनन्त न्याय का अभियान खुलता चलता है। दुनिया की महाशक्तियों का एक गठजोड़ दुनिया के एक सबसे गरीब, युद्ध में तबाह और बर्बाद देश अफगानिस्तान पर घेरा कस रहा है जहाँ की तालिबान सरकार ने 11 सितम्बर के हमले के लिए जिम्मेदार ठहराए जा रहे ओसामा बिन लादेन को शरण दे रखी है। अफगानिस्तान में शायद जिस एकमात्र चीज का अतिरिक्त मूल्य माना जा सकता है, वह वहाँ

की नागरिक आबादी है। (उनमें से पाँच लाख विकलांग और अनाथ हैं। जब वहाँ के सुदूर और दुर्गम्य गाँवों में विमान से कृत्रिम अंग गिराए जाते हैं, तब वहाँ कैसी भयावह भगदड़ मचती है।)[6] अफगानिस्तान की अर्थव्यवस्था तबाह है। वस्तुतः किसी हमलावर सेना की मुश्किल यह भी है कि अफगानिस्तान में सैन्य नक्शा तैयार करने लायक पारम्परिक ढाँचा या निशान जैसा कुछ भी नहीं है—न बड़े शहर, न राजपथ, न औद्योगिक परिसर, न जलशोधन कारखाने। खेत सामूहिक कब्रिस्तानों में बदल चुके हैं। देहाती इलाका बारूदी सुरंगों से पटा पड़ा है—सबसे ताजा अनुमान ऐसी एक करोड़ सुरंगों का है।[7] अमेरिकी फौज को अपने सैनिक वहाँ भेजने के लिए पहले सुरंगें हटानी होंगी और फिर सड़कें बनानी होंगी। अमेरिका के हमले के डर से दस लाख नागरिक अपने घरों से भागकर अफगानिस्तान-पाकिस्तान सरहद पर इकट्ठा हो गए हैं। संयुक्त राष्ट्रसंघ के अध्ययन के मुताबिक तकरीबन 80 लाख अफगानी नागरिकों को आपात राहत की आवश्यकता होगी।[8] चूँकि खाद्य सामग्री और पेयजल की कमी हो गई है, खाद्य और सहयोग के लिए कार्यरत संगठनों से देश छोड़ने को कहा गया है। बीबीसी की रपट के मुताबिक हाल के दिनों में दुनिया की सबसे बदतरीन मानवीय तबाही की शुरुआत हो गई है।[9] नई सदी के अनन्त न्याय के साक्षी रहिए।

भूख से मर रहे नागरिक कत्ल किए जाने का इन्तजार कर रहे हैं।

अमेरिका में बमबारी करके 'अफगानिस्तान को वापस पाषाण युग में पहुँचा देने' की उजड्ड चर्चा भी चल रही है। काश कि कोई वहाँ यह खबर पहुँचा दे कि अफगानिस्तान पहले से उसी युग में है।[10] और अगर इस बात से दिलासा मिलती हो तो जान लें कि अफगानिस्तान को इस हाल में पहुँचाने में अमेरिकियों ने कोई छोटी भूमिका नहीं निभाई है। अमेरिकी जनता भले ही इस बात को लेकर कुछ असमंजस में हो कि आखिरकार अफगानिस्तान ठीक-ठाक है कहाँ (यह खबर आ रही है कि अफगानिस्तान के नक्शों की भारी माँग है),[11] मगर अमेरिकी सरकार और अफगानिस्तान पुराने दोस्त हैं। 1979 में, अफगानिस्तान में सोवियत आक्रमण के बाद सीआइए और पाकिस्तान की आइएसआइ ने मिलकर सीआइए के इतिहास का सबसे बड़ा गुप्त अभियान चलाया था।[12] उनका मकसद रूसियों के विरुद्ध अफगान प्रतिरोध की ऊर्जा को सान पर चढ़ाना और इसे फैलाकर एक पाक जंग यानी 'जेहाद' में बदल डालना था जिससे सोवियत संघ के भीतर के मुस्लिम राज्य कम्युनिस्ट सरकार के विरुद्ध हो जाएँ और उसे अस्थिर कर डालें। जब यह शुरू हुआ तो लग रहा था कि वह सोवियत संघ का वियतनाम हो जाएगा। वह उससे भी कुछ ज्यादा सिद्ध हुआ। आनेवाले वर्षों में, सीआइए ने

अमेरिका की ओर से लड़ जा रहे इस छायायुद्ध के लिए चालीस मुस्लिम देशों से लगभग एक लाख मुजाहिदीन भर्ती किए और उन्हें पैसा दिया।[13] मुजाहिदीन की कतारें अलबत्ता इस बात से बेखबर थीं कि उनका जेहाद दरअसल अंकल सैम की ओर से लड़ा जा रहा है (विडम्बना यह है कि अमेरिका भी इस बात से इतना ही बेखबर था कि वह अपने ही विरुद्ध भविष्य के एक युद्ध की वित्तीय मदद कर रहा है)।

सीआइए इसमें पैसा और युद्ध का साजो-सामान झोंकती रही, मगर खर्चे बेहिसाब बढ़ गए थे तथा और ज्यादा पैसे की जरूरत थी। मुजाहिदीन ने किसानों को 'इंकलाबी कर' के रूप में अफीम उगाने का हुक्म दिया।[14] आइएसआइ ने अफगानिस्तान में हेरोइन की सैकड़ों प्रयोगशालाएँ स्थापित कीं। आइएसआइ के आगमन के दो साल के भीतर पाकिस्तान-अफगानिस्तान का सरहदी इलाका दुनिया में हेरोइन का सबसे बड़ा उत्पादक क्षेत्र और अमेरिका की सड़कों पर मिलनेवाली अफीम का अकेला सबसे बड़ा स्रोत बन चुका था। लगभग सौ से दो सौ अरब डॉलर के बीच कमाया जानेवाला सालाना मुनाफा आतंकवादियों को प्रशिक्षण और हथियार देने के लिए झोंक दिया जाता था।[15] दस साल के निर्मम युद्ध में लहूलुहान हो चुके रूसी तब अन्ततः 1989 में अफगानिस्तान से गए जब तक एक सभ्यता की जगह उसका मलबा वहाँ रह गया था। अफगानिस्तान में गृहयुद्ध भड़क उठा। यह जेहाद चेचेन्या, कोसोवो और आखिरकार कश्मीर तक पहुँचा।

सन् 1996 में, तब तक हाशिए पर रहे खतरनाक और अनुदार कट्टरपन्थियों के एक संगठन तालिबान ने अफगानिस्तान की सत्ता पर कब्जा जमाया। इसे सीआइए के पुराने सहयोगी आइएसआइ से पैसा मिलता था और पाकिस्तान के कई राजनैतिक दलों के समर्थन से तालिबान ने आतंक का राज कायम किया।[16] इसके पहले शिकार उसके अपने ही लोग हुए थे, खासकर औरतें। उसने लड़कियों के स्कूल बन्द कर दिए, औरतों को सरकारी नौकरियों से निकाल दिया और शरिअत का कानून लागू किया जिसके मुताबिक 'बदचलन' समझी जानेवाली औरतों को संगसार कर दिया जाता है और व्यभिचार की गुनाहगार पाई जानेवाली विधवाओं को जिन्दा दफना दिया जाता है।[17] मानवाधिकारों के मामले में तालिबान सरकार का अतीत देखते हुए यह नामुमकिन लगता है कि वह युद्ध की आशंका या अपने नागरिकों के जीवन पर मँडराते खतरे से डरकर अपने मकसद से पीछे हट जाएगा।

इतना कुछ हो जाने के बाद क्या इससे भी बड़ी कोई विडम्बना हो सकती

है कि अमेरिका और रूस मिलकर अफगानिस्तान को फिर से तबाह करें ? सवाल यह है कि क्या आप तबाहों को तबाह कर सकते हैं ? अफगानिस्तान पर कुछ और बम गिरा देने से सिर्फ मलबा हिलेगा-डुलेगा, कुछ पुरानी कब्रें तहस-नहस होंगी और मृतकों को ही परेशानी होगी। अफगानिस्तान की वीरान धरती सोवियत साम्यवाद की कब्रगाह और अमेरिका के वर्चस्व वाली एकध्रुवीय दुनिया का स्प्रिंगबोर्ड थी। इसने नव-पूँजीवाद और कार्पोरेट वैश्वीकरण की राह बनाई जिस पर अमेरिका का ही वर्चस्व है। और अब अफगानिस्तान उन सैनिकों की कब्रगाह होने की तैयारी कर रहा है जिन्होंने अमेरिका के लिए यह लड़ाई लड़ी और जीती।

और अमेरिका के विश्वसनीय सहयोगी का क्या होगा ? पाकिस्तान को भी बुरी तरह नुकसान उठाना पड़ा है। अमेरिकी सरकार को उन सैनिक तानाशाहों का समर्थन करने में कोई झिझक नहीं रही है जिन्होंने इस देश में प्रजातन्त्र के विचार को जड़ जमाने से रोक रखा है। सीआइए के आगमन से पहले पाकिस्तान में अफीम के लिए एक छोटा-सा ग्रामीण बाजार था। 1979 से 1985 के बीच वहाँ हेरोइन की लत रखनेवालों की संख्या शून्य से बढ़कर अनन्त तक पहुँच गई।[18] सरहद से लगे शिविरों में 11 सितम्बर से पहले ही लाखों अफगान शरणार्थी रह रहे हैं। पाकिस्तान की अर्थव्यवस्था चरमरा रही है। क्षेत्रीय हिंसा, भूमंडलीकरण का ढाँचागत सुधार कार्यक्रम और नशे के सौदागर मिलकर मुल्क को टुकड़े-टुकड़े कर दे रहे हैं।[19] रूसियों से लड़ने के लिए बने ढाँचों, आतंकवादियों के प्रशिक्षण शिविरों और देश भर में ड्रैगन के दाँत की तरह बोए हुए मदरसों ने पाकिस्तान के भीतर ही खासी लोकप्रियता के साथ धर्मान्धों को पैदा किया है। जिस तालिबान को पाकिस्तान सरकार ने वर्षों तक आगे बढ़ाया, समर्थन और वित्तीय सहयोग दिया है, उसके पाकिस्तान के राजनैतिक दलों के साथ ही रणनीतिक और वास्तविक गठजोड़ है।[20] अब अमेरिका सरकार पाकिस्तान सरकार से उस लाड़ले का गला घोंट देने के लिए कह रही है (कह रही है ?) जिसे उसने अपने पिछवाड़े अपने हाथों से इतने वर्षों तक पाला-पोसा है। अमेरिका के समर्थन की शपथ ले चुके राष्ट्रपति मुशर्रफ को शायद लगे कि उनके आगे गृहयुद्ध की-सी स्थिति है।[21]

कुछ अपने भूगोल के कारण, और कुछ अपने पुराने नेताओं की दूरदृष्टि के कारण भारत खुशकिस्मत रहा है कि वह इस महा-खेल से बाहर है। यदि वह भी इसकी लपेट में आ गया होता तो बहुत सम्भव है कि हमारा लोकतन्त्र—चाहे वह जैसा भी हो—बच नहीं पाता। आज, जैसा कि हममें से कुछ लोग दहशत से देख रहे हैं, भारत सरकार बुरी तरह अपने कूल्हे मटकाती हुई अमेरिका के आगे

गिड़गिड़ा रही है कि वह अपना अड्डा पाकिस्तान की जगह भारत को बनाए।[22] पाकिस्तान के भयानक दुर्भाग्य का चेहरा देख चुकने के बाद भारत ऐसा करना चाहे तो वह विचित्र ही नहीं, *अकल्पनीय* भी होगा। अपनी भंगुर अर्थव्यवस्था और अपने जटिल सामाजिक ताने-बाने वाले किसी तीसरी दुनिया के देश जैसी महाशक्ति को न्योता देना (भले ही वह रुकने की बात कहे या गुजर जाने की) किसी ईंट को अपने शीशे पर गिरने के लिए न्योता देने के बराबर होगा।

11 सितम्बर के बाद की मीडिया चकाचौंध में, किसी टीवी चैनल को अफगानिस्तान में अमेरिकी दखलअन्दाजी की कहानी बतलाना जरूरी नहीं लगा। इसलिए, इस कहानी से बेखबर लोगों को, हमले की कवरेज हिला देनेवाली, परेशान कर देनेवाली लग सकती है। बहरहाल, अफगानिस्तान के ताजा इतिहास से परिचित हमारी तरह के लोगों के लिए अमेरिकी टीवी का कवरेज और 'आतंक के विरुद्ध अन्तरराष्ट्रीय गठजोड़' का प्रलाप सीधे-सीधे अपमानजनक है। अमेरिका के 'स्वतन्त्र प्रेस' को अमेरिका के 'स्वतन्त्र बाजार' की ही तरह बहुत सारी बातों का हिसाब देना है।

अन्तहीन न्याय का अभियान दिखावे के लिए अमेरिकी जीवन-शैली की रक्षा के लिए छेड़ा जा रहा है। शायद यह उसे पूरी तरह कुचलकर ही खत्म होगा। वह दुनिया भर में और ज्यादा आक्रोश और आतंक को जन्म देगा। अमेरिका के साधारण जनों के लिए, इसका मतलब एक बीमार बना देनेवाली अनिश्चितता के माहौल में जीवन गुजारना होगा : क्या मेरा बच्चा स्कूल में सुरक्षित होगा ? सबवे में स्नायु गैस तो नहीं होगी ? सिनेमा हॉल में बम तो नहीं है ? क्या मेरा प्रियतम आज रात घर लौटेगा ? अभी से ही सीएनएन से जैविक युद्ध की आशंका के प्रति लोगों को खबरदार किया जा रहा है—चेचक, बबूनी प्लेग, गिलटी रोग जैसी बीमारियों का छिड़काव मासूम लगनेवाले विमानों से किया जा सकता है।[23] इनमें से कुछ की गिरफ्त में आ जाना किसी नाभिकीय बम से एक झटके में हो जानेवाले सर्वनाश की तुलना में कहीं ज्यादा बदतर होगा।

अमेरिकी सरकार, और निस्सन्देह दुनिया भर की सरकारें युद्ध के माहौल का इस्तेमाल नागरिक स्वतन्त्रता में कटौती, अभिव्यक्ति की स्वतन्त्रता के हनन, मजदूरों की छँटनी और जातीय-धार्मिक अल्पसंख्यकों के उत्पीड़न, सार्वजनिक खर्चों में कटौती और रक्षा उद्योग में भारी निवेश को जायज ठहराने के लिए करेंगी। लेकिन किस मकसद के लिए ? राष्ट्रपति जॉर्ज बुश न 'दुनिया को दुष्कर्मियों से छुटकारा' दिला सकते हैं न ही इसे सन्तों से भर सकते हैं।[24] यह खयाल भी अमेरिकी सरकार के लिए बेतुका है कि वह और ज्यादा दमन और

हिंसा से आतंकवाद को खदेड़ सकती है। आतंकवाद लक्षण है, बीमारी नहीं है। आतंकवाद का कोई मुल्क नहीं। यह बहुराष्ट्रीय है—*कोक* या *पेप्सी* या *नाइके* की ही तरह एक भूमंडलीकरण उद्यम। संकट को सूँघते ही, आतंकवादी अपना असबाब समेटकर मुल्क दर मुल्क बेहतर सौदे की तलाश करते हुए अपना कारखाना कहीं भी ले जा सकते हैं। बहुराष्ट्रीय कम्पनियों की ही तरह।

एक प्रवृत्ति के तौर पर आतंकवाद कभी खत्म नहीं हो सकता। लेकिन अगर इसे नियन्त्रण में रखना है, तो इसके पहले चरण के रूप में अमेरिका को कम-से कम इतना समझना होगा कि इस ग्रह में उसके साथ दूसरे देश, दूसरे लोग भी रहते हैं जो भले हीं टीवी पर न आते हों मगर उनके भी प्यार व दुख, कहानियाँ व गीत व उदासियाँ और हाँ, ईश्वर के लिए अधिकार होते हैं। इसकी जगह, जब अमेरिका के रक्षामन्त्री डोनाल्ड रम्सफेल्ड से पूछा गया कि अमेरिका के नए युद्ध में किस चीज को वे जीत का नाम देंगे, तो उनका कहना था कि अगर वे दुनिया को यह समझा सकें कि अमेरिकियों को अपनी जीवन-शैली के साथ जीने की इजाजत मिलनी चाहिए तो इसे वे जीत मानेंगे।[25]

11 सितम्बर के हमले एक बुरी तरह भटकी हुई दुनिया की ओर से भेजे गए दानवी स्मरणपत्र थे। यह सन्देश भले बिन लादेन ने लिखा हो (कौन जानता है ?) और उसके सन्देशवाहकों ने पहुँचाया हो मगर इस पर दस्तखत अमेरिका के पुराने युद्धों के शिकार लोगों के प्रेतों ने किए होंगे।

कोरिया, वियतनाम और कम्बोडिया में लाखों लोग मरे, जब 1982 में अमेरिका के समर्थन से इज्राएल ने लेबनान पर हमला किया तब 17,500 लोग मरे, ऑपरेशन डेजर्ट स्टॉर्म में दो लाख इराकी, हजारों फिलिस्तीनी वेस्ट बैंक पर इज्राएल के कब्जे के विरुद्ध लड़ते हुए मारे गए।[26] और वे लाखों लोग जो अमेरिकी सरकार द्वारा प्रशिक्षित और समर्थित, उसके वेतन पर पलनेवाले और उसके हथियारों से लैस तानाशाहों, आतंकवादियों और जनसंहारकर्ताओं के हाथों युगोस्लाविया, सोमालिया, हाइती, चिली, निकारागुआ, अल सल्वाडोर, डॉमिनिकन रिपब्लिक और पनामा में मारे गए। और यह सूची भी बिलकुल अधूरी है। इतने सारे युद्धों और झगड़ों में लिप्त एक देश के लिहाज से अमेरिकी लोग बेहद खुशकिस्मत रहे हैं।

11 सितम्बर के हमले इस पूरी सदी में अमेरिकी धरती पर हुई बस दूसरी चोट थी। पहली चोट पर्ल हार्बर थी। इसके प्रतिशोध का रास्ता लम्बा रहा, मगर इसकी परिणति हिरोशिमा और नागासाकी में हुई। इस वक्त दुनिया साँस थामकर आनेवाली दहशत का इन्तजार कर रही है।

किसी ने हाल ही में कहा कि अगर ओसामा बिन लादेन का अस्तित्व नहीं होता तो अमेरिका उसका आविष्कार कर लेता।[27] मगर एक तरह से अमेरिका ने ही तो उसका आविष्कार किया है। वह उन जेहादियों में था जो 1979 में अफगानिस्तान में दाखिल हुए जब सीआइए ने अपने अभियान की शुरुआत की। ओसामा बिन लादेन की यह खासियत है कि उसे सीआइए ने बनाया है और एफबीआइ उसे खोज रहा है। पखवाड़े भर के अन्तराल में उसे 'संदिग्ध' से 'मुख्य संदिग्ध' के रूप में तरक्की दे दी गई और अब कोई वास्तविक सबूत न होने के बावजूद उसे सीधे 'चाहिए जिन्दा या मुर्दा' की सूची में डाल दिया गया।

किसी भी लिहाज से ओसामा बिन लादेन को 11 सितम्बर के हमलों से जोड़ने वाला सबूत जुटाना (ऐसा सबूत जो अदालत में टिक सके) नामुमकिन होगा।[28] अभी तक ऐसा लगता है जैसे सर्वाधिक पुख्ता सबूत उसके विरुद्ध यही है कि उसने उन लोगों की निन्दा नहीं की है। ओसामा बिन लादेन जहाँ से अपनी गतिविधियाँ चलाता है, उसकी स्थिति और उपस्थिति के बारे में जितना मालूम है, उससे यह बिलकुल मुमकिन लगता है कि उसने जाती तौर पर इन हमलों की योजना न बनाई हो और न ही इन्हें क्रियान्वित करने में उसकी भूमिका रही हो--हाँ, इनके पीछे उसकी प्रेरणा रही है, वह इस 'होल्डिंग कम्पनी' का मुख्य कार्यकारी अधिकारी है।[29] ओसामा बिन लादेन के प्रत्यर्पण की माँग पर तालिबान का जवाब निश्चित तौर पर तार्किक है : सबूत दीजिए, हम उसे सौंप देंगे। राष्ट्रपति बुश की प्रतिक्रिया है कि इस माँग पर कोई 'मोलभाव नहीं हो सकता'।[30]

जबकि मुख्य कार्यकारी अधिकारियों के प्रत्यर्पण के लिए बातचीत के दौर चल रहे हैं, क्या भारत भी लगे हाथों अमेरिका के वारेन एंडरसन के प्रत्यर्पण का अनुरोध नहीं कर सकता ? वह भोपाल गैस रिसाव हादसे के लिए जवाबदेह कम्पनी यूनियन कारबाइड का चेयरमैन था जिसमें 1984 में 16,000 लोग मारे गए थे। हमने जरूरी सबूत इकट्ठा कर लिए हैं। सब फाइलों में हैं। कृपया क्या वह हमें मिल नहीं सकता ?[31]

मगर ओसामा बिन लादेन वास्तव में है कौन ?

इस बात को दूसरी तरह से कहें : ओसामा बिन लादेन है क्या ?

वह अमेरिका का खानदानी रहस्य है। वह अमेरिकी राष्ट्रपति का स्याह हमशक्ल है। जो कुछ भी सुन्दर और सभ्य होने का दावा करता है, उसका जंगली जुड़वाँ। उसे अमेरिकी विदेश नीति द्वारा तबाही की ओर ले जाई गई एक पूरी दुनिया की पसली से गढ़ा गया है : उसकी युद्धपोत-कूटनीति से, उसके नाभिकीय जखीरे से, 'सम्पूर्ण वर्चस्व' की अश्लील ढंग से घोषित नीति से, गैर-अमेरिकी

जिन्दगियों के लिए उसकी सिहरा देनेवाली हिकारत से, उसके बर्बर सैन्य हस्तक्षेपों से, तानाशाह और निरंकुश राज्यों को उसके समर्थन से, उसके निर्मम आर्थिक एजेंडे से, जिसने गरीब देशों की अर्थव्यवस्था को टिड्डी दल की तरह चबा डाला है।[32] उसके लुटेरे बहुराष्ट्रीय निगमों से, सब कुछ खरीद ले रहे हैं–वह हवा जिसमें हम साँस लेते हैं, वह जमीन जिसमें हम खड़े हैं, वह जल जो हम पीते हैं और वह विचार भी, जो हम सोचते हैं।

अब जबकि खानदानी रहस्य खुल चुका है, जुड़वाँ एक-दूसरे में घुल रहे हैं, और धीरे-धीरे अदला-बदली योग्य हुए जा रहे हैं। उनकी बन्दूकें, उनके बम, पैसे, और नशीले पदार्थ सब फिलहाल जैसे चकरघिन्नी खा रहे हैं। (जो स्टिंगर मिसाइलें अमेरिकी हेलीकॉप्टरों का स्वागत करेंगी, उन्हें सीआइए ने भेजा था। अमेरिका के नशाखोरों के लिए हेरोइन अफगानिस्तान से आती है। हाल ही में बुश सरकार ने 'नशे से जंग' के नाम पर अफगानिस्तान को 430 लाख डॉलर की सब्सिडी दी थी...)[33]। अब वे एक-दूसरे का शब्दजाल भी उधार लेने लगे हैं। दोनों एक-दूसरे को 'साँप का सिर' बताते हैं। दोनों ईश्वर को जगाते हैं और बदी और नेकी के सहस्राब्दी सिक्कों का इस्तेमाल करते हैं। दोनों बेहद उजागर राजनैतिक गुनाहों में लिप्त रहे हैं। दोनों खतरनाक हथियारों से लैस हैं–एक अश्लील ढंग से शक्तिशाली शख्स के नाभिकीय जखीरे से, दूसरा सर्वथा हताश आदमी की उद्दीप्त विनाशकारी ताकत से। एक उल्का, एक हिमपुंज। एक मूसल, एक कुल्हाड़ी। ध्यान रखने लायक जरूरी बात यह है कि दोनों एक-दूसरे के स्वीकार्य विकल्प नहीं हो सकते हैं।

दुनिया के लोगों को राष्ट्रपति बुश की चेतावनी–अगर आप हमारे साथ नहीं हैं तो हमारे विरुद्ध हैं–एक धृष्ट अहंकार की मिसाल भर है।[34]

यह वह विकल्प नहीं है जो लोगों को वांछित, आवश्यक या उचित लगना चाहिए।

अक्तूबर, 2001

वे युद्ध को शान्ति कहते हैं

रविवार, 7 अक्तूबर 2001 को जब अफगानिस्तान पर अँधेरा गहरा रहा था तब अमेरिकी सरकार ने 'आतंकवाद के विरुद्ध विश्व मोर्चे' (अर्थात् संयुक्त राष्ट्र के समानान्तर एक और जी हुजूर गठबन्धन) के समर्थन से वहाँ भारी हवाई हमले शुरू कर दिए। लगभग सारे ही टीवी चैनल क्रुज मिसाइलों, 'स्टेल्थ' बमवर्षक विमानों, बंकर भेदी टोमहॉक मिसाइलों और मार्क-82 उच्च खिंचाव बमों के कम्प्यूटर के तैयार चित्रों तथा अन्य प्रकार के करतबों से भर गए।[1] दुनिया भर में बच्चे वीडियो गेमों के लिए ललचाना बन्द कर फटी-फटी आँखों से युद्ध का खेल देखने में मगन हो गए।

नाम भर के रह गए संयुक्त राष्ट्र की दुर्गति इस हद तक हो गई है कि उससे हवाई हमलों का अनुमोदन करने तक के लिए नहीं कहा गया। (एक बार मेडेलिन अलब्राइट ने कहा था : "अगर हो सका तो अमेरिका औरों को भी साथ लेकर चलता है, अन्यथा जरूरी हुआ तो एकतरफा कार्रवाई करता है।")[2]

आतंकवादियों के खिलाफ 'जो सबूत है' उसे 'मोर्चे' के साथियों को राजदार बनाया गया है। सलाह-मशवरे के बाद घोषणा की गई कि सबूतों को कोई अदालत मानेगी या नहीं यह बात कोई मायने नहीं रखती।[3] इस तरह एक पल में ही सदियों के न्यायशास्त्र को कूड़ेदान में डाल दिया गया।

आतंकवादी कार्रवाई को कोई कारण, कोई भी बहाना उचित नहीं ठहरा सकता, फिर चाहे वह धार्मिक चरमपन्थियों द्वारा किया गया हो, निजी सेनाओं द्वारा किया गया हो या जनआन्दोलनों द्वारा किया गया हो या फिर किसी सर्वमान्य सरकार द्वारा जवाबी कार्रवाई के रूप में पेश क्यों न किया जा रहा हो। अफगानिस्तान पर बमबारी न्यूयॉर्क और वाशिंगटन का बदला नहीं है। यह विश्व की जनता के खिलाफ एक और आतंकवादी कार्रवाई है। यहाँ मारे जानेवाले हर मासूम आदमी को न्यूयॉर्क तथा वाशिंगटन के घिनौने हमलों में मारे गए नागरिकों की संख्या में जोड़ा जाना चाहिए न कि उसके समानान्तर खड़ा किया जाना चाहिए।

जनता मुश्किल से ही कोई जंग जीतती है जबकि सरकारें शायद ही कोई लड़ाई हारती हैं। आम लोग मारे जाते हैं। सरकारें जामा उतारती हैं, नए रूप में संगठित हो जाती हैं, कई सिरवाले दैत्य के समान। पहले सरकारें लोगों के दिमागों को संकुचित बनाने और सही विचारों का गला घोंटने और फिर स्वेच्छा से मरनेवालों के क्षत-विक्षत शवों पर रस्मी कफन डालने के लिए झंडों का इस्तेमाल करती हैं। अमेरिका और अफगानिस्तान दोनों तरफ के आम नागरिक आज अपनी-अपनी सरकारों की कार्यवाहियों के बन्धक हैं। अनजाने में ही, दोनों देशों का आम आदमी एक ऐसे बन्धन में बँध गया जो समान है–उन्हें बर्बर और अप्रत्याशित आतंकवाद अनुपात में एन्थ्रेक्स, नए विमान अपहरण तथा अन्य आतंकवादी घटनाओं को लेकर जनता में और डर फैलाता है

आतंक और क्रूरता के बढ़ते चक्र से निकलने का आज विश्व के सामने कोई आसान रास्ता नहीं बचा है। समय आ गया है कि मानव समुदाय ठहरे और आधुनिक तथा सदियों पुराने सामूहिक ज्ञान और विवेक के अन्तर्मन में झाँके। 11 सितम्बर को जो कुछ हुआ, उसने विश्व को हमेशा के लिए बदल दिया है। आजादी, प्रगति, समृद्धि, टेक्नोलॉजी, युद्ध इन शब्दों के अर्थों ने नया रूप ले लिया है। सरकारों को इन परिवर्तनों को स्वीकार करना चाहिए और उनके आगे जो नई चुनौतियाँ हैं उनका सामना थोड़ी ईमानदारी और विनम्रता से करना चाहिए। दुर्भाग्य से अब तक 'अन्तरराष्ट्रीय मोर्चे' या तालिबान की ओर से किसी तरह के आत्मचिन्तन के कोई लक्षण नहीं दिखाई दे रहे हैं।

हवाई हमलों की घोषणा करते वक्त राष्ट्रपति जॉर्ज बुश ने कहा था, "हम एक शान्तिप्रिय राष्ट्र हैं।" अमेरिका के प्रिय राजदूत टोनी ब्लेयर (जो ब्रिटेन के प्रधानमन्त्री पद पर भी आसीन हैं) ने भी उनकी बात तोते की तरह दोहराई : "हम शान्तिप्रिय लोग हैं।"[4]

तो अब समझ में आया–गदहे घोड़े हैं। लड़कियाँ लड़के हैं। युद्ध का नाम शान्ति है।

कुछ ही दिनों बाद एफबीआइ हेडक्वार्टर में बोलते हुए राष्ट्रपति बुश ने कहा, "यह हमारा आह्वान है, अमेरिका का आह्वान है। विश्व के सबसे आजाद देश का। यह राष्ट्र उन मूल्यों पर निर्मित हुआ है जो कि घृणा को अस्वीकार करता है, हिंसा को अस्वीकार करता है, हत्यारों को अस्वीकार करता है और बुराइयों को अस्वीकार करता है। और हम थकेंगे नहीं।"[5]

यह वह सूची है जिन देशों में द्वितीय विश्व युद्ध के बाद अमेरिका ने लड़ाई लड़ी और बमबारी की–चीन (1945-46, 1950-53), कोरिया (1950-53),

ग्वाटेमाला (1954, 1967-69), इंडोनेशिया (1958), क्यूबा (1959-60), बेल्जियन कांगो (1964), पेरू (1965), लाओस (1964), वियतनाम (1961-73), कम्बोडिया (1969-70), ग्रेनाडा (1983), लीबिया (1986), अल सल्वाडोर (1980 का दशक), निकारागुआ (1980 का दशक), पनामा (1989), इराक (1991-99), बोस्निया (1995), सूडन (1998), यूगोस्लाविया (1999) और अब अफगानिस्तान।

सचमुच थकता नहीं विश्व का सबसे आजाद राष्ट्र ! कौन-सी आजादियों की वह रक्षा करता है ? अपनी सीमाओं के अन्दर अभिव्यक्ति, धर्म, प्रचार, कलात्मक अभिव्यक्ति, भोजन के तौर-तरीकों, लैंगिक झुकावों (एक हद तक) तथा कई अन्य अनुकरणीय और अद्‌भुत बातों की। लेकिन अपनी सीमाओं से बाहर दूसरों पर प्रभुत्व जमाने, अपमानित करने, अधीन करने की आजादी का वह प्रयोग आम तौर पर अमेरिका के असली धर्म, 'मुक्त बाजार की सेवा' के लिए करता है। इसलिए जब अमेरिकी सरकार किसी युद्ध को 'ऑपरेशन एंड्योरिंग फ्रीडम' (स्थायी आजादी अभियान) का नाम देती है तो तीसरी दुनिया के हम लोग मात्र डर से काँपते हैं। क्योंकि हम जानते हैं कि कुछ लोगों के असीमित न्याय का अर्थ दूसरे लोगों के लिए असीमित अन्याय होता है। और स्थायी आजादी का मतलब दूसरों के लिए स्थायी गुलामी होता है।

आतंकवाद के विरुद्ध अन्तरराष्ट्रीय मोर्चा कमोबेश दुनिया के समृद्ध देशों का गिरोह है। ये देश की दुनिया के लगभग सारे हथियारों के निर्माता और विक्रेता हैं, इन्हीं के पास व्यापक नरसंहार के रासायनिक, जैविक और आणविक शस्त्रों के दुनिया के सबसे विशाल भंडार हैं। समकालीन इतिहास में इन्होंने ही सबसे ज्यादा लड़ाइयाँ छेड़ी हैं। अधिसंख्य नरसंहारों, अधीनताओं, नस्ली सफाइयों और मानवीय अधिकारों के हनन का सेहरा भी इन्हीं के सिर है। इन्होंने ही अनगिनत तानाशाहों और आतताइयों को पाला-पोसा, हथियारों से लैस किया और आर्थिक मदद दी है। ये ही वे पुजारी हैं जिन्होंने हिंसा और युद्ध को लगभग देवता के रूप में स्थापित कर दिया है। अपने सारे घृणित पापों के बावजूद तालिबान इनके सामने कहीं नहीं ठहरते।

तालिबान का निर्माण मलबे, हेरोइन और जमीनी सुरंगों तथा खत्म होते शीतयुद्ध के प्रभावों की टूटी-फूटी कुठाली में हुआ था। इसके सबसे वयस्क नेता चालीस से पचास के बीच हैं। उनमें से कई अपंग हो चुके हैं, कोई एक आँख गँवाए है तो किसी का एक हाथ या एक पैर नहीं है। शरीर पर जख्म ही जख्म हैं। वे युद्ध के घावों से जख्मी और बर्बाद हुए समाज में पले-बढ़े हैं। अमेरिका और सोवियत संघ के तकरीबन 20 वर्षों के दौरान लगभग 45 खरब डॉलर के

हथियार और गोला-बारूद अफगानिस्तान में झोंके गए।[6]

इनमें सबसे नया हथियार आधुनिकता का मात्र एक टुकड़ा था जिसे कि एक पूरी तरह मध्ययुगीन समाज में घोंपने के लिए इस्तेमाल किया गया। ऐसे ही दौर में जवान हुए इन लड़कों को, जिनमें से कई अनाथ हैं, खिलौनों की जगह हथियार ही मिले, जिन्होंने कभी जाना ही नहीं कि सुरक्षा क्या होती है, पारिवारिक जीवन क्या होता है, स्त्रियों का साहचर्य क्या होता है। अब वयस्क होकर शासकों के रूप में स्त्रियों को पीटकर, पत्थरों से उनकी जान लेकर और बलात्कार कर उत्पीड़ित कर रहे हैं; उन्हें जैसे पता ही नहीं कि औरतों के साथ व्यवहार का कोई और तरीका भी हो सकता है। युद्ध के लम्बे दौर ने उनसे कोमलता छीन ली है, और उन्हें दयालुता और मानवीयता से वंचित कर दिया है। बमबारी से ताल पर वे नृत्य करते हैं। अब वे अपना वहशीपन अपने ही लोगों पर थोपते हैं।

राष्ट्रपति बुश का पूरा सम्मान करते हुए हम यह कहना चाहते हैं कि दुनिया के लोगों के सामने तालिबान और अमेरिकी सरकार के बीच चुनने की जरूरत नहीं है। मानव-सभ्यता की सारी सुन्दरता—हमारी कलाएँ, हमारा संगीत, हमारा साहित्य इन विचारधारात्मक चरमपन्थी ध्रुवों से ऊपर है। विश्व के सारे लोगों का मध्यवर्गीय उपभोक्ता बन जाना जितना असम्भव है उतना ही असम्भव उनका किसी एक धर्म को अपना लेना है। सवाल अच्छाई बनाम बुराई या इस्लाम बनाम ईसाई धर्म का उतना नहीं है जितना कि यह खुलापन (स्पेस) और उदारता का है। विविधता को कैसे अपनाया जाए, उसे जगह दी जाए, प्रभुत्ववादी—आर्थिक, सैनिक, भाषायी, धार्मिक और सांस्कृतिक—मंशाओं को कैसे नियन्त्रित किया जाए। कोई भी पर्यावरणवादी आपको आसानी से समझा देगा कि एक ही तरह की वनस्पति की पैदावार कितनी कमजोर होती है। एक प्रभुत्ववादी विश्व का अर्थ हुआ बिना विपक्ष की सरकार। यह एक प्रकार की तानाशाही में बदल जाती है। यह दुनिया को एक प्लास्टिक की थैली से ढँकने और उसे खुलकर साँस न लेने देने के समान है। अन्ततः इस थैली को चीरकर मुक्त होना पड़ेगा।

इस नए युद्ध से पहले पिछले बीस वर्षों के संघर्ष में 15 लाख लोगों ने अपनी जानें गँवाई हैं।[7]

अफगानिस्तान मलबे में बदल गया और अब इस मलबे को बारीक धूल में बदला जा रहा है। लड़ाई के दूसरे दिन ही अमेरिकी पायलट अपने बमों को बिना बरसाए लौट रहे थे।[8] जैसा कि एक पायलट ने कहा, ''अफगानिस्तान में ऐसा माहौल नहीं है कि जहाँ निशानों का बाहुल्य हो।''[9] पेंटागन के एक पत्रकार सम्मेलन में अमेरिकी रक्षा मन्त्री डोनाल्ड रम्सफेल्ड से पूछा गया कि क्या वहाँ ऐसे

ठिकाने नहीं बचे हैं जहाँ कि बम डाले जा सकें। उनका जवाब था, "हम पहले पुराने ठिकानों पर फिर से बमबारी करेंगे और दूसरा, ऐसा नहीं है कि निशाने खत्म हो गए हैं, अफगानिस्तान..." इस पर सबने ठहाका लगाया।[10]

तीसरे दिन ही बमबारी खत्म होते-होते अमेरिकी रक्षा मन्त्रालय ने डींग हाँकी कि हमने "अफगानिस्तान पर हवाई वर्चस्व हासिल कर लिया है।"[11] (क्या इससे उनका तात्पर्य यह था कि उन्होंने अफगानिस्तान के दोनों या सभी 16 जहाजों को तबाह कर दिया है)।

अफगानिस्तान में जमीन पर उत्तरी गठबन्धन—तालिबान का पुराना दुश्मन और इसलिए अन्तरराष्ट्रीय मोर्चे का नवीनतम मित्र—काबुल पर कब्जा करने के लिए आगे बढ़ता जा रहा है। (इन विजेताओं के लिए यह बतलाना काफी है कि उत्तरी गठबन्धन का रिकॉर्ड तालिबानों से कोई बेहतर नहीं है। पर चूँकि यह इस दौरान जरा असुविधाजनक है इसलिए इन छोटे-छोटे विवरणों की ओर ध्यान नहीं दिया जा रहा है।)[12]

सितम्बर के शुरू में यदाकदा नजर आनेवाला, गठबन्धन का मध्यमार्गी और स्वीकार्य नेता अहमद शाह मसूद एक आत्मघाती बम के आक्रमण में मारा गया था।[13] शेष उत्तरी गठबन्धन निर्मम सरदारों, भूतपूर्व कम्युनिस्टों और कट्टर मुल्लाओं का ढीला-ढाला संगठन है। यह कबीलाई वफादारियों पर विभाजित विभिन्न लोगों का ऐसा समूह है जिनमें से कुछ ने पूर्व में अफगानिस्तान में सत्ता का सुख भोगा हुआ है।

अमेरिकी हवाई हमलों से पहले तक उत्तरी गठबन्धन का अफगानिस्तान के भौगोलिक क्षेत्र के कुल पाँच प्रतिशत पर नियन्त्रण था। अब मोर्चे की मदद और 'हवाई संरक्षण' से यह तालिबान को बेदखल करने जा रहा है।[14] इस बीच, तालिबान सैनिकों ने हार को अवश्यम्भावी देखकर उत्तरी गठबन्धन की ओर पाला बदलना शुरू कर दिया है। यानी लड़ाकू सेनाएँ पाला बदलने और नई वर्दी पहनने में लगी हैं। पर इस चालू कार्य व्यापार में शायद ही इस सबका कोई अर्थ रह गया हो। प्रेम घृणा है, उत्तर दक्षिण हो गया है और शान्ति का नाम युद्ध है।

वैश्विक ताकतों के बीच एक 'प्रतिनिधि सरकार की स्थापना' की बात हो रही है। या दूसरी ओर अफगानिस्तान के तख्त पर 89 वर्षीय पूर्व बादशाह जहीर शाह को फिर से बैठाने की बात चल रही है, जो 1973 से रोम में रह रहा है।[15] यह खेल इसी तरह चलता है—सद्दाम हुसैन को बढ़ावा दो और फिर उसे बाहर कर दो; मुजाहिदीन को वित्तीय सहायता दो, फिर बम मार-मारकर उनकी चटनी बना दो; जहीर शाह को लाओ और देखो कि वह सलीके का लड़का साबित होता

है या नहीं। (क्या एक प्रतिनिधि सरकार को ठोक-पीटकर लाना सम्भव है ? क्या आप लोकतन्त्र के पकवान का आदेश दे सकते हैं जिसमें कि अधिक पनीर और मिर्च डाली गई हो ?)

जनता के हताहत होने की, लोगों के शहरों को खाली कर सीमाओं पर—जो कि बन्द कर दी गई है—पहुँचने के समाचार आने लगे हैं।[16] मुख्य सड़कें या तो ध्वस्त हो चुकी हैं या फिर बन्द कर दी गई हैं। जिन्हें अफगानिस्तान में काम करने का अनुभव है उनका कहना है कि नवम्बर के शुरू तक खाद्यान्न के काफिलों को लाखों अफगान नागरिकों (संयुक्त राष्ट्र के अनुसार 75 लाख) तक पहुँचाना मुश्किल हो जाएगा जिनके इन सर्दियों के दौरान भूख से मर जाने की पूरी आशंका है।[17] उनका कहना है कि इस बीच सर्दी से पहले जो भी दिन बचे हैं उनमें या तो लड़ाई हो सकती है या भूखों तक भोजन पहुँचाने की कोशिश हो सकती है। दोनों नहीं।

अमेरिकी सरकार ने अफगानिस्तान में मानवीय मदद के तौर पर आपात राशन के 37 हजार भोजन के पैकेट हवाई जहाजों से गिराए हैं। उनका कहना है कि कुल पाँच लाख पैकेट गिराने की योजना है। तब भी यह भूख के कगार पर पहुँचे हुए लाखों अफगानों में से सिर्फ पाँच लाख का एक समय का ही आहार होगा। सहायता कार्य में लगे लोगों ने इस कदम की अजीबोगरीब और खतरनाक जनसम्पर्क की तिकड़म कहकर आलोचना की है। उनका कहना है यह पूरी तरह अर्थहीन है। नम्बर एक, इसलिए कि जिन्हें भोजन की आवश्यकता है उन तक ये कभी नहीं पहुँच पाएगा। इससे भी बड़ा खतरा यह है कि जो पैकेट लेने बाहर दौड़ेंगे वे जमीन में दबी बारूदी सुरंगों से उड़ जाने का खतरा मोल लेंगे।[18] खैरात के लिए इससे त्रासद दौड़ हो सकती है।

कुछ भी हो, भोजन पैकेटों का उनके लिए विशेष महत्त्व है। उनमें क्या है यह सभी अखबारों में छापा गया है। हमें पता चलता है कि मुस्लिम भोजन कानून (?) के अनुसार ही उसे शाकाहारी रखा गया है। अमेरिकी झंडे से सजे हर पीले पैकेट में चावल, वनस्पति का मक्खन, सेम का सलाद, स्ट्राबेरी जैम, किशमिश, रोटी, सेब का फ्रूट बार, नमक-मिर्च, दियासलाई, प्लास्टिक की चम्मच-प्लेट, हाथ पोंछने का कागज और इन्हें इस्तेमाल करने के लिए सचित्र निर्देश हैं।[19]

तीन वर्ष के लगातार सूखे के बाद जलालाबाद में हवाई-जहाजी खाने को एक विमान से गिराया जाता है। अमेरिकी सरकार की सांस्कृतिक अज्ञानता, महीनों की सतत भूख और निर्मम गरीबी का क्या मतलब होता है इसको न समझ पाना

और ऊपर से इस भयावह गरीबी को भी अपनी छवि निखारने के लिए इस्तेमाल करने की कोशिश, भयावह है।

थोड़ी देर के लिए दृश्य को उल्टा कर दें। कल्पना कीजिए कि तालिबान सरकार न्यूयॉर्क शहर पर बमबारी कर रही है और लगातार कह रही है कि उसका निशाना अमेरिकी सरकार और उसकी नीतियाँ हैं। और मान लीजिए कि दो बमबारियों के बीच वह अफगानी झंडों का ठप्पा लगाए नान और कबाब के कुछ हजार पैकेट गिराए। क्या न्यूयॉर्क के भले लोग कभी भी अफगान सरकार को माफ कर पाने की स्थिति में हो पाएँगे ? वे चाहे कितने ही भूखे हों, उन्हें भोजन की कितनी भी जरूरत क्यों न हो, वे चाहे इसे खाएँ भी, इस अपमान को, इस कृपा को वो कैसे भूल पाएँगे ? वहाँ के मेयर रूडी जुलियानी ने एक करोड़ डॉलर के एक सऊदी शहजादे के उपहार को इसलिए वापस कर दिया कि साथ में उसने मध्य एशिया में अमेरिकी नीतियों के बारे में कुछ दोस्ताना सलाह देने की धृष्टता भी कर दी थी।[20] क्या आत्मसम्मान ऐसी अय्याशी है जो सिर्फ धनी लोगों के लिए ही बनी है ?

इसे खत्म करने की जगह इस तरह के गुस्से को पैदा करना ही आतंकवाद को जन्म देता है। घृणा और बदले की भावना को अगर एक बार आपने छूट दे दी तो वे वापस नहीं लौटते। हर मारे जानेवाले 'आतंकवादी' या उसके 'समर्थक' के पीछे सैकड़ों निर्दोष आदमी मारे जाते हैं। इसकी बहुत सम्भावना है कि इससे भविष्य के कई आतंकवादियों का निर्माण होगा।

यह सब कहाँ ले जाएगा ?

सारी लफ्फाजी को किनारे रखकर विचार करें तो अभी भी दुनिया को 'आतंकवाद' की सही परिभाषा नहीं मिल पाई है। एक देश का आतंकवादी अकसर ही दूसरे के लिए स्वतन्त्रता सेनानी बन जाता है। समस्या की जड़ में हिंसा के प्रति दुनिया की यही दुविधा है। एक बार अगर हिंसा को वैध राजनीतिक माध्यम स्वीकार कर लिया जाता है तो आतंकवादियों (विद्रोहियों या स्वतन्त्रता सेनानियों) की नैतिक और राजनीतिक स्वीकृति एक विवादास्पद विषय बन जाती है। खुद अमेरिकी सरकार ने सारी दुनिया में अनगिनत विद्रोहियों और विप्लवियों को हथियार, पैसा और शरण दी है। सीआइए और आइएसआइ द्वारा प्रशिक्षित और हथियारों से लैस मुजाहिदीन को राष्ट्रपति रीगन ने स्वतन्त्रता सेनानी कहा, जिन्हें '80 के दशक में सोवियत नियन्त्रण वाले अफगानिस्तान में आतंकवादी माना जाता था।[21]

आज पाकिस्तान—इस युद्ध में अमेरिका का सबसे नया सहयोगी—विद्रोहियों

की मदद करता है जो सीमा पार से कश्मीर में घुसते हैं। पाकिस्तान उन्हें 'स्वतन्त्रता सेनानी' घोषित करता है, भारत उन्हें 'आतंकवादी' बतलाता है। भारत अपने तईं उन देशों की भर्त्सना करता है जो कि आतंकवाद को पोसते और बढ़ावा देते हैं, लेकिन ज्यादा देर नहीं हुई है जबकि श्रीलंका में अपना गृह राज्य माँगनेवाले तमिल विद्रोहियों–एलटीटीई को भारत ने प्रशिक्षित किया, जो कि खूनी आतंक के अनेक कृत्यों के लिए जिम्मेदार है। (ठीक वैसे ही जैसे कि सीआइए ने मुजाहिदीन को अपना काम निकल जाने के बाद बीच में ही छोड़ दिया, भारत ने 1989 में अचानक ही कई राजनीतिक कारणों से एलटीटीई से एकाएक किनारा कर लिया था। इससे गुस्साए एक आत्मघाती-बमधारी ने 1991 में भारत के पूर्व प्रधानमन्त्री राजीव गांधी की हत्या कर दी थी।)

सरकारों और राजनीतिज्ञों के लिए यह समझना जरूरी है कि इन विशाल उफनती मानव भावनाओं को अपने संकीर्ण हितों के लिए इस्तेमाल करने से तत्काल नतीजे निकल सकते हैं। पर अन्ततः और अनिवार्य रूप से इनके विनाशकारी परिणाम ही सामने आते हैं। धार्मिक भावनाओं को भड़काकर अपने राजनैतिक हितों के लिए इस्तेमाल करना सबसे खतरनाक वसीयत है जो कि कोई सरकार या राजनीतिज्ञ, अपने समाज समेत, किसी समाज के लिए छोड़ सकते हैं। वे लोग जो धार्मिक और साम्प्रदायिक कट्टरवाद से बर्बाद समाजों में रहते हैं, जानते हैं कि–'बाइबिल' से 'भगवद्गीता' तक–किसी भी धार्मिक ग्रन्थ से कुछ-न-कुछ ऐसा निकाला जा सकता है जिसको परमाणु युद्ध से लेकर, नरसंहार और कार्पोरेट वैश्वीकरण तक, किसी भी बात के पक्ष में परिभाषित किया जा सकता है।

यह सब कहने का यह अर्थ नहीं है कि 11 सितम्बर की भयावह घटना के लिए जिम्मेदार आतंकवादियों को पकड़कर सजा नहीं दी जानी चाहिए। उन्हें खोजकर सजा अवश्य दी जानी चाहिए। लेकिन क्या युद्ध उन्हें ढूँढ़ने का सही तरीका है ? क्या एक सुई खोजने के लिए पूरा खलिहान ही जला देंगे ? या यह क्रोध को और फैलाकर हम सबके लिए इस दुनिया को साक्षात नरक नहीं बना देगा ?

कुल मिलाकर आप कितने आदमियों की जासूसी कर सकते हैं, कितने बैंक एकाउंटों पर पाबन्दी लगा सकते हैं, कितने वार्तालापों पर आप कान लगा सकते हैं, कितने ई-मेल को पकड़ सकते हैं, कितनी चिट्ठियों को आप खोल सकते हैं, कितने फोनों को सुन सकते हैं। 11 सितम्बर से पहले ही सीआइए अपनी सूचनाएँ इकट्ठी कर चुका था जिनका इस्तेमाल चाहकर भी सम्भव नहीं है। (अक्सर

सूचना की अति गुप्तचरीय काम में वास्तविक बाधा साबित हो सकती है। इसलिए आश्चर्य नहीं कि भारत द्वारा 1998 में किए गए परमाणु परीक्षणों का अमेरिकी जासूसी उपग्रह पता नहीं लगा पाए।)

इतने बड़े स्तर पर नजर रखने का स्वरूप ही प्रबन्धन, नैतिकता और नागरिक अधिकारों का संकट खड़ा कर देगा। यह सबको पूरी तरह बावला बना देगा। और स्वतन्त्रता—वह अत्यन्त मूल्यवान चीज—इसका सबसे पहला शिकार होगी। यह घाव बन चुका है और खतरनाक तरीके से रिस रहा है।

विश्वभर की सरकारें वर्तमान उन्माद और आतंक का, अपना उल्लू सीधा करने के लिए, निर्मम दोहन करने में लगी हैं। हर तरह की अप्रत्याशित राजनीतिक ताकतों का खुला इस्तेमाल शुरू हो गया है। उदाहरण के लिए दिल्ली में अखिल भारतीय जनप्रतिरोध मंच के सदस्यों को युद्ध विरोधी और अमरिका विरोधी पर्चा बाँटने के लिए गिरफ्तार कर लिया गया।[22] यहाँ तक कि पर्चे के मुद्रक को भी जेल भेज दिया गया। दक्षिणपन्थी सरकार (जो हिन्दू चरमपन्थी संगठनों जैसे कि विश्व हिन्दू परिषद और बजरंग दल का संरक्षण प्रदान कर रही है) ने स्टुडेंट्स इस्लामिक मूवमेंट ऑफ इंडिया—भारतीय छात्र इस्लामी आन्दोलन—(सिमी) पर प्रतिबन्ध लगा दिया है और यह उस आतंकवाद विरोधी कानून को फिर से लाने की कोशिश कर रही है जिसके बारे में मानवाधिकार आयोग ने कहा था कि इस कानून का सही इस्तेमाल होने की जगह भारी दुरुपयोग हो रहा है।[23] करोड़ों मुसलमान भारतीय नागरिक हैं। क्या उन्हें अलग-थलग करने से कुछ हासिल होगा ?

युद्ध के हर दिन के साथ धधकते क्रोध की भावनाएँ दुनिया पर अपनी पकड़ मजबूत करती जाती हैं। विश्व प्रेस की युद्ध-क्षेत्र में स्वतन्त्र रूप से पहुँच न के बराबर है। कुछ भी हो मुख्यधारा के मीडिया, विशेषकर अमेरिकी प्रेस ने, अपने को बिलकुल बन्द कर लिया है और सरकारी अफसरों तथा सैनिक अधिकारियों द्वारा उपलब्ध कराई सूचनाओं को ही आँख मूँदकर इस्तेमाल कर रहा है। अफगान रेडियो स्टेशन बमबारी से बर्बाद कर दिए गए हैं। तालिबानी हमेशा ही प्रेस को शक की निगाह से देखते रहे हैं। इस प्रोपेगंडा—लड़ाई में कहीं से कोई सही खबर नहीं मिल रही है कि वास्तव में कितने लोग मारे गए हैं या कितनी बर्बादी हुई है। सही सूचना न मिलने के करण अफवाहें तेजी से फैल रही हैं।

दुनिया के इस कोने में अपने कान जमीन पर लगाइए तो आप बढ़ते क्रोध के घातक नगाड़ों की उस झनझनाती आवाज को सुन सकेंगे। कृपया सुनिए। सुनिए, युद्ध को अब रोकिए। काफी लोग मारे जा चुके हैं। चालाक प्रक्षेपास्त्र

उतने बुद्धिमान नहीं हैं। वे दमित क्रोध के भरे-पूरे गोदामों को उड़ाकर हवा दे रहे हैं।

जॉर्ज बुश हाल में गरजे थे कि : "जब मैं कार्रवाई करूँगा तो 20 लाख डॉलर के एक प्रक्षेपास्त्र को 10 डॉलर के किसी खाली तम्बू पर नहीं छोड़ूँगा जो कि किसी ऊँट के कूल्हे पर जाकर लगे। यह निर्णायक होगी।"[24] राष्ट्रपति बुश को मालूम होना चाहिए कि अफगानिस्तान में ऐसा कोई निशान नहीं है जिसे मारकर उनके प्रक्षेपास्त्रों के पैसे वसूल हो पाएँ। बेहतर हो अपना हिसाब-किताब बराबर रखने के लिए दुनिया के गरीब देशों की सस्ती जानों और सस्ते ठिकानों को अपना निशाना बनाने के सहयोगी हथियार उत्पादकों के लिए फायदे का सौदा नहीं होगा। उदाहरण के लिए यह कार्लाइल ग्रुप के लिए समझदारी का काम नहीं होगा–जिसे कि 'इंडस्ट्री स्टैंडर्ड' पत्रिका ने 'दुनिया की सबसे बड़ी निजी इक्विटी फर्म' बतलाया है और जिसका साम्राज्य 13 खरब डॉलर का है।[25] कार्लाइल रक्षा-क्षेत्र में निवेश करता है और सैनिक टकराहटों और हथियारों पर किए जानेवाले खर्च से मुनाफा कमाता है।

कार्लाइल का प्रबन्धन ऐसे लोगों के पास है जिनकी योग्यता के बारे में किसी तरह के शक की कोई गुंजाइश ही नहीं है। पूर्व अमेरिकी रक्षा मन्त्री फ्रैंक कार्लूसी कार्लाइल के अध्यक्ष और मैनेजिंग डायरेक्टर हैं (कॉलेज के दिनों में वह डोनाल्ड रम्सफेल्ड एक ही कमरे में रहते थे।) कार्लाइल के अन्य भागीदारों में अमेरिका के पूर्व गृह मन्त्री जेम्स ए. बेकर तृतीय, जॉर्ज सोरोस, फ्रेड मालेक (जॉर्ज बुश सीनियर के चुनाव के इंचार्ज) हैं। एक अमेरिकी अखबार–*बाल्टिमोर क्रॉनिकल ऐंड सेंटिनल* का कहना है कि पूर्व राष्ट्रपति जॉर्ज बुश सीनियर एशियाई बाजारों के कार्लाइल समूह के लिए निवेश की तलाश कर रहे हैं। बताया जाता है कि उन्हें सम्भावित सरकारी-खरीदारों के लिए 'प्रदर्शन' की व्यवस्था करने के लिए कम पैसा नहीं मिला है।[26]

आ हा, तो ये बात है ! जैसी कि पुरानी कहावत है, सब कुछ परिवार के भीतर ही है।

इसके अलावा, पारिवारिक परम्परागत धन्धे की एक और शाखा है–वह है तेल का व्यवसाय। याद रहे, राष्ट्रपति जॉर्ज बुश (जूनियर) और उपराष्ट्रपति डिक चेनी, दोनों ही ने अमेरिकी तेल उद्योग के लिए काम किया है और करोड़ों की कमाई की है।

अफगानिस्तान की उत्तर-पश्चिमी सीमा से लगे तुर्कमेनिस्तान में प्राकृतिक गैस का दुनिया का तीसरा सबसे बड़ा भंडार और लगभग छह खरब बैरल तेल

है। विशेषज्ञों का मानना है कि यह अमेरिका की ऊर्जा को कम-से-कम 30 वर्षों की जरूरतें (और एक विकासमान देश की कई सदियों की जरूरतें) पूरी करने के लिए काफी है।[27] अमेरिका ने तेल को सदा अपनी सुरक्षा जरूरतों के अन्तर्गत रखा है और जो भी तरीका उसे उचित लगा है, उससे इसकी रक्षा की है। हममें से किसी को कोई शंका नहीं है कि खाड़ी-क्षेत्र में उसकी उपस्थिति का मूल कारण पूरी तरह उसकी तेल की रणनीति है न कि मानवाधिकारों की रक्षा।

अभी कैस्पियन क्षेत्र का तेल और गैस उत्तर की ओर से यूरोपीय बाजार में जाता है। भौगोलिक एवं राजनीतिक दृष्टि से ईरान और रूस अमेरिकी हितों के प्रसार में प्रमुख बाधाएँ हैं। सन् 1998 में डिक चेनी ने—जो उन दिनों हैलिबर्टन नाम की प्रमुख तेल उद्योग की कम्पनी के सीईओ थे—कहा था : "मुझे याद नहीं पड़ता कि कभी कोई ऐसा दौर आया हो जबकि कोई एक क्षेत्र अचानक सामरिक रूप से इतना महत्त्वपूर्ण हो गया हो जितना कि कैस्पियन। ऐसा लगता है कि मानो रातों-रात अवसर सामने आ गए हों।"[28] यह बिलकुल सच है।

पिछले कुछ वर्षों से विशाल अमेरिकी तेल कम्पनी यूनोकैल तालिबान से बात चला रही थी कि उसे अफगानिस्तान होते हुए तेल पाइप लाइन डालने की इजाजत दे दी जाए जो कि पाकिस्तान होती हुई अरब सागर पहुँचेगी। यहाँ से यूनोकैल दक्षिणी और दक्षिण-पूर्वी एशिया के 'उभरते' कमाऊ बाजारों पर कब्जा करने के मनसूबे बाँधे हुए है। दिसम्बर, 1997 में तालिबानी मुल्लाओं का एक प्रतिनिधिमंडल अमेरिका गया और अमेरिकी गृह मन्त्रालय के अफसरों और ह्यूस्टन में यूनोकैल पदाधिकारियों से मिला था।[29] उस समय तालिबान का अफगानिस्तान में सरेआम लोगों को फाँसी पर चढ़ाने का शौक और इनके द्वारा अफगान स्त्रियों पर किए जा रहे अत्याचार अमेरिका की दृष्टि में उस तरह मानवता के खिलाफ अपराध नहीं था जितना कि आज वह हो गया है। अगले छह महीनों में सैकड़ों अमेरिकी विशुद्ध नारीवादी समूहों ने क्लिंटन प्रशासन पर लगातार दबाव डाला। सौभाग्य से वे इस बातचीत को रुकवाने में सफल हो भी गए। अब फिर से अमेरिकी तेल उद्योग के सामने सुनहरा मौका आ गया है।

अमेरिका में हथियार उद्योग, तेल उद्योग, प्रमुख मीडिया नेटवर्क और हाँ, अमेरिकी विदेश नीति, सभी कुछ का नियन्त्रण एक ही उद्योग गठबन्धन करता है। इसीलिए यह उम्मीद करना मूर्खता होगी कि हथियारों, तेल और रक्षा सौदों के बारे में सही खबरें मीडिया में आएँगी। कुछ भी हो परेशान, भ्रमित लोग जिनके अहं को ठेस लगी हो, जिनके आत्मीय जन दर्दनाक तरीके से मारे गए हों, जिनका गुस्सा ताजा और तीखा हो, उन पर 'सभ्यताओं के टकराव' और 'अच्छे बनाम

बुरे' जैसे जड़ उपदेशों का सीधा असर होता है। यह बातें उन्हें सरकारी प्रवक्ता द्वारा प्रतिदिन दी जानेवाली विटामिन और उदासी दूर करने की दवाओं की खुराक-सी हर दिन दी जा रही है। नियमित खुराक से यह सुनिश्चित हो जाता है कि अमेरिका, जैसा कि वह सदा से था, एक प्रहेलिका (एनिग्मा) बना रहे—एक ऐसा देश जिसके बाशिन्दे अपने में ही मगन हैं और जिसे एक ऐसी बदचलन सरकार चलाती है जिसे पागलपन की तरह हर जगह अपनी टाँग अड़ाने का शौक है।

और इस प्रोपेगैंडा के स्तब्ध शिकार बाकी हम लोग, जो जानते हैं कि यह अनर्गल है, उनकी क्या स्थिति है ? हम उस छूट के दैनिक उपभोक्ता हैं, जिनके दिमाग में झूठ और बर्बरता, पीनट बटर (वनस्पति मक्खन) और स्ट्रॉबेरी जैम में लगाकर हर रोज जहाजों से भोजन के पीले पैकेटों की तरह हमारे दिमागों पर गिराई जा रही है। क्या हम दूसरी ओर मुँह करके इसे इसलिए खा जाएँ कि हम भूखे हैं ? या अफगानिस्तान के इस भयावह नाटक को बिना पलक झपके देखते जाएँ जब तक कि हमें सामूहिक रूप से उबकाई न आ जाए और हम सब एक स्वर में न कहें कि बहुत हो गया ?

जैसे-जैसे नई सहस्राब्दी का पहला साल खत्म होने की ओर बढ़ रहा है यह सोचकर अचम्भा होता है कि क्या हमने सपने देखने ही छोड़ दिए हैं ? क्या हम फिर से सौन्दर्य की कल्पना कर पाने की स्थिति में होंगे ? क्या फिर से यह सम्भव होगा कि हम धूप में एक छिपकली के नवजात की मन्थर, चकित, बिना पलक झपकी नजर को देख पाएँगे, या उस कुत्ते के पिल्ले के मखमली कानों को सहला पाएँगे या मॉरमाट (सुनसुनी) को, बिना वर्ल्ड ट्रेड सेंटर और अफगानिस्तान के बारे में सोचे ?

अक्तूबर, 2001

लोकतन्त्र
किस चिड़िया का नाम है

पिछली रात वडोदरा से एक मित्र ने फोन किया, रोते हुए। पन्द्रह मिनट बाद जाकर कहीं कुछ कह पाई। वात कोई पेचीदा नहीं थी। बस इतनी कि उसकी एक सहेली सईदा[1] को भीड़ ने पकड़ लिया था। और यही कि उसके पेट को फाड़कर उसमें जलते चीथड़े भर दिए गए थे। और यही कि मरने के बाद किसी ने उसके माथे पर 'ओम' गोद दिया था।[2]

आखिर कौन-से हिन्दू ग्रन्थ में ऐसा करने का उपदेश दिया गया है ?

हमारे प्रधानमन्त्री अटलबिहारी वाजपेयी ने इसे नाराज हिन्दुओं की, उन मुस्लिम 'आतंकवादियों' के खिलाफ, जिन्होंने गोधरा में साबरमती एक्सप्रेस के एस-6 के हिन्दू यात्रियों को जिन्दा जला दिया था, बदले की प्रतिक्रिया कहकर उचित ठहराया है।[3] जो लोग इस तरह की भयावह मौत मरे वे सब किसी के भाई, किसी की माँ, किसी के बच्चे थे। इसमें कहीं कोई शंका नहीं है।

कुरान के किस आयत में लिखा है कि उन्हें जिन्दा भून दिया जाना चाहिए था ?

दोनों पक्ष एक-दूसरे का कत्ल कर जितना अधिक अपने परस्पर विरोधी धार्मिक मतभेदों की ओर ध्यान आकर्षित करने की कोशिश करते हैं, उतना ही उनके बीच अन्तर करना मुश्किल होता जा रहा है। वह चाहे जो हों, दोनों एक ही हत्यारे देवता के उपासक हैं। वे एक ही वेदी में पूजा करते हैं। ऐसे विषाक्त माहौल में किसी भी व्यक्ति के लिए, खासकर प्रधानमन्त्री के लिए मनमाफिक यह घोषणा करना कि यह चक्र ठीक-ठीक कहाँ से शुरू हुआ, दुर्भाग्यपूर्ण और गैर-जिम्मेदाराना है।

इस वक्त हम जहर घुले चषक को पी रहे हैं—एक खोट भरा लोकतन्त्र जिसमें धार्मिक फासीवाद मिला है, शुद्ध जहर है।

हम क्या करें ? हम कर क्या सकते हैं ?

हमारी सत्ताधारी पार्टी रक्तस्राव से पीड़ित है। आतंकवाद के खिलाफ उसकी

लफ्फाजी, पोटा पारित कराना, पाकिस्तान के खिलाफ हुंकारे भरना (जिसमें परमाणु हथियार इस्तेमाल करने की धमकी भी छिपी है), सीमा पर इशारे भर के इन्तजार में खड़ी करीब दस लाख फौज और सबसे खतरनाक स्कूल के पाठ्यक्रम के इतिहास की किताबों को साम्प्रदायिक रंग देने और झूठ से भर देने की कोशिश है—लेकिन इनमें से कोई भी इसे एक के बाद एक चुनाव में मात खाने से नहीं बचा सका है।[4] यहाँ तक कि उसकी पुरानी चाल—अयोध्या में राम मन्दिर योजना को नए सिरे से शुरू करना भी कोई काम नहीं आया है।[5] हर तरफ से हताश पार्टी ने इस गाढ़े समय में गुजरात राज्य का रुख किया है।

गुजरात देश का अकेला ऐसा बड़ा राज्य है, जहाँ पिछले कुछ वर्षों से, भाजपा की सरकार है। वह ऐसी पैट्री डिश (बैक्टीरिया सम्बन्धी प्रयोग के लिए काम आनेवाली आधी ढकी तश्तरी) बन गया है जिसमें कि हिन्दू फासीवाद व्यापक राजनैतिक प्रयोग साधने में लगा है। मार्च 2002 में इन प्रारम्भिक नतीजों का सार्वजनिक प्रदर्शन किया गया।

गोधरा की हिंसा के कुछ ही घंटों के भीतर मुस्लिम समुदाय के खिलाफ बहुत सावधानी से तैयार और सरकार नियोजित हिंसा (पोग्रोम) शुरू की गई। इसकी अगुवाई हिन्दू राष्ट्रवादी विश्व हिन्दू परिषद और बजरंग दल कर रहे थे। सरकारी तौर पर मृतकों की संख्या 800 है, लेकिन निष्पक्ष रिपोर्टों के मुताबिक, यह संख्या 2000 से भी ज्यादा हो सकती है।[6] डेढ़ लाख से भी अधिक लोगों को उनके घरों से खदेड़ दिया गया है और अब वे शरणार्थी शिविरों में हैं।[7] महिलाओं को निर्वस्त्र कर उनके साथ सामूहिक बलात्कार किया गया, माँ-बाप की उनके बच्चों के सामने पीट-पीटकर हत्या की गई।[8] 240 दरगाह और 180 मस्जिदें तबाह कर दी गईं। अहमदाबाद में आधुनिक उर्दू शायरी के संस्थापक शायर वली गुजराती के मकबरे को ध्वस्त कर रातों-रात पाट दिया गया।[9] संगीतकार उस्ताद फैज अली खान के मकबरे को अपवित्र कर उसे जलते टायरों से भर दिया गया।[10] दंगाइयों ने दुकानों, मकानों, होटलों, कपड़ों मिलों, बसों और निजी कारों को लूटा और उनमें आग लगा दी। लाखों लोग बेरोजगार हो गए।[11]

अहमदाबाद में एक भीड़ ने कांग्रेस के पूर्व सांसद इकबाल एहसान जाफरी का घर घेर लिया। वे लगातार पुलिस आयुक्त, अतिरिक्त मुख्य सचिव (गृह) को फोन करते रहे लेकिन उनके फोन को अनसुना कर दिया गया। उनके घर के इर्दगिर्द घूम रही पुलिस की गाड़ियों ने कोई हस्तक्षेप नहीं किया। भीड़ उनके घर में घुसकर उन्हें घसीटते हुए बाहर ले आई और फिर दंगाइयों ने उनके टुकड़े-टुकड़े कर दिए।[12] बस, यह महज इत्तफाक है कि फरवरी में हुए राजकोट विधानसभा

उपचुनाव में जाफरी प्रचार अभियान के दौरान मुख्यमन्त्री नरेन्द्र मोदी की कड़ी आलोचना करनेवालों में थे।

अनुमान है कि पूरे गुजरात में हजारों लोग भीड़ में शामिल थे। वे पेट्रोल बम, बन्दूक, चाकू, तलवार और त्रिशूल से लैस थे।[13] विहिप व बजरंग दल के लम्पटों के अलावा लूटमार में दलित और आदिवासी भी शामिल थे। लूटपाट में मध्यम वर्ग के लोग भी शरीक हुए। (एक अविस्मरणीय मौके पर एक परिवार मित्सुबिशी लांसर पर चढ़कर पहुँचा था।[14]) दंगाइयों के सरगनाओं के पास कम्प्यूटर से तैयार की गई सूचियाँ थीं, जिनमें मुस्लिम घरों, दुकानों, कारोबारों और यहाँ तक कि उनकी साझेदारियों को चिह्नित किया हुआ था। अपनी कार्रवाई को अंजाम देने में समन्वय के लिए उनके पास मोबाइल फोन थे। उनके पास हजारों गैस सिलेंडरों से लदे ट्रक थे, जिन्हें हफ्तों पहले इकट्ठा कर लिया गया था। इनका उन्होंने मुस्लिम व्यापारिक प्रतिष्ठानों को उड़ाने के लिए इस्तेमाल किया। उन्हें न केवल पुलिस का संरक्षण हासिल था, बल्कि पुलिस की मिलीभगत यहाँ तक थी कि पुलिस गोली चलाकर उन्हें आगे बढ़ने में मदद कर रही थी।[15]

जब एक ओर गुजरात जल रहा था, तब दूसरी ओर प्रधानमन्त्री एमटीवी पर अपनी नई कविताओं का प्रचार कर रहे थे।[16] (खबरों के मुताबिक उनकी कविताओं के एक लाख कैसेट बिक गए हैं)। उन्हें गुजरात का दौरा करने में एक महीना लगा—इस बीच वे दो बार तफरीह के लिए पहाड़ हो आए।[17] आखिरकार जब वे वहाँ पहुँचे तो आतंककारी नरेन्द्र मोदी साये की तरह उनके साथ लगे रहे। शाह आलम राहत शिविर में उन्होंने भाषण भी दिया।[18] उनके होंठ मिले, उन्होंने चिन्ता जाहिर करने की कोशिश की, लेकिन जले, खून में सने और टुकड़े-टुकड़े कर दी गई उस दुनिया से निकलती सनसनाती हवा की आवाज के सिवा कुछ नहीं सुनाई दिया। फिर अगले दृश्य में हमने देखा कि वह सिंगापुर में गोल्फ की छोटी गाड़ी में घूमते, कारोबार सम्बन्धी करार कर रहे हैं।[19]

यह याद रखना जरूरी है कि जिस हिंसा से गुजरात में उथल-पुथल मच रही थी, वह सीमा पार कर अन्य राज्यों में नहीं फैली। राजस्थान, महाराष्ट्र, मध्य प्रदेश—ये सारे साम्प्रदायिक रूप से संवेदनशील राज्य शान्त रहे। बिहार और उत्तर प्रदेश में भी शान्ति रही। यह कोई इत्तफाक नहीं कि इनमें से किसी भी राज्य में भाजपा सत्ता में नहीं थी।

गुजरात में सड़कों पर हत्यारे आज भी मँडरा रहे हैं। हिंसक भीड़ रोजमर्रा के जीवन की निर्णायक बन गई है। कौन कहाँ रह सकता है, कौन क्या कह सकता है, कौन किससे कब और कहाँ मिल सकता है ? इसकी सत्ता तेजी से फैल रही

है। अब यह धार्मिक मामलों से आगे बढ़कर जमीन सम्बन्धी विवादों, पारिवारिक झगड़ों, जल संसाधन की योजना और आवंटन आदि तक पहुँच गया है। (यही कारण है कि नर्मदा बचाओ आन्दोलन की मेधा पाटकर पर हमला किया गया)।[20] मुसलमानों के कारोबार बन्द करा दिए गए हैं। रेस्तराओं में मुसलमानों को कुछ नहीं दिया जा रहा है। मुसलमान बच्चों को स्कूलों में पसन्द नहीं किया जाता। मुस्लिम छात्र इतने डरे हुए हैं कि इम्तिहान नहीं दे सकते।[21] मुस्लिम माता-पिता डरे हुए हैं कि उनके बच्चे, उनकी नसीहत को भूलकर लोगों के बीच 'अम्मी' या 'अब्बा' कह बैठेंगे और मौत को अचानक न्योता दे डालेंगे।

चेतावनी दी जा चुकी है : यह तो महज शुरुआत है।

क्या यह वही हिन्दू राष्ट्र है, जिसके सपने हमें दिखाए गए हैं ? एक बार मुसलमानों को 'उनकी औकात बता दिए जाने' के बाद क्या देश भर में दूध और कोका कोला की नदियाँ बहेंगी ? क्या राम मन्दिर बन जाने के बाद प्रत्येक व्यक्ति का तन ढक जाएगा और पेट में रोटी होगी ?[22] क्या हर आँख का आँसू पोंछ दिया जाएगा ? क्या हम अगले साल इसकी वर्षगाँठ मनाने की उम्मीद करें ? या तब तक नफरत का कोई और निशाना ढूँढ़ लिया जाएगा ? अकारादि क्रम में आदिवासी, ईसाई, दलित, पारसी, सिख कौन होगा उनका अगला निशाना ? जो लोग जीन्स पहनते हैं या अंग्रेजी बोलते हैं, या जिनके होंठ मोटे हैं या बाल घुँघराले हैं ? हमें ज्यादा इन्तजार की जरूरत नहीं पड़ेगी। यह शुरू हो चुका है। क्या स्थापित रस्में जारी रहेंगी ? क्या लोगों का गला काट, उनके टुकड़े-टुकड़े कर उन पर मूत दिया जाएगा ? बच्चों को उनकी माँ का गर्भ फाड़कर कत्ल किया जाएगा ? (इन संस्कृतियों की विविधता, खूबसूरती और आश्चर्यजनक अराजकता के बिना चरित्रहीन भारत की किस तरह की कल्पना की जा सकती है ? भारत इनके बगैर मकबरा बन जाएगा और उसमें से श्मशान की-सी गन्ध आने लगेगी।)

इससे कोई फर्क नहीं पड़ता कि वे कौन थे और किस तरह मारे गए, गुजरात में पिछले हफ्तों में मारा गया हर आदमी हमारे शोक का अधिकारी है। पत्र-पत्रिकाओं में आ रही सैकड़ों नाराजगी भरी चिट्ठियों में पूछा जा रहा है कि 'छद्म धर्मनिरपेक्षतावादियों' ने गोधरा में 'साबरमती एक्सप्रेस' जलाने की घटना की उतने ही क्रोध के साथ निन्दा क्यों नहीं की जितनी नाराजगी के साथ वे बाकी गुजरात में हुई हत्याओं की निन्दा कर रहे हैं। वे पत्र लेखक यह नहीं समझ पा रहे हैं कि फिलहाल गुजरात में जिस तरह की सरकार द्वारा समर्थित सुनियोजित नरसंहार जारी है उसमें और गोधरा में साबरमती एक्सप्रेस जलाने की घटना के बीच एक बुनियादी फर्क है। हमें अब भी पक्का पता नहीं है कि गोधरा नरसंहार

के लिए वास्तव में कोई जिम्मेदार है।[23] जिन्होंने भी किया, उनकी राजनैतिक प्रतिबद्धता जो भी हो, उन्होंने भयंकर अपराध किया। लेकिन प्रत्येक स्वतन्त्र रिपोर्ट में कहा गया है कि गुजरात में मुस्लिम समुदाय के सुनियोजित नरसंहार—जिसे सरकार ने स्वतः स्फूर्त 'प्रतिक्रिया' करार दिया है—को अगर कम कहा जाए तो राज्य की कृपालु छत्रछाया में अंजाम दिया गया, अन्यथा इसे राज्य सरकार की सक्रिय मदद से अंजाम दिया गया।[24] जैसे भी देखें, राज्य इस अपराध का दोषी है। और राज्य अपने नागरिकों के नाम पर कार्रवाई करता है। इसलिए एक नागरिक के नाते मैं यह मानने के लिए मजबूर हूँ कि गुजरात के इस सुनियोजित नरसंहार में मुझे भी साझेदार बनाया जा रहा है। मुझे इसी बात का रंज है। और यही बात दोनों नरसंहारों को एक-दूसरे से बिलकुल अलग कर देती है।

गुजरात नरसंहार के बाद भाजपा के नैतिक और सांस्कृतिक संगठन राष्ट्रीय स्वयंसेवक संघ (आरएसएस) ने, जिसके प्रधानमन्त्री, गृहमन्त्री और मोदी खुद सदस्य हैं, अपने बंगलूर सम्मेलन में मुसलमानों से बहुसंख्यक समुदाय की 'सदाशयता' हासिल करने का आह्वान किया था।[25] गोवा में भाजपा की राष्ट्रीय कार्यकारिणी की बैठक में नरेन्द्र मोदी का एक नायक के रूप में स्वागत किया गया। उनके मुख्यमन्त्री पद से इस्तीफे के दिखावे की पेशकश को आम सहमति से ठुकरा दिया।[26] हाल के एक सार्वजनिक भाषण में मोदी ने गुजरात के पिछले कुछ हफ्तों की घटनाओं की गांधीजी के दांडी मार्च से तुलना की है—उनके मुताबिक दोनों घटनाएँ 'स्वाधीनता के लिए संघर्ष' के महत्त्वपूर्ण मौके हैं।[27]

हालाँकि मौजूदा भारत और युद्धपूर्व के जर्मनी के बीच नजर आनेवाली समानता रोंगटे खड़ी करनेवाली है, लेकिन उन पर आश्चर्य नहीं होना चाहिए। (आरएसएस के संस्थापकों ने अपने लेखों में हिटलर और उसके तरीकों की खुलकर सराहना की है।[28]) यहाँ फर्क इतना भर है कि अपने देश में हिटलर नहीं है। उसके बजाय हमारे यहाँ एक शोभायात्रा है, एक चल सिंफोनिक ऑर्केस्ट्रा है। कई फन और कई भुजाओंवाले संघ परिवार में—भाजपा, आरएसएस, विहिप और बजरंग दल सब अलग-अलग साज बजाते हैं। इसकी बहुमुखी प्रतिभा इस बात में निहित है कि यह हर आदमी के लिए हर समय पर हर मर्ज की दवा है।

संघ परिवार के पास हर मौके के लिए एक उपयुक्त चेहरा है। तुकबन्दी करनेवाला एक बूढ़ा है जो मौसम के हिसाब से लफ्फाजी करता है। गृह मन्त्रालय के लिए भीड़ को उकसानेवाला एक कट्टरपन्थी है तो विदेशी मामलों के लिए एक भद्र व्यक्ति, टीवी पर बहस करने के लिए एक चिकना-चुपड़ा, अंग्रेजीभाषी वकील है, मुख्यमन्त्री पद के लिए एक निर्मम, हृदयहीन प्राणी और नरसंहार के

धन्धे के लिए जरूरी शारीरिक काम के लिए बजरंग दल और विहिप रूपी जमीनी कार्यकर्ता हैं। कुल मिलाकर यह अनेक सिरवाली शोभायात्रा छिपकली की पूँछ जैसी है जो जब भी कोई संकट आता है अलग हो जाती है और मौके से फिर निकल आती है : रक्षा मन्त्री का जामा पहने एक सुविधाभोगी समाजवादी भी इसमें शामिल है, जिसे अपने क्षति नियन्त्रण मिशन—युद्ध, तूफान, नरसंहार—पर भेजा जाता है। उन्हें उस पर भरोसा है कि वह सही बटन दबाएगा और उससे सही स्वर निकलेगा।

संघ परिवार उतनी जुबानों में बात करता है जितनी कि त्रिशूल के एक बंडल में नोकें होती हैं। वह एक साथ कई परस्पर विरोधी बातें कह सकता है। एक ओर जहाँ उसका एक मुखिया (विहिप) अपने कार्यकर्ताओं को 'अन्तिम समाधान' के लिए खुलेआम प्रेरित करता है, वहीं उसका प्रतीकात्मक प्रमुख (प्रधानमन्त्री) राष्ट्र को आश्वस्त करता है कि सभी नागरिकों के साथ, चाहे उनका कोई भी धर्म हो, समानता का व्यवहार किया जाएगा। यह किताबों और फिल्मों पर प्रतिबन्ध लगा सकता है, भारतीय संस्कृति को 'अपमानित करने के लिए' पेंटिंग जला सकता है।[29] साथ ही, वह पूरे देश के ग्रामीण विकास के बजट पर 60 फीसदी हिस्से को एनरॉन को लाभ के तौर पर गिरवी रख सकता है। उसके भीतर हर तरह का राजनैतिक विचार है, इसलिए अमूमन जो दो विरोधी राजनैतिक पार्टियों के बीच का सार्वजनिक संघर्ष होता, वह अब महज परिवार का मामला बन गया है। झगड़ा चाहे जितना कटु हो, हमेशा सार्वजनिक तौर पर लड़ा जाता है। उसे हमेशा सौहार्द के साथ सुलझा लिया जाता है, और दर्शक हमेशा प्यार, गुस्सा, साजिश, कुछ गाने, एक्शन, बदला, पश्चाताप और ढेर सारी हिंसा सब कुछ देखने के बाद सन्तुष्ट होकर जाते हैं कि उनका पैसा वसूल हो गया। यह 'फुल स्पेक्ट्रम डोमिनेंस' का हमारा अपना देसी संस्करण है। लेकिन जब मन्दी, वाकई मन्दी होती है तो टंटेबाजी करनेवाले मुखिया चुप हो जाते हैं और यह भयावह तरीके से जाहिर हो जाता है कि ऊपरी कोलाहल और शोरगुल के नीचे एक इकलौता दिल धड़क रहा है। और केसरिया रंगों से अन्धा हुआ संकीर्ण नजरिएवाला, क्षमा न करनेवाला दिमाग दिन-रात जुगत में लगा हुआ।[30]

भारत में पहले भी—जाति विशेष, आदिवासियों और दूसरे धर्मावलम्बियों के खिलाफ सरकार नियोजित और समर्थित हत्याएँ हुई हैं। 1984 में इन्दिरा गांधी की हत्या के बाद दिल्ली में कांग्रेस पार्टी के शासन के दौरान तीन हजार से ज्यादा सिखों का कत्लेआम करवाया गया, जो हर तरह से उतना ही वीभत्स था जितना गुजरात में जारी नरसंहार है।[31] उस समय राजीव गांधी ने कहा था, "जब कोई

बड़ा पेड़ गिरता है तो जमीन हिलती है।''[32] 1985 के चुनावों में कांग्रेस को भरपूर कामयाबी मिली। सहानुभूति की लहर जो थी ! अट्ठारह साल बीत चुके हैं। अभी तक एक भी आदमी दंडित नहीं हो पाया।

किसी भी संवेदनशील मुद्दे को लीजिए—परमाणु परीक्षण, बाबरी मस्जिद, तहलका घोटाला, चुनावी फायदे के लिए साम्प्रदायिकता के पिटारे को खोलना—आप पाएँगे कि कांग्रेस पार्टी वहाँ पहले से ही मौजूद है। हर मामले में कांग्रेस ने बीज बोए हैं और भाजपा उस नृशंस फसल को काटने पहुँच गई है। इसलिए ऐसे मौके पर हमें वोट करना पड़े तो क्या दोनों में कोई अन्तर रह जाता है ? इसका जवाब कुछ हिचक के बावजूद स्पष्ट 'हाँ' में है। इसकी वजह है : यह सही है कि कांग्रेस पार्टी ने दशकों से गम्भीर पाप किए हैं। लेकिन वह रात में किया गया पाप है जिसे भाजपा दिन-दहाड़े करती है। उसने वह काम पोशीदा तरीके से, शर्म के साथ किया, जिसे भाजपा गर्व के साथ करती है। यह अन्तर बेहद महत्त्वपूर्ण है।

साम्प्रदायिक घृणा फैलाना संघ परिवार का घोषित उद्देश्य है। उसकी योजना वर्षों से चल रही है। वह सभ्य समाज की धमनियों में धीरे-धीरे घुलनेवाले जहर की सूई सीधे लगा रहा है। देश भर में आरएसएस की हजारों शाखाएँ और शिशु मन्दिर लाखों बच्चों और युवाओं में अपना मतारोपण कर धार्मिक घृणा और झूठे इतिहास से उनके दिमाग को कुन्द करने में लगे हैं। इसमें अंग्रेजों के पहले मुसलमान शासकों द्वारा हिन्दू मन्दिरों को ध्वंस करने और हिन्दू महिलाओं की इज्जत लूटने का गैर-तथ्यात्मक या अतिशयोक्तिपूर्ण विवरण शामिल है। वे तालिबान को जन्म देनेवाले पूरे पाकिस्तान और अफगानिस्तान में फैले मदरसों से किसी तरह अलग और कम खतरनाक नहीं हैं। गुजरात जैसे राज्य में पुलिस, प्रशासन और हर स्तर के राजनैतिक कार्यकर्ताओं को योजनाबद्ध तरीके से चपेट में ले लिया गया है।[33] उसकी प्रचंड लोकप्रियता को कमतर आँकना या न समझना मूर्खता होगी। पूरे उपक्रम का दुर्जेय धार्मिक, वैचारिक, राजनैतिक और प्रशासनिक आधार है। इस प्रकार की शक्ति, इस प्रकार की पहुँच केवल राज्यतन्त्र के समर्थन से ही हासिल की जा सकती है।

कुछ मदरसे, धार्मिक घृणा फैलाने की मुस्लिम नर्सरियाँ, राज्य के समर्थन के अभाव में जो हासिल नहीं कर पाते हैं, इस कमी को उन्माद और विदेशी चन्दे से, पूरा करने की कोशिश करते हैं। वे हिन्दू साम्प्रदायिकतावादियों को अपने सामूहिक पागलपन और नफरत का नंगा नाच करने के लिए माकूल आधार मुहैया करा देते हैं। (दरअसल, वे इस उद्देश्य को इस हद तक पूरा करते हैं मानो वे

एक टीम का हिस्सा हों।)

इस सतत दबाव से यह होने की बहुत सम्भावना है कि अधिसंख्य मुस्लिम समुदाय दोयम दर्जे के नागरिक के रूप में, लगातार डर में जीता हुआ, किसी नागरिक अधिकार और इंसाफ की उम्मीद के बिना घेटो (ऐसी बस्तियाँ जहाँ एक ही समुदाय के लोग सुरक्षा के लिए रहने को मजबूर होते हैं) में केन्द्रित होकर रहने के लिए मजबूर हो जाएँगे। उनकी रोजमर्रा की जिन्दगी कैसी होगी ? हर छोटी-मोटी झड़प, चाहे वह सिनेमा की कतार में हुई तू-तू, मैं-मैं हो या चौराहे की लाइट पर कोई विवाद, घातक रूप ले सकता है। लिहाजा, वे खामोश रहना, अपने हालात को स्वीकार कर, उस समाज के जिसके वे हिस्से हैं, हाशिए में ही रेंगते हुए रहना सीख जाएँगे। उनकी आशंकाएँ दूसरे अल्पसंख्यकों तक सम्प्रेषित हो जाएँगी। उनमें से कई, खासकर नवयुवक शायद दहशतगर्दी की ओर रुख करेंगे। वे कई भयावह कांड कर डालेंगे। सभ्य समाज को उनकी निन्दा करने को कहा जाएगा। तब राष्ट्रपति बुश का यह आप्त वाक्य : ''आप या तो हमारे साथ हैं या आतंकवादियों के साथ'' हमारे सामने आ खड़ा होगा।[34]

वे शब्द बर्फ की तरह समय में जमकर ठहर गए हैं। भविष्य में वर्षों तक कत्ल और नरसंहार विशेषज्ञ अपने हत्याकांडों को जायज ठहराने के लिए, अपने घिनौने मुँहों को उनके अनुरूप चलाएँगे (फिल्मकार इसे 'लिप-सिंक' विधि के रूप में जानते हैं)।

शिवसेना के बाल ठाकरे, जो इधर महसूस कर रहे हैं कि मोदी ने उन्हें कुछ पीछे छोड़ दिया है, के पास इसका स्थायी समाधान है। उन्होंने गृहयुद्ध का आह्वान किया है। क्या यह एकदम बढ़िया नहीं है ? तब पाकिस्तान को हम पर बम नहीं डालना पड़ेगा, हम खुद अपने ऊपर बम डालेंगे। आइए पूरे हिन्दुस्तान को ही कश्मीर या बोस्निया या फिलिस्तीन या रवांडा में तब्दील कर लें। हम सब सदा यातना झेलते रहें। एक-दूसरे की हत्या करने के लिए महँगी बन्दूकें और विस्फोटक सामग्री खरीदें। ब्रिटिश हथियारों के सौदागर और अमेरिकी हथियारों के निर्माता हमारे खून पर और फलें-फूलें।[35] हम कार्लाइल समूह—बुश और बिन लादेन दोनों परिवार जिसके शेयर होल्डर हैं—से थोक छूट की माँग कर सकते हैं।[36] हो सकता है कि अगर सब कुछ ठीक-ठाक चले तो हम अफगानिस्तान जैसा बन जाएँ। (और यह तो देखिए कि उन्होंने कितना नाम कमाया है।) जब हमारे सभी खेतों में सुरंगें बिछ जाएँगी, हमारे मकान ढह जाएँगे, हमारी सारी व्यवस्था मलबे में तब्दील हो जाएगी, हमारे बच्चे अपंग और बावले हो जाएँगे, जब हम अपने को स्वनिर्मित घृणा से लगभग बर्बाद कर चुके होंगे, तब हम चाहें तो अमेरिकियों से मदद की

अपील कर सकते हैं। चाहिए किसी को हवाई जहाज से गिराया हुआ एयरलाइंस वाला खाना ?

हम अपने हाथों अपनी तबाही के कितने करीब पहुँच गए हैं। एक कदम और, फिर हमें तबाह करने से कोई नहीं रोक सकता। और फिर भी सरकार अड़ी हुई है। गोवा की भाजपा की राष्ट्रीय कार्यकारिणी की बैठक में धर्मनिरपेक्ष, लोकतान्त्रिक भारत के प्रधानमन्त्री वाजपेयी ने इतिहास रच दिया। वे भारत के पहले प्रधानमन्त्री बन गए हैं जिसने मर्यादाओं को तोड़कर सार्वजनिक तौर पर मुसलमानों के खिलाफ ऐसी धर्मान्धता का प्रदर्शन किया जिसे जॉर्ज बुश और डोनाल्ड रम्सफेल्ड भी करने में शर्माएँ। उन्होंने कहा, ''मुसलमान जहाँ कहीं भी रहते हैं वे शान्तिपूर्वक नहीं रहना चाहते। वे समाज के साथ घुल-मिलकर रहना ही नहीं चाहते। वे शान्ति से रहना ही नहीं चाहते हैं।''[37]

उन्हें शर्म आनी चाहिए। लेकिन काश वे अकेले होते। गुजरात के जनसंहार के अपने 'प्रयोग' की कामयाबी से आश्वत भाजपा तत्काल चुनाव कराना चाहती है। वडोदरा से मेरी मित्र ने कहा, ''निहायत शरीफ लोग, निहायत ही शरीफ लोग, निहायत साइस्तगी के साथ कहते हैं, 'मोदी हमारे हीरो हैं'।''

हममें से कुछ लोग इस मुगालते में थे कि पिछले कुछ हफ्तों की भयावह घटनाओं से सेकुलर पार्टियाँ, चाहे जितनी स्वार्थी हों, गुस्से में एकजुट हो जाएँगी। अकेले भाजपा को भारत के लोगों ने बहुमत नहीं दिया है। उसके पास हिन्दुत्व की योजना को लागू करने का जनादेश नहीं है। हमें उम्मीद थी कि केन्द्र में भाजपा नेतृत्व वाले गठबन्धन के 27 साझीदार अपना समर्थन वापस ले लेंगे। मूर्ख थे हम कि हमने ऐसा सोचा। हमने सोचा कि उनकी नैतिक दृढ़ता, धर्मनिरपेक्षता के सिद्धान्तों के प्रति उनकी घोषित प्रतिबद्धता की इससे बड़ी परीक्षा नहीं हो सकती।

यह समय का फेर है कि भाजपा के एक भी सहयोगी दल ने समर्थन वापस नहीं लिया है। दूर देखनेवाले नजर को देखकर अन्दाज लगा सकते हैं कि उनके समर्थन वापस लेने पर उन्हें किस क्षेत्र में फायदा होगा और कौन-सा मन्त्रालय उनके पास रहेगा और वे क्या गँवा बैठेंगे। एचडीएफसी के दीपक पारीख को छोड़कर, जो भारत के कॉर्पोरेट जगत के उन चन्द लोगों में से थे, किसी ने उसकी निन्दा नहीं की है।[38] कश्मीर के मुख्यमन्त्री और भारत में बचे इकलौते प्रमुख मुस्लिम राजनीतिक फारूक अब्दुल्ला मोदी का समर्थन करके सरकार की कृपा हासिल करने में लगे हैं क्योंकि उन्हें धुँधली-सी आशा है कि वे जल्दी ही भारत के उपराष्ट्रपति बन जाएँगे।[39] और सबसे खराब यह है कि दलितों की महान

उम्मीद, बसपा नेता मायावती ने उत्तर प्रदेश में भाजपा से गठजोड़ कर लिया है।[40]

कांग्रेस और वामपन्थी दलों ने मोदी के इस्तीफे की माँग करते हुए जनआन्दोलन छेड़ा है।[41] इस्तीफा ? क्या हम अपना विवेक खो चुके हैं ? अपराधी इस्तीफा नहीं देते ? उन पर आरोप लगाकर मुकदमा चलाया जाता है और सजा दी जाती है। जिस तरह गोधरा में ट्रेन जलानेवालों के साथ होना चाहिए। जिस तरह भीड़ और पुलिस और प्रशासन के उन लोगों के साथ होना चाहिए जिन्होंने बाकी गुजरात में सुनियोजित नरसंहार किया। जिस तरह उन्माद को चरम पर पहुँचानेवालों के साथ होना चाहिए। सर्वोच्च न्यायालय के पास मोदी और बजरंग दल तथा विहिप के विरुद्ध 'सुओ मोटू' (जिसके तहत अदालत खुद आरोप दाखिल करती है) कार्रवाई का विकल्प है। सैकड़ों गवाहियाँ हैं। ढेर सारे सबूत हैं। लेकिन भारत में अगर आप नृशंस हत्यारे या नरसंहार करनेवाले हैं पर राजनीतिक हैं तो आपके लिए आशावादी होने की तमाम वजहें हैं। कोई उम्मीद तक नहीं करता कि राजनीतिकों पर मुकदमा चलाया जाएगा। मोदी और उनके सहयोगियों के खिलाफ आरोप लगाकर उन्हें किनारे करने की माँग से दूसरे राजनैतिकों की घिनौनी पोलें खुलने लगेंगी—लिहाजा वे इसके बजाय संसद की कार्रवाई ठप्प कर देते हैं, जमकर चिल्लाते हैं, अन्ततः सत्ता में बैठे लोग जाँच आयोग गठित कर देते हैं, उसके नतीजे की अनदेखी कर देते हैं और आपस में यह सुनिश्चित कर लेते हैं कि कहर का दौर जारी रहे।

अब इस मुद्दे ने अलग ही रुख लेना शुरू कर दिया है। क्या चुनाव की इजाजत दी जाए या नहीं ? क्या यह फैसला चुनाव आयोग को करना चाहिए ? या सुप्रीम कोर्ट को ? चुनाव कराए जाएँ या टाल दिए जाएँ। मोदी को छूटकर निकल जाने देकर, उन्हें राजनीतिक के रूप में अपना कैरिअर जारी रखने देकर, लोकतन्त्र के आधारभूत निदेशक सिद्धान्तों को न केवल कमजोर किया जा रहा है बल्कि उनके साथ जानबूझकर भितराघात भी किया जा रहा है। इस तरह का लोकतन्त्र समाधान नहीं, समस्या है। हमारे समाज की सबसे बड़ी ताकत को उसी के सबसे संहारक दुश्मन के रूप में तब्दील किया जा रहा है। 'लोकतन्त्र को और गहरा' करने की बात का क्या अर्थ है जबकि इसे इस तरह तोड़ा-मरोड़ा जा रहा है कि इसकी पहचान ही खत्म हो जाए।

अगर भाजपा सचमुच चुनाव जीत ही गई तो क्या होगा ? आखिर जॉर्ज बुश को आतंक के खिलाफ अपनी लड़ाई में 60 फीसदी जनसमर्थन हासिल था, एरिएल शैरॉन को फिलस्तीन पर अपने पाशविक हमले के लिए इससे भी अधिक जनादेश हासिल है।[42] क्या इसी से सब कुछ जायज हो जाता है ? कानून व्यवस्था,

संविधान, प्रेस—सब कुछ—को तिलांजलि क्यों नहीं दे दी जाती, और नैतिकता को कूड़ेदान में फेंककर हर चीज के लिए मतदान क्यों नहीं करा दिया जाता ? नरसंहार जनमत संग्रह का विशेष बन सकता है और नरसंहार के लिए मार्केटिंग अभियान छेड़ा जा सकता है।

भारत में फासीवाद का स्पष्ट पदचिह्न दिखाई पड़ने लगा है। इसकी तारीख भी नोट कर लें : वसन्त 2002। भले ही अमेरिकी राष्ट्रपति और आतंक के खिलाफ उनके गठबन्धन को इसकी भयावह शुरुआत के लिए दुनिया भर में माकूल माहौल बनाने के लिए धन्यवाद दे सकते हैं, पर तर्षों से अपने रार्वजनिक और निजी जीवन में पनप रहे आतंक का श्रेय उन्हें नहीं दिया जा सकता।

इसकी बयार 1998 में पोखरण में परमाणु विस्फोट के समय चली थी।[43] तब से खून की प्यासी देशभक्ति खुलेआम राजनैतिक चलन बन गई। 'शान्ति के हथियारों' ने भारत और पाकिस्तान को खतरों से खेलनेवाले प्रतिद्वन्द्वी के रूप में ला खड़ा किया है—धमकी और जवाबी धमकी, तंज का जवाब तंज।[44] और अब एक युद्ध तथा सैकड़ों लोगों की मौत के बाद,[45] दोनों देशों के दस लाख से अधिक फौजी एक-दूसरे से नजर मिलाए सीमा पर तैनात हैं, एक प्रकार का निरर्थक परमाणु समीकरण। पाकिस्तान के खिलाफ बढ़ती आक्रामकता सीमा से उछलकर हमारी राजनीति में इस तरह घुस गई है जैसे किसी तेज चाकू ने हिन्दू और मुस्लिम समुदायों के बीच साम्प्रदायिक सौहार्द और सहिष्णुता के अवशेष को अलग कर दिया हो। देखते ही देखते जहर उगलनेवाले नारकीय देशभक्तों ने लोगों की कल्पना पर कब्जा कर लिया है और हमने भी ऐसा होने दिया है। हम पाकिस्तान के खिलाफ जंग के प्रत्येक खोखले नारे के साथ खुद पर, अपनी जीवन-शैली पर, अपने अद्‌भुत विविधतावाले और प्राचीन सभ्यता एवं उन सब चीजों पर घाव करते हैं जिनकी वजह से भारत पाकिस्तान से अलग है। इधर, भारतीय राष्ट्रवाद का मतलब हिन्दू राष्ट्रवाद बन गया है, जो आत्मसम्मान के लिए नहीं दूसरे के प्रति घृणा के रूप में परिभाषित होता है। और फिलहाल दूसरा केवल पाकिस्तान ही नहीं बल्कि मुसलमान भी हैं। राष्ट्रवाद किस तरह फासीवाद का रूप ले लेता है इसे देखकर चिन्ता होती है। हमें फासीवादियों को यह छूट नहीं देनी चाहिए कि वे यह परिभाषित करें कि राष्ट्र क्या है और किनका है। यह याद रखना जरूरी है कि राष्ट्रवाद—चाहे वह समाजवादियों का हो, पूँजीवादियों का हो या फिर फासीवादियों का हो—बीसवीं शताब्दी के लगभग सभी जनसंहारों की जड़ यही राष्ट्रवाद रहा है। राष्ट्रवाद के मुद्‌दे पर धीरे-धीरे आगे बढ़ने में ही समझदारी है।

क्या सिर्फ एक आधुनिक राष्ट्र होने के बजाय एक पुरातन सभ्यता का हिस्सा

होने की इच्छा हम खुद में नहीं ढूँढ़ सकते ? क्या सिर्फ क्षेत्र की पहरेदारी के बजाय जमीन से मोहब्बत नहीं कर सकते ? संघ परिवार को सभ्यता का अर्थ ही नहीं मालूम है। हम कौन थे, उसकी स्मृति, हम कौन हैं, उसकी समझ और हम क्या बनना चाहते हैं, उसे वे सीमित कर, घटाकर, परिभाषित कर खंडित और अपवित्र करना चाहते हैं। उन्हें कैसा भारत चाहिए, छिन्नमस्ता, हाथ-पैरविहीन, आत्मा रहित शरीर, जिसके घायल हृदय में झंडा भोंककर किसी कसाई के सामने खून रिसने के लिए छोड़ दिया गया है। क्या हम ऐसा होने दे सकते हैं ? क्या हमने ऐसा होने दिया है ?

पिछले कुछ वर्ष से पाँव पसारते फासीवाद को हमारे कई 'लोकतान्त्रिक' संस्थाओं ने तैयार किया है। सबने—संसद, अदालत, प्रेस, पुलिस, प्रशासन, जनता—इसके साथ प्यार जताया है। यहाँ तक कि 'सेकुलरिस्ट' भी इसके लिए सही माहौल बनाने में मदद के दोषी हैं। जब भी आप किसी व्यक्ति या संस्था, किसी संस्था (सुप्रीम कोर्ट समेत) निरंकुश, गैर-जिम्मेदाराना अधिकारों, जिन्हें कभी चुनौती नहीं दी जानी चाहिए, की पैरवी करते हैं, आप फासीवाद की ओर कदम बढ़ा रहे होते हैं। सच तो यह है कि इसके साथ सफर करनेवाले सब लोगों को शायद इसके शुरुआती संकेतों के बारे में मालूम नहीं था। भाजपा के कई हमराही, जो इसके साथ कगार पर पहुँच गए हैं, अब कभी नरक बने गुजरात के अन्धकार को देख रहे हैं और निराशा से मुख मोड़ रहे हैं।

राष्ट्रीय प्रेस ने पिछले कुछ हफ्तों की घटनाओं की निन्दा करके आश्चर्यजनक साहस दिखाया है। यहाँ तक कि अभावुक, दक्षिणपन्थी मीडिया, जिसने भाजपा का ज्यादा साथ दिया, अब नीचे खाई में नरक देख रहा है। जो कभी गुजरात था, उसे देखकर सचमुच अब उससे मुख मोड़ रहा है। लेकिन वे कितनी कड़ी और कितनी लम्बी लड़ाई लड़ेंगे ? यह किसी नए क्रिकेट के मौसम के प्रचार-अभियान की तरह नहीं होगा। और रिपोर्ट करने के लिए हमेशा चौंकानेवाला नरसंहार नहीं होगा। फासीवाद में राज्य की सत्ता के सभी अंगों में धीरे-धीरे घुसपैठ बनाना भी शामिल है। इसमें नागरिक स्वतन्त्रताएँ ऐसे सिमटती हैं कि दिखाई तक नहीं देतीं, रोजमर्रा की नाइंसाफी प्रदर्शनीय नहीं होती। इससे लड़ने का मतलब लोगों का दिलोदिमाग जीतना है। इससे लड़ने का मतलब आरएसएस की शाखाओं और मदरसों पर प्रतिबन्ध नहीं है, इसके लिए उस दिन तक काम करते रहना होगा जिस दिन उन्हें खराब विचार मानकर स्वयं त्याग न दिया जाए। इसका मतलब सार्वजनिक संस्थाओं पर गिद्ध दृष्टि रखना और उनसे जवाबदेही माँगना है। इसके लिए जमीनी सच्चाई और सचमुच शक्तिहीन लोगों की भनभनाहट सुनना होगा।

इसके लिए देश भर की उन अनगिनत आवाजों को एक मंच प्रदान करना होगा जो असली चीजों—गैर-टिकाऊ खनन, बँधुआ मजदूरी, विवाहित जीवन में बलात्कार, भ्रूण हत्या, महिलाओं की मजदूरी, यूरेनियम डंपिंग, बुनकरों के दुखड़ों, किसानों की चिन्ताओं के बारे में बात कर रहे हैं। इसके लिए विस्थापन और बेदखली तथा निरन्तर, हर रोज घोर निर्धनता की हिंसा से लड़ना होगा। फासीवादियों से लड़ने का यह भी तरीका है कि आप अपने अखबार के स्तम्भों और टीवी पर प्राइम टाइम को उनके दिखावटी जज्बों और नाटकों को जगह न दें जिसे हर चीज से ध्यान बाँटने के लिए ही तैयार किया जाता है।

देश में ज्यादातर लोग गुजरात की घटनाओं से भले ही सहम गए हों पर लाखों मतारोपित लोग उसी आतंक के केन्द्र से ही भयावह माहौल बनाने की तैयारी कर रहे हैं। अपने इर्दगिर्द देखिए और आप पाएँगे कि हर छोटे पार्क, बड़े मैदान, खाली जगह, सभी गाँवों में आरएसएस अपना केसरिया झंडा फहराकर मार्च कर रहा है। अचानक वे चारों ओर छा गए हैं। खाकी निक्कर पहने हुए वयस्क पुरुष आगे बढ़ रहे हैं। कहाँ जा रहे हैं वे ? काहे के लिए ? इतिहास के प्रति अपनी बेरुखी से वे इस जानकारी से वंचित रह जाते हैं कि फासीवाद कुछ ही समय तक फलता है और फिर अपनी ही मूढ़ता के चलते खुद को खत्म कर लेता है। लेकिन दुर्भाग्यवश, किसी परमाणु हमले के परिणामस्वरूप उठनेवाले रेडियो विकिरण की तरह उसकी भी हाफ-लाइफ होती है जो आनेवाली नस्लों को बर्बाद कर देगी।

इस स्तर के गुस्से और नफरत से लोगों के प्रतिबन्ध और निन्दा से दबने एवं रुकने की उम्मीद नहीं की जा सकती। भाईचारे और प्यार के भजन अच्छे होते हैं पर इतना ही पर्याप्त नहीं है।

ऐतिहासिक तौर पर फासीवादी आन्दोलन राष्ट्रीय मोहभंग की भावना से तेज हुए हैं। भारत में फासीवाद आजादी के संघर्ष को तेज करनेवाले सपनों के रेजगारी की तरह बिखरने के बाद आया।

खुद आजादी, जैसा कि गांधीजी ने कहा था, 'लकड़ी के फुल्के' की तरह हमें मिली—बँटवारे के समय मारे गए लाखों लोगों के खून में सनी।[46] एक काल्पनिक स्वतन्त्रता। राजनीतिकों ने उस नफरत और परस्पर अविश्वास को और भड़काया है, उसके साथ खिलवाड़ किया है, और उस घाव को कभी भरने नहीं दिया। इस काम में श्रीमती इन्दिरा गांधी की अग्रणी भूमिका रही है। सभी राजनैतिक पार्टियों ने हमारे धर्मनिरपेक्ष संसदीय लोकतन्त्र के पाश में छेद कर दिया, और अपने-अपने चुनावी फायदों के लिए उसे खोद डाला। ढेर को खोदनेवाले दीमकों की तरह

उन्होंने 'धर्मनिरपेक्षता' के अर्थ को कमतर करते हुए अन्दर-ही-अन्दर रास्ता और सुरंग बना ली और नौबत यहाँ तक आ गई कि वह खोखला आवरण बन गया जो कभी भी धँस सकता है। उनके बिलों ने ढाँचे के उन नींव के खम्भों को कमजोर कर दिया है जिनसे संविधान, संसद और अदालत जुड़ी हैं। शह और मात का वह ढाँचा जो किसी भी लोकतन्त्र की रीढ़ की हड्डी होती है। ऐसी परिस्थिति में राजनीतिकों पर दोष मढ़कर सन्तुष्ट होना और उनसे ऐसी नैतिकता की माँग करना बेकार है जिसे देने में अक्षम हैं। जो अवाम निरन्तर अपने नेताओं का रोना रोता है, वह अत्यन्त दयनीय है। अगर इन नेताओं ने हमारी आकांक्षाओं को विफल किया है तो वह इसलिए कि हमने उन्हें ऐसा करने दिया है। यह भी कहा जा सकता है कि सभ्य समाज ने अपने नेताओं के साथ उतना ही छल किया है, जितना नेताओं ने सभ्य समाज के साथ छल किया है। हमें यह मानना होगा कि हमारे संसदीय लोकतन्त्र में व्यवस्था सम्बन्धी बुनियादी गड़बड़ी है जिसका दुरुपयोग राजनेता करेंगे ही। और इसी का नतीजा ऐसी आग की लपटों के रूप में दिखता है जिसे हमने गुजरात में देखा है। इस लोकतन्त्र की नसों में ही यह विनाशकारी आग है। हमें इस मुद्दे से निबटना होगा और व्यवस्था के स्तर पर इसका समाधान तैयार करना होगा।

लेकिन हम केवल राजनीतिकों के साम्प्रदायिक घृणा को भुनाने की वजह से ही खुद को फासीवाद की दहलीज पर खड़े नहीं पा रहे हैं।

पिछले पचास वर्षों से आम नागरिकों के सम्मान के साथ जीने, घोर निर्धनता से सुरक्षा और राहत के मामूली सपनों को योजनाबद्ध तरीके से दरकिनार कर दिया गया। इस देश की सभी 'लोकतान्त्रिक' संस्थाएँ गैर-जिम्मेदार, आम लोगों की पहुँच से दूर, और समाज के असल हित में काम करने की अनिच्छा या अक्षमता दिखाती रही हैं। असली सामाजिक सुधार—भूमि सुधार, शिक्षा, सार्वजनिक स्वास्थ्य, प्राकृतिक संसाधनों का बराबर बँटवारा, सकारात्मक भेदभाव लागू करना—की सारी रणनीति को उन जातियों और वर्ग के लोग बड़ी चतुराई, होशियारी और निरन्तरता के साथ निष्फल करते रहे हैं जिनकी राजनैतिक प्रक्रिया पर जबरदस्त पकड़ है। और अब लगातार और मनमाने ढंग से कॉर्पोरेट वैश्वीकरण को मूलतः सामन्तवादी समाज पर उसके जटिल, स्तरीय, सामाजिक ताने-बाने को फाड़ते हुए थोपा जा रहा है जिससे वह सांस्कृतिक और आर्थिक रूप से बँट रहा है।

यहाँ यह शिकायत जायज है। और इस शिकायत का सबब फासीवादी नहीं हैं। लेकिन उन्होंने इस पर कब्जा कर एक वीभत्स और झूठे गौरव की भावना पैदा

कर ली। उन्होंने सबसे समान विशेषता—धर्म—का इस्तेमाल कर लोगों को एकजुट कर लिया। ऐसे लोग जिनका अपने जीवन पर कोई बस नहीं रह गया, ऐसे लोग जिन्हें अपने घरों और समुदायों से उजाड़ दिया गया, जिन्होंने अपनी संस्कृति और भाषा गँवा दी, उन्हें किसी एक चीज पर गर्व महसूस कराया जा रहा है। वह कोई ऐसी चीज नहीं है जिसे उन्होंने मेहनत-मशक्कत के बाद हासिल किया हो, ऐसी कोई चीज नहीं है जिसे वे अपनी निजी उपलब्धि मान सकते हैं, बल्कि ऐसी है जो वे खुद हैं। बल्कि यूँ कहें कि ऐसी है जो वे संयोग से हैं और संयोग से नहीं हैं। और वह मिथ्या गर्व, उसका खोखलापन उस भयंकर गुस्से को भड़का रहा है जिसे ऐसे कल्पित निशाने की ओर मोड़ दिया जाता है जो मैदान में पहले से पड़ा है।

देश के निर्धनतम समुदायों (दलितों और आदिवासियों) का पैदल सैनिकों के रूप में इस्तेमाल करके दूसरे सबसे गरीब समुदाय से वोट के अधिकार छीनने, उसे भगाने या खत्म करने की परियोजना को कैसे जायज ठहरा सकते हैं ? आखिर कोई इसे कैसे बयान कर सकता है कि गुजरात में जिन दलितों को हजारों वर्षों से अगड़ी जातियाँ तुच्छ समझती रही हैं, उनका शोषण करती रही हैं और जिनके साथ कूड़ा-करकट से भी बदतर व्यवहार करती रही हैं, उन्होंने अपने से थोड़ा अधिक दुर्भाग्यशाली लोगों के खिलाफ अपने ही शोषकों के साथ कैसे हाथ मिला लिया ? क्या वे महज दिहाड़ी के गुलाम हैं, भाड़े के सिपाही हैं ? क्या उन्हें संरक्षित करना और उनकी हरकतों के लिए माफ कर देना सही है ? या क्या ऐसा कुछ है जिसे मैं समझ नहीं पा रही हूँ ? सम्भवतः दुर्भाग्यशाली लोगों के लिए अपने से कम अधिक दुर्भाग्यशाली लोगों पर अपना गुस्सा और घृणा निकालना आम बात है क्योंकि उनके असली विरोधी पहुँच से बाहर, अज्ञेय, और दायरे से पूरी तरह बाहर होते हैं ? क्योंकि उनके अपने नेता अपनी जवाबदेही से मुक्त हो गए हैं, और वे उन्हें मँझधार में बेसहारा छोड़कर, हिन्दू धर्म में शामिल होने के बारे में बेतुकी बातें करने के लिए अकेले आलीशान जगहों पर दावत उड़ा रहे हैं। (यह सम्भवतः विश्वव्यापी हिन्दू साम्राज्य बनाने की दिशा में पहला कदम है—यह उतना ही यथार्थवादी लक्ष्य है जितना अतीत में विफल हुई फासीवादी योजनाएँ, जैसे रोमन वैभव की वापसी, जर्मन नस्ल का शुद्धीकरण या इस्लामी सल्तनत की स्थापना)।

भारत में 13 करोड़ मुसलमान रहते हैं।[47] हिन्दू फासीवादी उन्हें वैध शिकार मानते हैं। क्या मोदी और बाल ठाकरे जैसे लोग सोचते हैं कि उन्हें एक 'गृह युद्ध' में साफ कर दिया जाएगा और दुनिया देखती रहेगी ? यूरोपीय संघ ने पहले

ही गुजरात की घटनाओं की निन्दा करते हुए बयान जारी कर उसकी तुलना नाजी शासन से की है।[48] भारत सरकार का कहना है कि (कश्मीर में हो रही डरावनी घटनाओं जैसे) 'अन्दरूनी मामले' में विदेशियों को बयान जारी करने के लिए भारतीय मीडिया का प्रयोग नहीं करना चाहिए।[49] अब आगे क्या होगा ? सेंशरशिप ? इंटरनेट पर प्रतिबन्ध ? अन्तरराष्ट्रीय कॉल पर पाबन्दी आयद की जाएगी ? क्या गलत 'आतंकवादी' को मारा जाएगा और डीएनए के नमूने को गड़बड़ किया जाएगा। कोई आतंकवाद सरकारी आतंक का मुकाबला नहीं कर सकता।

लेकिन उनका मुकाबला कौन करेगा ? उनके फासीवादी ढाँचे पर शायद विपक्ष का कोई दिग्गज ही चोट कर पाएगा। अभी तक सिर्फ बिहार के लालूप्रसाद यादव ने ही इस मामले पर अपनी भावना और गुस्सा जाहिर किया है : "कौन माई का लाल कहता है कि यह हिन्दू राष्ट्र है ? उसको यहाँ भेज दो, छाती फाड़ दूँगा।"[50]

दुर्भाग्यवश, इस मामले में कोई फौरी कार्रवाई कारगर नहीं होगी। फासीवाद को तभी रोका जा सकता है जब उससे विचलित होनेवाले उसी निष्पक्षता के साथ सामाजिक न्याय के प्रति अपनी प्रतिबद्धता दिखाएँ जितना कि उनका गुस्सा साम्प्रदायिकता के प्रति है।

क्या हम इस लम्बी दौड़ के लिए तैयार हैं ? क्या हममें से कई लाख लोग न सिर्फ सड़कों पर प्रदर्शनों में बल्कि अपने-अपने दफ्तरों में, स्कूलों में, घरों में अपने हर निर्णय और चुनाव में संघर्ष करने के लिए तैयार हैं ?

या अभी नहीं।... ?

अगर नहीं तो अब से कुछ वर्षों बाद जब सारी दुनिया हमसे नफरत करेगी, जो उसे करनी ही चाहिए, तब हम अपने लोगों में नफरत को समझना सीखेंगे। हम अपने किए (और अनकिए) पर शर्मिन्दगी, हमने जो होने दिया उस पर शर्मिन्दगी के चलते अपने बच्चों की नजरों से नजर नहीं मिला पाएँगे।

यह है हमारा हाल, भारत में। खुदा हमें इस काली रात से उबरने में मदद करे।

अप्रैल, 2002

युद्ध-चर्चा

परमाणु बमों के ग्रीष्मकालीन खेल

जब भारत और पाकिस्तान ने 1998 में परमाणु परीक्षण किए थे, हमारे बीच के जिन लोगों ने भी इन परीक्षणों की निन्दा की थी, वे भी परमाणु सरपंच पश्चिमी देशों के पाखंड से उखड़ गए थे। इन परमाणु परीक्षणों की निन्दा के पीछे यह धारणा थी कि काले लोगों के हाथों में बम नहीं छोड़े जा सकते हैं। आज हमारे सामने उसी विश्वास को साबित करने के लिए तमाशे हो रहे हैं।

जैसे-जैसे राजनयिकों और पर्यटक उपमहाद्वीप से अदृश्य हो रहे थे, झुंड-के-झुंड पश्चिमी देशों के पत्रकार दिल्ली पहुँच रहे थे। उनमें से कई फोन करते हैं। वे पूछते हैं, "तुम अभी तक इस शहर से गईं नहीं ? क्या परमाणु युद्ध होने का खतरा नहीं है ? क्या दिल्ली मुख्य निशाने पर नहीं है ?"

यदि परमाणु बम है तो परमाणु युद्ध होने की निश्चय ही सम्भावना है और दिल्ली अहम निशाना है, बेशक।

लेकिन हम जा कहाँ सकते हैं ? क्या यह मुमकिन है कि बाजार जाकर एक नई जिन्दगी खरीद लाएँ, क्योंकि यह ठीक नहीं चल रही है ?

अगर मैं यहाँ से चली गई, हर चीज और हर कोई सभी दोस्त, सभी पेड़, सभी घर, कुत्ते, गिलहरियाँ जिन्हें मैंने जाना है और प्यार किया है—खाक हो जाएँ, तो मैं कैसे जिन्दा रह सकती हूँ। मैं किसे प्यार करूँगी और कौन मुझे प्यार करेगा ? कौन-सा समाज मेरा स्वागत करेगा और मुझे हुड़दंगी रहने देगा, जो मैं यहाँ हूँ, अपने घर में।

इसलिए यहीं हैं। हम एक-दूसरे से सट जाते हैं। हमें इसका एहसास है कि हम एक-दूसरे से कितना प्यार करते हैं और हम सोचते हैं कि अभी मरना कितनी शर्म की बात है। जिन्दगी सामान्य इसलिए है क्योंकि विकराल ही सामान्य हो गया है। जब हम बारिश का, फुटबाल का, न्याय का इन्तजार कर रहे होते हैं, बूढ़े जेनरल और टेलीविजन का उत्सुक एंकर बालक—प्रथम प्रहार और द्वितीय प्रहार की सम्भावनाओं का इतनी सहजता से जिक्र करते हैं जैसे कि वे कोई खेत

जोतने के बारे में बात कर रहे हैं।

मेरे मित्र और मैं हीरोशिमा व नागासाकी पर हुए बमबारी से सम्बन्धित वृत्तचित्र *प्रोफेसी* पर चर्चा करते हैं।[1] आग का गोला (शोला)। लाशों में रुंधी नदी। बिना खाल और बाल के जीवित मनुष्य। झुलसे हुए, केशरहित बच्चे, अभी तक जीवित मगर उनके जलकर राख हुए कपड़े शरीर से चिपके हुए। पतला, काला, जहरीला पानी। तपती हुई, झुलसा देनेवाली हवा। कैंसर, जो आनुवंशिक ढंग से फैला दिए गए, अजन्मे बच्चों के लिए कैंसरग्रस्त कोशाओं का सन्देश। हम खासकर उस व्यक्ति को याद करते हैं जो एक इमारत की सीढ़ियों पर चिपककर रह गया। हम कल्पना करते हैं कि हमारा भी वही हाल हुआ है। सीढ़ियों पर दाग की तरह। मैं कल्पना करती हूँ कि भावी पीढ़ी के स्कूली बच्चे दबे स्वर में मेरे वाले दाग की तरफ इशारा कर कहती है...एक लेखक। न था या न थी। बस।

मैं माफी चाहती हूँ कि मेरे विचार स्फुट और असम्बद्ध हैं, और वह हमेशा महत्त्वपूर्ण हैं, यह जरूरी तो नहीं है। बल्कि प्रायः हास्यास्पद हैं।

मैं एक वर्णसंकर नस्ल के कुत्ते के बारे में सोचती हूँ जिसे मैं पहचानती हूँ। उसके प्रत्येक पंजे का रंग अलग-अलग है। क्या वह भी सीढ़ियों पर रेडियोधर्मी दाग बनकर रह जाएगा ? मेरे पति एक किताब लिख रहे हैं, पेड़ों पर। किताब में एक अंश इस पर है कि किस तरह अंजीरों में परागण होता है। अंजीर प्रजाति की प्रत्येक नस्ल में परागण उसके खास अंजीर ततैया से होता है। गूलर ततैयों की एक हजार नस्लें हैं। उनमें से प्रत्येक एकदम उपयुक्त, सूक्ष्म और साँचे में ढली, लाखों वर्षों के विकास का परिणाम।

सारे के सारे गूलर ततैये परमाणविक मौत मरेंगे। राख। और मेरे पति और उनकी किताब।

मेरी एक प्यारी सहेली, जो नर्मदा बचाओ आन्दोलन की कार्यकर्त्ता हैं, आमरण अनशन पर हैं। आज उनके अनशन का चौदहवाँ दिन है। वह और उनके साथ अनशन पर बैठे अन्य लोग, तेजी से कमजोर हो रहे हैं। वे लोग विरोध कर रहे हैं क्योंकि मध्य प्रदेश की सरकार बुलडोजरों से स्कूलों को ध्वस्त कर रही है, जंगलों को जड़ से उखाड़ रही है, चापाकल उखाड़ रही है, लोगों को अपने गाँवों से खदेड़ रही है, जिससे कि मान बाँध का रास्ता साफ हो सके। लोगों के पास जाने के लिए जगह ही नहीं है, और इसलिए आमरण अनशन जारी है।[2]

विश्वास और आशा का कितना कमाल का कारनामा है। यह मानना कितनी बहादुरी का काम है कि आज की दुनिया में तर्कसंगत, मजबूत हस्तियोंवाला, अहिंसक विरोध कार्रवाई का कोई असर होगा, उससे कोई फर्क पड़ेगा। लेकिन,

क्या सचमुच उससे असर पड़ेगा ? जो सरकार बंजर दुनिया देखने के लिए तैयार है, उसे एक उजाड़ घाटी की क्या परवाह होगी ?

दहशत की दहलीज इतनी चौड़ी कर दी गई है कि नरसंहार से कम या परमाणु युद्ध की सम्भावना से कम किसी चीज का जिक्र तो करने लायक ही नहीं रह गया है। शान्तिपूर्ण प्रतिरोध को हिकारत के भाव से देखा जाता है। असली चीज तो आतंकवाद है। आतंकवाद के विरुद्ध युद्ध में अन्तर्निहित बुनियादी सिद्धान्त, इस धारणा का कि युद्ध, आतंकवाद का एक स्वीकृत समाधान है, ने यह सुनिश्चित कर दिया है अब इस महाद्वीप में आतंकवादी इतने ताकतवर हो गए हैं कि वे परमाणु युद्ध भड़का दें।

विस्थापन, बेदखली, भुमखरी, गरीबी, बीमारी—ये सब बातें कौतूहल की बातें हैं, कॉमिक-स्ट्रिप की चीजें। हमारे गृहमन्त्री कहते हैं कि अमर्त्य सेन की समझ ही गलत है—भारत के विकास की कुंजी शिक्षा और स्वास्थ्य नहीं बल्कि प्रतिरक्षा में है।[3]

शायद उनका आशय यह था कि फासीवाद और नरसंहार से सारी दुनिया का ध्यान हटाने का युद्ध सबसे उपयुक्त तरीका है। शासन के ऐसे असली मुद्दों से, जिनसे तत्काल निपटना चाहिए, सरकार को रू-ब-रू होने से बचने देना चाहिए।

भारत और पाकिस्तान की सरकारों के लिए, कश्मीर समस्या ही नहीं है, बल्कि वह तो समस्याओं की बारहमासी और बहुत ही शानदार समाधान है। उनके लिए कश्मीर वह खरगोश है जिसे वह जरूरत पड़े तत्काल टोपी से निकाल देते हैं। दुर्भाग्य से, अब यह खरगोश रेडियोधर्मी हो चुका है, और जो झुकते-भागते बेकाबू होता जा रहा है।

बेशक कश्मीर में पाकिस्तान प्रायोजित आतंकवाद है लेकिन घाटी में अन्य तरह के आतंकवाद भी हैं। जेहादी चरमपन्थी, पूर्व चरमपन्थी, विदेश भाड़े के लड़ाकू, स्थानीय भाड़े के लड़ाकू, अपराधी माफिया, रक्षा बलों, हथियारों के सौदागर और सीमा के दोनों ओर अपराधी हो चुके राजनीतिज्ञों के बीच उलझा हुआ एक अन्दरूनी रिश्ता है। इसके अलावा धाँधलीपूर्ण चुनाव है। हर दिन का अपमान है, 'गुमशुदगियाँ' हैं और 'फर्जी' मुठभेड़ें हैं।[4]

और अब हृदय प्रदेश से पुकार सुनाई पड़ रही है : भारत हिन्दू राष्ट्र है। राज्य की उदार दृष्टि के नीचे, मुसलमानों को मारा जा सकता है। सामूहिक हत्यारों को सजा नहीं मिलनेवाली। वास्तव में, वे तो चुनाव लड़ेंगे। भारत के हृदय में हिन्दू राष्ट्र बनना है और हाशिए पर धर्मनिरपेक्ष राज्य ? इस बीच आतंक के खिलाफ जंग की तिकड़ी शान्ति का उपदेश देते हुए स्वयं जंग पर जंग लड़े जा रही है।

भारत और पाकिस्तान एक-दूसरे के खून के प्यासे हो रहे हैं, वे शान्ति से गैस की पाइप लाइन बिछा रहे हैं और उनका व्यापार फल-फूल रहा है। हथियार तो खरीद लो, पैसा बाद में देते रहना। मिसाल के तौर पर इंग्लैंड दोनों पक्षों को हथियार बेचने में जुटा है।[5] टोनी ब्लेयर की जनवरी 2002 की 'शान्ति पहल' वास्तव में व्यापार के लिए की गई थी।[6] मोटे तौर पर सिर्फ एक हॉक विमान की एवज में सरकार 15 लाख लोगों को जीवन भर स्वच्छ पेयजल मुहैया करा सकती है।[7]

पश्चिमी देशों के पत्रकार काफी पटुता से मुझसे पूछते हैं, "भारत में शान्ति आन्दोलन क्यों नहीं हो रहे हैं ?" भारत में शान्ति के लिए आन्दोलन हो सकता है जबकि यहाँ शान्ति का मतलब ही होता है हर रोज जंग : खाना खाने के लिए, पानी पीने के लिए, छत के नीचे शरण के लिए, इज्जत के लिए। दूसरी तरफ जंग ऐसी चीज है, जिसे पेशेवर सिपाही बहुत दूर सीमाओं पर लड़ते हैं। और नाभिकीय जंग--वह तो ज्यादातर लोगों की समझ से भी बाहर की चीज है। कोई नहीं जानता कि परमाणु बम क्या है ? कोई बताना भी नहीं चाहता। और उप-प्रधानमन्त्री व गृहमन्त्री ने बता ही दिया कि शिक्षा प्राथमिकता नहीं है।

मुझसे मिलने आनेवाले सभी पत्रकार पूछते हैं : क्या आप दूसरी किताब लिख रही हैं ? यह प्रश्न मुझे मजाक लगता है। दूसरी किताब ? अभी, इस समय ? नाभिकीय युद्ध की चर्चा से संगीत, कला, साहित्य और वे सारी चीजें जिनसे सभ्यता परिभाषित होती है, उसका मखौल उड़ाती हैं। ऐसे में मुझे किस तरह की किताब लिखनी चाहिए ?

सिर्फ सीमा पर ही दस लाख सैनिक जंग के लिए तैनात कर दिए गए हैं। ऐसी नियति हम सबकी है। यही तो नाभिकीय बम करता है। चाहे उसका इस्तेमाल हो या न हो, वे हर मानवीय चीज को नष्ट करते हैं। वे तो जीवन का ही अर्थ बदल देते हैं।

हम क्यों उसे बर्दाश्त करते हैं ? हम ऐसे लोगों को ही क्यों बर्दाश्त करते हैं जो समूची मानव जाति को नाभिकीय बमों के नाम पर ब्लैकमेल करते हैं।

जून, 2002

तलवारों की चमक

यह बातचीत 'फ्रंटलाइन' के सम्पादक एन. राम ने दिसम्बर 2000 में सुश्री अरुंधति रॉय से दिल्ली में की। यद्यपि उस बातचीत को हुए लम्बा अरसा बीत गया है, फिर भी, ढेर सारे मसले ऐसे हैं जो आज भी उतने ही मौजूँ हैं।

एन. राम : अरुंधति रॉय, सुप्रीम कोर्ट ने अपने फैसले में सरदार सरोवर बाँध को अपना पूरा समर्थन दे दिया है। बात क्या खत्म हो गई ? या आप खाली हाथ भी लड़ती रहेंगी ?

अरुंधति रॉय : सही है कि आगे आनेवाले दिनों में मुश्किलें बढ़ेंगी और 'हम सब'—जब मैं सब कह रही हूँ तो मैं नर्मदा बचाओ आन्दोलन (एनबीए) की तरफ से नहीं बोल रही हूँ बल्कि मेरा मतलब उन तमाम लोगों से है जो एनबीए के दृष्टिकोण के भागीदार हैं—को इसका मुकाबला करना होगा। यह सही है कि पीछे हटने की हमारे पास कोई जगह नहीं है लेकिन कहावत है ही कि जब तक साँस है तब तक आस है (मुस्कुराती हैं)। याद रखिए कि नर्मदा घाटी में 30 बड़े बाँधों की योजना बनाई गई है। सरदार सरोवर के पहले बननेवाले महेश्वर बाँध के खिलाफ लोग लड़ रहे हैं और जीत पर जीत हासिल कर रहे हैं। नीमाड़ इलाके में विरोध के चलते बायर्न बेक, पैजेन सीमेंस जैसे कई विदेशी निवेशकों को अपने पाँव पीछे खींचने पड़े। हाल ही में उन्होंने एक अमरीकी कम्पनी आगडेन इनर्जी को भी भगाया है। वहाँ पर सिविल नाफरमानी जैसा आन्दोलन चल रहा है।

लेकिन हाँ, सरदार सरोवर सम्बन्धी सर्वोच्च न्यायालय का फैसला झटका तो है ही। इसका असर केवल नर्मदा घाटी में नहीं बल्कि पूरे देश में पड़ेगा। एल.सी. जैन, रामास्वामी अय्यर जैसे विद्वान लोगों ने फैसले का विश्लेषण किया है। चिन्ता की बात केवल यही नहीं है कि न्यायालय ने बाँध बनाने का काम आगे बढ़ाने की इजाजत दी है बल्कि उसने पेश किए गए साक्ष्यों को भी मानने से इनकार कर दिया है। उसने इस तथ्य की अनदेखी की है कि प्रोजेक्ट के लिए

सशर्त पर्यावरण मंजूरी के पहले प्रोजेक्ट का सिर्फ एक विस्तृत अध्ययन हुआ था। उसने म.प्र. सरकार के इस हलफनामे की अनदेखी कर दी कि विस्थापितों के पुनर्वास की कोई व्यवस्था नहीं है। इन तमाम वर्षों में म.प्र. ने विस्थापितों के लिए कृषि योग्य एक हेक्टेयर जमीन का भी बन्दोबस्त नहीं किया है। उसने इस तथ्य की भी अनदेखी कर दी कि नर्मदा जल विवाद प्राधिकरण के निर्देशों के मुताबिक एक भी गाँव का पुनर्वास नहीं किया गया है, कि प्रोजेक्ट की सशर्त मंजूरी मिलने के 13 साल बाद भी एक भी शर्त पूरी नहीं की गई है, कि पुनर्वास की बात ही छोड़िए, पुनर्वास सम्बन्धी कोई योजना भी नहीं बनाई गई है। सबसे महत्त्वपूर्ण बात यह है कि न्यायालय इस बात को पूरी तरह जानता था कि बाँध की वर्तमान ऊँचाई पर ही विस्थापित होनेवाले परिवारों का अब तक पुनर्वास नहीं हुआ है, कुछ परिवारों को तो अब तक जमीन भी नहीं मिली है, इसके बावजूद उसने बाँध की ऊँचाई 90 मीटर तक ले जाने की इजाजत दे दी। वस्तुतः इसने नर्मदा जल विवाद प्राधिकरण के निर्देशों का उल्लंघन करने का आदेश दिया है। इसने जीवन और आजीविका सम्बन्धी मानवाधिकार के उल्लंघन का परोक्ष रूप से अनुमोदन किया है। अगर इस साल बारिश होती है तो नर्मदा घाटी में तबाही हो जाएगी और नहीं होती है तो भी तबाही होगी क्योंकि तब सूखा पड़ेगा। लोग तो दोनों तरफ से फँस गए हैं। एक तरफ इन्द्रदेवता हैं तो दूसरी ओर सुप्रीम कोर्ट के देवता हैं।

भारत के सर्वोच्च न्यायालय ने पुनर्वास के बगैर लोगों को डुबा डालने की तकरीबन अनुमति दे दी है। यह असाधारण बात है। इसके परिणामों के बारे में सोचिए—विश्व बाँध आयोग द्वारा प्रस्तुत 'इंडिया कंट्री स्टडी' में कहा गया है कि पिछले पचास वर्षों में बड़े बाँधों ने इस देश के 5 करोड़ 60 लाख लोगों को विस्थापित किया है। पचास साल पहले मशहूर भाखड़ा-नांगल बाँध द्वारा विस्थापित लाखों लोगों के पुनर्वास के लिए कुछ नहीं किया गया है। हालाँकि हम सब इस बात को जानते हैं फिर भी अब तक दिखावे के बतौर भी कोई पुनर्वास नहीं हुआ है। अब तो लगता है कि हम पुनर्वास का दिखावा भी बन्द करने जा रहे हैं।

सरदार सरोवर सम्बन्धी फैसले में सबसे चिन्ताजनक बात यह है कि उसके एक हिस्से में यह कहा गया है कि एक बार जब सरकार प्रोजेक्ट पर काम शुरू कर देती है तो लगी लागत की वजह से न्यायालय को दखलअन्दाजी नहीं करनी चाहिए। यह भी तब जब इसी न्यायालय ने 1994 में 6 वर्षों तक बाँध का काम रोक देने की पर्याप्त वजहें पाई थीं...। इस एक वक्तव्य से भारत के सर्वोच्च

न्यायालय ने अपनी सबसे बड़ी जिम्मेदारी से कन्धा झाड़ लिया। अगर न्यायालय मानवाधिकारों के उल्लंघन के मामले में राज्य और नागरिकों के बीच दखलअन्दाजी नहीं कर सकता तो यह है किसलिए ? अगर न्यायालय का काम न्याय देना नहीं है तो क्या है ?

एन. राम : आपको क्या लगता है कि ऐसा कैसे हुआ ? पिछले पचास वर्षों में बड़े बाँधों के कारण साढ़े तीन करोड़ से लेकर साढ़े पाँच क़रोड़ लोगों के विस्थापित होने की बात आपने कई बार की है। किसी और देश में इतनी बड़ी दुर्घटना की कल्पना ही नहीं की जा सकती और यह भी गम्भीरतापूर्वक ध्यान दिए बगैर...

अरुंधति रॉय : न सिर्फ ध्यान दिए बगैर बल्कि सोचने के लिए क्षण भर रुके बगैर, बल्कि देश में निर्णय लेने की प्रक्रिया को प्रभावित किए बगैर। सरकार के पास विस्थापित लोगों का कोई रिकार्ड नहीं है। उनकी गिनती संख्या में भी नहीं होती। यह तो कँपकँपा देनेवाली बात है। भयावह। सब कुछ लिखने, कहने और करने के बावजूद भारत सरकार विरोधों पर कान नहीं दे रही है। हम गर्व से कहते हैं कि 695 बड़े बाँध—दुनिया में बननेवाले सभी बड़े बाँधों का 40 फीसदी—भारत में ही बन रहे हैं। फिर भी भारत दुनिया का एकमात्र देश है जहाँ विश्व बाँध आयोग को सार्वजनिक सुनवाई की इजाजत नहीं दी गई। गुजरात सरकार ने गुजरात में इसे घुसने नहीं दिया और इसके सदस्यों को गिरफ्तार कर लेने की धमकी दी। विश्व बाँध आयोग बड़े बाँधों के प्रभाव का अध्ययन करने का स्वतन्त्र आयोग है। उसके 12 सदस्य हैं। उनमें से कुछ अन्तर्राष्ट्रीय बाँध उद्योग में प्रतिनिधि हैं, कुछ मध्यवर्ती लोग हैं और कुछ बाँध विरोधी आन्दोलनकारी हैं। वह अपने तरह का पहला विस्तृत अध्ययन है। इसकी जाँच रिपोर्ट का लोकार्पण नवम्बर में लन्दन में नेल्सन मंडेला ने किया था। इसका महत्त्व यह है कि यह दो विरोधी शिविरों के बीच समझौते से निकला दस्तावेज है और इस पर आयोग के सभी सदस्यों के दस्तखत हैं। विश्व बाँध आयोग की रिपोर्ट में जो कुछ भी कहा गया है उन सबसे मैं सहमत नहीं हूँ लेकिन सर्वोच्च न्यायालय के फैसले में तो बगैर किसी प्रमाण के बड़े बाँधों की महिमा बखानी गई है। इसके मुकाबले वह रिपोर्ट तथ्यों पर आधारित है। ऐसा लगता है मानो यह दोनों चीजें दो सदियों में लिखी गई हों। एक अन्धकार युग में और एक आजकल। लेकिन हमारे यहाँ इससे कोई फर्क नहीं पड़ेगा। दो-चार दिनों तक तो इस समाचार में थोड़ी-बहुत रुचि भी दिखाई पड़ी, अब तो वह भी खत्म हो गई है। हम सब अब रोजमर्रा की जिन्दगी में जुट गए हैं। सेना की भाषा में कहा ही जाता है न—'गोली मारो'।

बिलकुल वही।

एन. राम : आपको कुछ तो समझ में आता होगा कि सरकार आखिर बात सुनना क्यों नहीं चाहती है ?

अरुंधति रॉय : इसकी एक व्याख्या तो यह है कि बड़े बाँधों में लोगों का विश्वास धार्मिक किस्म का हो गया है। कुछ लोग–खासकर पुराने योजना बनानेवाले और इंजीनियरों ने तो नेहरूजी की इस बात को हृदयंगम कर लिया है कि बाँध आधुनिक भारत के मन्दिर हैं। भारत में बाँध लैकिकवेत्ता हैं। उनमें विश्वास पर कोई बहस नहीं की जा सकती। एक दूसरी व्याख्या सीधे भ्रष्टाचार से जुड़ी हुई है। राजनेताओं, नौकरशाहों और निर्माण उद्योग के लिए बड़े बाँध सोने की खान हैं। लेकिन इस मसले में सबसे बुरी बात सरकार से उतनी नहीं जितनी हमारी सामाजिक संरचना से है। बाँधों से विस्थापित करोड़ों लोगों में साठ फीसदी से अधिक दलित-आदिवासी हैं लेकिन हमारे देश की पूरी जनसंख्या में दलित 15 फ़ीसदी और आदिवासी महज 8 फीसदी हैं। अब आप ही इसका नतीजा देखिए। विस्थापित लोगों की बहुसंख्या को आदमी ही नहीं माना जाता है।

दूसरी तरफ इन विशालकाय प्रोजेक्टों के निर्माता में दलित-आदिवासी या ग्रामीण कितने फीसदी हैं। एक भी नहीं। इन दोनों दुनियाओं के बीच कोई समतावादी सामाजिक सम्पर्क नहीं है। इस भयावह परिघटना के भीतर हमारी जाति व्यवस्था बैठी हुई है। हमारा समाज ऐसे स्तरों में क्षैतिज रूप से बँटा हुआ है जिनमें कोई सम्पर्क ही नहीं है–अन्तरजातीय विवाह नहीं, सामाजिक मिलाप नहीं, कोई मानवीय अन्तःक्रिया नहीं जिससे यह स्तर एक दूसरे से जुड़ सकें। इसलिए जब समाज का आधा निचला हिस्सा हटकर गिर जाता है तो कोई आवाज नहीं होती। इससे कोई हलचल, कोई भूकम्प, कोई थरथराहट भी पैदा नहीं होती। अगर ऊपर-नीचे का थोड़ा भी सम्पर्क होता तो कुछ भी ढाँचागत नुकसान महसूस होता। इसी वजह से इन प्रोजेक्टों के समर्थकों को कोई चिन्ता नहीं होती।

जो लोग इस मसले को समझते और उससे सहानुभूति प्रकट करते हैं उनकी सहानुभूति विद्वानों जैसी सहानुभूति होती है, लेखकों जैसी सहानुभूति होती है, पत्रकारों जैसी सहानुभूति होती है। हालाँकि प्रेस ने इसे समाचार में बनाए रखने में बड़ी मेहनत की है फिर भी कुल मिलाकर इसकी कीमत चुकानेवालों के साथ कोई वास्तविक एकजुटता नहीं दिखाई पड़ती है। एकजुटता से आवेग पैदा होगा, क्रोध पैदा होगा, क्षोभ पैदा होगा, विरोध पैदा होगा। दूसरी तरफ सहानुभूति से लेख निकलेंगे, किताबें पैदा होंगी, शोध ग्रन्थ लिखे जाएँगे, शोध वृत्ति मिलेगी। माना कि आवेगहीन जाँच-परख से ही बड़े बाँधों के खिलाफ अकाट्य प्रमाणों का

भंडार बढ़ा है लेकिन अब प्रमाण उपलब्ध हैं और जगजाहिर हैं इसलिए अब कुछ करने का समय है।

इसकी बजाय हो यह रहा है कि एकजुटता और सहानुभूति के बीच का रिश्ता विरोधी और टकरानेवाला हो गया है। जब एकजुटता से सहानुभूति कहती है कि हम दोनों एक साथ नहीं रह सकते तो एक बड़ा संकट खड़ा हो जाता है। इसका मतलब कोई बुरी चीज शुरू हो चुकी है। इसका मतलब यह है कि सहानुभूति एक पेशा बन गई है, फायदेमन्द धन्धा जिसमें हरेक धन्धे की तरह अपने हितों की रक्षा की जा रही है। लोगों ने दुकानें सजा रखी हैं और अब वे इसमें कोई गड़बड़झाला नहीं चाहते। अब यह राजनीति गन्दी, खतरनाक और जोड़-तोड़ वाली हो चुकी है। किसी भी भावना या अहसास का आन्दोलन भी मशाल जलाए रखनेवाले कुछ योद्धाओं का मजाक उड़ा रहे हैं। अब हरेक भावना का दम घोंट दिया जाएगा, हरेक आदमी को खाने की मेज पर पोशाक पहनकर आना होगा, किसी को भी पोशाक के नियमों का उल्लंघन करने की इजाजत नहीं होगी (हे राम, वह नंगा कैसे आ सकता है)। अतिथियों को शर्मिन्दगी महसूस होगी। भोज-भात चलता रहे...।

लेकिन आपके सवाल की बात करें : जब तक विरोध अहिंसक और अच्छे-भले तरीके से चल रहा है, जब तक हम स्वघोषित मत निर्माता विनम्र ढंग से आचरण करते रहेंगे, जब तक हम बिना सोचे-समझे उन्हीं संस्थाओं का सम्मान करते रहेंगे जिन्होंने खुद को नैतिक, न्यायोचित या सम्माननीय होने का मुखौटा तक उखाड़ फेंका है तब तक सरकार सुनेगी क्यों ? उसका काम तो चल ही रहा है।

एन. राम : शर्म की बात करें तो एन.बी.ए. को लज्जित करने के लिए आपकी आलोचना हुई है, सर्वोच्च न्यायालय के प्रति आपकी नासमझी भरी टिप्पणियों के लिए आपकी आलोचना हुई है, भारत को 'बनाना रिपब्लिक' कहने के लिए आपकी आलोचना हुई है, सर्वोच्च न्यायालय के फैसले की यूगोस्लाविया पर नाटो की बमबारी से तुलना करने के लिए आपकी आलोचना हुई है...

अरुंधति रॉय : मुझे बुरे व्यवहार के लिए कठघरे में खड़ा किया जा रहा है (हँसती हैं)। ऐसी आलोचना पर मुझे गर्व है। अगर मैं सर्वोच्च न्यायालय के फैसले को लेकर सिर्फ 'नासमझ' हूँ तब तो मैं अति विनम्रता की दोषी हूँ। जहाँ तक एन.बी.ए. को लज्जित करने का सवाल है तो एन.बी.ए. ने मुझसे ज्यादा क्रान्तिकारी बातें कही हैं...। फैसले के बाद बाबा आम्टे ने कहा और उसे मैं उद्धृत कर रही हूँ *"कभी-कभी न्यायपालिका पुजारी का बाना पहनकर गरीबों के*

मानवाधिकार का गला घोंट देती है, कानून के शासन की बजाय भ्रष्टाचार और पूँजी को वैधता प्रदान की गई है... ।'' एन.बी.ए. नेता मेधा पाटकर तो सर्वोच्च न्यायालय के दरवाजे पर धरना देने के कारण गिरफ्तार की गईं।

अगर कोई समझता है कि मैं गुस्सैली हूँ तो उसे जमीनी हालात की जानकारी नहीं है। उसे पता ही नहीं है कि घाटी की प्रतिक्रिया फैसले के बारे में क्या थी। फैसला आने के कुछ ही दिनों के बाद नौजवानों के स्वतःस्फूर्ति जुलूस ने इसे बडबानी के एक गन्दे नाले में दफना दिया। मेरी आँखों के सामने यह सब हुआ। जुलूस नारे लगा रहा था, *'सुप्रीम कोर्ट ने क्या किया—न्याय का सत्यानाश किया।'*

लेकिन यह बात मैं साफ कर देना चाहती हूँ कि मैं एक स्वतन्त्र नागरिक हूँ और मेरी कोई पार्टी लाइन नहीं है, मैंने अपना विचार प्रकट किया है। लापरवाही से नहीं। मैंने वही किया जो मैंने सोचा। अगर किसी को इसके कारण शर्म उठानी पड़ी तो इस पर दया ही की जा सकती है। लेकिन मेरे आलोचकों को कम-से-कम एन.बी.ए. के प्रति सहृदय-स्पर्शी सहानुभूति जारी करने से पहले एन.बी ए. से पूछ लेना चाहिए था।

लेकिन अपने देश के सबसे घटिया राजनेताओं की दीर्घकालीन परम्परा के मुताबिक क्या मुझे इस बात की इजाजत मिलेगी कि वास्तव में मैंने क्या कहा ? प्रेस से बातचीत करते हुए मैंने यह कहा कि सर्वोच्च न्यायालय के फैसले के चलते एन.बी.ए. का संकट न्यायालय में मुकदमा दाखिल होने से पहले के मुकाबले बढ़ गया है। न्यायालय ने कहा है कि किसी भी विवाद की स्थिति में अन्तिम फैसला प्रधानमन्त्री का होगा। यह बात साफ तौर पर नर्मदा जल विवाद प्राधिकरण के निर्देशों के खिलाफ है। इसी सम्बन्ध में मैंने कहा कि बगैर किसी वैज्ञानिक अध्ययन के जिस देश में बाँध बनाने का फैसला प्रधानमन्त्री पर छोड़ दिया जाता है, जिस देश में बाँध की ऊँचाई के बारे में अन्तिम फैसला प्रधानमन्त्री को लेना है बगैर यह सोचे कि नदी में कितना पानी है, जिस देश में यह निर्णय लेने का अधिकार प्रधानमन्त्री को है कि पुनर्वास के लिए जमीन उपलब्ध है या नहीं—वह तो मुझे 'बनाना रिपब्लिक' जैसा ही दिखता है। अनेक समितियों और मन्त्रालयों और प्राधिकरणों की जरूरत ही क्या है जब अन्त में सब कुछ 'बड़े बाबूजी' पर ही निर्भर है ?

जहाँ तक यूगोस्लाविया पर नाटो के बमबारी का सवाल है तो यह माजरा एक नासमझ से पत्रकार के साथ बातचीत के दौरान घटित हुआ। मैंने कहा था कि औद्योगीकरण की प्रक्रिया में अधिकांश विकसित देशों के उपनिवेश थे। इन

उपनिवेशों को विकसित देशों ने बर्बर बना दिया। हमारे पास उपनिवेश नहीं हैं, इसलिए हम अपने ही समाज को खा रहे हैं। मैंने कहा कि इससे मुझे बेलग्रेड के चिड़ियाघर में मौजूद उस शेर की याद हो आती है जो नाटो की बमबारी से डरकर पागल हो गया था और अपना ही गोश्त खाने लगा था। इसी बात को तोड़-मरोड़कर छाप दिया गया जिसको लेकर इतनी हाय-तौबा मची। लेकिन यह गलती मेरी थी। मुझे यह बात किसी नासमझ पत्रकार से कहने से पहले सोच-समझ लेना चाहिए था।

एन. राम : अब क्या होगा ? अब आन्दोलन कहाँ जाएगा ?

अरुंधति रॉय : मुझे पता नहीं। अब तो आन्दोलन नई चाल ही चल सकता है। हम सबकी निगाहें एन.बी.ए. में नए कदम की ओर लगी हुई हैं। किसी नई रणनीति के पैदा होने में थोड़ा वक्त लगेगा। लेकिन वे लोग असाधारण और प्रतिभाशाली लोग हैं। अब तक मैं इतने बहुमुखी लोगों से कभी नहीं मिली थी। लोगों को गोलबन्द करने की क्षमता, उनकी बौद्धिक मेहनत, उनका राजनीतिक कौशल बेजोड़ है। बिना किसी अतिरिक्त कोशिश के वे जल-सिन्धी के धरने से उठते हैं और सर्वोच्च न्यायालय में किसी बारीक कानूनी पेंच के बारे में बहस करने लगते हैं। इसके बाद तुरन्त विश्व बैंक के समक्ष जारी ठीक स्थिति का ऐसा बयान करते हैं कि विश्व बैंक अपने कदम पीछे खींच लेता है। मानसून में उन्हें बड़ी दिक्कत होगी। अगर बारिश होती है तो लोगों को तत्काल मदद की जरूरत पड़ेगी। सारा आदिवासी इलाका ही डूब जाएगा।

अब आप देखें कि हम लोग तो बैठे-बैठे इस पर बहस कर रहे हैं कि सर्वोच्च न्यायालय के फैसले का कितना आदर किया जाए लेकिन घाटी के लोगों के पास तो कोई विकल्प ही नहीं है। उनसे तो यह उम्मीद नहीं ही करनी चाहिए कि वे अपने विस्थापन को ही आदरपूर्वक स्वीकार कर लेंगे। वे लड़ेंगे कैसे ? यही सवाल है और बहुत महत्त्वपूर्ण सवाल है। इस फैसले के चलते सरदार सरोवर का जो हुआ सो हुआ ही और भी कई खतरनाक संकेत उभरे हैं। कुल मिलाकर घाटी का 15 साल पुराना संघर्ष अब तक अहिंसक रहा है। अगर इसके बावजूद कुछ भी हासिल नहीं हुआ है तो लोग क्या सोच रहे होंगे यह सोचकर डर लगता है। वे अपने आसपास की दुनिया को अधिकाधिक हिंसक होते देख रहे हैं—एक दूसरी घाटी में अपहरण, विमान अपहरण और तमाम तरह की हिंसक घटनाएँ सरकार का ध्यान खींच ले रही हैं और उनके नतीजे भी तुरन्त मिल जा रहे हैं। म.प्र. के कुछेक इलाकों में अतिवादी संगठन जड़ जमा चुके हैं। मुझे लगता है कि वे नर्मदा घाटी के आन्दोलन में काफी दिलचस्पी ले रहे हैं। मैं नहीं जानती कि अगर

एन.बी.ए. का आधार खत्म होगा तो क्या होगा। मैं सचमुच चिन्तित हूँ...

इसके बारे में सरकार को गम्भीरतापूर्वक सोचना चाहिए। 15 साल से चल रहा अहिंसक जनआन्दोलन असाधारण और अद्‌भुत है। अगर उसे इस तरह घृणापूर्वक खारिज कर दिया जाता है, अगर हिंसा के कारण ही सरकार बातचीत करने के लिए मजबूर होती है तो अराजकता से बचना असम्भव है।

इसी दौरान गुजरात में कुछ दिलचस्प और अनुमानित चीजें घटित हो रही हैं। सरदार सरोवर के बारे में झूठा प्रचार, जान-बूझकर भ्रामक सूचना देने के नतीजे सामने आने लगे हैं। जब तक प्रोजेक्ट रुका हुआ था, जब तक यह सम्भावित बाँध था, तब तक मतदाताओं को इसके चमत्कार से लुभाना आसान था—सरदार सरोवर आपको घुटने के दर्द से छुटकारा दिलाएगा, बेटी का दहेज जुटाएगा, सोए-सोए नाश्ता मुहैया कराएगा। लेकिन अब पानी को लेकर विवाद शुरू हो चुके हैं। कच्छ और सौराष्ट्र के लोग इस झूठे प्रचार की असलियत समझने लगे हैं। भाजपा की कच्छ और सौराष्ट्र इकाई ने बाँध के निर्माण समारोह के उद्‌घाटन का बहिष्कार किया। जानते हैं वहाँ क्या हुआ—भाजपा की गुस्साई भीड़ ने तीन भाजपा मन्त्रियों की 'सीलो' कारों को जला दिया। एक मन्त्री घायल हो गए और उन्हें हवाई जहाज से ले जाना पड़ा। अदालत में कच्छ जल-संकट निवारण समिति ने सरकार पर मुकदमा दायर किया है कि जब तक कच्छ को पानी का उचित हिस्सा नहीं मिल जाता तब तक निर्माण का कार्य रोक दिया जाए। सबसे मजेदार बात तो यह है कि बाँध-समर्थक लोगों के नेता, सरदार सरोवर बाँध के प्रवक्ता व नर्मदा मन्त्री जयनारायण व्यास को हाल में अपमानजनक ढंग से मन्त्रिमंडल से निकाल दिया गया। दीर्घकालीन रूप से शायद यह व्यास के लिए अच्छा ही हुआ। 'जीत' में तो उनकी भागीदारी रहेगी लेकिन पानी के बँटवारे की गन्दी राजनीति से वे बाहर रहेंगे। हम सबकी आँखों के सामने हो यह रहा है कि बाँध के सवाल पर गुजरात में बनी सर्वसहमति टूटने लगी है।

अगर आपके सवाल का ईमानदारी से जवाब दूँ तो—मैं सचमुच नहीं जानती कि आगे क्या होगा ? जवाब नर्मदा घाटी के लोग ही देंगे और उन्हें ही देना चाहिए।

एन. राम : आपने 'हिन्दू' अखबार में रामचन्द्र गुहा द्वारा संचालित विरोध अभियान पढ़ा है ?

अरुंधति रॉय : (मुस्कुराती हैं) कई अभियान। हाँ-हाँ पढ़ा है। वे तो हर दूसरे रविवार मेरे दरवाजे पर लुका-छिपी का खेल खेलनेवाले प्राणी हो गए हैं। कभी-कभी वे अकेले आते हैं, कभी-कभी वे दोस्तों और परिवार समेत। वे सब

धमा-चौकड़ी करते रहते हैं...यह सब मेरे चारों तरफ फैले कुकुरमुत्ते की तरह उग आया एक घरेलू उद्योग हो आया है। कीर्तनियों की तरह वे एक दूसरे का हाथ पकड़कर जोश बढ़ाते रहते हैं। इनमें हैं बूढ़ी चाची, वे एक उपन्यासकार हैं, जो बरसों से मुझसे नफरत करती रही हैं, चाचा रक्षामन्त्री जो बड़े बाँधों से मुहब्बत करते हैं, एक छोटी कन्या है जो मुझे आईना दिखाना चाहती है। मुझे तो ये सब बड़े प्यारे लगने लगे हैं। अगर वे नहीं दिखाई पड़ते तो मुझे खालीपन का एहसास होता है। मजेदार बात यह है कि जब मैंने 'गॉड ऑफ स्माल थिंग्स' लिखा तो मुझ पर वामपन्थ ने हमला किया। जब मैंने 'एंड ऑफ इमेजीनेशन' लिखा तो दक्षिणपन्थ ने हमला किया। अब गुहा और उनकी कीर्तन मंडली मुझ पर एक ही साथ अति वाम, अति दक्षिण, अति ग्रीन, आर.एस.एस. वादी और स्वदेशी जागरण मंच का समर्थक होने का आरोप लगा रहे हैं। उनका तो यह भी कहना है कि घुमा-फिराकर मैं गुहा की भी समर्थक हूँ। यहाँ तक फिसल गए !

मुझे नहीं पता कि मेरे पास इन विद्वान सह क्रिकेट गणितज्ञों की क्या ठनी है। गुहा तीसरे आदमी हैं जो मुझसे लड़ने के लिए खड़े हुए हैं। हो सकता है बॉलिंग एक्शन के मेरे तरीके में ही गड़बड़ी हो...(हँसती हैं)।

एन. राम : आपने गुहा का जवाब क्यों नहीं दिया ? आप क्या उनकी बातों को ईर्ष्याजनक मानकर खारिज कर देना चाहती हैं ?

अरुंधति रॉय : नहीं-नहीं। एकदम नहीं। यह तो बहुत ही आसान होगा। जो भी मेरी आलोचना करे उसके बारे में यह कहा जा सकता है। यह गुहा के साथ अन्याय होगा। मुझे तो यह मामला इससे ज्यादा जटिल और मजेदार लगता है। गुहा ने अपने गुस्से को मेरी 'शैली' पर हमले के बतौर पेश किया है। लेकिन मामला ऐसा है नहीं। अगर आप गाली-गलौज को हटा दें तो दिखाई पड़ेगा कि हमारे बीच गम्भीर विरोध है। राजनैतिक विरोध है। एन.बी.ए. की कार्यकर्त्ता चित्तरूपा पालित ने अपने लेख—'हिस्टोरियन एज ए गेटकीपर' में गुहा की राजनीति की बेहतरीन चीर-फाड़ की है।

मेरी शैली, मेरी भाषा ऊपरी छिलका नहीं है। ऐसा कोट नहीं है जिसे मैं बाहर जाते वक्त पहनती हूँ। मैं ही मेरी शैली हूँ। मैं इसी तरह सोचती हूँ। मेरी शैली मेरी राजनीति है। गुहा का कहना है कि हम यानि वे और मैं 'वस्तुतः' एक ही बात कह रहे हैं। मैं इसका पुरजोर विरोध करती हूँ। हमारी दुनिया, हमारी राजनीति, हमारे तर्क सब अलग हैं। मैं दुनिया भर के गुहाओं और अपने बीच दूरी बनाए रखना चाहूँगी।

अब उनकी किताब 'बैरियर एल्विन की जीवनी' को ही लें। बेहतर किताब

है और बढ़िया ढंग से लिखी गई है। लेकिन हमारा राजनीतिक विरोध विषय के उसके चुनाव से शुरू होता है। व्यक्तिगत रूप से मुझे लगता है कि गोरे लोगों की काफी कथाएँ और अन्धकार के द्वीप में उनके रोमांचकारी किस्सों के बारे में हम बहुत पढ़ चुके। अगर जीवनी ही लिखनी हो तो मैं उनकी गोंड पत्नी कोशी एल्विन के बारे में लिखना पसन्द करूँगी।

और किताब का शीर्षक 'शेवेजिंग द सिविलाइज्ड : बैरियर एल्विन : हिज ट्राइबल्स एंड इंडिया'। हिज ट्राइबल्स, उनकी जनजातियाँ ? खुदा खैर करे ! क्या वे उसके गुलाम थे ? क्या उसने उन्हें खरीदा था ? यहीं से हमारे बीच राजनीतिक दूरियाँ पैदा हो जाती हैं। लेकिन यह तो उनकी यूँ दो लिखी गई किताब हैं। वे अपने आपको पर्यावरण का इतिहासकार कहते हैं और उनकी इतिहास की किताबें ? आप जानते हैं उनके बारे में ?

एन. राम : हाँ, थोड़ा-बहुत...

अरुंधति रॉय : उन्होंने दो किताबें किसी और के साथ मिलकर लिखी हैं। एक का नाम 'एन इकॉलॉजी हिस्ट्री ऑफ इंडिया' है और दूसरे का नाम 'इकॉलॉजी एंड इक्विटी' है। दूसरी किताब का उपशीर्षक 'द यूज एंड एब्यूज ऑफ नेचर इन कंटम्परेरी इंडिया' है। हाल में ही 1995 में यह छपी है। उनके पास पारिस्थितिकीय इतिहास में बड़े बाँधों को जिक्र करने लायक भी नहीं समझा गया है। दूसरी किताब में बड़े बाँधों के संघर्ष का थोड़ा-बहुत जिक्र है और नर्मदा नदी में चल रहे संघर्षों का सतही विवरण। अब तो आप सोचिए कि एक सज्जन ऐसे देश का पारिस्थितिकीय इतिहास लिखने बैठे हैं जो दुनिया के देशों का तीसरा सबसे बड़ा निर्माता है, जहाँ 3600 बड़े बाँध हैं, जिससे तकरीबन साढ़े 5 करोड़ लोग विस्थापित हुए हैं, जहाँ लाखों एकड़ कीमती जमीन डूब गई है, जहाँ बड़े भू-भाग में जल-जमाव और लवण फैल गया है, जहाँ नदी मुख की पारिस्थितिकीय व्यवस्था नष्ट हो गई है और जहाँ तकरीबन हरेक नदी की पारिस्थितिकी पूरी तरह बदल चुकी है और उनकी किताब में बड़े बाँधों का कोई जिक्र ही नहीं है। आपको नहीं लगता कि उस सज्जन से कुछ भूल-चूक हुई है। वह तो कहिए कि आजकल पारिस्थितिकी समता, सामाजिक न्याय, सरकारी और राजनीतिक दाँव-पेंच, अभूतपूर्व पैमाने पर अन्तर्राष्ट्रीय इमदाद और भ्रष्टाचार को लेकर सर्वाधिक गरम बहसें बड़े बाँधों के कारण ही चल रही हैं। अब इस पारिस्थितिकीय इतिहासकार महाशय का ध्यान इनमें से किन्हीं चीजों पर क्यों नहीं जाता ?

मैं बताती हूँ क्यों : राजनीतिक मूर्खता की भरपाई प्रचंड शोध से भी नहीं की जा सकती। अगर आप सही सवाल नहीं पूछेंगे तो आपको जवाब भी सही

नहीं मिलेगा। अगर आपकी राजनीति साफ है, अगर आप जमीन की धड़कन सुन सकते हैं तो आप इतनी बड़ी बात को पूरी तरह नजरअन्दाज नहीं कर देंगे, सम्भवतः नहीं कर सकेंगे।

इसके बरक्स आप आशीष कोठारी, रमेश बिल्लौरे, क्लौड अलवारेज, हिमांशु ठक्कर, श्रीपाद धर्माधिकारी, एडवर्ड गोल्डस्मिथ, निकोलस हिस्टेयार्ड, पैट्रिक मकल्ली आदि के शोध को देखें। मकल्ली की किताब 'साइलेंस्ड रिवर्स' में बड़े बाँधों के पारिस्थितिकी और राजनीति का अद्भुत विश्लेषण किया गया है। अनिल अग्रवाल जैसे लोग इस सवाल पर एन.बी.ए. से अलग तरह से सोचते हैं, फिर भी इस मसले पर बात तो करते हैं। उनकी रिपोर्ट छप चुकी है। तथ्यपरक रिपोर्ट है। बहस के केन्द्र में है लेकिन उसका सामना करना होगा। इन सबके मुकाबले गुहा महोदय बहुत लज्जाजनक स्थिति में पड़ जाते हैं। वे तो ऐसे प्राणी हैं जो विषय की ऊँचाई तक पहुँच ही नहीं सकते। पारिस्थितिकी के ऐसे इतिहासकार जिसे पारिस्थितिकी की कोई समझ ही नहीं है।

हम सब जानते हैं कि शर्म को गुस्से का रूप देना सामान्य मानवीय कमजोरी है। अब गुहा महोदय करते क्या हैं। जिनके सामने वे लज्जित महसूस करते हैं उनमें से सर्वाधिक प्रत्यक्ष शिकार को उठाते हैं और फूँक मारकर उड़ा देते हैं। अगर उन्होंने मेरे तथ्यों पर सन्देह खड़ा किया होता, मेरे तर्कों की धज्जियाँ उड़ा दी होतीं तो मैं उनका सम्मान करती। मैं तो अपने तर्कों की ऐसी भयानक बारीक और तार्किक चीर-फाड़ की प्रतीक्षा कर रही हूँ...। दरअसल वे पूरी तरह से झूठ बोल रहे हैं। गुहा महोदय ने अपने को बेपर्द कर लिया है। मैं उनकी कृतज्ञ हूँ। उनकी बातों में कुछ दम है ? उन्होंने मुझे जान-बूझकर व्यक्तिगत रूप से दुर्भावनापूर्वक अपमानित किया है। इसके अलावा गुहा महोदय के पास मेरे तर्कों के उत्तर में कोई तर्क नहीं है। मेरे तथ्यों के विरोध में कहने के लिए कोई बात नहीं है। इसलिए वे मुझे क्या कहना चाहिए, इसका ठेका लेकर बैठ गए हैं। आवेश की ऐसी आवेशपूर्ण निन्दा मैंने कभी नहीं देखी थी। उन्माद का जवाब उन्माद से–उनका कहना सही है, मैं उन्मादग्रस्त हूँ। मैं छत के ऊपर से चीख-चिल्ला रही हूँ और वे और उनकी भजन मंडली कह रही है, चुप रहो, पड़ोसियों की नींद में खलल मत डालो। लेकिन मैं तो पड़ोसियों की नींद ही तोड़ना चाहती हूँ। यही मेरी कोशिश है। मैं चाहती हूँ कि हरेक आदमी की नींद खुल जाए।

जो भी हो उनका अपमान मेरी चिन्ता का विषय नहीं है। बाकी चीजें थोड़ा तकलीफदेह हैं। पर्यावरण आन्दोलन के लिए क्या अच्छा है और क्या बुरा इसका फतवा वे लगातार दिए जा रहे हैं। उनका कहना है कि वे आन्दोलन के हित में

हैं और मैं नुकसानदेह हूँ। बेहतरीन लेखन के बारे में भी वे फतवा जारी कर रहे हैं। उनका लेखन बेहतरीन है मेरा नहीं है। उन्होंने एन.बी.ए. को बिन माँगे यह सलाह दी है कि एन.बी.ए. अपने आपको मुझसे दूर कर ले। और मुझे सलाह दी है कि मैं राजनीतिक लेख लिखना छोड़कर साहित्यिक लेख लिखूँ। मैं तो राजनीति और साहित्य को एक दूसरे का विरोधी माननेवाले प्रागैतिहासिक विचार से मुत्तफिक नहीं हूँ। वे हैं क्या ? क्लास मोनिटर, हेड ब्वाय ? कप-बोर्ड कैप्टन ? या और भी कुछ ? अब क्या वे मेरी खुराक तय करेंगे ? मेरे लिए कपड़े पसन्द करेंगे ? या महीने भर रंगीन बेलबॉटम पहनने की सजा देंगे ?

एन. राम : आपने गुहा क़े आरोपों का जवाब क्यों नहीं दिया ?

अरुंधति रॉय : इसका एक कारण तो यह था कि लगातार चार इतवार (तीन तो वे खा ही चुके थे) अरुन्धति राय के बारे में बातचीत पाठकों के साथ अन्याय होगी...वैसे भी आप 'पंच एंड जूडी' प्रदर्शन का क्या जवाब देंगे ?

गुहा ने मेरे लेखों को पढ़ा नहीं है। उन्होंने उसे बर्बाद कर दिया है। पढ़ते वक्त उनकी आँखों पर द्वेष का इतना मोटा चश्मा था कि उन्हें सब कुछ धुँधला दिखाई पड़ रहा था। उनकी इच्छा के मुताबिक जैसे लेख मुझे लिखने चाहिए थे उस तरह से मेरे लेखों की उन्होंने कल्पना कर ली और उन्हें अपनी हाजिर जवाबी और बुद्धिमत्ता से चीर-फाड़ डाला। उनके इस कौशल को देखकर उनके दोस्त और सहयोगी सिर हिलाते रहे और दाँत निपोड़ते रहे। मैं उनका जवाब देती तो यही कहती कि मैंने यह नहीं कहा था, मेरा यह मतलब नहीं था आदि। अगर उन्होंने मेरे लेखों को ध्यान से पढ़ने की जहमत नहीं उठाई तो मैं जवाब देने की जहमत क्यों उठाऊँ ?

अब मैं एक उदाहरण देकर अपनी बात साफ कर रही हूँ। गुहा ने यह कहकर मेरा मजाक उड़ाने की कोशिश की है कि मैंने बड़े बाँधों की तुलना आणविक बमों से की लेकिन मैंने तो ऐसा किया ही नहीं। मैं आपको पढ़कर सुना रही हूँ कि मैंने क्या लिखा था—

''राष्ट्र के 'विकास' के लिए बड़े बाँध वैसे ही होते हैं जैसे उसके सैनिक भंडार के लिए आणविक बम। ये दोनों ही नरसंहार के हथियार हैं। इन दोनों हथियारों का इस्तेमाल सरकारें अपने ही नागरिकों को नियन्त्रित करने के लिए करती हैं। बीसवीं सदी के ये दोनों प्रतीक उस समय के सूचक हैं जब मनुष्य की समझदारी पर उसकी जीवन इच्छा हावी हो गई थी... I''

गुहा को जानना चाहिए कि अंग्रेजी भाषा में उपमा जैसी भी एक चीज होती है। उपमा में ही सम्बन्धों की तुलना की जाती है। मेरा कहना यह है कि बड़े बाँध

और आणविक बम दोनों ही राजनीतिक हथियार हैं, अत्यन्त अलोकतान्त्रिक राजनीतिक हथियार हैं। लेकिन मेरा कहना यह नहीं है कि बाँध बम हैं। मेरे कहने का यह अर्थ नहीं है कि बाँधों के फटने से रेडियोधर्मिता पैदा होती है या आणविक बम से सिंचाई होती है। अगर मैं कहूँ कि अमिताभ बच्चन फिल्मी सितारों के लिए वैसे ही हैं जैसे सनसनी भरे पेय पदार्थों के लिए कोक तो मैं अमिताभ बच्चन की तुलना कोक से नहीं कर रही हूँ और न ही यह बात कह रही हूँ कि फिल्मी सितारे सनसनी भरे पेय पदार्थ हैं। बीजगणित में अगर मैं कहूँ कि क : ख, अ : ब के बराबर है तो मेरा अर्थ यह नहीं है कि क = अ है।

यह तो छोटा-सा उदाहरण है। और भी भयानक गलतियाँ उन्होंने की हैं। उदाहरण के लिए उन्होंने 'आउटलुक' में प्रकाशित मेरे लेख 'पावर पॉलिटिक्स' का एक वाक्य उठा लिया है। वाक्य निम्नलिखित है : *"सूचना क्रान्ति की ओर भारत की आश्चर्यजनक दौड़ का इतिहास जिस समय लिखा जा रहा है उस समय भी यह कहने दीजिए कि पाँच करोड़ सात लाख भारतीयों ने (और उनके बच्चों और नाती-पोतों ने) अपना सब कुछ गँवाकर इसकी कीमत चुकाई है।"*

अब आप देखिए कि गुहा जैसे एस्कोबार की तरह अपनी ही ओर गोल दागते हैं। आप तो जानते ही हैं कि एस्कोबार के साथ क्या हुआ था ! गुहा साहब इस वाक्य को सन्दर्भ से अलग करते हैं और अपनी ही ओर गोल दाग देते हैं। फिर गोल पोस्ट की ओर छलाँग लगाते हैं ताकि गोल बचाने की उनकी अद्भुत कला को देखकर लोग अश, अश कर उठें। अब वे बाएँ कूदें या दाएँ, इसके लिए उन्हें अपने ही सहज बोध का इस्तेमाल करना है। आश्चर्यजनक रूप से वे दाईं तरफ गोल लगाते हैं। उन्हें 5 करोड़ 60 लाख विस्थापित लोगों की तकलीफों से कोई लेना-देना नहीं है। वे सूचना क्रान्ति का जिक्र पकड़कर लटक जाते हैं। मैंने इसका इस्तेमाल भारतीय अर्थतन्त्र के एक क्षेत्र के आश्चर्यजनक विकास की तुलना एक और क्षेत्र में भयानक विस्थापन से करने के लिए किया था। गुहा साहब फरमाते हैं कि मैंने सूचना क्रान्ति के महापुरुषों—टाटा, विप्रो और पता नहीं कौन-कौन (उन्होंने तो तमाम कम्पनियों के नाम भी गिनाए हैं...मैंने ऐसा नहीं किया था)—पर न सिर्फ हमला किया है बल्कि उन पर 'कीचड़ उछाला' है। इन महापुरुषों के अपमान का आविष्कार कर लेने के बाद हमारा यह महान योद्धा हलवा-हथियार लेकर जुट जाता है। उनकी कोशिश में ईमानदारी है ? या फिर ऊँचे-ऊँचे लोगों को वे दोस्त बनाना चाहते हैं या गोल पोस्ट पर ही वे किंकर्तव्यविमूढ़ हो गए हैं ?

एन. राम : आपके लेख 'ग्रेटर कॉमन गुड' की बात करें। गुहा और बी.जी. वर्गीज जैसे आलोचकों ने कहा है कि तथ्य के बजाय भावना का प्रदर्शन ज्यादा है। इसमें आदिवासी जीवन-शैली की अतिरिक्त प्रशंसा की गई है...

अरुंधति रॉय : यह आलोचना तो उसी पारिस्थितिकी विशेषज्ञ की उपज है जो विषय की ऊँचाई पर चढ़ ही नहीं सका। मैं धृष्टतापूर्ण उत्तर नहीं देना चाहती। आत्मरक्षा के साथ यही दिक्कत है। धृष्ट हुए बगैर अपना बचाव ही सम्भव नहीं है ! तथ्यों के बगैर भावना ? अब मैं तमाम पाद-टिप्पणियाँ नहीं लिखती और भारी-भरकम अकादमिक लेखन नहीं करती तो इसका मतलब यह नहीं कि मैंने विषय को गहराई से पढ़ा नहीं है। मुझे नहीं लगता है कि सरदार सरोवर बाँध के सम्बन्ध में कोई भी सामाजिक, पारिस्थितिकीय, आर्थिक या राजनीतिक या कोई भी तर्क मेरी निगाह में चूक गया हो या मेरे लेख में उसका जिक्र न हुआ हो। इसके लिए मैं एन.बी.ए. के लोगों को धन्यवाद देती हूँ जिसने अपने पास मौजूद सारे दस्तावेज मुहैया कराए। साथ ही उन लोगों का भी जिन्होंने बरसों बरस इस मसले पर अद्भुत लेखन किया है। मैं हिमांशु ठक्कर, एल.सी. जैन, एफ.एम.जी. रिपोर्ट, रामास्वामी अय्यर, श्रीपाद धर्माधिकारी, मोर्स कमिटी रिपोर्ट, राहुल राय की किताब 'मडी वाटर', आशीष कोठारी आदि के प्रति शुक्रगुजार हूँ। घाटी के प्रतिभाशाली लोगों की कौंध भरी बातचीत के प्रति शुक्रगुजार हूँ। झरना झाबेरी और अनुराग सिंह की डॉक्यूमेंट्री फिल्म 'कैसे जीवो रे' के प्रति शुक्रगुजार हूँ जिसके चलते मुझे नर्मदा घाटी जाने की प्रेरणा मिली। मेरे मददगार लोगों की सूची काफी लम्बी है। यह बहुत ही महत्त्वपूर्ण और अन्तरदृष्टिपरक है। इसके मुकाबले पुस्तकालय में बैठकर वर्षों शोध करना व्यर्थ है।

जहाँ तक आदिवासी जीवन-शैली की अतिरिक्त प्रशंसा की बात है, मुझे लगता है कि शैक्षिक समुदाय में इस तरह के लेखन से उत्तेजना पैदा होने का समय बीत गया है। यहाँ तक कि गुजरात सरकार को भी अब इस बदबूदार नाली से दाना-पानी नहीं मिलता। जब मैं 'बहुजन हिताय' नामक लेख लिख रही थी तो मैं दो चीजों के बारे में पर्याप्त सचेत थी, एक—मैं किसी और की ओर से नहीं बल्कि अपनी ओर से यह लेख लिख रही हूँ क्योंकि यही सबसे ईमानदार तरीका मुझे लगता है। खासकर हमारे समाज में 'प्रतिनिधित्व की राजनीति' बहुत ही जटिल है और उससे कई तरह के खतरे और परेशानियाँ जुड़ी हुई हैं। मैं ऐसे लोगों का मानवशास्त्रीय विवरण नहीं देने जा रही जिसके बारे में बहुत कम जानती हूँ। मैंने जबरिया विस्थापन की राजनीति के बारे में लिखा, मैंने सामाजिक न्याय के बारे में लिखा, मैंने उन लोगों के बारे में लिखा जिन्हें सुपरिचित माहौल से उखाड़

फेंककर पूरी तरह अनजान दुनिया में फेंक दिया जाता है। इस नई दुनिया में जल, जंगल और जमीन के बदले उनके हिस्से में बेरोजगारी और टीने के बने घर हैं। आदिवासी हो या अग्रवाल, किसी को भी ऐसी सौदेबाजी अन्यायपूर्ण लगेगी। अपने लेख में कहीं भी मैंने आदिवासी जीवन-शैली का वर्णन करने की कोशिश नहीं की है। उसकी अतिशय प्रशंसा की तो बात ही छोड़िए। 'बहुजन हिताय' की कुछ शुरुआती पंक्तियाँ उद्धृत कर रही हूँ (पढ़ती हैं) :

"...शुरू में ही मैं बात स्पष्ट कर देना चाहती हूँ कि मैं कोई शहर निन्दक नहीं हूँ। मैंने भी अपना बचपन गाँव में बिताया है। मुझे उसके अकेलेपन, असमानता और उसके साथ ही मानवीयता का प्रत्यक्ष अनुभव है। मैं विकास विरोधी खूसट या रीति-रिवाज व परम्परा का झंडा उठाए रखनेवाली धर्म योद्धा भी नहीं हूँ... ।"

क्या इसमें अतिशय प्रशंसा दिखाई पड़ रही है। मेरा बचपन गाँव में बीता है, आदिवासी गाँव में तो नहीं लेकिन गाँव में। बचपन में तो मैं वहाँ से भाग निकलने का सपना देखा करती थी। गाँव में क्या होता है इसे जानने के लिए शोध या फील्ड वर्क करने या शोध ग्रन्थ लिखने की जरूरत नहीं पड़ी। जो भी 'गॉड ऑफ स्माल थिंग्स' पढ़ेगा, इसे समझ जाएगा। अगर मैंने किसी चीज की प्रशंसा की है तो वह है—आजादी, शहरी जीवन की गुमनामी... ।

एन. राम : इस आरोप के बारे में आप क्या कहेंगी कि आप चीजों को श्वेत श्याम (ब्लैक एंड व्हाइट) ढंग से, सरलीकृत ढंग से देखती हैं ?

अरुंधति रॉय : मैं सरलीकृत नहीं करती। जटिल चीजों को मैं सरल भाषा में समझने-समझाने की कोशिश करती हूँ। यह मेरा काम थोड़ा भिन्न किस्म का है। मुझे यह धारणा आक्रामक लगती है कि चीजें इतनी जटिल हैं कि सामान्य पाठक को समझाई नहीं जा सकतीं। यह तो वही पढ़े-लिखे लोगों के छोटे-से समूह में बातों को कैद रखने की बात हुई। मैं ऐसी चीजों के बारे में लिखती हूँ जो लोगों के जीवन को गहराई से प्रभावित करती हैं। यह कोई बात नहीं हुई कि चीजों की जटिलता के नाम पर उन्हें समझाने से बचा जाए। विशेषज्ञों को किसी भी मुद्दे के विभिन्न पहलुओं को अगवा कर लेना काफी पसन्द आता है। वे विस्थापन, पुनर्वास, जल निकासी, जल चक्र आदि मुद्दों को अपने ही भीतर कैद रखते हैं और सामान्य लोगों को उसकी जानकारी नहीं देते। लेकिन ये सब विषय उपग्रह विज्ञान जैसे नहीं हैं। इनका सम्बन्ध हमारी रोजमर्रा की जिन्दगी से है। इन सभी चीजों को जोड़कर सरलतापूर्वक और आत्मीयतापूर्वक समझना-समझाना होगा। मुझ पर सरलीकरण का आरोप लगाना ही पर्याप्त नहीं है। आपको उसके

उदाहरण देने होंगे।

मैं इन विषयों को समझती हूँ। हरेक आदमी को अपने आसपास चल रही चीजों के बारे में जानने-समझने की जरूरत है। केवल हेड ब्वॉय या कप बोर्ड कैप्टन या अच्छे स्कूलों में पढ़नेवाले लोगों को ही इसे समझने की जरूरत नहीं है। किसी चीज को समझने का यह मतलब नहीं कि उस पर दखल कर लिया जाए। इसका मतलब अपने आपको महत्त्वपूर्ण मनवाने, जितने समझदार हैं उससे ज्यादा समझदार कहलाने की इच्छा है। मैं इन चीजों को समझती हूँ। इससे नौकरी और पैसा मिलता है, लेकिन नौकरी और पैसे की गरज से अपने आपको ही समझदार बतलाना अश्लीलतापूर्ण हो जाता है...।

जहाँ तक दुनिया को एक ही रंग में देखने का सवाल है तो चीजें वास्तव में बहुत ही श्वेत-श्याम हैं। हमारी जिन्दगी से सूक्ष्मता तेजी से फिसलकर बाहर चली गई है।

एन. राम : एन.बी.ए. और आपकी लगातार आलोचना इस बात से होती है कि आप सब नकारवादी हैं, हमेशा 'ना' कहते रहते हैं।

अरुंधति रॉय : हाँ, यह तो वही बात है कि 'क्या कभी मेधा पाटकर ने गोबर गैस प्लांट बनाया है?' यह बात मेरी समझ में नहीं आती। बड़े बाँध विनाशकारी हैं, उन्होंने करोड़ों लोगों को विस्थापित किया है, नदियों और जल भंडारों को नष्ट किया है, जंगलों को जलमग्न कर दिया है। अकेले नर्मदा घाटी प्रोजेक्ट से 400 वर्ग कि.मी. जंगल डूब जाएगा। इतनी बड़ी चीज को बचाने की लड़ाई नकारवादी कैसे हो सकती है? अगर जंगल में आग लगी हो और कोई इसे बुझाने की कोशिश करे तो यह नकारवाद है या संरक्षण? अगर सब कुछ नष्ट हो जाएगा तो बचाने के लिए कुछ नहीं बचेगा। एन.बी.ए. दुनिया भर में जन-आन्दोलनों का प्रेरणा स्रोत रहा है। आप इसे कैसे खारिज कर सकते हैं? इसका हरेक कार्यकर्ता तमाम विश्व सुन्दरियों और ब्रह्मांड सुन्दरियों के मुकाबले हजार गुणा राष्ट्रीय गर्व का विषय है। अनेक ऐसे अद्भुत लोग हैं जो भारत भर में जल संरक्षण और जल प्रबन्धन के सिलसिले में बेहतरीन काम कर रहे हैं। उपलेटा के प्रेमजी भाई पटेल, सवरकुंडला के मनुभाई मेहता और अलवर में तरुण भारत संघ और देश भर में फैले हुए सैकड़ों अन्य लोग। जंगल की आग बुझानेवाले और जल संरक्षण करनेवाले दोनों ही वैकल्पिक समाधान के अंग हैं। एक के बगैर दूसरा बहुत फायदेमन्द नहीं रह जाता। इनमें परस्पर निर्भरता होती है। एन.बी.ए. आगे-आगे रास्ता हमवार करनेवाला संगठन है। उसके साफ किए रास्ते पर पीछे चलनेवाले अन्य लोग आसानी से चल सकेंगे। मेधा पाटकर को अपनी जरूरत साबित करने

के लिए गोबर गैस प्लांट बनाने की जरूरत नहीं है और न ही तरुण भारत संघ के राजेन्दर सिंह को धरने का नेतृत्व करने की जरूरत है। वे दोनों वही कर रहे हैं जो वे बेहतर कर सकते हैं। दोनों को एक-दूसरे के खिलाफ खड़ा कर देना मन्दबुद्धि की निशानी और विनाशकारी है।

चलिए एन.बी.ए. की आलोचना मान लेते हैं। लेकिन गुहा महोदय की वैकल्पिक दृष्टि क्या है ? डॉ. पुष्पगन्धन विरल औषधीय पौधों को इकट्ठा करते हैं, जब जंगल ही नहीं रह जाएँगे तो ये लोग गायब हो जाएँगे। इकट्ठा करने के लिए औषधियाँ कहाँ रहेंगी, और बंगाल की संयुक्त जंगल प्रबन्धन जैसी योजनाएँ। उनका कहना क्या है ? क्या विश्व बैंक और फोर्ड फाउंडेशन नए क्रान्तिकारी हैं ? यही नए जनआन्दोलन हैं ? माजरा क्या है ? ढुलमुल विश्व दृष्टि या पुराने दोस्तों के प्रति कृतज्ञतापन ?

एन. राम : 'आउटलुक' में प्रकाशित (27 नवम्बर 2000 को) 'पॉवर पॉलिटिक्स' नामक आपके लेख पर हमला करते हुए गुहा ने कहा है : *"भूमंडलीकरण पर हमला करने की बजाय हमें इसके साथ समायोजन करना चाहिए, अपने हितों के मुताबिक इसका भरपूर इस्तेमाल करने की कोशिश करनी चाहिए। अगर हम विदेशी पूँजी के खिलाफ अपने आपको बचाना चाहते हैं तो अपने तकनीक विशारदों और उद्यमियों की नई-नई खोजों को प्रोत्साहित करना चाहिए। अरुन्धति रॉय की तरह उनका मजाक नहीं उड़ाना चाहिए।" आपका क्या कहना है ?*

अरुंधति रॉय : इस तरह की बातों से मैं ऊब चुकी हूँ। मुझे लगता है कि उसने किसी और का लेख पढ़ लिया है क्योंकि अपनी जानकारी में मेरा कोई भी लेख भूमंडलीकरण के बारे में नहीं है। अगर वे 'आउटलुक' के मुख्य पृष्ठ पर छपे शब्दों की बजाय 'पॉवर पॉलिटिक्स' को पढ़ने की कोशिश करते तो उन्हें पता चल जाता कि इस लेख में बुनियादी ढाँचे के निजीकरण और कॉरपोरेटीकरण के खिलाफ तर्क दिए गए हैं। भूमंडलीकरण शब्द तो इस पूरे लेख में एक बार भी नहीं आया है। फिर भी अगर कहीं मैंने भूमंडलीकरण के बारे में लिखने की कोशिश की तो मेरा वादा है कि इस विषय पर मेरे विचार गुहा के विचारों से काफी अलग होंगे।

लेकिन अपने देश में तकनीक विशारदों का मजाक उड़ाने सम्बन्धी गुहा के आरोप का जवाब देने के लिए मैं 'पॉवर पॉलिटिक्स' का एक हिस्सा उद्धृत कर रही हूँ : *पहली दुनिया को बेचने की जरूरत है, तीसरी दुनिया को खरीदने की जरूरत है। ऐसे में इसे तर्कसंगत कारोबार होना चाहिए। लेकिन ऐसा है नहीं।*

कई वर्षों से भारत बिजली उत्पादन के उपकरणों के मामले में कमोबेश आत्मनिर्भर है। भारत की सार्वजनिक क्षेत्र की कम्पनी भारत हेवी इलेक्ट्रिकल्स लिमिटेड (भेल) विश्वस्तरीय उपकरणों का निर्माण और निर्यात करती थी। अब सब कुछ बदल गया है। वर्षों से हमारी अपनी सरकार ने इसे ऑर्डर देना बन्द कर दिया है, अनुसन्धान और विकास के लिए पैसा रोक दिया है, और कमोबेश उसे सम्मानित अस्तित्व से किनारे कर दिया है। आज भेल ऐसी कम्पनी बन गई है, जिसमें ढेर सारे लोग मामूली वेतन के लिए काम करते हैं। उसे 'साझा उपक्रमों' (एक जीई और दूसरा सीमेंस के साथ) के लिए मजबूर किया जा रहा है, जिसमें उसकी भूमिका सिर्फ सस्ते मजदूर उपलब्ध कराना होगा जबकि दूसरी कम्पनियाँ उपकरण एवं तकनीकी जानकारी मुहैया कराएँगी।

क्या इससे लगता है कि मैं अपने देश में तकनीक विशारदों का मजाक उड़ा रही हूँ। मुझे लगता है कि कुछ गड़बड़ है। या तो कोई और अरुंधति रॉय है या उन्होंने अरुन्धति राव या आराधना रॉय का लेख पढ़ लिया है। 'आउटलुक' और 'फ्रंटलाइन' में इनके लेख छपते हैं क्या ? और यह आदमी मुझे बौद्धिक ईमानदारी की सीख देता रहता है।

भूमंडलीकरण सम्बन्धी बहस में एक मजेदार तत्व है। बिल क्लिंटन, कोफी अन्नान, अटल बिहारी वाजपेयी से लेकर इसकी प्रशंसा में भरे जा रहे तमाम दलाल उसके एक ही आकर्षण पहलू का जिक्र करते हैं : अगर सरकारी संस्थाएँ सही ढंग से काम करें, मजबूत अदालतें हों, सही कानून हो, ईमानदार राजनेता हों, भागीदारीपरक लोकतन्त्र हो, मानवाधिकारों का सम्मान करनेवाला और लोगों के जीवन के निर्णय में लोगों को प्रतिनिधित्व देनेवाला पारदर्शी प्रशासन हो...तो भूमंडलीकरण गरीबों के लिए भी फायदेमन्द होगा।

मेरा कहना है कि यदि यह सब हो तब तो कोई भी चीज असफल साबित न होगी : साम्यवाद, समाजवाद, कुछ भी। स्वर्ग में तो सब कुछ सुन्दर है। गरीब 'बनाना रिपब्लिक' भी। लेकिन इस अपूर्ण दुनिया में भूमंडलीकरण के कयास से सब नेमतें बरसेंगी। भारत मुक्त बाजार की ओर तेजी से बढ़ रहा है तो भी यह सब होगा ? क्या इन सब आकर्षक चीजों में से एक भी चीज नर्मदा मुद्दे पर लागू होगी ? सर्वोच्च न्यायालय ने जिम्मेदारी का परिचय दिया है ? सरकारी संस्थाएँ पारदर्शी रही हैं ? लोगों की जिन्दगियों को प्रभावित करनेवाले निर्णयों में लोगों का दखल है ? क्या उन्हें इन निर्णयों की सूचना दी जाती है। इन सब प्रश्नों का एक ही उत्तर है—नहीं, नहीं, नहीं। फिर भी हमारे जैसे अपंग लोकतान्त्रिक देश में आश्चर्यजनक बात है कि भूमंडलीकरण के समर्थक ही जिम्मेदार और

जवाबदेह सरकार की माँग कर रहे हैं। सच्चाई यह नहीं है। और जब कभी भी कोई और मसलन एन.बी.ए. या अन्य कोई जनआन्दोलन या कोई अभागा नागरिक इसकी माँग करता है तो उसका सामना पुलिस या सन्दिग्ध राजनीति करनेवाले विद्वानों से होता है। तब क्या वे लोग इसकी रक्षा के लिए खड़े होते हैं।

एन. राम : लोगों का कहना है कि आपका लेख 'पावर पॉलिटिक्स' आत्मविरोधी है क्योंकि इसमें ऐसे व्यक्ति ने बाजार और भूमंडलीकरण का विरोध किया है जो स्वयं मकबूलीयत के विश्व बाजार में अवस्थित है।

अरुंधति रॉय : लोगों ने कहा है ? (खिलखिलाती हैं) वे तो वही सज्जन हैं। नहीं हैं क्या ? इस बार उनका क्या कहना है ? क्या तमाम मकबूल लोग भूमंडलीकरण का समर्थन करें? या कि जिन लेखकों की किताबों की कुछ प्रतियाँ अधिक बिक गई हों वे सब भूमंडलीकरण का समर्थन करें? सीमा रेखा क्या होगी ? वे 30 हजार प्रतियाँ ? इसमें भाषायी संस्करण भी शामिल होंगे ? ऑडियो संस्करण और ब्रेल संस्करण भी ?

एन. राम : मुझे पता चला है कि 'गॉड ऑफ स्माल थिंग्स' की चालीस भाषाओं में 60 लाख प्रतियाँ बिकी हैं। आपके एजेंट डेविड गॉडविन ने मुझे बताया कि आपने हालीवुड सहित तमाम दुनिया से उस पर फिल्म बनाने के प्रस्ताव को नकार दिया है। आप क्या सही निर्देशक की तलाश कर रही हैं ? आपके उपन्यास का फिल्मी संस्करण कभी देखने को मिलेगा ?

अरुंधति रॉय : ना...सवाल सही निर्देशक का नहीं है। मुझे नहीं लगता कि मेरी किताब पर कोई अच्छी फिल्म बन पाएगी। इसके अलावा मुझे नहीं लगता कि साहित्य और उपन्यास का अन्तिम पड़ाव सिनेमा है। 'गॉड ऑफ स्मॉल थिंग्स' लिखने के पहले मैंने दो फिल्मों का स्क्रीन प्ले लिखा था। सिनेमा के 'बाहरीपन' में मैं बँधा हुआ महसूस करती थी। मैं अपनी अन्तरात्मा से मुक्त होकर लिखना चाहती थी। लोगों के दिलो-दिमाग के भीतर पढ़ना चाहती थी। मैं मुक्त होकर नदी में चाँद और पेड़ का वर्णन एक पृष्ठ में करना चाहती थी। केवल इस तरह नहीं कि सीन 21। बाहरी प्रकृति। रात। नदी।

चूँकि मैं स्क्रीन प्ले लिख चुकी थी इसलिए मैंने प्रचंड दृश्यात्मक किन्तु फिल्म न बनाने योग्य उपन्यास लिखने की ठानी और उपन्यास लिखा गया। 'गॉड ऑफ स्मॉल थिंग्स' में सर्वाधिक दृश्यात्मक चीजें अनुभूतियाँ हैं। अब आप किसी फिल्म में कैसे दिखा पाएँगे कि अकेले भयभीत छोटे राहेल कोच्चि हवाई अड्डे पर कंगारू जैसे कूड़े के डिब्बे से संवाद कर रही थी ? मैं नहीं समझती कि सिनेमा

कभी भी सीमेंट से बने हुए कंगारू की जादुई फुसफुसाहट, उड़न्तू चुम्बनों और गुप्त श्वास-प्रश्वास को दिखा पाएगा। अगर आप वाल्ड डिज्नी जैसी फिल्म बना रहे हों तब तो बात ही अलग है।

मुझे अब भी लगता है कि 'गॉड ऑफ स्माल थिंग्स' के सभी पाठकों के दिमाग में फिल्म का एक अलग संस्करण चलता रहता है। इस तरह उस उपन्यास से बनी फिल्म के 60 लाख अलग-अलग संस्करण हैं। अगर कोई एक फिल्म-निर्माता इन सभी संस्करणों को खत्म करके एक ही संस्करण थोप देगा तो यह बड़ी पीड़ाजनक बात होगी। इस तरह की विकेन्द्रित लोकतान्त्रिकता मुझे अच्छी लगती है। (मुस्कुराती हैं।)

बात तो आपको बचकानी लग सकती है लेकिन एस्था, राहेल, वेलुता, अम्पु, चाको आदि का अभिनय कर रहे पात्रों को देखना मेरे लिए कल्पनातीत है...। मैं तो मर जाऊँगी। इन पात्रों से मुझे बहुत प्यार है और हमेशा रहेगा।

एन. राम : चलिए मकबूलियत की बात फिर से करते हैं। आपको कैसा लगता है ? इससे आपके लेखन पर क्या असर पड़ता है ? इससे आप निपटती किस तरह हैं ?

अरुंधति रॉय : सेलीब्रेटीहुड (मकबूलियत) इस शब्द से मुझे नफरत है। मैं इससे निपटती कैसे हूँ ? जब रॉक हडसन का कैरियर ढलान पर था और अगर अपने किसी दोस्त या सहकर्मी को आगे बढ़ता सुनता था तो कहता—गारत हो, वह मर जाए। मुझे लगता है वह मर जाएगा। इसी तरह का अहसास अपनी मकबूलियत के बारे में होता है। जब मैं अखबारों में अपनी तस्वीर देखती हूँ तो मुझे अपनी सार्वजनिक छवि से चिढ़ हो जाती है और मैं कहती हूँ—गारत हो, वह मर जाए...(मुस्कुराती हैं)।

दरअसल कोई भी आदमी मकबूलियत के साथ सहज होने में बड़ी मुश्किल महसूस करता है। कभी-कभी मुझे लगता है कि इससे मैं तो पागल हो जाऊँगी। लेकिन लगता है कि अब इसकी कुछ-कुछ अभ्यस्त हो चली हूँ। इसके लिए मैं एक तरीका अपनाती हूँ। सबसे पहले मैं एक लेखिका हूँ, बाद में सेलिब्रेटी हूँ। मैं ऐसी लेखिका हूँ जो संयोग से सेलीब्रेटी हो गई है। नियम के बतौर मैं ऐसा कोई काम नहीं करती जो मुझे सेलीब्रेटी होने के नाते करना चाहिए। फीता काटने मैं कहीं नहीं जाती। कहीं मैं मुख्य अतिथि नहीं होती। किसी समारोह को मैं अपनी उपस्थिति से 'गौरवान्वित' नहीं करती। मैं चैट शो में नहीं जाती। मैं इंटरव्यू नहीं देती, जब तक मेरे पास कहने के लिए कोई खास बात न हो। अपवादस्वरूप मैं सिर्फ पारिस्थितिकी के इतिहासकारों से दो-चार हाथ करती हूँ।

लेकिन मैं जो काम करना चाहती हूँ उसे करने से अपने आपको रोकती भी नहीं हूँ। मैं जीवन जीना, प्यार करना, घूमना-फिरना लेकिन सबसे आगे बढ़कर लिखना, मुझे पसन्द है। जो कुछ भी मैं लिखती हूँ उसका समर्थन करती हूँ। पीछे-पीछे सेलीब्रेटी की छवि थोड़ा-बहुत शोर मचाते हुए चलती है मानो किसी बिल्ली की पूँछ में टीन का डब्बा बाँध दिया गया हो। इसे मैं हटा तो सकती हूँ लेकिन देर-सवेर अपने आप हट जाएगा। फिलहाल मैं इसे नजरअन्दाज करने की कोशिश करती हूँ। हालाँकि मामला इतना सरल भी नहीं है। जब कभी भी मैं किसी एन.बी.ए. के धरने में शामिल होती हूँ, और शामिल होऊँगी या नहीं यह निर्णय हमेशा उनके साथ सामूहिक होता है तो प्रेस हमेशा ही लिखता है कि मेधा के साथ मैंने धरने का नेतृत्व किया। हास्यास्पद बात है। हम दोनों की तुलना किसी भी तरह हास्यास्पद है। यह मानना ही हास्यास्पद है कि मैं किसी चीज का नेतृत्व करती हूँ। एन.बी.ए. की तो बात ही छोड़िए। सौभाग्यवश मेधा और मैं दोनों ही मीडिया की दुधारी तलवार के बारे में जानते हैं। मैं हमेशा कहती रहती हूँ कि वे बहुत अच्छी हैं, मैं बहुत बुरी हूँ और बुरी खबर ये है कि हम दोनों दोस्त हैं।

एन. राम : इन सबका आपके लेखन पर क्या असर पड़ता है ? आपको इतनी जगह तो मिल गई है कि जो आप कहना चाहती हैं कहती हैं, इससे आपको कोई दबाव महसूस होता है ? आपको क्या तमाम भलमनसाहत भरे उद्देश्यों का गोदाम बन जाने का खतरा महसूस नहीं होता ?

अरुंधति रॉय : आप गलत समझ रहे हैं। मकबूलियत के कारण मुझे कोई जगह नहीं मिली है। मेरे लेखन ने जगह बनाई है। इस मामले में मेरे दिमाग में कोई भ्रम नहीं है। मैं लेखक होने के नाते ही मकबूल हूँ। बात इसके उलट नहीं है। कुल मिलाकर आप या 'आउटलुक' के विनोद मेहता सूप बनाने का धन्धा तो नहीं करते। आप सब मुझे इसलिए जगह देते हैं क्योंकि ऐसा करना आपको जरूरी लगता है। क्योंकि आप जानते हैं कि लोग मुझे पढ़ते हैं।

अगर आप यह पूछ रहे हैं कि जगह मिलने की जानकारी से मुझ पर कोई दबाव बनता है तो मैं कहूँगी कि—हाँ। क्योंकि कभी-कभी मुझे लगता है कि मैं जो कहती हूँ वह तो राजनीतिक काम है ही, कभी-कभी कुछ न कहना भी राजनीतिक काम होता है। मेरे भीतर इन दोनों आवाजों के बीच लड़ाई चलती रहती है। एक कहती है कि मैं भूमिगत हो जाऊँ और एक और किताब लिखूँ। दूसरी मुझे नजर नहीं चुराने देती। जो सब मेरे चारों ओर हो रहा है उसमें गहरे पैठने की माँग करती रहती है। जहाँ तक भलमनसाहत भरे उद्देश्यों का गोदाम

बन जाने की बात है तो आप सही कह रहे हैं, बड़ा जबरदस्त दबाव रहता है। इसकी एकमात्र वजह यह है कि चारों तरफ भयानक घटनाएँ घटित हो रही हैं और बहुत मुश्किल है कि उनके बारे में जानने के बाद कह दिया जाए कि मैं कोई मदद नहीं कर सकती। लेकिन आप तो जानते हैं कि भलमनसाहत भरे उद्देश्यों का राजदूत बनने से उन उद्देश्यों के प्रति अन्याय होता है और मेरी लेखकीय आत्मा के साथ बड़ी हिंसा होती है। अपने भीतर बैठे लेखक को तो मैं कुर्बान नहीं कर सकती। किसी भी कीमत पर नहीं। गायक गाना गाता है। चित्रकार चित्र बनाता है। लेखक लिखता है। कुछ लोग ऐसा पेशेवर तौर पर करते हैं। कुछ लोग जरूरत के तहत ऐसा करते हैं। कुछ लोग इसलिए लिखते हैं कि उन्हें लिखना होगा।

एन राम : यह सुनकर मुझे लग रहा है कि आपके भीतर कोई एकाकी जगह है जहाँ आप काम करती हैं, अपने होने और करने के बीच सबसे अधिक कठिनाई कब महसूस होती है ?

अरुंधति रॉय : सही बात है ! लेखक चाहे अच्छा हो, बुरा हो, सफल हो या असफल। जब वह मेज पर अपने कागज के सामने बैठा होता है तब वह एकाकी होता है। दुनिया में यह सम्भवतः सबसे एकाकी भरा काम है। एक बार जब काम खत्म हो जाता है तो बात भिन्न हो जाती है। मैं कतई अकेली नहीं हूँ। मैं तो एकाकीपन के विपरीत हूँ। मैं लोगों से शिकायत कैसे कर सकती हूँ? मुझे तो यह कल्पना बड़ी अच्छी लगती है कि अगर मैं कभी पूरी तरह अकिंचन हो जाऊँ तो अपनी बाकी बची जिन्दगी यह कहकर गुजार दूँगी कि मैंने 'गॉड ऑफ स्मॉल थिंग्स' लिखा था, आप मुझे खाना खिलाएँगे ? यह एहसास बहुत ही अद्‌भुत है। जब मैं नर्मदा घाटी जाती हूँ तो मैं अपने लेखों को हिन्दी, गुजराती, मराठी में लोगों को पढ़ते हुए देखती हूँ। कभी-कभी तो उसे मौखिक रूप से भेल्लाली में भी अनुवाद किया जाता है। मैंने अपने लेखों का मंचन होते हुए देखा है। लेखक को इससे अधिक क्या चाहिए। इससे अधिक एकाकी मैं क्या हो सकती हूँ ?

यह सही बात है कि विवादास्पद चीजों के बारे में लिखती हूँ। अपने भीतर मुझे कुछ शत्रुता का एहसास होता रहता है। हर बार जब मैं घर से बाहर निकलती हूँ तो मुझे धार तेज करने की आवाजें सुनाई पड़ती हैं। मैं हमलावरों की तलवार की चमक को पकड़ती हूँ। लेकिन यह अच्छी बात है। इससे मेरे भीतर तीक्ष्णता बनी रहती है। फिटफाट और सावधान रहती हूँ। इससे मेरे विचार केन्द्रित हो जाते हैं। मेरे तर्क पैने हो जाते हैं। उसको लेकर काफी सावधान रहती हूँ। कुल मिलाकर इस विश्वविद्यालय में पढ़ना कोई बुरी बात नहीं है। मेरे कुछ आलोचकों

की तरह मैं असावधानी का लुत्फ नहीं उठा सकती।

एन. राम : हाँ, रामचन्द्र गुहा भी आपके साहस की दाद देते हैं और आपके प्रति एन.बी.ए. की निष्ठा के लिए एन.बी.ए. की पीठ ठोकते हैं।

अरुंधति रॉय : साहस और निष्ठा ? मुझे तो सब घोड़े की पीठ थपथपाने जैसा लगता है। आपको क्या लगता है कि जब उन्होंने हमें 'नकारवादी' कहा था तब भी उनका यही मतलब था ? (असहाय ढंग से हँसती हैं)...सॉरी राम, उनके बारे में फिर कभी।

जनवरी, 2001

संदर्भ एवं टिप्पणियाँ

कल्पनाशीलता का अन्त

1. राज चेंगप्पा, 'द बॉम्ब मेकर्स', *इंडिया टुडे,* 22 जून 1998।
2. प्रदीप ठाकुर, 'इंडिया प्रोटेक्टेड अगेंस्ट न्यूक्लियर वार', *द पायनियर,* 24 अप्रैल 1998, मुम्बई स्थित भाभा परमाणु अनुसंधान केन्द्र (बीएआरसी) के स्वास्थ्य, पर्यावरण और सुरक्षा समूह के प्रमुख से बातचीत।
3. देखें चन्दन मित्रा, 'एक्सप्लोजन ऑफ सेल्फ-स्टीम', *द पायनियर,* 12 मई 1998; शेखर गुप्ता, 'रोड टु रिसर्जेंस', *द इंडियन एक्सप्रेस,* 12 मई 1998; और 'अ मोमेंट ऑफ प्राइड', *द हिन्दुस्तान टाइम्स,* सम्पादकीय, 12 मई 1998।
4. बाल ठाकरे का बयान, 'वॉयसेज', *इंडिया टुडे,* 25 मई 1998।
5. होम टीवी के साथ रक्षा मन्त्री जॉर्ज फर्नांडीस के बातचीत से उद्धृत यह बयान 'पाकिस्तान लैग्स इन नम्बर ऐंड पोटेंसी : जॉर्ज', *द पायनियर,* 1 जून 1998; और 'पाकिस्तान टेस्ट्स नो मैच फॉर आवर्स : फर्नांडीस', *द हिन्दू,* 1 जून 1998।
6. कावेरी बामजई, 'पाकिस्तान टीवी विल बी बैंड, सेज नकवी', *द इंडियन एक्सप्रेस,* 3 जुलाई 1998।
7. 'डेल्ही गवर्नमेंट वांट्स चर्चेज स्ट्रक ऑफ लिस्ट ऑफ रीलिजियस प्लेसेज', *द इंडियन एक्सप्रेस,* 3 जुलाई 1998; और 'हाइ ऑन ह्यूब्रिस', *टाइम्स ऑफ इंडिया,* 4 जुलाई 1998।
8. 'टेक्स्ट ऑफ वाजपेयी लेटर टु क्लिंटन', *द हिन्दू,* 14 मई 1998।
9. 'एचडीआइ रैंकिंग फॉर डेवेलपिंग कंट्रीज', *ह्यूमैन डेवेलपमेंट रिपोर्ट 1997,* न्यूयॉर्क : ऑक्सफोर्ड युनिवर्सिटी प्रेस ऐंड युनाइटेड नेशंस डेवेलपमेंट रिपोर्ट, 1997, पृ. 45।

बहुजन हिताय

1. सी.वी.जे. शर्मा (सं.), 1989, *मॉडर्न टेम्पुल्स ऑफ इंडिया : सेलेक्टेड स्पीचेज ऑफ जवाहरलाल नेहरू एट इरिगेशन एंड पॉवर प्रोजेक्ट्स,* केन्द्रीय सिंचाई एवं बिजली बोर्ड। 1989, पृ. 40-49।
2. पेट्रीक मकल्ली, 1998, *साइलेंस्ड रिवर्स : द इकॉलोजी एंड पॉलिटिक्स ऑफ लार्ज डेम्स,* पृ. 80, ओरिएंट लौंगमैन, हैदराबाद।
3. बरगी बांध-विस्थापितों के फिल्मांशों से, 1995, अनुराग सिंह और झरना झावेरी, जनमाध्यम, नई दिल्ली।
4. सी.वी.जे. शर्मा, (सं.), 1989, पूर्वोद्धृत, पृ. 52-56। केन्द्रीय सिंचाई एवं बिजली बोर्ड की 29वीं वार्षिक

बैठक (17 नवम्बर, 1958) को सम्बोधित करते हुए नेहरू ने कहा था, "लेकिन, पिछले कुछ समय से मुझे लगने लगा है कि हम उस बीमारी के शिकार हैं जिसे हम चाहें तो 'महाकायता की बीमारी' कह सकते हैं। हम दिखाना चाहते हैं कि हम बड़े बाँध बना सकते हैं और बड़े काम कर सकते हैं। भारत में यह एक खतरनाक नजरिया पनप रहा है...महाकायता का विचार यानी सिर्फ यह दिखाने के लिए कि हम बड़े काम कर सकते हैं बड़े उद्यमों का निर्माण और दूसरे बड़े काम करना, एक स्वस्थ नजरिया कतई नहीं है।" और,...देश का चेहरा आधा दर्जन जगहों पर जारी बड़ी परियोजनाओं, छोटे उद्योगों और छोटे विद्युत-संयन्त्रों से कहीं ज्यादा बदलेगा।

5. सेंटर फॉर साइंस एंड एनवायरमेंट (सी.एस.ई.), 1997, *डाईंग विजडम : राइज, फाल एंड पोटेंशियल ऑफ इंडिया'ज ट्रेडीशनल वाटर हारवेस्टिंग सिस्टम्स,* पृ. 399, विज्ञान एवं पर्यावरण केन्द्र, नई दिल्ली; माधव गाडगिल, रामचन्द्र गुहा, 1995, *इकॉलोजी एंड इक्विटी,* पृ. 39, पेंग्विन इंडिया, नई दिल्ली।
6. इंडियन वाटर रिसोर्सेज सोसाइटी, 1998, *फाइव डीकेड्स ऑफ वाटर रिसोर्सेज डेवलेपमेंट इन इंडिया,* पृ. 7।
7. वर्ल्ड रिसोर्स इंस्टीट्यूट, 1998, *वर्ल्ड रिसोर्सेज 1998-99,* पृ. 251, ऑक्सफोर्ड यूनिवर्सिटी प्रेस, ऑक्सफोर्ड, यू.के.।
8. मकल्ली, 1998 (पूर्वोद्धृत) पृ. 26-29; अगस्त, 1998 में अमेरिकी इंटीरियर सेक्रेटरी ब्रूस वैबिट के भाषणों के लिए *द इकॉलोजिस्ट एशिया* भी देखें, जिल्द 6, नं. 5 (सितम्बर-अक्टूबर 1998), पृ. 50-51।
9. मकल्ली, 1998 (पूर्वोद्धृत) के अलावा देखें—सेंटर फॉर साइंस एंड एनवायरनमेंट की *स्टेट ऑफ इंडिया'ज एनवायरमेंट,* 1999, 1985 और 1982; निकोलस हिल्डीआर्ड व एडवर्ड गोल्डस्मिथ, 1984, *द सोशल एंड एनवायरनमेंटल इंपेक्ट्स ऑफ लार्ज डैम्स,* वेबरिज इकॉलोजिकल सेंटर, कार्नवाल, यू.के.; सत्यजीत सिंह 1997 *टेमिंग द वाटर्स : द पोलिटिकल इकॉनोमी ऑफ लार्ज डैम्स,* ऑक्सफोर्ड यूनिवर्सिटी प्रेस, नई दिल्ली; *इंडिया : इरिगेशन सेक्टर रिव्यू ऑफ द वर्ल्ड बैंक (1991); लार्ज डैम्स लर्निंग फ्रॉम द पास्ट, लुकिंग टु द फ्यूचर,* 1997 आई.यू.सी.एन., आदि।
10. मिहिर शाह व अन्य, 1998, *इंडिया'ज ड्राइलैंड्स : ट्राइबल सोसायटीज एंड डेवलेपमेंट थ्रू एनवायरनमेंटल रीजेनेरेशन,* पृ. 51-103, ऑक्सफोर्ड यूनिवर्सिटीज प्रेस, नई दिल्ली।
11. एन. दनइया यूशर, 1997, *डैम्स एज एड : ए पोलिटिकल ऐनाटॉमी ऑफ नॉर्डिक डेवलेपमेंट थिंकिंग,* रौटलेज, लन्दन व न्यूयार्क।
12. वर्तमान मूल्य पर, रुपये 2,20,000 करोड़ 1996-97 स्थिर मूल्यों पर।
13. भारत सरकार, 1999, *नाईंथ फाइव ईयर प्लान 1997-2002,* जिल्द 2, पृ. 478, योजना आयोग, नई दिल्ली।
14. डी.के. मिश्रा और आर. रंगाचारी, 1999, *द एम्बैंकमेंट ट्रैप एंड सम डिस्टर्बिंग क्वेश्चंस,* पृ. 40-48, व 62-63 (क्रमशः), सेमिनार 478 (जून 1999); सी.एस.ई., 1991 *फ्लड्स, फ्लडप्लेन्स एंड एनवायरनमेंटल मिथ्स।*
15. मिहिर शाह व अन्य, 1998, पूर्वोद्धृत, पृ. 51-103।
16. सत्यजीत सिंह, 1997, पूर्वोद्धृत, पृ. 188-190; इसके अलावा वास्तविक विस्थापन के लिए भारत सरकार के आँकड़े।
17. ग्रामीण क्षेत्र एवं रोजगार मन्त्रालय द्वारा 21 जनवरी, 1999 को दिल्ली में आयोजित एक बैठक में। यह बैठक राष्ट्रीय पुनर्स्थापन एवं पुनर्वास नीति की रूपरेखा और भूमि अधिग्रहण अधिनियम में संशोधन पर बुलाई गई थी।

18. नवम्बर 1999 में प्रकाशित वर्ल्ड कमीशन ऑन डैम के अनुसार भारत में बड़े बाँधों से विस्थापित होनेवाले लोगों की संख्या 2.5 करोड़ है। वर्ल्ड कमीशन ऑन डैम के एक खंड 'इंडिया कंट्री स्टडी' के अनुसार विस्थापितों की संख्या 5-6 करोड़ तक हो सकती है (online at www. dams. org/global/india.htm).
19. ब्रेडफोर्ड मोर्स एवं थॉमस बर्गर, 1992, *सरदार सरोवर : द रिपोर्ट ऑफ द इंडिपेंडेंट रिव्यू,* पृ. 62। मूल प्रकाशन रिसोर्स फ्यूचर्स इंटरनेशनल (आर.एफ.आई.) इंक, ओटावा द्वारा।
20. भारत सरकार, 28वीं व 29वीं *रिपोर्ट ऑफ द कमिश्नर फॉर शिड्यूल्ड कास्ट्स एंड शिड्यूल्ड ट्राइब्स,* नई दिल्ली, 1988-89।
21. *इंडियन एक्सप्रेस,* नई दिल्ली, 10 अप्रैल 1999 (मुखपृष्ठ)।
22. भारत सरकार, 1999, *नाईंथ फाइव ईयर प्लान 1997 2002,* जिल्द 2, पृ. 137।
23. डब्लू सी डी के 'इंडिया कंट्री स्टडी' के 1999 के अनुसार 10 फीसदी है।
24. सिद्धार्थ दुबे, 1998, वर्ड्स लाइक फ्रीडम, हार्पर कॉलिंस (इंडिया), नई दिल्ली; सी.एम.आई.ई (सेंटर फॉर मॉनिटिरिंग द इंडियन इकोनॉमी), 1996; 4 जून, 1999 के 'बिजनेस लाइन' में उद्धृत, *वर्ल्ड बैंक पावर्टी अपडेट* भी देखें।
25. उड़ीसा में 2001 को भुखमरी की बात कही गई है।
26. राष्ट्रीय मानवाधिकार आयोग, *रिपोर्ट ऑफ द विजिट ऑफ द ऑफिसियल टीम ऑफ द एन.एच.आर.सी. टु द स्केरेसिटी अफेक्टेड एरियाज ऑफ उड़ीसा,* दिसम्बर 1996।
27. भारत सरकार, *अवार्ड ऑफ द नर्मदा वाटर डिस्प्यूट्स ट्रिब्यूनल,* 1978-79।
28. भारत सरकार, *रिपोर्ट ऑफ द एफ.एम.जी.-2 ऑन सरदार सरोवर प्रोजेक्ट,* 1995, भारत सरकार व मध्य प्रदेश सरकार द्वारा उच्चतम न्यायालय के सम्मुख प्रस्तुत किए गए विभिन्न शपथ-पत्र, 1994-98।
29. सी.डब्ल्यू.सी. *मन्थली आब्जर्व्ड फ्लोज ऑफ द नर्मदा एट गरुदेश्वर,* 1992, हाइड्रोलॉजी स्टडीज ऑर्गेनाइजेशन, केन्द्रीय जल आयोग, नई दिल्ली।
30. *रिटन सबमिशन ऑन बिहाफ ऑफ यूनियन ऑफ इंडिया,* फरवरी 1999, पृ. 7, अनुच्छेद 1.7।
31. *टाइगरलिंक न्यूज,* जिल्द 5, नं. 2, जून 1999, पृ. 28।
32. *वर्ल्ड बैंक एनुअल रिपोर्ट्स, 1993-98।*
33. मकल्ली, 1998, पूर्वोद्धृत, पृ. 274।
34. मकल्ली, 1998, पूर्वोद्धृत, पृ. 21, विश्व बैंक ने चीन में बाँध-निर्माण के लिए 1948 में धन मुहैया कराना शुरू किया। तब से अब तक वह 13 बड़े बाँधों के लिए कोई 3.4 बिलियन डॉलर (मुद्रास्फीति से असमायोजनीय) का ऋण दे चुका है। इन बाँधों से 3,60,000 लोग विस्थापित होंगे। केन्द्रीय महत्त्व येली रिवर पर बन रहे जियाओलैंगडी बाँध का है जो अकेले ही 1,81,000 लोगों को विस्थापित करेगा।
35. मकल्ली, 1998, पूर्वोद्धृत, पृ. 278।
36. जे. विडाल और एन. कमिंग-ब्रूस, *द कर्स ऑफ परगाऊ,* इकॉनोमिस्ट, 5 मार्च, 1994; *डैम प्राइस जम्पड 81 मिलियन पाउंड्स डेज आफ्टर डील,* द गार्जियन, लन्दन, 19 जनवरी 1994, ह्वाइटहाल मस्ट नॉट इस्केप स्कॉट फ्री, *गार्जियन लन्दन,* 12 फरवरी, 1994; मकल्ली द्वारा उद्धृत, 1998, पूर्वोद्धृत, पृ. 291।
37. मकल्ली, 'साइलेंस्ड रिवर्स' (देखें उपरोक्त नोट 2) पेज 62।
38. उदाहरणार्थ देखें—सरदार सरोवर नर्मदा निगम लि., 1989, *प्लानिंग फॉर प्रॉस्पेरिटी;* बाबूभाइ जे. पटेल 1992, स.स.प. *प्रोग्रेसिंग अमिड्स्ट चैलेंजेज;* सी.सी. पटेल, 1991, *सरदार सरोवर नर्मदा*

निगम लि. गांधीनगर, व्हाट इट इज एंड व्हाट इट इज नॉट; पी.ए. राज, सरदार सरोवर निगम लि. 1989, 1990, और 1991 संस्करण, *फैक्ट्स : सरदार सरोवर प्रोजेक्ट्स।*

39. वही, इसके अलावा राहुल राम, 1993, *मडी वाटर्स : ए क्रिटिकल एसेसमेंट ऑफ द बेनेफिट्स ऑफ द सरदार सरोवर प्रोजेक्ट्,* कल्पवृक्ष, नई दिल्ली।

40. मोर्स और बर्गर, 1992, पूर्वोद्धृत 319। आधिकारिक आँकड़ों (नर्मदा कंट्रोल ऑथोरिटी, 1992, *बेनेफिट्स टु सौराष्ट्र एंड कच्छ एरियाज इन गुजरात,* एन.सी.ए., इन्दौर) के अनुसार कच्छ के 948 व सौराष्ट्र के 4,877 गाँवों को सरदार सरोवर परियोजना से पेयजल उपलब्ध होगा। लेकिन 1981 की जनगणना के अनुसार, कच्छ में मात्र 887 और पूरे सौराष्ट्र में 4,727 गाँव बसते हैं। जाहिर है कि योजनाकारों ने गाँवों के नाम मानचित्र से उतार लिए हैं, उन 211 गाँवों समेत जो उजाड़ पड़े हैं। राहुल राम, 1993, पूर्वोद्धृत में उल्लेखित।

41. उदाहरणार्थ नर्मदा कंट्रोल अथॉरिटी के पुनर्विस्थापन व पुनर्वास उपसमूहों की विभिन्न बैठकों के विवरण, 1998-1999; इसके अलावा मोर्स, 1992, पूर्वोद्धृत, पृ. 51।

42. राहुल राम, 1993, मडी वाटर, पृ. 34।

43. उदाहरण के लिए देखें एन.बी.ए. द्वारा उच्चतम न्यायालय में दाखिल याचिका, 1994।

44. सरदार सरोवर नर्मदा निगम लिमिटेड, 1989, *प्लानिंग फॉर प्रॉस्पेरिटी,* गुजरात सरकार।

45. एस. धर्माधिकारी, 1995, *हाइड्रोपावर एट सरदार सरोवर : इज इट नेसेसरी जस्टीफाइड एंड अफॉर्डेबुल ?* पृ. 141, सं.-डब्ल्यू.एफ. फिशर। *टूवार्ड्स सस्टेनेबुल डेवलपमेंट ? स्ट्रगलिंग ओवर इंडिया'ज नर्मदा रिवर,* एम.एफ. शार्प, आरमोंक, न्यूयार्क।

46. मकल्ली, 1998, साइलेंस्ड रिवर, पृ. 87।

47. मकल्ली, 1998, साइलेंस्ड रिवर, पृ. 185।

48. विश्व बैंक, 1994, *रीसैटलमेंट एंड डेवलेपमेंट : द बैंकवाइड रिव्यू ऑफ प्रोजेक्ट्स इनवोल्विंग रीसैटलमेंट,* 1986-1993, 1994।

49. विश्व बैंक, 1994; *रीसैटलमेंट एंड रीहेबिलिटेशन ऑफ इंडिया : ए स्टेट्स अपडेट ऑफ प्रोजेक्ट्स इन्वोल्विंग रीसैटलमेंट 1994।*

50. विश्व बैंक, रीसैटलमेंट एंड डेवलेपमेंट 1994, पूर्वोद्धृत।

51. मोर्स और बर्गर, 1992, पूर्वोद्धृत, राष्ट्रपति को पत्र, पृ. XII, XXIV और XXV

52. मोर्स और बर्गर, 1992, पूर्वोद्धृत, पृ. XXV।

53. सामाजिक व पर्यावरणीय प्रभावों के कच्चे आकलन समेत न्यूनतम शर्तें। विस्तार के लिए देखें—*लोरी यूडाल, द इंटरनेशनल नर्मदा कैंपेन;* विलियमफिशर मैकली, 1992, क्रैक्स इन द डैम : द वर्ल्ड बैंक इन इंडिया, *मल्टीनेशनल मॉनीटर,* दिसम्बर, 1992।

54. देखें—विश्व बैंक को भारत सरकार का पत्र, मार्च 29, 1993; विश्व बैंक की प्रेस विज्ञप्ति (दिनांक 30 मार्च, 1993)। इसकी एक प्रति इंटरनेशनल रिवर्स नेटवर्क के कैम्पेन इंफार्मेशन पैकेज नर्मदा *वैली डेवलपमेंट प्रोजेक्ट,* जिल्द-1, अगस्त 1998 में प्राप्त है।

55. तिथि थी 14 नवम्बर, 1992; स्थान ताजमहल होटल, मुम्बई के बाहर जहाँ विश्व बैंक के अध्यक्ष लेविस प्रिस्टन ठहरे हुए थे। देखें—लायर्स कमेटी फॉर ह्यूमन राइट्स, अप्रैल 1993। अनएक्सेप्टेड मीन्स : इंडिया'ज सरदार सरोवर प्रोजेक्ट एंड वाइलेशन ऑफ ह्यूमन राइट्स : अक्टूबर 1992 से फरवरी 1993, पेज 10-12।

56. 20 मार्च, 1994 की रात को बड़ौदा स्थित एन.बी.ए. कार्यालय पर कुछ गुंडों ने सिर्फ इस (निराधार) अफवाह के चलते हमला बोला कि पाँच सदस्यीय समिति का एक सदस्य अन्दर एन.बी.ए. के सदस्यों के साथ मौजूद है। इस हमले में कुछ एन.बी.ए. कार्यकताओं के साथ दुर्व्यवहार किया गया

और दस्तावेजों का एक बड़ा संग्रह जलाकर खाक कर दिया गया।

57. जल संसाधन मन्त्रालय, भारत सरकार, 1994, *रिपोर्ट ऑफ द फाइव मेंबर ग्रुप ऑन सरदार सरोवर प्रोजेक्ट।*

58. 1994 की याचिका 319 का तर्क है कि सरदार सरोवर परियोजना ने प्रभावित लोगों के मानवाधिकारों का हनन किया है और यह कि परियोजना सामाजिक, पर्यावरणीय, तकनीकी (भूकम्पीय व जल वैज्ञानिक घटकों समेत), आर्थिक या वित्तीय आधारों पर परियोजना पर चल रहे कार्य को रोक दिया जाए।

59. *फ्रंटलाइन,* 27 जनवरी, 1995; *संडे,* 21 जनवरी 1995।

60. जनवरी, 1995 में उच्चतम न्यायालय ने केन्द्र सरकार के सलाहकार का यह वक्तव्य स्वीकार किया कि सरदार सरोवर बाँध पर आगे कोई भी काम अदालत को बिना पूर्व-सूचना दिए नहीं किया जाएगा। 4 मई, 1995 को अदालत ने केन्द्र के इस आग्रह पर बाँध पर 'टील' बनाने की इजाजत दे दी कि उनका निर्माण सुरक्षा के लिए अनिवार्य है। लेकिन अदालत ने जनवरी, 1995 के अपने आदेश को पुनः दोहराया कि अदालत की मंजूरी के बिना कोई निर्माण कार्य नहीं होगा।

61. *रिपोर्ट ऑफ द नर्मदा वाटर डिस्प्यूट्स ट्रिब्यूनल विद इट्स डिसीजन,* जिल्द II, 1979, पृ. 102; मोर्स, 1999, पूर्वोद्धृत, पृ. 250 में उद्धृत।

62. मोर्स, 1992, पूर्वोद्धृत, पृ. 323-329।

63. पी.ए. राज, 1989, 1990, 1991, *फैक्ट्स : सरदार सरोवर परियोजना,* सरदार सरोवर नर्मदा निगम लिमिटेड, गुजरात।

64. मेधा पाटकर, 1995, *द स्ट्रगल फॉर पार्टीशिपेशन एंड जस्टिस : ए हिस्टोरिकल नैरेटिव* (फिशर विलियम द्वारा सम्पादित संग्रह में) : 'टूवार्ड सस्टेनेबुल डेवलपमेंट स्ट्रग्लिंग ओवर इंडिया'ज नर्मदा रिवर', एम. शार्प, इंक, पृ. 159-178; एस. परसुरामन, 1997, *द एंटीडैम मूवमेंट एंड रीहेबिलिटेशन पोलिसी;* ज्यां ड्रेजे, *द डैम एंड द नेशन,* ऑक्सफोर्ड यूनिवर्सिटी प्रेस, पृ. 26-65; नर्मदा कंट्रोल ऑथोरिटी के पुनर्स्थापन व पुनर्वास उपसमूहों की विभिन्न बैठकों के विवरण।

65. मार्च, 1999 में मेरे घाटी-दौरे के दौरान मोखडी में मुझे कुछ ग्रामीणों ने यह बताया। ये लोग अपनी पुनर्वास कॉलोनियों से लौटे थे।

66. *कैसे जीबो रे,* अनुराग सिंह व झरना झावेरी द्वारा निर्मित वृत्तचित्र; इसके अलावा एन.बी.ए. संग्रहालय में असम्पादित फिल्मांश भी दृष्टव्य हैं।

67. मोर्स, 1992, पूर्वोद्धृत, पृ. 159-160 में उद्धृत, पार्वता पुनर्वास कॉलोनी के एक निवासी द्वारा इंडिपेंडेंड रिव्यू को लिखा पत्र।

68. नर्मदा मानवाधिकार यात्रा, जो नर्मदा घाटी से मुम्बई होते हुए दिल्ली (7 अप्रैल, 1999) पहुँची थी।

69. यह मुझे मार्च, 1999 में केवड़िया कॉलोनी में मोहनभाई तड़वी ने बताया।

70. मोर्स और बर्गर, 1992, पूर्वोद्धृत, पृ. 277-294।

71. एन.बी.ए. साक्षात्कार, मार्च 1999।

72. मोर्स और बर्गर, 1992, पूर्वोद्धृत, पृ. 277-294।

73. मकल्ली, 1998, *साइलेंस्ड रिवर,* पृ. 46-49।

74. सम्बन्धित बहस के लिए देखें, वर्ल्ड बैंक, 1991, इंडिया इरिगेशन सेक्टर रिव्यु; ए. वैद्यनाथन, 1994, *फूड, एग्रीकल्चर एंड वाटर,* एम.आई.डी.एस. मद्रास; मकल्ली, 1998, साइलेंस्ड रिवर्स, पृ. 182-207।

75. द वर्ल्ड बैंक, 1991, इंडिया इरिगेशन सेक्टर रिव्यू, जिल्द 2, पृ. 7।

76. मकल्ली, 1998, साइलेंस्ड रिवर्स में उल्लेखित, पृ. 187।

77. शाहीन रफी खान, 1998, *लर्निंग टु लिव विद नेचर : द लेसंस ऑफ ट्रेडीनेशनल इरिगेशन इन द*

इकॉलोजिस्ट, जिल्द 6, नं. 5, सितं./अक्टू., 1998।

78. मिहिर शाह व अन्य, 1998, इंडिया ड्राइलैंड, पृ. 51; इसके अलावा गोल्डस्मिथ, 1998, लर्निंग इ लिव विथ नेचर।
79. आपरेशंस रिसर्च ग्रुप, 1981, *क्रिटिकल जोन्स इन नर्मदा कमांड-प्राब्लम्स एंड प्रास्पेक्ट्स,* ओ.आर. जी. बड़ौदा; ओ.आर.जी., 1982, *रीजनलाइजेशन ऑफ नर्मदा कमांड,* ओ.आर.जी. गांधी नगर; वर्ल्ड बैंक, 1985, *स्टॉफ एप्राइजल रिपोर्ट, इंडिया, नर्मदा रिवर डेवलेपमेंट-गुजरात, वाटर डिलीवरी एंड ड्रेनेज प्रोजेक्ट,* रिपोर्ट नं. 5108—आई.एन; कोर कंसल्टेंट्स, 1982, *मेन रिपोर्ट : नर्मदा माही दोआब ड्रेनेज स्टडी,* गुजरात सरकार के नर्मदा प्लानिंग ग्रुप द्वारा अधिकृत।
80. रॉबर्ट वेड, 1997, ग्रीनिंग द बैंक : द स्ट्रगल ओवर द एनवायरनमेंट, 1970-1995, पृ. 661-662, देवेश कपूर आदि (द्वारा सम्पादित), *द वर्ल्ड बैंक : इट्स हॉफ सेंचुरी,* ब्रुकिंग्स इंस्टीट्यूशन प्रेस, वाशिंगटन डीसी पेज 661-62 में।
81. शाहीन रफी खान, 1998, द कालाबाग कन्ट्रोवर्सी।
82. सी.ई.एस., 1992, *प्री-फीजिबिलिटी लेवल ड्रेनेज स्टडी फॉर सरदार सरोवर परियोजना कमांड बियोंड रिवर माही,* सी.ई.एस. वाटर रिसोर्सेज डेवलेपमेंट एंड मैनेजमेंट कंसल्टैंसी प्रा.लि., नई दिल्ली, गुजरात सरकार के लिए।
83. राहुल राम, 1995, 'द बेस्ट लैड प्लांस फ्रंटलाइन...', 14 जुलाई 1995, पृ. 78।
84. कोर कंसल्टैंट्स 1982, (नोट 79 में पूर्वोद्धृत), पृ. 66।
85. वही।
86. उदाहरणार्थ देखें भारत सरकार, 1995, रिपोर्ट ऑफ द एफ.एम.जी.; अथवा राहुल राम, 1993, यडी वाटर।
87. इसे 'इकॉनोमिक रीजेनेरेशन प्रोग्राम' कहा गया। इसका उद्देश्य निर्धन हो चुके सरदार सरोवर नर्मदा निगम लिमिटेड के लिए धनराशि जुटाना था। इसके तहत नर्मदा की प्रमुख नहर के आसपास की भूमि को अधिग्रहीत करके पर्यटन सुविधाओं, होटलों, जल-उद्यानों, मनोरंजन-स्थलों व उद्यान-रेस्तराओं आदि के लिए बेचना तय हुआ था। *द टाइम्स ऑफ इंडिया* (अहमदाबाद), 17 मई, 1998।
88. वर्ल्ड बैंक, 1991, इंडिया इरिगेशन सेक्टर रिव्यू। (देखें टिप्पणी 74)।
89. उच्चतम न्यायालय में याचिकाकर्ताओं (एन.बी.ए.) की ओर से दाखिल लिखित वाद, जनवरी, 1999, पृ. 63; *द टाइम्स ऑफ इंडिया* (अहमदाबाद), 23 मई, 1999।
90. इस्माइल सेरेगेल्डीन, 1994, *वाटर सप्लाई, सेनिटेशन एंड एनवायरमेंट सब्सटेंशियलिटी, पृ. 4,* द वर्ल्ड बैंक, वाशिंगटन डी.सी., पृ. 4।
91. मोर्स और बर्गर, 1995, पूर्वोद्धृत, पृ. XXIII।
92. मोर्स और बर्गर, 1992, पूर्वोद्धृत, पृ. 317-319।
93. मकल्ली, 1998, साइलेंस्ड रिवर्स, पृ. 167।

ऊर्जा की राजनीति

1. 'यूएस-इंडिया एग्रीमेंट', *न्यूयॉर्क टाइम्स,* 11 जनवरी 2000, पृ. 4।
2. 'यूएस, इंडिया अनाउंस डील्स ऑफ डॉलर्स 4 बिलियन', *फाइनेंशियल टाइम्स,* 25 मार्च 2000, पृ. 10।
3. ऑगडेन एनर्जी ग्रुप और एस. कुमार्स ने मंशा प्रपत्र पर हस्ताक्षर किए : पीटर पॉपहैम, 'क्लिंटंस विजिट

सील्स फ्यूचर फॉर कंट्रोवर्सियल इंडियन डैम', *द इंडिपेंडेंट,* 28 मार्च 2000, पृ. 16; और 'एम. कुमार्स टाईज अप विथ ऑगडेन एमपी प्रोजेक्ट', *इकोनॉमिक टाइम्स ऑफ इंडिया,* 14 दिसम्बर 1999।

4. देखें डब्ल्यूसीडी रिपोर्ट, पृ. 117; स्टीवन ए. ब्रांड्ट और फेक्री हसन, 'डैम्स ऐंड कल्चरल हेरिटेज मैनेजमेंट : फाइनल रिपोर्ट—अगस्त 2000', डब्ल्यूसीडी वर्किंग पेपर (online at http://www.dams.org/docs/html/contrib/soc 212. htm) और डब्ल्यूसीडी, 'फ्लडेड फॉर्च्यून्स : डैम्स एंड कल्चरल हेरिटेज मैनेजमेंट', प्रेस रिलीज, 26 सितम्बर 2000 (online at http://www.dams.org/press/pressrelease—61.htm)। और भी देखें 'डू और डाइ : द पीपुल वर्सेस द डेवलेपमेंट इन द नर्मदा वैली, न्यू इंटरनेशनलिस्ट, 336 (जुलाई 2001) (online at http://www.oneworld.org/ni//issue336/title336.htm) और डॉक्यूमेंटशन फ्रेंड्स ऑफ द रिवर नर्मदा (online at http://www.narmada.org/nvdp.dams/)।
5. सेकेंड वर्ल्ड वाटर फोरम : फ्रॉम विजन टु ऐक्शन, 17-22 मार्च 2000, हेग। देखें ऑनलाइन रिपोर्ट नर्मदा http://www.worldwaterforum.net/।
6. यूएनडीपी. *ह्यूमन डेवलपमेंट रिपोर्ट 2000 : ह्यूमन राइट्स एंड ह्यूमन डेवलपमेंट,* ऑक्सफोर्ड युनिवर्सिटी प्रेस, न्यूयॉर्क, पृ. 4।
7. यूएनडीपी, *ह्यूमन डेवलपमेंट रिपोर्ट* (देखें टिप्पणी 6), पृ. 225।
8. देखें 'बोलिवियन वाटर प्लान ड्रॉप्ड आफ्टर प्रोटेस्ट्स टर्न इनटु मेलीज', *न्यूयॉर्क टाइम्स,* 11 अप्रैल 2000।
9. 'डेवेलप इनफ्रास्ट्रक्चर टू कोप विथ डिजिटल रिवॉल्यूशन : जैक वेल्च', *द हिन्दू,* 17 सितम्बर 2000; और 'वेल्च मेक्स अ पावर प्वाइंट', *द इकोनॉमिक टाइम्स ऑफ इंडिया,* 17 सितम्बर 2000। 16 सितम्बर 2000 को जैक वेल्च के भाषण का इंटरनेट संस्करण http://www.ge.com/in/webcast.html।
10. पीटर मार्श, 'बिग फोर लीड द फील्ड इन पावर स्टेक्स : द मेन प्लेयर्स', *फाइनेंशियल टाइम्स,* 4 जून 2001, पृ. 2।
11. यूएस डिपार्टमेंट ऑफ एनर्जी, एनर्जी इनफॉर्मेशन ऐडमिनिस्ट्रेशन, *इंटरनेशनल एनर्जी आउटलुक 1998,* इलेक्ट्रिसिटी रिपार्ट (डीओई/ईआइए-484 [98]) online at http://www. eia.doe.gov/oiaf/archives/ieo98/elec.html।
12. देखें 'इंडिया : भारत हेवी इलेक्ट्रिकल्स-जीई'ज रिफर्बिशमेंट सेंटर', *द हिन्दू,* 17 मार्च 2001; और 'बीएचईएल नेट राइजेज 10 परसेंट टु रुपीस 599 करोड़', *द इकोनॉमिक टाइम्स ऑफ इंडिया,* 30 सितम्बर 2001।
13. अभय मेहता, 2000, *पावर प्ले : अ स्टडी ऑफ द एनरॉन प्रोजेक्ट,* ओरिएंट लांगमैन, हैदराबाद, पृ. 15; इरफान अजीज, 'द सुप्रीम कोर्ट अपहेल्ड द रूलिंग दैट द जैन डायरी कंस्टीट्यूटेड इनसफिशिएंट एविडेंस', रिडिफ.कॉम, 22 जुलाई 2000 (online at http://www.rediff.com/news/2000/jul/22spec.htm); और ऋतु सरीन, 'एक्स सीबीआइ ऑफिशियल एक्यूजेज विजय रामा राव', *फाइनेंशियल एक्सप्रेस,* 11 मई 1997।
14. पी.आर. कुमारमंगलम, भारत के बिजली मन्त्रियों के सम्मेलन में भाषण, 2 मार्च 2000। और भी देखें 'इंडिया : पावर प्रोब्लम्स', *बिजनेस लाइन,* 21 जून 2000।
15. ऋतु सरीन, 'डिसअपियरिंग पावर', *द इंडियन एक्सप्रेस,* 28 मार्च 2000 (online at http://www.expressindis.com/ie/daily/20000328/ian28048.html)।
16. देखें नीरज मिश्रा, 'मेगावाट थीव्ज', *आउटलुक,* 31 जुलाई 2000, पृ. 54; सरीन, 'डिसअपियरिंग पावर' (देखें टिप्पणी 16); 'इंडियाः पावर प्रॉब्लम्स', *बिजनेस लाइन,* 21 जून 2000; लुईस लुकास,

'सर्वे-इंडिया : डिलेज ऐंड ब्यूरोक्रेसी फोर्स इनवेस्टर्स टु फ्ली : पावर', *फाइनेंशियल टाइम्स,* 6 नवम्बर 2000; और 'इंडिया'ज पावर जेनेरेशन टु इनक्रीज ओवर नेक्स्ट 3 ईयर्स : मिनिस्टर', *एशिया पल्स,* 27 अप्रैल 2001।

17. सरीन 'डिसअपियरिंग पावर', (देखें टिप्पणी 16); 'रेड टेप एंड ब्लू स्पार्क्स : अ सर्वे ऑफ इंडिया'ज इकोनॉमी', *द इकोनॉमिस्ट,* 359/8224, 2-8 जून 2001, पृ. 9-10; और सुनील सराफ, 'ऐट लास्ट, द सेल ऑफ गेट्स अंडरवे', *फाइनेंशियल टाइम्स,* 16 सितम्बर 1996, पृ. 5।

18. देखें अभय मेहता, पावर प्ले (देखें टिप्पणी 13); ह्यूमन राइट्स वाच, 1995, *द एनरॉन कॉर्पोरेशन : कार्पोरेट कॉम्प्लिसिटी इन ह्यूमन वायलेशंस,* ह्यूमन राइट्स वाच, न्यूयॉर्क (online at http://www.hrw.org/reports/1999/enron/enron-toc.toc.htm); टोनी एलिसन, 'एनरॉन्स एट-ईयर पावर स्ट्रगल इन इंडिया', *एशिया टाइम्स ऑनलाइन,* 18 जनवरी 2001 (online at http://www.atimes.com/reports/CA13Ai01.html); स्कॉट बाल्डॉफ, 'प्लग पुल्ड ऑन इनवेस्टमेंट इन इंडिया', *क्रिश्चियन साइंस मॉनिटर,* 9 जुलाई 2001, पृ. 9; एस.एन.वासुकी, 'द सर्च फॉर मिडिल ग्राउंड', *बिजनेस टाइम्स* (सिंगापुर), 6 अगस्त, 1993; एजेंसी फ्रांस-प्रेस, 'वर्क टु स्टार्ट इन डिसेंबर ऑन इंडिया'ज लार्जेस्ट पावर प्लांट', 14 सितम्बर 1993; और एजेंसी फ्रांस-प्रेस, 'वर्क ऑन एनरॉन पावर प्रोजेक्ट टु रिज्यूम ऑन मई 1', 23 फरवरी 1996।

19. स्कॉट न्यूमैन, 'मोर पावर रिव्यूज लाइकली इन इंडिया', युनाइटेड प्रेस इंटरनेशनल, 5 अगस्त 1995। और भी देखें अभय मेहता, *पावर प्ले* (टिप्पणी 13)।

20. एजेंसी फ्रांस-प्रेस, 'इंडिया, एनरॉन डिनाइ पेऑफ चार्जेज ओवर ऐक्स्ड प्रोजेक्ट', 7 अगस्त 1995 जिसमें 'एनरॉन के एक अधिकारी की यह टिप्पणी दी गई है कि कम्पनी ने इस विवादास्पद करार के बारे में ''भारतीयों को शिक्षित करने'' के लिए 2 करोड़ डॉलर खर्च किए।'

21. देखें 'फॉर्मर यूएस एंबेसडर टु इंडिया ज्वाइंस एनरॉन आयल बोर्ड', *एशिया पल्स,* 30 अक्टूबर 1997; गिरीश कुबेर, 'यूएस डेलिगेशन टु मीट मिनिस्टर्स ऑन एनरॉन रो', *द इकोनॉमिक टाइम्स ऑफ इंडिया,* 23 जनवरी 2001; और विजय प्रसाद, 'द पावर एलीट : एनरॉन एंड फ्रैंड विज्नर', पीपुल्स डेमोक्रेसी, 16 नवम्बर 1997 (online at http://www.igc.org/trac/feature/india/profiles/enron/enronwisner.html)।

22. देखें मार्क निकोलसन, 'इलेक्शंस क्लाउड इनवेस्टमेंट इन इंडिया : ओपनिंग द इकोनॉमी हैज वाइड सपोर्ट डेस्पाइट रिसेंट इवेंट्स', *फाइनेंशियल टाइम्स,* 21 अगस्त 1995; एजेंसी फ्रांस प्रेस, हिन्दू लीडर रेडी टॉक्स ऑन स्क्रैप इनरान प्रोजेक्ट्स 31 अगस्त 1995 बीबीसी समरी ऑफ वर्ल्ड ब्रॉडकास्ट्स, 'महाराष्ट्रा गवर्नमेंट माइट कनसिडर न्यू एनरॉन प्रोपोजल', 2 सितम्बर 1995; सुजेन गोल्डनबर्ग, 'इंडिया कॉल्स ऑन लेफ्ट ब्लॉक ऐज बीजेपी सीड्स पावर', *द गार्डियन,* 29 मई 1996; मार्क निकोलसन, 'डेल्ही क्लियर्स वे फॉर डॉलर्स 2.5 बिलियन डाभोल पावर प्लांट', *फाइनेंशियल टाइम्स,* 10 जुलाई 1996, पृ. 4; और एसोसिएटेड प्रेस, 'एनरॉन कैन रिज्यूम बिग इंडियन पावर प्रोजेक्ट', *न्यूयॉर्क टाइम्स,* 10 जुलाई 1996, पृ. डी19।

23. देखें अभय मेहता, *पावर प्ले* (देखें टिप्पणी 13), पृ. XV. 20-1 और 151-8; एजेंसी फ्रांस-प्रेस, 'मैसिव यूएस-बैक्ड पावर प्रोजेक्ट अवेट्स इंडियन कोर्ट रूलिंग', 25 अगस्त 1996; केनेथ जे. कूपर, 'फॉरेन पावर प्लांट ब्लूम्स; लो-की इंडिया वेंचर अव्यॉइड्स एनरॉन्स वूज', *इंटरनेशनल हेराल्ड ट्रिब्यून,* 11 सितम्बर 1996; प्रफुल बिदवई, 'एनरॉन जजमेंट : ब्लो टु एनर्जी इंडीपेंडेंस', *द टाइम्स ऑफ इंडिया,* 22 मई 1997; और प्रफुल बिदवई, 'द एनरॉन डील मस्ट गो : एल्बैट्रॉस राउंड पब्लिक्स नेक', *द टाइम्स ऑफ इंडिया,* 4 मई 1995।

24. एजेंसी फ्रांस-प्रेस, 'एनरॉन पावर प्रोजेक्ट सर्वाइव्ज कोर्ट चैलेंज', 3 मई 1997।

25. देखें 'द डाभोल बैकलैश', *बिजनेस लाइन,* 5 दिसम्बर 2000; सुचेता दलाल, 'नो पावर मे एंड अप बीइंग बेटर दैन दैट हाइ कॉस्ट पावर', *द इंडियन एक्सप्रेस,* 3 दिसम्बर 2000 (online at http://www.indian-express.com/ie/daily/20001207/sucheta.htm); सोमा बनर्जी, 'स्टेट प्लांस टु मूव कोर्ट ऑन टैरिफ रिविजन प्रोपोजल', *इकोनॉमिक टाइम्स ऑफ इंडिया,* 26 मई 2000; मधु नैनन, 'इंडियन स्टेट सेज इट हैज नो मनी टु पे एनरॉन फॉर पावर', एजेंसी फ्रांस-प्रेस, 8 जनवरी 2001; खोजेम मर्चेंट, 'एनरॉन इनवोक्स गारंटी टु रिट्रीव फीस फ्रॉम लोकल यूनिट', *फाइनेंशियल टाइम्स,* 31 जनवरी 2001, पृ. 7; एस.एन. रॉय, 'द शॉकिंग ट्रुथ अबाउट पावर रिफॉर्म', *द इंडियन एक्सप्रेस,* 28 फरवरी 2000; और एंथनी स्पाएथ, 'ब्राइट लाइट्स, बिग बिल', *टाइम,* (एशियाई संस्करण), 157 : 8, 26 फरवरी 2001 (online at http://www.time.com/time/asia/biz/magazine/0,9754,99899,00.html)।

26. 'इंडिया : महाराष्ट्रा स्टेट इलेक्ट्रिसिटी बोर्ड स्टॉप्स बाइंग पावर', *द हिन्दू,* 30 मई 2001; सीलिया डब्लू. डुग्गर, 'हाइ-स्टेक्स शोडाउन : एनरॉन्स फाइट ओवर पावर प्लांट रिवर्बरेट्स बियांड इंडिया', *न्यूयॉर्क टाइम्स,* 20 मार्न 2001, पृ. सी-1।

27. अभय मेहता, *पावर प्ले* (देखें टिप्पणी 13), पृ. 3; सीलिया डुग्गर, 'हाइ-स्टेक्स शोडाउन' (देखें टिप्पणी 27); 'रेड टेप एंड ब्लू स्पार्क्स' (देखें टिप्पणी 18), पृ. 9-10, भारत सरकार, *नाइंथ फाइव ईयर प्लान, 1997-2002* (online at http://www.nic.in/ninthplan); और भारत सरकार, प्रेस सूचना ब्यूरो, फैक्ट शीट (online at http://www.pib.nic.in/archive/factsheet/fs2000/planning.html)।

28. देखें एस. बालाकृष्णन, 'एफआइ'ज इन यूएस प्रेस पैनिक बटन ऐज एमएसईबी फेल्स टु पे एनरॉन', *द टाइम्स ऑफ इंडिया,* 7 जनवरी 2001; मधु नैनन, 'इंडियन स्टेट सेज इट हैज नो मनी', (देखें टिप्पणी 26); और खोजेम मर्चेंट, 'एनरॉन इनवोक्स गारंटी' (देखें नोट 26)।

29. देखें प्रताप चटर्जी, 'मीट एनरॉन, बुश बिगेस्ट कॉन्ट्रीब्यूटर', द प्रोग्रेसिव, 64 : 9 सितम्बर 2000 (online at http://www.theprogressive.org/pc0900.htm). और देखें सीलिया डुग्गर, 'हाइ-स्टेक्स शोडाउन' (देखें नोट 27)।

30. सीलिया डुग्गर, 'हाइ-स्टेक्स शोडाउन' (देखें नोट 27); और प्रफुल बिदवई, 'कॉनजेंट्रिक्स इक्वुल्स-बुलिइंग ट्रिक्स', *कश्मीर टाइम्स,* 27 दिसम्बर 1999।

31. सेंटर फॉर साइंस एंड एन्वायरनमेंट, 1999, *स्टेट ऑफ इंडिया'ज एनवायरनमेंट : द सिटीजंस फिफ्थ रिपोर्ट : पार्ट II : स्टैटिस्टिकल डाटाबेस,* सेंटर फॉर साइंस एंड एनवायरनमेंट, नई दिल्ली, पृ. 203; केन्द्रीय बिजली मन्त्री सुरेश प्रभु, संवाददाता सम्मेलन, हैदराबाद, *बिजनेस लाइन में* हवाला, 21 जुलाई 2001; और अबुसालेह शरीफ, 1999, *इंडिया : ह्यूमन डेवेलपमेंट रिपोर्ट : अ प्रोफाइल ऑफ इंडियन स्टेट्स इन द 1990'ज,* नेशनल काउंसिल ऑफ एप्लाएड इकोनॉमिक रिसर्च/ऑक्सफोर्ड युनिवर्सिटी प्रेस, नई दिल्ली, पृ. 238।

32. देखें 'द महेश्वर डैम : अ ब्रीफ इंट्रोडक्शन' और सम्बन्धित सूचनाएँ online at http://www.narmada.org/maheshwar.html; मीना मेनन, 'डैम्न्ड बाइ द पीपुल : द महेश्वर हाइड्रो-इलेक्ट्रिसिटी प्रोजेक्ट इन मध्य प्रदेश', *बिजनेस लाइन,* 15 जून 1998; संजय संगवई, 2000, *द रिवर ऐंड लाइफ : पीपुल्स स्ट्रगल इन द नर्मदा वैली,* अर्थकेयर बुक्स, मुम्बई, पृ. 81-4; और रिचर्ड ई. बिसेल, शेखर सिंह और हर्मन वार्थ, *महेश्वर हाइड्रोइलेक्ट्रिक प्रोजेक्ट : रिसेटिलमेंट ऐंड रिहैबिलिटेशन : ऐन इंडिपेंडेंट रिव्यू कंडक्टेड फॉर द मिनिस्ट्री ऑफ इकोनॉमिक कोऑपरेशन एंड डेवेलपमेंट (बीएमजेड), गवर्नमेंट ऑफ जर्मनी,* 15 जून 2000 (online at http://www.bmz.de/medien/misc/maheshwar---report.pdf)।

33. देखें 'मर्दाना रिजॉल्यूशन' online at http://www.narmada.org/maheshwar/mardana.

declaration.html; एनबीए प्रेस नोट, 'हंड्रेड्स ऑफ महेश्वर डैम अफेक्टेड पीपुल डिमॉन्स्ट्रेट ऐट आइएफसीआइ, डेल्ही', 16 नवम्बर 2000 (online at http://www.narmada.org/nba-press-releases/november-2000/ifci.demo.html); और संगवई, *द रिवर एंड लाइफ* (देखें नोट 33), एनेक्सर 4, पृ. 194-7 और एनेक्सर 6, पृ. 200-201।

34. देखें हेफा शुकिंग, 'द महेश्वर डैम इन इंडिया', मार्च 1999 (online at http://www.narmada.org/urg990421-3.html)।
35. देखें मीना मेनन, 'डैम्न्ड बाइ द पीपुल' (देखें नोट 33)।
36. देखें 'एस. कुमार्स फोरेज इनटु रेडी-टु-वियर अपैरेल', *इंडिया इनफो*, 10 दिसम्बर 2000; और 'एस. कुमार्स अप्स ऐड्स-स्पेंड बाइ 66 परसेंट विथ कपिल देव ऑन बोर्ड', *द इंडियन एक्सप्रेस*, 8 जुलाई 1999।
37. देखें मीना मेनन, 'डैम्न्ड बाइ द पीपुल' (देखें नोट 33)।
38. देखें 'जर्मन फर्म्स पुल आउट ऑफ एमपी डैम प्रोजेक्ट', *द स्टेट्समैन*, 21 अप्रैल 1999। और भी देखें देसीकन तिरुनारायणपुरम, 'सीमेंस रोल इन डैम प्रोजेक्ट डाउटफुल', *द स्टेट्समैन*, 30 जून 2000।
39. देखें बिसेल इत्यादि, *महेश्वर हाइड्रोइलेक्ट्रिक प्रोजेक्ट* (देखें नोट 33)।
40. देखें 'लीक्ड लेटर शोज जर्मन कम्पनी क्विट्स बिड फॉर डैम क्रेडिट', *ड्यूश प्रेस एजेंटर*, 25 अगस्त 2000; और 'यूएस फर्म पुल्स आउट ऑफ नर्मदा हाइडल प्रोजेक्ट', *द स्टेट्समैन*, 13 दिसम्बर 2000।
41. 'पीएम्स इज गोइंग टु बी अ ''पावर ट्रिप''', *द इंडियन एक्सप्रेस*, 4 सितम्बर 2000।
42. देखें मार्क लैंडलर, 'हाय, आ'एम इन बैंगलौर (बट आइ कैंट से सो)' *न्यूयॉर्क टाइम्स*, 21 मार्च 2001, पृ. ए 1।
43. डेविड गार्डिनर, 2000, 'इंपॉसिबल इंडिया'ज इम्प्रोबेबल चांस', *द वर्ल्ड इन 2001, द इकोनॉमिस्ट*, लन्दन, पृ. 46।
44. देखें प्रभाकर सिन्हा, 'टाटाज प्लान फोरे इनटु कॉल सेंटर बिजनेस', *द टाइम्स ऑफ इंडिया*, 7 अक्टूबर 2000।

लेखक होने का मतलब

1. रौगर कोहेन, 'जर्मन्स सोक फॉरन लेबर फॉर न्यू एरा ऑफ कम्प्यूटर्स' *न्यूयार्क टाइम*, 9 अप्रैल 2000, पृ. 1।
2. देखें रिपोर्ट एट Rediff.com (ऑनलाइन एट http://www.rediff.com/news/2001/may/26pic3.htm)।
3. फॉर डेटा ऑन पवर्टी एंड इलिट्रेसी इन इंडिया, देखें यूनाइटेड नेशन्स डेवलपमेंट प्रोग्राम, *ह्यूमन डेवलपमेंट रिपोर्ट 2000 : ह्यूमन राइट्स एंड ह्यूमन डेवलपमेंट*, ऑक्सफोर्ड यूनिवर्सिटी प्रेस, न्यूयार्क, 2000, टेबल 1 : ह्यूमन डेवलपमेंट इंडेक्स, पृ. 159, टेबल 4 : ह्यूमन पवर्टी इन डेवलपिंग कंट्रिज, पृ. 170, एंड टेबल 19 : डेमोग्रेफिक ट्रेंड्स, पृ. 225। रिपोर्ट्स ऑनलाइन भी उपलब्ध हैं http://www.undp.org एंड एट द साइट ऑफ द यू.एन.डी.पी.प्रोग्राम इन इंडिया, ऑनलाइन एट http://www.undp.org.in।
4. देखें यू.एन.डी.पी., *ह्यूमन डेवलपमेंट रिपोर्ट* (उपर्युक्त नोट 3), पृ. 225।

5. अशोक गुलाटी, 'ओवर फ्लोइंग ग्रेनरिस, एम्पटी स्टोमक्स', *द इकोनोमिक टाइम्स ऑफ इंडिया,* 27 अप्रैल 2000।
6. जोसेफ काहन, 'यू.एस.—इंडिया एग्रीमेंट', *न्यूयार्क टाइम्स,* 11 जनवरी 2000, पृ. 41।
7. देखें देव राज, 'लैंड एक्विज़िशन बिल वर्स दैन कॉलोनियल लॉ', इंटर प्रेस सर्विस, 3 दिसम्बर 1998; एंड एस. गोपीकृष्णा वॉरियर, 'इंडिया : एन.जी.ओस फॉर इनक्लुडिंग रिलीफ, रेहाब प्रोविजन्स इन लैंड एक्ट', *बिज़नेस लाइन,* 19 फरवरी 2001।
8. देखें 'इंडियन गवर्नमेंट टू प्रोटेस्ट वर्ल्ड कमिशन ऑन डैम्स रिपोर्ट', *एशिया पल्स,* 5 फरवरी 2001, कल्पना शर्मा, मिसकंसेपशन्स अबाउट डैम्स कमिशन', *द हिन्दू,* 11 दिसम्बर 1998 'केशुभाई वॉर्न्स डैम इंस्पैक्शन्स टीम मे बी हेल्ड', *द इंडियन एक्सप्रेस,* 9 दिसम्बर, 1998, 'गुजरात बैन्स विज़िट ऑफ ''एंटी-डैम'' बॉडी', *द हिन्दू,* 5 दिसम्बर 1998, और कल्पना शर्मा, 'डेमिंग ऑल डीसेंट', *द हिन्दू,* 21 सितम्बर 1998।
9. देखें द डब्ल्यू.सी.डी. वैबसाइट एट http://www.dams.org एंड 'मीडियम एंड लार्ज डैम्स डैम्ड', *द बिज़नेस स्टैंडर्ड,* 23 सितम्बर 2000।
10. 'एस.पी. वांट्स टाइम लिमिट ऑन क्लोज़र ऑफ पॉल्यूटिंग यूनिट्स', *द टाइम्स ऑफ इंडिया,* 25 जनवरी 2001। एडिशनल इनफॉरमेशन सप्लाइड टू द ऑथर बाय सुकुमार मुरलीधारन, *फ्रंटलाइन मैगज़ीन* के चीफ ऑफ ब्यूरो इन नई दिल्ली, इंडिया, बेस्ड ऑन रिसर्च फ्रॉम न्यूज़ रिपोर्ट्स, द फाइनेंस डिपार्टमेंट, एंड द दिल्ली लोकतान्त्रिक अधिकार मंच।
11. देखें पीटर पोफेम, 'स्किवालिद डिस्गास्टिंग, टॉक्सिक : इज़ दिस द डर्टियस्ट सिटी ऑन द प्लैनेट', *द इंडिपेंट,* 27 अक्टूबर 1997, पृ. ई 9, और वर्ल्ड बैंक, 'वर्ल्ड बैंक सेज़ वर्ल्डस वर्स्ट स्लम्स कैन बी ट्रांसफॉर्म्ड', प्रेस विज्ञप्ति, 3 जून 1996 (ऑनलाइन एट http://www.worldbank.org/html/extdr/extme/slumspr.htm)।
12. 5 सितम्बर 2001, द सुप्रीम कोर्ट ऑफ इंडिया इश्यूड ए *सूओ मोटो* नोटिस टू अरुंधति रॉय फॉर कंटेम्प्ट ऑफ कोर्ट।
13. भारत सरकार, *व्हाइट पेपर ऑन पॉल्यूशन इन डेल्ही : विद एन एक्शन प्लान,* मिनिस्ट्री ऑफ एनवायरनमेंट एंड फॉरेस्ट्स, नई दिल्ली, 1997 (online at http://envfor.nic.in/divisions/cpoll/delpollnb.html)।
14. देखें डब्ल्यू.सी.डी. रिपोर्ट, पृ. 11 एंड टेबल 1.2।

न्याय का गणित

1. फॉक्स न्यूज़, 17 सितम्बर 2001।
2. मार्क लेवाइन, 'न्यूज़ ससपेक्ट अरेस्टिड, बट डाउट्स ग्रो ओवर टेररिस्ट्स', एजेंसी फांस-प्रेस, 21 सितम्बर 2001।
3. प्रेज़िडेंट जॉर्ज डब्ल्यू. बुश, एड्रेस टू ज्वाइंट सेशन ऑफ कांग्रेस, 'द 11 सितम्बर 2001 टेररिस्ट अटैक्स ऑन द यूनाइटेड स्टेट्स', फेडरल सर्विस, 20 सितम्बर 2001।
4. देखें एल्सा ब्रेनर, 'होपिंग टू फिल द नीड फॉर ऑफिस स्पेस', *न्यूयॉर्क टाइम्स* (वेस्टचेस्टर वीकली एडिशन), 23 सितम्बर 2001, पृ. 3।
5. लेसली स्आहल, 'पब्लिशिंग सपाम', प्रोड्यूस्ड बाए कैथरनी ओलीयान, सी.बी.एस. *60 मिनट्स,* 12 मई 1996।

6. देखें तमीम अंसारी, 'बॉम्ब अफगानिस्तान बैक टू स्ओन एज ? इट्स बीन डन', *प्रोविडेंस जरनल,* 22 सितम्बर 2001, पृ. 2001, पृ. बी 7।
7. थॉमस ई. रिक्स, 'लैंड माइन्स, एजिंग मिसाइल्स पोज़ थ्रेट', *वाशिंगटन पोस्ट,* 25 सितम्बर 2001, पृ. ए 15। सी ऑल्सो दन्ना हर्मन, 'डिगिंग अप अंगोलास डेडली लिटर', *क्रिश्चियन साइंस मॉनिटर,* 27 जुलाई 2001, पृ. 6।
8. देखें बैरी बियरेक, 'मिज़री हैंग्स ओवर अफगानिस्तान आफ्टर ईयर्स ऑफ वॉर एंड ड्रॉट', *न्यूयॉर्क टाइम्स,* 24 सितम्बर 2001, पृ. बी 3, राजीव चन्द्रसेखरन एंड पामेला कॉस्टेबल, 'पैनिक्ड अफगान्स फ्ली टू बॉर्डर एरिया', *वॉशिंगटन पोस्ट,* 23 सितम्बर 2001, पृ. ए30 कैथरीन सोलियोम, 'एक्ज़िबिट ए ग्लिम्पस इनटू रिफ्यूजी लाइफ', *द गैजेट* (मॉन्ट्रियल), 21 सितम्बर 2001, पृ. ए13, एंड रेमंड विटेकर, 'पाकिस्तान फियर्स फॉर सेवन मिलीयन रिफ्यूजी'ज एज़ विंटर लूम्स', *द इंडिपेंडेंट* (लन्दन), 27 सितम्बर 2001, पृ. 4।
9. बीबीसी, 'एड शॉर्टेज ऐड्स टू अफगान वोस', 22 सितम्बर 2001 (ऑनलाइन एट http://news.bbc.co.uk/hi/english/world/south—asia/newsid—1556000/1556117.stm)।
10. देखें तमीम अंसारी, 'बॉम्ब अफगानिस्तान बैक टू स्ओन ऐज ?' (उपर्युक्त नोट 6)।
11. देखें पॉल लेविट, 'मैप्स ऑफ अफगानिस्तान नाओ इन शॉर्ट सप्लाए', *यूएसए टुडे,* 18 सितम्बर 2001, पृ. 13ए।
12. *वॉशिंगटन पोस्ट,* 7 फरवरी 1985, कोटिड इन राजा अनवर, *द ट्रेजेडी ऑफ अफगानिस्तान : ए फर्स्ट हैंड एकाउंट, ट्रांस।* खालिद हसन, वर्सो, न्यूयॉर्क एंड लन्दन, 1988, पृ. 232 'इनसाइड द तालिबान : यूएस हेल्पड कल्टिवेट द रिप्रेसिव रिजीव शेल्ट्रिंग बिन लादेन', *सिएटल टाइम्स,* 19 सितम्बर 2001, पृ. ए 3, एंड एंड्रयू डफी, 'जियाग्रेफिक वॉरियर्स', *ओटावा सिटीज़न,* 23 सितम्बर 2001, पृ. सी4।
13. ऑन द सी.आई.ए. कनेक्शन, देखें स्टीव कॉल, 'एनाटॉमी ऑफ ए विक्टरी : सी.आई.ए. का कोवर्ट अफगान वॉर', *वॉशिंगटन पोस्ट,* 19 जुलाई 1992, पृ. ए1, स्टीव कॉल, इन सीआईए का ड्रॉ द लाइन वॉज़ की', *वॉशिंगटन पोस्ट,* 20 जुलाई 1992, पृ. ए1, टिम विनर, 'ब्लोबैक फ्रॉम द अफगान बैटलफिल्ड', *न्यूयॉर्क टाइम्स मैगज़ीन,* 13 मार्च 1994, पृ. 6 : 53 एंड अहमद रशिद, 'द मेकिंग ऑफ ए टेररिस्ट', *स्ट्रेट्स टाइम्स* (सिंगापुर), 23 सितम्बर 2001, पृ. 26।
14. देखें स्कॉट बॉलडॉफ, 'अफगान्स ट्राए ओपियम-फ्री इकोनोमी', *क्रिश्चियन साइंस मॉनिटर,* 3 अप्रैल 2001, पृ. 1।
15. देखें डेविड क्लाइन, 'एशियास "गोल्डन क्रिसेंट" हेरोइन फ्लड्स द वेस्ट, *क्रिश्चियन साइंस मॉनियर,* 9 नवम्बर 1982, पृ. 1, डेविड क्लाइन, 'हेरोइन्स ट्रेल फ्रॉम पॉपी फील्ड्स टू द वेस्ट, *क्रिश्चियन साइंस मॉनिटर,* 10 नवम्बर 1982, पृ. 1, एंड राहुल बेदी, 'द असेसिन्स एंड ड्रग डीलर्स नाउ हेल्पिंग यूएस इंटेलिजेंस', डेली टेलीग्राफ (लन्दन), 26 सितम्बर 2001, पृ. 10।
16. देखें पीटर पोर्फेम, 'तालिबान मॉन्स्टर दैट वॉज़ लॉन्च्ड बाए द यूएस', *द इंडिपेंडेंट* (लन्दन), 17 सितम्बर 2001, पृ. 4।
17. देखें सूज़ान गोल्डनबर्ग, 'मुल्लाह कीप्स तालिबान ए नैरो पाथ', *द गार्डियन* (लन्दन), 17 अगस्त 1998, पृ. 12।
18. देखें डेविड के. विलीस, 'पाकिस्तान सीक्स हेल्प फ्रॉम अब्रॉड टू स्एम हेरोइन्स फ्लो', *क्रिश्चियन साइंस मॉनिटर,* 28 फरवरी 1984, पृ. 11।
19. देखें फरहान बुखारी, 'पाकिस्तान : लिविंग इन शैडो ऑफ डेट माउंटेन', *फाइनेंशियल टाइम्स* (लन्दन), 6 मार्च 2001, पृ. 4।

20. देखें डगलस फ्रांट्ज़, 'सेंटिमेंट इन पाकिस्तानी टाउन इज़ आरडेंटली प्रो-तालिबान', *न्यूयॉर्क टाइम्स,* 27 सितम्बर 2001, पृ. बी1, एंड राहुल बेदी, 'द असेसिन्स एंड ड्रग डीलर्स नाउ हेल्पिंग यूएस इंटेलिजेंस', *डेली टेलीग्राफ* (लन्दन), 26 सितम्बर 2001, पृ. 10।
21. देखें एडवॉर्ड ल्यूस, 'पाकिस्तान नर्वसनेस ग्रोस एज़ एक्शन नियर्स', *फाइनेंशियल टाइम्स* (लन्दन), 27 सितम्बर 2001, पृ. 6।
22. देखें एन्गास डोनाल्ड एंड खोज़न मर्चेंट, 'कंसर्न एट इंडियास सपोर्ट फॉर यूएस', *फाइनेंशियल टाइम्स* (लन्दन), 21 सितम्बर 2001, पृ. 14।
23. देखें जैफ ग्रीनफील्ड एंड डेविड एंसर, 'अमेरिकास न्यू वॉर : वैपन्स ऑफ टेरर', सीएनएन, *ग्रीनफील्ड एट लार्ज,* 24 सितम्बर 2001।
24. जिम ड्रिंकार्ड, 'बुश वाउस टू "रिड द वर्ल्ड ऑफ एविलडोर्स"', *यूएसए टुडे,* 17 सितम्बर 2001, पृ. 1ए।
25. सेक्रेटरी ऑफ डिफेंस डोनाल्ड रम्सफील्ड, स्पेशल डिफेंस ब्रीफिंग, 'डेवलपमेंट्स कंसर्निंग अटैक्स ऑन द पेंटागन एंड द वर्ल्ड ट्रेड सेंटर लास्ट वीक', फेडरल न्यूज़ सर्विस, 20 सितम्बर 2001।
26. देखें रॉबर्ट फीस्क, 'दिस इज़ नॉट ए वॉर ऑन टेरर, इट्स ए फाइट अगेंस्ट अमेरिका'ज एनिमीज़', द *इंडिपेंडेंट* (लन्दन), 25 सितम्बर 2001, पृ. 4।
27. जॉर्ज मॉनबियट, 'द नीड फॉर डीसेंट', *द गार्डियन* (लन्दन), 18 सितम्बर 2001, पृ. 17।
28. देखें माइकल स्लेकमैन, 'टेररिज़्म केस इलस्ट्रेटर्स डिफिकल्टी ऑफ ड्रॉइंग टेंजिबल टाइस टू अल कायदा', *लॉस एंजेल्स टाइम्स,* 22 सितम्बर 2001, पृ. ए1।
29. देखें टिम रसर्ट, 'सेक्रेटरी ऑफ स्टेट कॉलिन पावेल डिसकसिस अमेरिका'ज प्रिपेयर्डनेस फॉर द वॉर ऑन टेररिज़्म', एनबीसी, *मीट द प्रेस,* 23 सितम्बर 2001।
30. देखें टी क्रिश्चियन मिलर, 'ए ग्रोइंग ग्लोबल कोरस कॉल्स फॉर फ्रू', *लॉस एंजेल्स टाइम्स,* 24 सितम्बर 2001, पृ. ए 10, एंड डेन रादर, 'प्रेज़िडेंट बुशेस एड्रेस टू कांग्रेस एंड द नेशन', सीबीएस, *सीबीएस न्यूज़ स्पेशल रिपोर्ट,* 20 सितम्बर 2001।
31. देखें नित्यानन्द जयारमन एंड पीटर पोफेम, 'वर्क हॉल्ट्स एट इंडियन यूनिलिवर फैक्टरी आफ्टर पॉइज़निंग अलर्ट', *द इंडिपेंडेंट* (लन्दन), 11 मार्च 2001, पृ. 19।
32. देखें जैक हिट, 'बैटलफील्ड स्पेस', *न्यूयॉर्क टाइम्स मैगज़ीन,* 5 अगस्त 2001, पृ. 6 : 30।
33. देखें कॉलिन निकर्सन एंड इंदिरा ए.आर. लक्ष्मणन, 'अमेरिका प्रिपेयर्स द ग्लोबल डायमेनशन', *बॉस्टन ग्लोब,* 27 सितम्बर 2001, पृ. ए1, बारबारा क्रॉस्सेटे, 'तालिबान्स बैन ऑन पॉपी ए सक्सेस, यूएस ऐड्स से', *'न्यूयॉर्क टाइम्स,* 20 मई 2001, पृ. 1 : 7 एंड क्रिस्टोफर हिच्न्स, 'अगेंस्ट रेशनलाइज़ेशन', *द नेशन,* 273:10, 8 अक्टूबर 2001, पृ. 8।
34. प्रेज़िडेंज जॉर्ज डब्ल्यू बुश, एड्रेस टू ज्वाइंट सेशन ऑफ कांग्रेस (उपर्युक्त नोट 3)।

वे युद्ध को शान्ति कहते हैं

1. देखें अलेक्जेंडर निकोल, 'यूस वार प्लांस कैन अटैक एट ऑल टाइम्स, सेज फोर्सेज चीफ', *फाइनेंशियल टाइम्स (लन्दन), 10 अक्टूबर 2001, पृ. 2।*
2. देखें नोआम चोम्स्की, 'यूस इराक पॉलिसी : मोटिब्स एंड कांसीक्वेंसेज', *इराक अंडर सीज : द डेडली इम्पेक्ट ऑफ सैंक्शंस एंड वार,* प्लूटो प्रेस, लन्दन, 2000, पृ. 54।
3. देखें माइकेल स्लैकमैन, 'टैररिज्म केस इलस्ट्रेट्स डिफिकल्टी ऑफ ड्राइंग टैंजिबिल टाईज टु अलकायदा',

लॉस एंजिल्स टाइम्स, 22 सितम्बर 2001, पृ. ए-1।

4. 'बुश'ज़ रिमार्क्स ऑन यूएस मिलिट्री स्ट्राइक्स ऑन अफ़गानिस्तान', *न्यूयॉर्क टाइम्स,* 8 अक्टूबर 2001, पृ. बी6, और एलन हेल, ''टू सेफगार्ड्स पीस, बी हेव टु फाइट'' ब्लेयर एम्फेसाइजेज टु ब्रिटन्स, *यूएसए टुडे, 8 अक्टूबर 2001, पृ. 6ए।*
5. *जॉर्ज डब्ल्यू. बुश,* 'रिमार्क्स बाई प्रेसिडेंड जॉर्ज डब्ल्यू. बुश एट एन एंटी-टेररिज्म इवेंट', वाशिंगटन, डीसी, फेडरल न्यूज सर्विस, 10 अक्टूबर 2001।
6. देखें टॉम पेल्टन, 'ए ग्रेवयार्ड फॉर मेनी आर्मीज', *बाल्टीमोर सन,* 18 सितम्बर 2001, पृ. 2ए।
7. देखें डेव न्यूबार्ट, 'नो व्हेयर टु गो बट अप', *शिकागो सन-टाइम्स,* 18 सितम्बर 2001, पृ. 10।
8. देखें एडवर्ड एप्सटीन, 'यूएस सीजेज स्काईज ओवर अफगानिस्तान', *सान फ्रांसिस्को क्रानिकल,* 10 अक्टूबर 2001, पृ. ए1।
9. देखे स्टीवेन मफसन, 'फॉर बुश'ज वेटरन टीम, व्हाट लैसंस टु अप्लाई ?' *वाशिंगटन पोस्ट,* 15 सितम्बर, 2001, पृ. ए5।
10. डोनाल्ड एच. रम्सफील्ड, 'डिफेन्स डिपार्टमेंट स्पेशल ब्रीफिंग री : अपडेट ऑन यूस मिलिट्री कैम्पेन इन अफगानिस्तान' आर्लिंग्टन, वर्जीनिया, फेडरल न्यूज सर्विस, 9 अक्टूबर 2001।
11. एडवार्ड एप्सटीन, 'यूस सीजेज स्काईज औवर अफगानिस्तान', *सान फ्रांसिस्को क्रानिकल,* अक्टूबर 2001, पृ. ए1।
12. ह्यूमन राइट्स वाच, 'मिलिट्री असिस्टेंस टु द अफगान अपोजिशन', ह्यूमन राइट्स वाच बैकग्राउंडर, अक्टूबर 2001। http://www.hrw.org/backgrounder/asia/afghanbek1005.htm पर उपलब्ध। ग्रेग जोरोया 'नार्दर्न अलायंस हैज ब्लडी पास्ट, क्रिटिक्स बर्न', *यूएसए टुडे,* 12 अक्टूबर 2001, पृ. 1ए भी देखें।
13. देखें डेविड रोडे, 'विजिट टु टाउन व्हेयर टु लिंक्ड टु बिन लादेन किल्ड अफगान रिबेल', न्यूयॉर्क टाइम्स, 26 सितम्बर 2001, पृ. बी4।
14. देखें जाहिद हुसेन और स्टीफेन फैरेल, 'ट्राइबल चीफ्स सी चांस टु बि रिड ऑफ तालिबान', *द टाइम्स* (लन्दन), 2 अक्टूबर 2001।
15. देखें एलन कोवैल, 'अफगान किंग इज कोर्टेट एंड सेज', ''आई एम रेडी'', *'न्यूयॉर्क टाइम्स,* 26 सितम्बर 2001, पृ. ए4।
16. देखें सैयद मुहम्मद आजम, 'सिविलियन टोल माइंड्स एज बुश सिगनल्स स्विच टु ग्राइंड असाल्ट', एजेंस-फ्रांस प्रेस, 19 अक्टूबर 2001, इंदिरा ए.आर. लक्ष्मण, 'यूएन'स पीसफुल मिशन लोजेज फॉर टू वार', *बोस्टन ग्लोब,* 10 अक्टूबर 2001, पृ. ए1, और, स्टीवेन ली मायर्स और थॉम शंकर, 'पाइलट्स टोल्ड टु फायर एंड विल इन सम जोन्स', *न्यूयॉर्क टाइम्स,* 17 अक्टूबर 2001, पृ. बी2।
17. देखें संयुक्त राष्ट्र के दस्तावेज और आर्थिक एवं सामाजिक अधिकार केन्द्र की रिपोर्ट, 'अफगानिस्तान फैक्ट 3 : की ह्यूमन वलनरेबिलिटीज' (online at http://www.eesr.org.)
18. देखें डेविड राइजिंग, 'यूएस मिलिट्री डिफेंड्स इट्स फूड ड्रॉप्स इन अफगानिस्तान फ्राम क्रिटिसिज्म बाई एड ओर्गेनाइजेशंश', एसोसिएटेड प्रेस, 10 अक्टूबर 2001, ल्यूक हार्डिंग, 'तालिबान से लोकल्स बर्न फूट पार्सल्स', *गार्जियन* (लन्दन), 11 अक्टूबर 2001, पृ. 9, तथा टाइलर मार्शल एंड मेगान गार्वे, 'रिलीफ एफर्ट्स ट्रम्पटिडबाई एयर वार', *लॉस एंजिल्स टाइम्स,* 17 अक्टूबर 2001, पृ. ए1।
19. मार्टिन मर्जर एंड जोनाथम एस. लैंडे, नाइट राइडर न्यूज सर्विस, 'सैकेंड फेज ऑफ स्ट्राइक्स बिमिंस', *मिलवाड की जर्नल सेंटिनल,* 10 अक्टूबर 2001, पृ. 1ए।
20. जैनिफर स्टैन हावर, 'साइटिंग कमेंट्स ऑन अटैक, गिलियानी रिजेक्ट्स सऊदी'ज गिफ्ट', *न्यूयॉर्क टाइम्स,* 12 अक्टूबर 2001, पृ. बी13।

21. देखें रॉबर्ट पियर, 'आर्मिंग अफगान गुरिल्लाज : ए ह्यूज एफर्ड लेड बाई यूएस', *न्यूयॉर्क टाइम्स,* 18 अप्रैल 1988, पृ. ए1, स्टीव कोल, 'एनॉटामी ऑफ ए विक्ट्री : सीआईए'ज कोवर्ट अफगान वार, 12 बिलियम प्रोग्राम रिवर्स्ड टाइड फॉर रिबेल्स', *वाशिंगटन पोस्ट,* 19 जुलाई 1992, पृ. ए1, स्टीव कोल, 'इन सीआइए'ज कोवर्ट अफगान वार, व्येयर टु ड्रा द लाइन वाज की', *वाशिंगटन पोस्ट,* 20 जुलाई 1992, पृ. ए1, तथा टिम वीनर, 'ब्लोबैक फ्राम द अफगन बैटलफील्ड', *न्यूयॉर्क टाइम्स, 13 मार्च 1994, पृ. 6 : 53।*

22. देखें 'वायसेज ऑफ डिसेंट एंड पुलिस एक्शन', *द हिन्दू,* 13 अक्टूबर 2001।

23. 'वाजपेयी गैट्स टफ, सेज़ नो कम्प्रोमाइज विद टेरेरिज्म', इकॉनॉमिक टाइम्स ऑफ इंडिया, 15 अक्टूबर 2001।

24. हावर्ड फाइनगैन, 'ए प्रेजिडेंटू फाइंड्स हिज टू वॉयस', *न्यूजवीक,* 24 सितम्बर, 2001, पृ. 50।

25. आरों प्रेसमैन, 'फोर्मर एफसीसी हेड कोलोज द मनी', द इंडस्ट्री स्टैंडर्ड डॉट कॉम, 2 मई 2001।

26. एलिस चेरबोनियार, 'रिपब्लिकन-कंट्रोल्ड कार्लाइल पोजेज सीरियस एथिकल क्वेश्चंस फॉर बुश प्रेसिडेंट्स, बट बाल्टीमोर सन इग्नोर्स इट', बाल्टीमोर क्रोनिकल एंड सेंटिनेल (online at http://www.charm.net/n marc/chronicle/media 3-oct01 shtml.) इसके अलावा लेज्ली वेने, 'एल्डर बुश इन बिग जीओपी कास्ट टॉइलिंग फॉर टॉप इक्विटी फर्म', *न्यूयॉर्क टाइम्स,* 5 मार्च 2001, पृ. ए1।

27. 'अमेरिका, ऑयल एंड अफगानिस्तान', *द हिन्दू,* सम्पादकीय, 13 अक्टूबर 2001।

28. टाइलर मार्शल, 'द न्यू ऑयल रश : हाई स्टेक्स इन द कैस्पियन', लौस एंजिल्स टाइम्स, 23 फरवरी 1998, पृ. ए1।

29. देखें अहमद राशिद, 2001, तालिबान : मिलिटेंट इस्लाम, ऑयल एंड फंडामेंटलिज्म इन सेंट्रल एशिया, येल नोटा बेन/येल यूनिवर्सिटी प्रेस, न्यू हैवेन, पृ. 143-82।

लोकतन्त्र

1. पहचान छुपाने के लिए नाम बदल दिया गया है।

2. हिंसा विशेषकर महिलाओं के विरुद्ध की गई। मिसाल के तौर पर देखें लक्ष्मी मूर्ति की रिपोर्ट : 'वडोदरा के ग्रामीण इलाके के एक डॉक्टर ने बताया कि 28 फरवरी से आनेवाले घायल लोगों को ऐसे जख्म लगे थे जैसा उन्होंने पहले साम्प्रदायिक दंगों के दौरान घायल लोगों में कभी नहीं देखा था। डॉक्टरों को दिलाई जानेवाली हिपोक्रेट की शपथ को गम्भीर चुनौती देते हुए डॉक्टरों को मुस्लिम मरीजों का इलाज करने की धमकी दी गई थी और उन पर दबाव डाला गया था कि आरएसएस के स्वयंसेवकों द्वारा दान दिए गए रक्त का प्रयोग केवल हिन्दू मरीजों के इलाज के लिए ही किया जाए। नरसंहार के शुरुआती दिनों में तलवारों के घाव, कटे हुए स्तन और बुरी तरह जले हुए लोग आए। डॉक्टरों ने कई ऐसी महिलाओं का पोस्टमॉर्टम किया जिनके साथ सामूहिक बलात्कार किया गया था, उनमें से कई महिलाओं को उसके बाद जला दिया गया था। खेड़ा जिले की एक महिला के साथ सामूहिक बलात्कार करने के बाद उसके बाल छील दिए गए और एक बलात्कारी ने चाकू से उसके माथे पर 'ओम' लिख दिया। कुछ दिनों बाद उसने अस्पताल में ही दम तोड़ दिया। महिलाओं की पीठ और नितम्ब पर चाकू से 'ओम' लिखने की दूसरी मिसालें भी थीं।' लक्ष्मी मूर्ति, 'इन द नेम ऑफ ऑनर', कॉर्पवाच इंडिया, 23 अप्रैल 2002। उपलब्ध online at http://www.corpwatchindia.org/issuePID.jsp?articleid=1283।

3. देखें 'स्ट्रे इनसीडेंट्स टेक गुजरात टॉल टु 544', *टाइम्स ऑफ इंडिया,* 5 मार्च 2002।
4. एडना फर्नांडीस, 'इंडिया पुशेज थ्रु एंटी-टेरर लॉ', *फाइनेंशियल टाइम्स* (लन्दन), 27 मार्च 2002, पृ. 11; 'टेरर लॉ गेट्स प्रेसीडेंट्स नॉड', *द टाइम्स ऑफ इंडिया,* 3 अप्रैल 2002; स्कॉट बाल्डॉफ, 'ऐज स्प्रिंग अराइव्ज, कश्मीर ब्रेसेज फॉर फ्रेश फाइटिंग', *क्रिश्चियन साइंस मॉनिटर,* 9 अप्रैल 2002, पृ. 7; होवार्ड डब्ल्यू. फ्रेंच और रेमंड बॉनर, 'ऐट टेंस टाइम, पाकिस्तान स्टार्ट्स टु टेस्ट मिसाइल्स', *फाइनेंशियल टाइम्स* (लन्दन), 25 मई 2002, पृ. ए1. एडवर्ड लूस, 'द सैफरन' रिवॉल्यूशन : *फाइनेंशियल टाइम्स* (लन्दन), 4 मई 2002, पृ. 1; मार्टिन रेग कॉक्क, 'इंडिया'ज 'सैफरन रकरिकुलम', *टोरंटो स्टार,* 14 अप्रैल 2002, पृ. बी4. पंकज मिश्रा, 'होली लाइज', *द गार्डियन* (लन्दन), 6 अप्रैल 2002, पृ. 24।
5. देखें एडवर्ड लूस, 'बैटिल ओवर अयोध्या टेम्पल लूम्स', *फाइनेंशियल टाइम्स* (लन्दन), 2 फरवरी 2002, पृ. 6।
6. 'गुजरात्'स टेल ऑफ सॉरो : 846 डेड', *इकोनॉमिक टाइम्स ऑफ इंडिया,* 18 अप्रैल 2002। इसके अलावा देखें सीलिया डब्ल्यू. डगर, 'रीलिजियस रायट्स लूम ओवर इंडियन पॉलिटिक्स', *न्यूयॉर्क टाइम्स,* 27 जुलाई 2002, पृ. ए1; एडना फर्नांडीस, 'गुजरात वायलेंस बैक्ड बाइ स्टेट, सेज ईयू रिपोर्ट', *फाइनेंशियल टाइम्स* (लन्दन), 30 अप्रैल 2002, पृ. 12। और देखें ह्यूमन राइट्स वाच, ''वी हैव नो ऑडर्स टु सेव यू'' : स्टेट पार्टिसिपेशन एंड कॉम्प्लीसिटी इन कॉम्यूनल वायलेंस इन गुजरात', वॉल्यूम 14, नम्बर 3(सी), अप्रैल 2002 [उसके बाद : 'एचआरडब्ल्यू रिपोर्ट'] उपलब्ध online at http://www.hrw.org/reports/2002/india/ और पीडीएफ फॉर्मेट में http://www.hrw.org/reports/2002/india/ gujarat.pdf. देखें ह्यूमन राइट्स वाच, प्रेस विज्ञप्ति, 'इंडिया : गुजरात ऑफिशियल्स टुक पार्ट इन ऐंटी-मुस्लिम वायलेंस', न्यूयॉर्क, 30 अप्रैल 2002।
7. 'अ टेंटेड इलेक्शन', *इंडिया एक्सप्रेस,* 17 अप्रैल 2002; मीना मेनन, 'अ डिवाइडेड गुजरात नॉट रेडी फॉर स्नैप पोल', इंटर प्रेस सर्विस, 21 जुलाई 2002।
8. देखें एचआरडब्ल्यू रिपोर्ट, पृ. 27-31; डगर, 'रीलिजियस रायट्स लूम ओवर इंडियन पॉलिटिक्स', पृ. ए1; 'विमेन रीलिव द हॉरर्स ऑफ गुजरात', *द हिन्दू,* 18 मई 2002; हरबक्श सिंह नन्दा, 'मुस्लिम सर्वाइवर्स स्पीक इन इंडिया', युनाइटेड प्रेस इंटरनेशनल, 27 अप्रैल 2002। 'गुजरात कार्नेज : द आफ्टरमैथ : इंपैक्ट ऑफ वायलेंस ऑन विमेन', online Volunteers. org उपलब्ध online at http://www.onlinevolunteers.org/gujarat/women/index.htm।
9. एचआरडब्ल्यू रिपोर्ट, पृ. 15-16, 31; राष्ट्रीय मानवाधिकार आयोग, नई दिल्ली को जस्टिस ए.पी. रवानी को दिया बयान, 21 मार्च 2002, अनुलग्नक 4; उपलब्ध online at http://www.secularindia.com/13new.htm. इसके अलावा देखें डगर, 'रीलिजियस रायट्स लूम ओवर इंडियन पॉलिटिक्स', पृ. ए1।
10. एचआरडब्ल्यू रिपोर्ट, पृ. 31। 'आर्टिस्ट्स प्रोटेस्ट डिस्ट्रक्शन ऑफ कल्चरल लैंडमार्क्स', प्रेस ट्रस्ट ऑफ इंडिया, 13 अप्रैल 2002।
11. एचआरडब्ल्यू रिपोर्ट, पृ. 7, 45; रामा लक्ष्मी, 'सेक्टेरियन वायलेंस हॉन्ट्स इंडियन सिटी : हिन्दू मिलिटैंट्स बार मुस्लिम्स फ्रॉम वर्क', *वाशिंगटन पोस्ट,* 8 अप्रैल 2002, पृ. ए12।
12. *कम्यूनलिज्म कॉम्बैट* (मार्च-अप्रैल 2002) ने जाफरी के आखिरी लम्हों का ब्यौरा दिया : ''एहसान जाफरी को उनके घर से घसीटकर निकाला गया, 45 मिनट तक उनके साथ निर्ममता बरती गई, नंगा किया गया, नंगे घुमाया गया और 'वन्दे मातरम्' और 'जय श्री राम' बोलने को कहा गया। उन्होंने मना कर दिया। इस पर उनकी उँगलियाँ काट दी गईं, बुरी तरह घायल करके उन्हें इलाके में घुमाया गया। इसके बाद उनके हाथ और पैर काट दिए गए। उनकी गर्दन में चिमटे जैसे किसी

उपकरण को फँसाकर उन्हें आग लगाने से पहले सड़क पर घसीटा गया।" और देखें '50 किल्ड इन कम्यूनल वायलेंस इन गुजरात, 30 ऑफ देम बंर्ट', प्रेस ट्रस्ट ऑफ इंडिया, 28 फरवरी 2002।

13. एचआरडब्ल्यू रिपोर्ट, पृ. 5। और देखें डगर, 'रीलिजियस रायट्स लूम ओवर इंडियन पॉलिटिक्स', पृ. ए1।
14. 'एमएल लांचेज फ्रंटल अटैक ऑन संघ परिवार', *द टाइम्स ऑफ इंडिया,* 8 मई 2002।
15. एचआरडब्ल्यू रिपोर्ट, पृ. 217। इसके अलावा देखें गुजरात में स्वतन्त्र तथा अन्वेषी दल का नेतृत्व करनेवाले जवाहरलाल नेहरू विश्वविद्यालय के कमल मित्र चिनॉय के बयान, 'कैन इंडिया एंड रीलिजियस रीवेंज ?', सीएनएन इंटरनेशनल, 'क्यूऐंडए विथ ज़ैन वर्जी', 4 अप्रैल 2002।
16. देखें तवलीन सिंह, 'आउट ऑफ ट्यून', इंडिया टुडे, 15 अप्रैल 2002, पृ. 21। इसके अलावा देखें शरद गुप्ता, 'बीजेपी : हिज एक्सीलेंसी', *इंडिया टुडे,* 28 जनवरी 2002, पृ. 18।
17. खोजेम मर्चेंट, 'गुजरात वाजपेयी विजिट्स सीन ऑफ कम्यूनल क्लैशेज', *फाइनेंशियल टाइम्स* (लन्दन), 5 अप्रैल 2002, पृ. 10। इसके अलावा देखें पुष्पेश पन्त, 'अटल ऐट द हेल्म, ऑर रनिंग ऐन ऑटो ?', *द टाइम्स ऑफ इंडिया,* 8 अप्रैल 2002।
18. देखें भरत देसाई, 'विल वाजपेयी सी थ्रु ऑल द विंडो ड्रेसिंग ?', *द इकोनॉमिक टाइम्स,* 5 अप्रैल 2002।
19. एजेंसी फ्रांस-प्रेस, 'सिंगापुर, इंडिया टु एक्सप्लोर क्लोजर इकोनॉमिक टाइम्स', 8 अप्रैल 2002।
20. देखें 'मेधा फाइल्स चार्जेज अगेंस्ट बीजेपी लीडर्स', *द इकोनॉमिक टाइम्स,* 13 अप्रैल 2002।
21. एचआरडब्ल्यू रिपोर्ट, पृ. 30। इसके अलावा देखें बुरहान वजीर, 'मिलिटेंट्स सीक मुस्लिम-फ्री इंडिया', *द ऑब्जर्वर* (लन्दन), 21 जुलाई 2002, पृ. 20।
22. देखें मिश्रा, 'होली लाइज', पृ. 24।
23. गृह मन्त्री लालकृष्ण आडवाणी ने एक सार्वजनिक बयान में यह दावा किया कि ट्रेन में आग लगाने का षड्यन्त्र पाकिस्तान की इंटर सर्विसेज इंटेलिजेंस आइएसआइ ने रचा था। कई महीने बाद भी पुलिस को उस दावे की पुष्टि करने के लिए कोई सबूत नहीं मिले हैं। गुजरात सरकार की फॉरेंसिक रिपोर्ट में कहा गया है कि बोगी के ही भीतर किसी व्यक्ति द्वारा फर्श पर 60 लीटर अतिज्वलनशील पदार्थ डाला गया। दरवाजे बन्द थे, शायद अन्दर की ओर से ही। यात्रियों के जले हुए शव बोगी के बीच में एक के ऊपर एक पाए गए। अभी तक किसी को मालूम नहीं है कि आग किसने लगाई। लेकिन हर राजनैतिक रवैए के मुताबिक एक सिद्धान्त गढ़ लिया गया है : यह पाकिस्तानी षड्यन्त्र था। वे मुस्लिम अतिवादी थे जो ट्रेन में घुसने में कामयाब हो गए। वह उन्मादी भीड़ थी। वह विहिप/बजरंग दल का षड्यन्त्र था ताकि बाद के दंगे कराए जा सकें। किसी को कुछ नहीं मालूम है, देखें एचआरडब्ल्यू रिपोर्ट, पृ. 13-14; सिद्धार्थ श्रीवास्तव, 'नो प्रूफ येट ऑन आइएसआइ लिंक विथ साबरमती अटैक : ऑफिशियल्स', *द टाइम्स ऑफ इंडिया,* 18 मार्च 2002; उदय माहुरकर, 'गुजरात : फ्यूलिंग द फायर', *इंडिया टुडे,* 22 जुलाई 2002, पृ. 38; 'ब्लड स्टेंड मेमोरीज', *इंडियन एक्सप्रेस,* 12 अप्रैल 2002; सीलिया डब्ल्यू. डगर, 'आफ्टर डेडली फायरस्टॉर्म, इंडिया ऑफिशियल्स आस्क व्हाए', *न्यूयॉर्क टाइम्स,* 6 मार्च 2002, पृ. ए3।
24. 'ब्लेम इट ऑन न्यूटंस लॉ, मोदी', *द टाइम्स ऑफ इंडिया,* 3 मार्च 2002। इसके अलावा देखें फर्नांडीस, 'गुजरात वायलेंस बैक्ड बाइ स्टेट', पृ. 12।
25. 'आरएसएस कॉशंस मुस्लिम्स', प्रेस ट्रस्ट ऑफ इंडिया, 17 मार्च 2002। इसके अलावा देखें संघमित्र चक्रवर्ती, 'माइनॉरिटी गाइड टु गुड बिहेवियर', *द टाइम्स ऑफ इंडिया,* 25 मार्च 2002। इस प्रस्ताव ('रिजॉल्यूशन 3 : गोधरा ऐंड आफ्टर') का पूरा मजमून उपलब्ध है online at http://www.rss.org/reso2002.htm।

26. 'मोदी ऑफर्स टु क्विट ऐज़ गुजरात सीएम', *द इकोनॉमिक टाइम्स,* 13 अप्रैल 2002; 'मोदी आस्क्स टु सीक मैनडेट', *द स्टेट्समैन* (भारत), 13 अप्रैल 2002।
27. देखें 'गुजरात इवेंट्स अ टर्निंग प्वाइंट : मोदी', *द इकोनॉमिक टाइम्स,* 23 अप्रैल 2002।
28. देखें एम.एस. गोलवलकर, *वी, ऑर आवर नेशनहुड डिफाइंड,* भारत पब्लिकेशंस, नागपुर, 1939; और विनायक दामोदर सावरकर, *हिन्दुत्व,* भारती सदन, नई दिल्ली, 1989। इसके अलावा देखें सम्पादकीय 'सैफरन इज थिकर दैन...', *द हिन्दू,* 22 अक्टूबर 2000; डेविड गार्डनर, 'हिन्दू रिवाइवलिस्ट्स रेज द क्वेश्चन ऑफ हू गवर्न्स इंडिया', *फाइनेंशियल टाइम्स* (लन्दन), 13 जुलाई 2002, पृ. 12।
29. देखें अरुंधति रॉय, 'बिजली की राजनीति', इसी पुस्तक में।
30. देखें नोएम चोम्स्की, 'मिलिटियराइजिंग स्पेस ''टु प्रोटेक्ट यूएस इंटरेस्ट्स एंड इनवेस्टमेंट्स'', *इंटरनेशनल सोशलिस्ट रिवीव,* 19 (जुलाई-अगस्त 2001)। उपलब्ध online at http://www.isreview.org/issues/19/NoamChomsky.shtml।
31. पंकज मिश्रा, 'अ मेडिओकर गॉडेस', *न्यू स्टेट्समैन,* 9 अप्रैल 2001, कैथरीन फ्रैंक की *इन्दिरा : अ लाइफ ऑफ इन्दिरा नेहरू गांधी,* हार्परकॉलिंस, लन्दन, 2001 की समीक्षा।
32. विलियम क्लेबोर्न, 'गांधी अर्जेज इंडियंस टु स्ट्रेंथेन यूनियन', *वाशिंगटन पोस्ट,* 20 नवम्बर 1984, पृ. ए9। इसके अलावा देखें तवलीन सिंह, 'येस्टरडे, टुडे, टुमॉरो', *इंडिया टुडे,* 30 मार्च 1998, पृ. 24।
33. एचआरडब्ल्यू रिपोर्ट, पृ. 39-44।
34. राष्ट्रपति जॉज डब्ल्यू. बुश, ऐड्रेस टु ज्वाइंट सेशन ऑफ कांग्रेस, 'सितम्बर 11, 2001, टेररिस्ट अटैक्स ऑन द युनाइटेड स्टेट्स', फेडरल न्यूज सर्विस, 20 सितम्बर 2001।
35. देखें जॉन पिलगर, 'पाकिस्तान ऐंड इंडिया ऑन ब्रिंक', *द मिरर* (लन्दन), 27 मई 2002, पृ. 4।
36. एलिसन ली कोवन, कुर्ट आइकेनवाल्ड और माइकल मॉस, 'बिन लादेन फैमिली, विथ डीप वेस्टर्न टाइज, स्ट्राइव्ज टु रिस्टैब्लिश अ नेम', *न्यूयॉर्क टाइम्स,* 28 अक्टूबर 2001, पृ. 1 : 9।
37. पीटर पॉपहैम, 'प्रोफाइल : अटल बिहारी वाजपेयी', *द इंडिपेंडेंट* (लन्दन), 25 मई 2002, पृ. 17।
38. 'आइदर गवर्न ऑर जस्ट गो', *इंडियन एक्सप्रेस,* 1 अप्रैल 2002। एचडीएफएफसी यानी हाउसिंग डेवेलपमेंट फाइनेंस कॉर्पोरेशन लिमिटेड।
39. 'इट्स वार इन ड्राइंग रूम्स', *इंडियन एक्सप्रेस,* 19 मई 2002।
40. रंजीत देवराज, 'प्रो-हिन्दू रूलिंग पार्टी बैक टु हार्डलाइन पॉलिटिक्स', इंटर प्रेस सर्विस, 1 जुलाई 2002; 'ऐन अनहोली अलायंस', *इंडियन एक्सप्रेस,* 6 मई 2002।
41. नीलांजना भादुड़ी झा, 'कांग्रेस [पार्टी] बिगिन्स आउस्ट-मोदी कैम्पेन', *द इकोनॉमिक टाइम्स,* 12 अप्रैल 2002।
42. रिचर्ड बेनेडेटो, 'कॉनफिडेंस इन वार ऑन टेरर वेंस', *यूएसए टुडे,* 25 जून 2002; पृ. 19ए; डेविड लैम्ब, 'इज़्राएलु'स इनवैजंस, 20 ईयर्स अपार्ट, लुक ईरिली अलाइक', *लॉस एंजेलिस टाइम्स,* 20 अप्रैल 2002, पृ. ए5।
43. अरुंधति रॉय, 'कल्पनाशीलता का अन्त', इसी पुस्तक में।
44. 'मैं कहूँगा कि यह अमन की गारंटी का हथियार है, अमन ही गारंटी देनेवाला, पाकिस्तान के परमाणु बम के जनक अब्दुल कदीर खान ने कहा। देखें इम्तियाज गुल, 'फादर ऑफ पाकिस्तानी बम सेज न्यूक्लियर वीपंस गारंटी पीस', ड्यूश प्रेस-एजेंटर, 29 मई 1998। इसके अलावा देखें राज चेंगप्पा, *वीपंस ऑफ पीस : द सिक्रेट स्टोरीज ऑफ इंडिया'ज क्वेस्ट टु बी अ न्यूक्लियर पावर,* हार्परकॉलिंस, नई दिल्ली, 2000।

45. भारत और पाकिस्तान के बीच 1999 के कारगिल युद्ध में सैकड़ों लोग मारे गए। देखें एडवर्ड लूस, 'फर्नांडीस हिट बाइ इंडिया'ज कॉफिन स्कैंडल', *फाइनेंशियल टाइम्स* (लन्दन), 13 दिसम्बर 2001, पृ. 12।
46. देखें 'आरेस्टेड ग्रोथ', *द टाइम्स ऑफ इंडिया,* 2 फरवरी 2000।
47. डगर, 'रीलिजियस रायट्स लूम ओवर इंडियन पॉलिटिक्स', पृ. ए1।
48. एडना फर्नांडीस, 'ईयू टेल्स इंडिया ऑफ कनसंर्न ओवर वायलेंस इन गुजरात', *फाइनेंशियल टाइम्स* (लन्दन) 3 मई 2002, पृ. 12; एलेक्स स्पिलियस, 'प्लीज डोंट से दिस वाज अ रायट। इट वाज अ जेनोसाइड, प्योर ऐंड सिंपल', *द डेली टेलीग्राफ* (लन्दन), 18 जून 2002, पृ. 13।
49. भारत के विदेश मन्त्री जसवन्त सिंह ने कहा, 'गुजरात अन्दरूनी मामला है और स्थिति नियन्त्रण में है।' देखें शिशिर गुप्ता, 'द फॉरेन हैंड', *इंडिया टुडे,* 6 मई 2002, पृ. 42।
50. देखें 'लालू वांट्स यूज ऑफ पोटो (प्रीवेंशन ऑफ टेररिज्म ऐक्ट) अगेंस्ट वीएचपी, आरएसएस', *द टाइम्स ऑफ इंडिया,* 7 मार्च 2002।

युद्ध-चर्चा

1. *प्रोफेसी।* 16 एमएम, नागासाकी पब्लिशिंग कमिटी, नागासाकी, जापान, 1982।
2. देखें अरुणा रॉय और निखिल डे, 'वर्ल्डस एंड डीड्स', *इंडिया टुगेदर,* जून 2002 और 'स्टेट ऑफ एट मान रिवर : डिस्पोजेसन कंटिन्यूज टू स्टॉल्क द नर्मदा वैली', *इंडिया टुगेदर,* मई 2002। ऑन लाइन पर भी उपलब्ध है, देखें http://www.indiatogether.org/campaigns/narmada/ यह भी देखें, 'Maan Dam', freinds of River Narmada. यह ऑन लाइन पर भी उपलब्ध है, इसके लिए देखें http://namada.org/nvdp.dams/maan/।
3. 'नॉवेल पुरस्कार विजेता अमर्त्स सेन कहते हैं कि स्वास्थ्य और शिक्षा के कारण भारत विकास के दौर में पीछे रह गया, लेकिन मैं मानता हूँ कि यह सुरक्षा के चलते पीछे रह गया।' देखें, 17 जून 2002 के *इंडिया टुडे* में इस सप्ताह की उक्ति, गृहमन्त्री लालकृष्ण आडवाणी।
4. देखें, ह्यूमन राइट्स वाच, 'बिहाइंड द कश्मीर कंफ्लीक्ट : एब्यूज बाय इंडियन सिक्यूरिटी फोर्सेज एंड मिलिटेंट ग्रूप्स कंटिन्यू', 1999। ऑन लाइन पर भी उपलब्ध, http://www.hrw.org/reports/1999/kashmir/summary.htm।
5. देखें, जॉन पिल्जर, 'पाकिस्तान एंड इंडिया ऑन ब्रिंक', *द मिरर* (लन्दन), 27 मई 2002, पेज-4। नील मैके, 'कैश फ्रॉम केऑस : हाउ ब्रिटेन आर्म्स बोथ साइड्स', *संडे हेरॉल्ड* (स्कॉटलैंड), 2 जून 2002, पेज-12।
6. देखें, रिचर्ड्स नॉर्टन टेलर, 'यूके इज सेलिंग आर्म्स टु इंडिया', *गार्डियन* (लन्दन), 20 जून 2002, पेज-1; टॉम बॉल्डविन, फिलिप वेब्सटर और माइकल इवॉन, 'आर्म्स एक्सपोर्ट रॉ डैमेजूस पीस मिशन', *टाइम्स* (लन्दन), 28 मई 2002; एजेंसी फ्रांस प्रेसी (एएफपी), 'ब्लेयर पीस शटल मूव्स फ्रॉम इंडिया टु पाकिस्तान', 7 जनवरी 2002।
7. पिल्जर, 'पाकिस्तान एंड इंडिया ऑन ब्रिंक', पेज 4।

●●●